先婚后爱

Blind Date

梦筱二 著

国际文化出版公司

·北京·

欢迎光临
新刊

她打算看看书，只要里面有一点儿能给她启发，这书买得也值了。

恋爱小技巧

“……女人一旦太主动，很容易破坏掉男人对感情的占有欲和新鲜感，他已经提前享受到女人对他的好，便很难再动心，很难再主动做什么。所以女人在主动这件事上，要把握好一个度。”

……几乎没有多少有用的经验可以用到她和秦墨岭身上。

“追你得用心，不是用书。”

秦墨岭用心追求细则

1.送她喜欢的游戏角色手办

2.她好像很喜欢漂亮的花

3.在她不能玩游戏期间帮她上线收东西

…………

目录

“想要你喜欢我。”
“已经在追你了。”

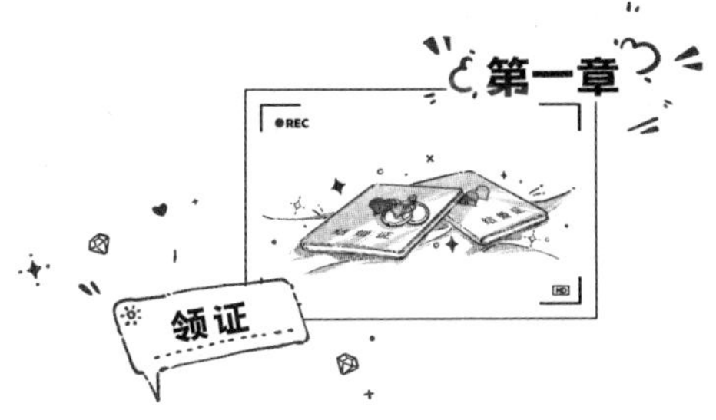

办公室门外，辱骂声渐远，很快什么也听不到了。

这场闹剧终于散了。

刚才门口乱成一锅粥，几个保安跟高太太差点混战起来，比菜市场还嘈杂。

秘书叩门，询问她要不要紧。

“我没事。”简杭对着化妆镜，小心翼翼地擦脸上的水，以免弄花妆。

五分钟前，高太太闯进她办公室，端起一大杯水朝她迎面泼过来，她毫无防备，来不及躲，被泼了一脸水，衬衫的前面也湿透了，隐约能看到胸衣外廓。

“律师联系好了吧？”

秘书：“联系了。律师说等您不忙了随时联系他。”

简杭看了一眼腕表，离开会还有十一分钟，吩咐秘书：“你去准备开会资料。”

秘书本想宽慰几句，欲言又止，只简单应道：“……好，我知道了。”

她担心简杭的状态：“要不要给您泡杯咖啡？”

“不用，你忙。”简杭擦干脸，拿起电脑旁的户口本，高太太泼她时，她的户口本也没能幸免。

刚才用纸巾简单擦了擦，封皮依旧潮漉漉的。简杭翻开户口本，内页也沾了水，她换条干毛巾一页一页地擦拭。

今天下午，她和那个只见过几面的相亲对象说好去领证。

别的小情侣都是选上午领证，一大早就排队，结果她的相亲对象——秦家老大，说自己上午有会议，走不开，只能下午去领。

可能她跟秦墨岭真是八字不合，领证的前几个小时，她被小三、被原配弄得狼狈不堪，她专门为领证买的白衬衫湿得透透的，精心打理的发型也乱掉了。

桌角的手机不停地振动，是高总的电话。

看来他已经知道他太太今天擅闯她办公室，当着她所有下属的面，收拾她这个“小三”了。简杭滑开接听键，顺手点开扬声器，接着擦户口本。

“简总，我罪该万死。”

“高总言重了，罪不至死。”

高域沉默好一阵，事已至此，不是他嘴上说几句道歉的话，就能消除他老婆给简杭带来的伤害。他老婆这么一闹，整个尹林资本都知道了这事，以为简杭跟他有不正当关系。

闹出这么大动静，大家先入为主，根本没人再信解释，这个时候的解释就是掩饰。

简杭是尹林资本北京分公司的负责人，以后她还怎么在下属面前树立威严？

虽然跟她有关的风言风语从来没断过，但那都是捕风捉影，今天彻底“坐实”，直接社死[1]。

今天这一出，起因在他。

上个月他和老婆提出了离婚。终于熬到孩子去年考上大学，没有其他顾虑了，他实在跟老婆过不下去了，心一横，离了算了。老婆怎么都不愿离，然后就发生了今天的荒唐事。

“我不知道我老婆怎么会觉得我跟你……我一定给你个说法。”高域自己也是一头雾水。

妻子正在气头上，暂时问不出什么。

简杭淡淡道：“那辛苦高总了，这事要传出去，影响的不只是我的名声，还有尹林的形象，有可能还会引起尹林股价波动。你那边也想办法压一压。”

高域十分意外简杭的态度，打电话前，他做好被刁难的准备，没想到简杭这么好说话，她不满归不满，但言语间已经相当客气。

---

1 社死：指在大众面前出丑。

高域愈加愧疚：“以后不管是你还是尹林，只要我能帮上忙的，你一句话的事。”

“高总客气。”简杭结束通话。

高域这个人算不上很帅，但气质谈吐、不怒自威的气场不是小年轻能比的，他是宜硕银行的资产管理部老总，手里有实权。

宜硕银行是最早获批的民营银行之一，实力很强。正因为此，高太太才觉得自家老公是香饽饽。简杭跟高域因为合作认识，每次见面都是谈公事，零私交。

离会议开始还有五分钟，简杭补了口红。

衬衫湿透，没法直接穿出去见人，她在衬衫里塞了条丝巾隔湿，穿上大衣，扣子全部扣上。系好腰带，简杭又将大衣衣领竖起来，挡住全部丝巾。

会议室里，大家陆续进来。

看到简杭，每个人都下意识地收着呼吸。跟简杭有关的八卦，投资圈的大多人都耳熟能详。甚至有人私下开玩笑说，没日没夜的加班生活，只能靠简杭跟已婚金融大佬的爱恨情仇续命。

今天又发生了这么劲爆的一幕，所有人都无心干活。不知道谁在群里又说了句，简杭即将嫁给秦家秦墨岭。秦家可是颇有实力的家族，是简杭踩梯子也够不到的。

消息一出，引起轩然大波。各个小群里吃瓜快吃疯了，大家纷纷猜测：这个节骨眼儿上，简杭插足人家婚姻，破坏高域家庭被曝出来，还是原配亲自出来撕，她跟秦墨岭这婚还结得成吗?

简杭估计肠子都悔青了，她如果早知道自己能嫁到秦家，打死也不会勾搭比她大十几岁的高域。秦家知道今天的事情后，还会继续这桩婚事吗?

八成要黄。

不管公司其他人怎么议论，怎么幸灾乐祸，但他们这个团队不能，简杭亲自带他们两年多，功劳苦劳都有。

会议开始前，他们尽量像平时那样，该怎么聊怎么聊。

“老大，你今天的妆真好看。”说话的是个年轻的分析师，“求个口红色号。”

说着，她已经拿起手机，准备记一下。

不只是分析师，团队其他人也发现，简杭今天更漂亮了，不管妆容还是发型，都比平常更精致。

他们不约而同地心生感叹，老大到底是老大，换作他们任何一个人，被原配撕上门来，又是泼水又是痛骂，那还不得直接崩溃，谁还想在这个时候见人。

更别说开会。

然而简杭却波澜不惊，若无其事且认真地告诉分析师自己用的口红是什么色号。

开会时间已经过去两分钟，简杭扫一眼会议桌，示意秘书关上会议室门。

“哎哎哎，别把我关门外呀！”林骁侧着身子溜进来，手里捧着咖啡。他刚才去楼下买咖啡，跟收银小美女吹了一会儿牛，没把握好时间，迟了几分钟。

林骁是个富三代的纨绔，离经叛道，大学毕业后混了一年，突然想感受一下风投人士的风光，他爹以为他“从良”了，于是找人把他塞到尹林资本。别人上班是为了拿工资，他是带着钱来公司上班。林骁什么都不会，只有家里给他的人脉和资源。

简杭花了两年时间才将他治得服服帖帖。

林骁看惯了简杭的脸，今天还是被小小地惊艳到，笑着说：“我以为是哪个客户请的明星代言人呢。”

他拍马屁的水平无人能及，简杭早已见怪不怪：“马屁收到了。”

“废话到此。先汇报一下你们手头的工作进度，有什么问题一并提出来。”她下巴对着林骁点了点，“你先来。”

林骁：“……”他的咖啡怎么办？他遇到的问题可不是一般多，等他汇报完，咖啡肯定凉掉。

凉掉的热美式咖啡，就没有“灵魂”了。

简杭低头看自己的笔记本电脑，知道他在纠结什么：“不用担心你的咖啡，让你旁边同事帮忙喝掉。”

会议室里的众人一哄而笑。

林骁怕同事抢他的咖啡，连忙放嘴边先嘬一口。旁边的同事笑骂他两句。

简杭忽然抬眸，所有人纷纷低下头，假装在看电脑，会议室瞬间鸦雀无声。

“老大。”林骁放下咖啡，见简杭在室内还裹着大衣，他强迫症犯了，“我再废话一句，我有电吹风，你现在用不用？”

林骁是尹林资本活得最精致的一个，不管多忙，就算通宵加班，累到睁不开眼，他也得挤时间在附近酒店开个房间，洗个澡换上干净衣服，打理好发型。他备了一个电吹风在办公室，就怕哪天午睡把发型压乱，好及时拯救回来。

他号称自己是尹林资本的门面担当，任何时候都不能不修边幅。

简杭声音温和下来：“谢谢。等散会找你借。”

一个多小时才散会。

走出会议室，简杭习惯性地打开手机看消息，她置顶的对话框不多，一眼就瞧见了公司大老板庞林斌的消息。庞林斌是她的顶头上司，他一般都是发邮件或是打电话，很少发消息给她。

庞林斌：什么情况？

附了一张视频截图，截图上是高太太被保安架出去的画面。

他又道：先不谈视频里高太太话里的真假，你让视频流出去，就是严重失职！

简杭无力辩驳，不管怎样，她就是失职。其实在高太太还没离开时，她已经吩咐秘书通知下去，谁如果录了高太太大闹办公室的视频，看完自行删除，视频不许外传，否则后果自负。

但还是传了出去。

老板在国外，那边是凌晨两点，视频居然这么快就传到他手里。公司从来不管员工们的私生活，可要是事态过大影响了公司形象，也能直接断送他们的职业生涯。

简杭没解释，只道：我的错。我会把负面影响降到最低，具体什么情况，最迟明天给您一个交代。

她说不定还得给董事会一个交代。

庞林斌：心态放平，清者自清。

简杭：谢谢庞总。

简杭交代秘书：“联系公关公司，费用我自己出。”

秘书微微叹气，她知道，简杭很委屈，搁谁谁不委屈，但这个时候说什么都无济于事，没人同情，只能打碎牙齿往肚子里咽。

秘书没再多话："我这就去办。"

回到办公室，简杭拿起户口本，翻了又翻。她是清者自清，可别人不这么认为，哪怕你说你无辜，他们也会甩一句"苍蝇不叮无缝的蛋"给你。

娶一个有黑历史的女人，不知道有多少人要在背后笑话议论。

放下户口本，她给秦墨岭发消息。

秦墨岭此时人在办公室，右手拿着一枚素戒，正要往左手无名指上套，助理周绪正好敲门进来。

周绪表情凝重，明显做了一个调整呼吸的动作。

秦墨岭戴戒指的动作顿了顿："什么事？"

"秦总，简小姐……"周绪做助理这么多年，第一次觉得说话烫嘴，不知道该怎么说。

秦墨岭预感到事情不妙，没急着戴戒指，这时手机振动，简杭的消息。

简杭：宜硕银行高域的老婆今天闹到我办公室，庞林斌在国外都知道了，你应该也听说了吧？还要不要领证，你再慎重考虑一下。

看完，秦墨岭眉心紧蹙。他撂下手机，看向周绪："简杭怎么了？宜硕高域又是怎么回事？"

周绪谨慎地组织语言："高总老婆把简小姐当成小三。"

他这个说法无形中偏向简杭。他在朋友群里看到视频时，没人同情简杭，都说简杭插足人家婚姻也不是头一回。只是这次马失前蹄，被原配抓到把柄。

老板本来就不想跟简杭结婚，领证是秦家长辈的意思，现在不知道老板会不会以此为借口不领证。

周绪："视频没拍到简小姐，不过高太太每句话里都有简小姐的名字。"

秦墨岭："谁拍的视频？"

周绪："应该是尹林内部员工。"简杭作为分公司负责人，对她不满的人肯定不少。

秦墨岭沉声道："找人把传到网上的视频全部屏蔽掉，谁再私下乱传，直接发律师函。"

他看了眼戒指，直接套在无名指上。

周绪明白什么意思，按照秦墨岭的示意去处理。

秦墨岭起身去里面的休息室，走到衣柜前，一只手解身上衬衫的纽扣，另一只手拿出柜子里的白衬衫。脱掉身上深色条纹衬衫，换上白衬衫。秦墨岭将衬衫塞进西裤里，一丝不苟理平整。

他给简杭回信息：别迟到。我不喜欢等人。

他们约好三点半在民政局门口碰面。

简杭借了林骁的电吹风吹干衬衫，又让秘书买了杯热咖啡，连同电吹风一起送给林骁。

带上证件，简杭驱车赶往民政局。比约好的时间迟到了三分钟。她生平第一次迟到，还是在这个准塑料老公跟前。

简杭从车上下来便远远地看到秦墨岭，无论气场还是皮囊，都是万里挑一的男人。他看她时，眼神清冷，没有一点儿温度。

走近，她歉意道："抱歉，来晚了。"

秦墨岭没说什么，递给她戒指盒。

简杭一眼就瞥见他无名指的戒指，她接过戒指盒："谢谢。"不是谢谢他给她钻戒，是谢他选择相信她。

两人并肩往民政局大厅走，秦墨岭忽然偏头，从她脸上看不出被打的痕迹，他还是确认道："挨没挨打？"

简杭摇头："她没我高，打不过我。"高太太想打她来着，没打到，被泼水后她反应过来怎么回事，把高太太给钳制住推到门外。

秦墨岭看看她纤细的手腕，想不出她打架能打赢："再遇到这种事，打不过就跑。不丢人。"

简杭被噎了一下，无言以对。

两人走进登记大厅。她跟秦墨岭只拍了一张证件照，拿到照片，她发现自己的头摆得很正，而秦墨岭的头微微向她这边偏，好像是在迁就她。

很快，简杭拿到了结婚证。她和秦墨岭不熟悉，各自保管自己那本结婚证。

两人一前一后从民政局出来，全程无交流，不知道的还以为他们今天是来办理离婚手续的。她跟秦墨岭完全是按照两家长辈的意思在走流程。秦奶奶说今天日子不错，催促他们领证。

于是就这样，没有求婚，没有任何承诺，没有浪漫的仪式，她就嫁给了秦墨岭。

她的车子停在路对面的停车场，秦墨岭的车由司机开过来，在前面缓缓停下。

车停稳，秦墨岭没等司机下来开车门，就径自拉开后车门坐上去。他看了简杭一眼，没什么要说的，对她微微颔首，关上车门。

“秦墨岭。”简杭想起什么，快步走过去。

秦墨岭降下车窗：“还有事？”

简杭扬扬手里的结婚证：“你打不打算隐婚？”

秦墨岭反问：“你跟尹林签的劳动合同里有不许结婚这一条？”

这哪跟哪，简杭道：“没有。”

秦墨岭：“那隐婚干什么？又不是明星。”

她是看他连领证都不情不愿，非要选下午，所以事先问清楚，别到时她跟别人说了她老公是他，他又不想公开，搞得她像上赶着倒贴一样。

简杭跟他确认要不要隐婚，还有一个原因：“你如果没隐婚的打算，我向董事会交代高太太那事时，顺便说一下我的婚姻情况。”她和秦墨岭的结婚证，对证明她没有插足高总婚姻很有利。

秦墨岭再次给了她确定答案：“隐婚不如不结婚。”

所以她可以拿结婚证当挡箭牌。

简杭没把他当老公，习惯性道：“谢谢。”

秦墨岭支着下颌，深幽如潭底的目光在她脸上停留几秒，之后望向车流如梭的马路：“尹林董事会为难你了？”

简杭迟疑了一下，暂时不清楚，庞林斌都看到了那个视频，董事会其他人应该也会看到，总有好事之人看热闹不嫌事大，不可能不传给其他董事。

“董事会现在还没有找我。”她道。

秦墨岭点头，没说其他。

车窗升上去，司机发动车子驶离。

简杭去路对面找自己的车，她没搞明白刚才秦墨岭为何打量她几眼，像在看她，但又像在思考什么事情。

她看不透秦墨岭，也没精力去猜他心里到底在想什么，启动车子回公司。

办公室工位上，五六个人正围坐在一起吃下午茶，咖啡和甜品，人手一份。

几人边吃边说笑，引来简杭也全然不觉，直到林骁一个转脸，看到简杭站在门口，正悠悠看他手里的甜点。

林骁愣住，他不知道简杭去领证，以为她今天早早回家了，他可是亲眼看见她拿着包和车钥匙走向电梯间，哪知道她突然杀个回马枪。

不应该呀！被高总的原配打上门，在所有下属面前社死，换谁也得怀疑人生，得回去好好调整一下自己，再严重一点，辞职也不是没可能。可简杭完全一副没事人的样子。

林骁确定自己没眼花，他从简杭脸上看出轻松愉悦的神色，不由得心里突突直跳，简杭越平静，意味着后面有疾风骤雨在等他们。

"老大，我们……"林骁讪讪一笑，"我们准备通宵加班，先吃点东西垫垫肚子。"

现在是下午四点半，说为了通宵加班提前吃晚饭，也提前太多了，林骁刚才解释时，心虚不已，原本两腿跷在桌上，立即老老实实拿下来，笔挺坐好。其他几人默默低头，嘴里还有甜品，来不及咀嚼，提心吊胆咽下去，差点被噎死。

老大今天心情本来就不好，他们趁她不在时还这么逍遥，这不是自己找死往她枪口上撞吗?

简杭问："下午茶谁买的？"

林骁："我。是我主动买的，也是我拉他们堕落。老大你要怪就怪我一个人。"

"是我们自己想吃。"其他几人异口同声。

林骁好心请他们吃下午茶，说今天老大开会时，他们个个都神经紧绷，必须来一杯咖啡压压惊。林骁买之前他们是知道的，也没拒绝，让林骁一个人背锅不厚道。

简杭看向林骁："下午茶的钱找我报销，我请你们。"

所有人目瞪口呆。

"咖啡要慢慢喝。"简杭转身回自己办公室。

高太太那件事，她必须占据主动权，要是等董事会要求她给个交代，她就变得被动了。

现在只有庞林斌问她怎么回事，在某种意义上，庞老板的询问不代表董事会，她是庞林斌任命的分公司的负责人，发消息问她怎么回事，有关心的成分在里头。

原本她打算弄清事情原委再仔细汇报给董事会，现在决定提前汇报，看看董事会那边什么反应，她好有所准备。

简杭没有长篇大论，将事情来龙去脉言简意赅地说清楚。没用二十分钟就全部搞定，给庞老板发过去，又顺带抄送其他董事。

曼哈顿那边现在是凌晨五点钟，他们不会这么早看到邮件。简杭关掉邮箱，靠在椅背上休息几分钟。今天一个下午比平时一个月的时间都漫长。

简杭从包里拿出结婚证，拍了发到家庭群里。两分钟过去，群里没人回应。

爷爷奶奶应该正在店里忙活，母亲今天可能又出去爬山了，父亲大概还在上课。母亲退休后经常约朋友爬山，父亲今年带初三毕业班，课时也多。

简杭退出群聊界面。

她拿起结婚证，目光凝滞在上面的证件照上，她和秦墨岭成了夫妻，然而他并不爱她。高太太打上门的视频传到庞林斌那里时，她以为她跟秦墨岭这婚结不成了。

定定神，简杭收起结婚证，开始忙工作。

快下班时，手机里的消息一条接一条，家庭群里热闹起来。爷爷奶奶把她和秦墨岭的证件照差点夸成花，母亲问她明晚有没有应酬。

简杭：应该没有。

母亲：那你跟墨岭明晚回家吃饭？给你们庆祝庆祝。

简杭盼着回家吃饭，不代表秦墨岭乐意庆祝，说不定他还有其他安排，根本没空。

她先跟秦墨岭确定时间：明晚有空吗？我妈喊我们回家吃饭。

秦墨岭只回了她两个字：没空。

简杭：好，我知道了，你忙。

他没有任何解释，也没再回她，简杭把这句话加工一下，发到家庭群里：妈，秦墨岭没时间，他明晚有应酬，推不掉，改天吧。

母亲：行，等你们有空再说。反正今晚你们自己会庆祝。我们给你们庆祝早一点儿晚一点儿都无所谓。

难怪母亲选明晚让他们回家，母亲以为，今天晚上她跟秦墨岭会过领证纪念日。

其实不然。秦墨岭娶她不是心甘情愿，怎么可能庆祝领证。

她不知道其他女人在领证那晚有什么安排，反正她跟平时没什么两样，在公司加班到八点钟才回家。

刚进家门，庞林斌给她打来电话。

庞林斌："你跟高域那事，解决了。秦墨岭半个钟头前给我们董事会每个人都打过电话。"

简杭错愕："秦墨岭说什么？"

"说你们俩从小认识。"

简杭一怔。她跟秦墨岭是相亲认识，小时候根本不认识。

"秦墨岭还说，你们两家长辈早就有心撮合，因为你们俩太熟悉，又没有早结婚的打算，一直拖到现在才领证。"

秦墨岭的意思很明确，简杭连嫁给他都一拖再拖，怎么可能为了一点利益去做高域的情人。他打电话给尹林的董事，不仅是解释，也表明态度，如果简杭和高域有什么负面新闻，受影响最大的不是尹林资本，是他，是秦家。所以尹林资本没什么可担心的，他会善后。

秦墨岭一通电话，解决了简杭所有麻烦。

庞林斌在得知简杭和秦墨岭结婚时，震惊不已。他突然想起来："你之前住院躲相亲，就是躲秦墨岭？"

简杭："……嗯。"

当时她高烧，后来应酬时酒喝多导致急性肠胃炎，其实不用住院，但她不想跟秦墨岭相亲，于是借口住了几天，但最终还是没能摆脱相亲的命运。

在旁人眼里，她家庭这么普通，能嫁到秦家，是上辈子烧了高香。只有她自己清楚，嫁给秦墨岭，她什么优越感都没了。她跟秦墨岭的差距太大，打拼这么多年，她所有身家加起来，顶多够买他戴的两三块手表。

今天领证时，她瞥见秦墨岭手腕上的表，价值不菲。

"别妄自菲薄，你的能力足以匹配秦墨岭。"庞林斌宽慰她两句，转而道，"刚才我们简单开了一个会，决定高总这事到此为止，交给你自己处理。"

"谢谢庞董。"

"别急着谢，我还没说完。至于高太太，你私下解决恩怨的时候不要撕破脸，知道你委屈，可简杭你得学会权衡，到底是出气重要，还是利益人脉更重要。你那边好好解决高太太的事，最好等事情圆满解决后，高域的人脉还能继续为你所用。"

"嗯，我有数。"个人委屈不重要，公司利益才是一切。

挂断电话，简杭脱下大衣挂起来，去厨房倒水。

半杯水喝下去，她才回过味来，原来在民政局门口，秦墨岭看她那几眼，是在想着帮她怎么善后。

他们尹林的董事会成员，除了庞老板，其他都是欧美人，秦墨岭不见得都认识，还得找朋友搭桥牵线。

秦墨岭还为了她撒谎。她跟他根本不熟悉，相亲那天，是人生中有印象以来第一次见面。更没有两家长辈一直想撮合他们俩这回事，秦墨岭只是她母亲的学生，母亲是小学老师，秦墨岭小学毕业后，跟母亲也没任何联系。

简杭感谢秦墨岭：谢谢帮我解决了这么个大麻烦。

秦墨岭：不客气。

隔了半分钟，他又发来一条：你不用放心上，我这么做是为秦家，为我自己着想。

简杭懂他什么意思，回道：我知道。放心，不会因为你帮了我，误会你喜欢我或怎么样。

她拎得清自己，不会自作多情。简杭又补充一条：还是很感谢。

秦墨岭盯着手机屏看了几秒，没回，扔下手机去洗澡。还没走到浴室门口，手机连着振动两下。他脚步顿了下，似乎有些犹豫，最终还是折回去看手机。

以为简杭又在解释，点开来，是堂弟秦醒的消息：哥，你跟嫂子不是今天领证吗？

秦墨岭：嗯。怎么了？

秦醒：也不见你发朋友圈。

秦墨岭：你以为我跟你一样？

这话秦醒不爱听，喜欢发朋友圈怎么了？那叫热爱生活，懂不懂？他对堂哥发不发朋友圈一点兴趣没有，受奶奶之托，确定一下堂哥和简杭到底领没领证，奶奶就怕堂哥糊弄家里人，嘴上说领，其实没领。

秦醒：你不发朋友圈，那至少在家庭群里发发呀，让我们沾沾喜气。

秦墨岭这种人就不可能把自己结婚证发到群里，他打开家庭群留言：以后跟我们两口子有关的事，你们找简杭商量，她说什么就是什么。

随后，他把简杭拉进群。

秦家家庭群里几十个人，纷纷欢迎简杭进群。简杭刚进来，看不到秦墨岭之前的那条留言。简杭和秦家的每个人都聊得来，除了秦墨岭。他们中的任何一个都比秦墨岭对她热络。

秦醒：嫂子，晒晒你们的结婚证，我们跟着沾沾喜气。我哥说了，以后有事可以找你。

秦醒时刻记着秦墨岭刚才那句，有什么事找简杭商量，她说什么就是什么。

简杭手机里有现成的照片，她直接发了两张到群里。她和秦墨岭一样，不喜欢在朋友圈分享私下生活，不过家庭群例外。

然而秦墨岭连家庭群都不喜欢分享，把自己照片发在群里供家人欣赏，还要被评头论足，甚至调侃，他心里极其排斥。

秦墨岭洗完澡出来，群消息过百条。

以前他从来不爬楼翻看家庭群的消息，都是闲聊和废话，看不看无所谓。今天破天荒，他靠在床头，从简杭刚进群的聊天记录往下翻，然后看到了自己和简杭的结婚证件照。又往下翻了几十条，没有人拿他照片调侃，应该是碍于简杭的面子，他们对他口下留情了。

即使这样，秦墨岭还是不喜欢看到自己照片出现在家庭群里，结婚证是很隐私的东西，在他看来，别人觉得好不好看根本不重要，只要他和简杭觉得好看就行。

秦墨岭私发给简杭：以后别发我照片到家庭群里。

等了三分钟，简杭没回他。

秦墨岭很确定简杭在看手机，她在群里正和秦醒说话。

他只好在家庭群里 @ 她：回我消息。

简杭以为秦墨岭有什么重要事情，打开他的聊天框一看，是让她别再发他照片。

简杭：那你不早说，我以为你拉我进群，就是让我在群里晒结婚证。

不然秦醒不会说那句“我哥说了，以后有事找你”。

秦墨岭：拉你进群是因为我们结婚了。

言外之意，不是让你进群晒照。

简杭：明白了，以后再晒合照，我把你头像打码。

秦墨岭：“……”

秦墨岭：不能好好跟我说话?

简杭：抱歉。

她撤回刚才头像打码那句。他和她关系不熟，玩笑不能随便开。她能跟秦醒开玩笑，但不能对他开。

简杭：秦总，能不能明确一下，我在群里，包括以后跟你聊天，什么能说，什么不能说?

秦墨岭后知后觉，她那句头像打码是跟他开玩笑，他也撤回自己那句“不能好好跟我说话？”。

秦墨岭：这事翻篇过去，以后不吵架。

他又道：你在群里想说什么就说什么，我只是不喜欢在群里晒照。

在简杭看来，和自己家里人分享一下结婚证，还要上纲上线，她实在不理解：是你自己说不隐婚，也是你把我拉进群，他们是你家人，让我分享一下结婚证，这点小事，我怎么拒绝?

秦墨岭觉得她误会了自己的意思，解释：这次没怪你，我说的是以后别再晒照。

简杭：不会。以后应该也没机会再合照。

他肯定不会拍婚纱照，如果将来有婚礼，说不定秦墨岭找人直接将他们两人的照片合成，应付一下婚礼现场。

秦墨岭不知道回什么，只好道：早点睡吧。

趁现在两人都有空，简杭想跟他商量一下，婚后生活怎么安排。她身边通过相亲认识结婚的人，不在少数，但没有一对跟他们情况类似，已经领了证，依旧跟陌生人无异。

她征求他意见：家里那边，以后你打算怎么应付?

秦墨岭懂她什么意思，他们不住一起，又几乎不见面，如果两家长辈偶尔问起他们结婚后怎么样，她不知道怎么回答。偶尔撒谎一次能瞒天过海，久而久之不是办法。

秦墨岭考虑一会儿：每周三打一次电话。

他问：你什么意见?

简杭：我没意见。

接下来的问题就是谁先打给谁，秦墨岭不会在这种事情上没风度，他主动表态：到时我打给你，具体时间你定。

简杭发现，他跟她想象中有些不一样：周三晚上十点半吧。下周开始。

秦墨岭：好。

两人像极了合作伙伴，在最短的时间里，达成最默契的合作协议。她顺手改了秦墨岭的微信备注。秦墨岭没再说别的，聊天到此结束。

简杭拿出包里的结婚证看，不管这段婚姻有无感情成分在里面，今天对她来说意义到底不一样。她结束了单身生活，踏入人生另一个阶段，陌生、新鲜又刺激，还有无数的冷嘲热讽在等着她。

她放下结婚证，在线上订了一束鲜花，简单给自己庆祝。

秦墨岭那边，刚跟简杭聊完，母亲就打来电话。

因为他在家庭群里 @ 简杭，奶奶看出来他没跟简杭在一起，于是操心起来，让母亲给他打电话。

沈静云开门见山："听你奶奶说，别墅已经布置得差不多了。"

秦墨岭回母亲："嗯，我知道。"

知道，但就是不去看。

秦墨岭长大后对婚姻的态度，和他小时候对学习的态度一样，令沈静云十分头疼，后来她索性看开不管，随他去，他爱干吗就干吗。

她不管秦墨岭，但秦家老爷子和老太太做不到不闻不问，于是给秦墨岭张罗相亲，给他介绍了没有十个，也得有七八个相亲对象，他次次放人鸽子，好好的相亲全都被他给搅黄了。

唯一跟简杭相亲时，他答应去见个面，结果简杭放了他鸽子，生病住院去不了。

秦醒说，一物降一物，恶人自有恶人磨。

虽然词不达意，但确实有那么点意思。

沈静云对儿子婚姻的态度，用秦家其他人的话说，就是彻底破罐子破摔。

但她不觉得自己这么做是不负责，秦墨岭自己都不愿去看自己的婚房，她操什么心，又不是她的婚房。儿子小时候，她给了他所有的爱和陪伴，这就足够了。

她想，儿子成年后肯定不喜欢有个成天唠叨的妈妈。

她自己还有那么多展没看，还有那么多剧等着她去刷，哪有时间再管秦墨岭。

再说，有些事也不是靠家里管就能管得住的。

奈何老太太让她打电话给秦墨岭，说该去看看婚房，老人家的面子她还是要给的。

“有空你跟简杭去别墅看看，缺什么或是哪里布局你们不喜欢，到时告诉我。”当然，这是客气话。

就算缺了什么，告诉她也没用，她连别墅具体在哪儿都不知道，别墅是秦墨岭爷爷奶奶送给孙子孙媳妇的结婚礼物，她一次没去过。

秦墨岭：“好的，妈，我知道了。”

儿子这么痛快答应，反倒让沈静云不好再多说什么，不过正好省得她长篇大论。他每次都这样，阳奉阴违。沈静云不想多浪费口舌：“对简杭好一点，好好过日子。”

果断结束通话。

第二天早上，简杭被闹铃叫醒。昨晚她把订的那束鲜花全部插瓶，睡得有点晚。平时她不用闹铃叫，六点半准时醒。

出门时，她戴上戒指。

林骁第一个发现简杭戴钻戒。昨天因为请同事喝下午茶，他心虚急于解释，没注意到简杭手上多了一枚钻戒。

林骁怕自己弄乌龙，找秦醒确认。他跟秦醒从小玩到大，他们在别人眼里，都是不务正业的败家子。

林骁：问你个事，你哥真的跟简杭结婚了？

秦醒：嗯。以后谁再嚼舌根，你护着我嫂子。

林骁：这还用你说，虽然我不待见女魔头，但一码归一码。就算她不是你嫂子，我该维护还是得维护，谁让我三观正呢。

秦醒被恶心坏了：滚吧你。

林骁吹个口哨，赶在上班前“水群”：老大今天心情不错，找她签字的、审批的赶紧去。

有人回复：你怎么知道？

林骁：戴了钻戒，和秦墨岭领证了，搁你你不高兴？

群里大清早就开始沸腾起来。

简杭上午接到高域的电话，他解释高太太为什么怀疑她是小三：“我跟我太太提离婚的第三天晚上，正好跟你们尹林有饭局。我太太因为我要离婚，天天跟踪我。”巧的是，他跟简杭还有尹林其他几个人在饭店门口遇到，一行人聊着天进了饭店。

高域：“我太太拍到了我跟你的照片，她不知道从哪里打听到你名字，又听说了你的一些事，所以……

“不管怎样，很抱歉。我太太现在冷静下来了，知道你跟秦墨岭是夫妻，是她自己误会了。”

简杭声音冷静：“就凭一张我跟你同进饭店的照片，认定我是第三者？在场的还有我秘书，还有团队其他人。”

高域无奈，妻子无法接受他要离婚，大受刺激，咬定他出轨了。当时妻子眼里哪还看得见尹林资本的其他人，只看见他跟简杭同框。

他没有婚外情，没做任何对不起家庭的事，只是他受够了妻子的抱怨，受够了喘不上气的婚姻生活，然而妻子根本不信他没出轨。

现在也不信，妻子只是承认自己错怪了简杭。

“简总，你打算起诉？”

“嗯。我不接受和解，出轨这样的事，必须得弄清楚，这次稀里糊涂过去，谁知哪天你太太那里又爆雷。”

高域是极其清醒的一个人，他赞同这样的处理方式，同时表态：“万悦集团那个项目，我会继续跟进，不会受任何影响。”

万悦集团打算收购苏城的一家企业，高域跟万悦集团的高层关系不错，能得到第一手消息。

简杭有大型并购的经验，她带团队完成过几个复杂的跨国并购案。万悦集团的项目，简杭势在必得。

拿下一个大项目，拼关系是第一步，接下来才是拼实力，拼她个人还有团队的实力。这次竞争对手都很强，都在找关系想拿下这个项目。

如果她顺利拿下万悦集团的项目，相应，她要替高域完成他银行的一些任务。她和高域之间，是纯粹的利益合作。

所以之前庞老板提醒她，别跟高域闹崩，要圆满解决高太太那件事，让高域这一人脉继续为她所用。

下班后，简杭跟代理律师在电话里聊了二十分钟，高太太这事，她要走法律程序，代理费用多高都无所谓，她必须得赢这场官司。董事会不追究了，但她想给自己一个交代。

今晚要回家吃饭，简杭和律师聊完便下班回去。原本父母是要给她和秦墨岭庆祝领证，就算秦墨岭没来，母亲照样做了一桌丰盛的菜。

简杭最爱吃母亲做的清蒸鱼，她一人能吃完一整条。简仲君把鱼盘往女儿跟前推了推，几乎挨着简杭的碗："冰箱里还有一条，明晚你要是不加班，让你妈妈把那条也蒸了。"

陈钰插话："明晚她哪有空。你忘了明天什么节？"

简仲君想起来，解释："我就随口一说，忘了明天是情人节。"

明天是二月十四号，她跟秦墨岭领证后的第一个节日。不过明天不是她和秦墨岭约定好打电话的周三，她跟秦墨岭不会见面，也不过节。就算明晚有时间，她也不可能回来吃鱼，不然父母又要担心她跟秦墨岭是不是吵架了。

简杭决定明晚在自己公寓里加班。

翌日情人节，简杭比平时早起半小时，她要去爷爷奶奶的店里，给奶奶送一束玫瑰花。

爷爷以前是酒店大厨，一直升到行政总厨，干到退休，退休后在家休养了半年，后来实在闲不住，想找点事做，开饭店累人，于是租了门面卖小吃。

简杭上班赚了钱，买下那间门面，他们一直干到现在。

奶奶做煎饼果子，爷爷拌凉皮，一间门面，老两口各占一半。

爷爷调的凉皮口味那是一绝，简杭怕爷爷累着，也有饥饿营销的因素在里头，她让爷爷每天固定凉皮份数，卖完就收工，生意再好也不多准备，爷爷店里的凉皮从来都不够卖，想吃凉皮只能早早去买，晚上下班肯定就没有了。

开店这些年，爷爷和奶奶从不拌嘴，日子过得简单又充实。

煎饼果子店所在的那条居民街停车难，简杭每次都是停在路口的一个停车场，然后走路到店里。

清晨六点半，街两边早已热闹起来。简杭抱着一大束玫瑰，格外惹眼。

每个节日，她都会送奶奶一束花，奶奶在看到花的那一刻，心里的喜悦是藏不住的。除非对花粉过敏，不然哪个女人不爱鲜花。她也喜欢花，还喜欢钻石。

店门口有五六个年轻人在排队等煎饼果子，简杭自觉排队，不时探头看看奶奶，爷爷和奶奶正忙活，没发现她。

前面只有一个人时，简杭将花举高，挡着脸，爷爷奶奶专注手头的活，还是没注意到她。等前面那人拿到自己的煎饼果子，从右侧走开，简杭才放下鲜花。

奶奶先是一怔，反应过来后满脸惊喜："你怎么过来了呀，上班赶得上吗？"

"时间早呢，赶得上。"简杭晃晃手里的花，"情人节快乐。"

奶奶知道孙女今天肯定会给她送花，只是没想到一大早，孙女亲自捧着一捧花过来。往年都是花店送来。

爷爷在屋里准备生菜，听到孙女的声音，疾步出来。

"爷爷。"简杭甜甜地喊了声。她后边又排了四五个人，早上的时间太宝贵，她没敢多耽搁，对奶奶说："今天加两个蛋。"

爷爷从她手里接过玫瑰花，奶奶忙着给她做煎饼果子。

"今晚还加班吗？"爷爷关心道。

不等简杭说话，奶奶说："肯定不加呀，再忙也不急这一晚，她要跟墨岭去过节呢。"似乎想证明自己没说错，奶奶摊煎饼时抬了一下头："小杭，是吧？"

简杭笑笑，含混过去。

热乎乎的煎饼没几分钟做好了，爷爷给她拿了一盒热牛奶，牛奶放在电锅里加热，上面一层水，爷爷仔细用毛巾擦干水："你这孩子，天冷也不戴手套，焐焐。"说着，把牛奶塞到她手里。

店内与店外隔着一个木质料理台，爷爷身体往前倾，伸长了胳膊又把她的围巾给拉得紧一点，系好。明明很想孙女再多待两分钟，又怕耽误她上班，催促她："风大，到车上吃。"

现在是店里最忙的时候，简杭跟爷爷奶奶挥挥手，倒退着走了几步，然后才转身离开。

她低头看看爷爷打的围巾结，无奈失笑。她的围巾只是个装饰品，不是用来保暖的，等走远，她解开围巾结。

回到车上，简杭打开手机登录邮箱，边吃早饭边看邮件。

这张加了两个蛋的煎饼果子，说不定要成为今年她的情人节大餐。

午饭后，秦墨岭正要去睡午觉，秦醒抱着一个大礼盒来找他，秦墨岭将解开的两个衬衫纽扣又扣上，问：“盒子里是什么？”

“我也不知道。”秦醒把礼盒往办公桌上一放，“奶奶替你准备的情人节礼物。怕你忙，没空给嫂子买礼物。”

他拍拍礼盒：“东西给你放这儿了，送给嫂子后，你跟我说一声。”他还得给奶奶回话。

秦墨岭盯着秦醒：“奶奶给了你多少钱？”

秦醒说谎眼都不带眨一下：“你觉得多少钱能收买我跑腿？你是我哥，我才乐意跑腿，换旁人你试试看，给我辆车我都不可能做这种里外不是人的事。”

他拉开桌前的椅子，一屁股坐下。

秦墨岭见他没有要走的意思：“还有事？”

“没事。”秦醒掏出手机，“你忙，不用管我。”

秦醒把手机转成横屏，想都不用想，他这是要打游戏，秦墨岭赶人：“没事就回去，我要午睡。”

“你睡你的，我不吵你。”秦醒从口袋里摸出耳机插上，“回去来不及，小橄榄就只有中午半个多小时时间有空上线。”

他跟林骁每天眼巴巴地等小橄榄上线，怎么可能错过宝贵的游戏时间。

小橄榄是他们战队队长，性格跟游戏昵称天差地别，小橄榄这个名字听上去很可爱，其实本人疏离话不多，从不连麦语音，一旦进入地图，冷静果断，技术又好，是他和林骁的偶像。

秦醒：“哥，你去睡午觉，放心，我不出声。”

秦墨岭看了眼桌角的礼盒，去了里面的休息室。

不知道秦醒是什么时候离开的，秦墨岭午睡醒了以后，秦醒已经不在办公室。

那个礼盒过于醒目，想忽视都不行。秦墨岭又看了看礼盒，奶奶了解他，知道他不可能给简杭买情人节礼物，所以代劳。如果不是这份礼物，他没打算庆祝情人节，以他目前跟简杭的关系，还没到过情人节这个份上。

一天忙下来，快下班时，秦墨岭发消息给简杭：今晚忙不忙？

简杭：不算忙。

秦墨岭：别墅布置好了，你今晚下班去看看。不着急，你什么时候忙完什么时候过去。

他一会儿也去别墅，顺便把礼物给她。

简杭：好，有空过去。

她以为秦墨岭问她今晚忙不忙，是找她吃饭，结果是让她看婚房。

盯着聊天框看了几秒，简杭放下手机。

她没去别墅，下班后直接回自己住的地方。

今天工作不算多，一个多小时忙完。简杭登录游戏，今晚情人节，好友列表里，一大半人不在线。她没打游戏，抽了一辆跑车皮肤，当情人节礼物送自己。

秦墨岭的消息弹出来：什么时候过来?

简杭退出游戏，回他：？

秦墨岭现在在别墅，从七点钟等到快九点，还不见她人。她回一个问号算怎么回事。

简杭反应过来，他以为她今晚会去别墅：不好意思，今天太晚，我不过去了。等哪天休息我再去看看。

她又问：你在别墅?

秦墨岭：刚从别墅出来。

他拉开车门坐上驾驶座，瞥一眼副驾驶座上的礼物盒，发动引擎。

简杭没多想，以为他去别墅是走过场瞅一眼装修，在她固有的认知里，秦墨岭不可能有耐心等谁几个钟头，而她更没那个荣幸让他等。她顺手刷朋友圈，满屏都在虐单身狗，她这个已婚的跟单身没区别，父母今晚也在外面吃饭，母亲还晒了父亲送的花，简杭点了个赞。

晚饭没吃，她去厨房找水果，只剩一个苹果，冰箱里的速食也快见底，她穿衣服下楼采购。

天再冷也挡不住今晚大街上的热闹。公寓楼对面就有便利店和水果店，简杭买了几样水果，又去隔壁超市采购一大包，两手拎着购物袋往回走。

一对年轻情侣从她面前经过，女孩手里捧着一束花。旁边的男生，帅气阳光，牵着女朋友的手，还帮女朋友拎包，特别体贴。简杭看男生面熟，突然想起来，他是高域的儿子。

她前几个月去高域办公室，碰到过一次。当时她还听高域感叹了句，说儿子能养成今天这样，都是他太太的功劳。可即便这样，还是挡不住他要离婚。

年轻小情侣走过去，简杭收回视线。

她这一眼，看的时间有点长，车里的人注意到了。

秦墨岭推开车门下去，简杭此时离汽车两三米远，他突然出现，她不敢置信。

简杭扫一眼汽车，应该是新车，没见他开过。

“你怎么来了？”

秦墨岭走到副驾驶旁：“奶奶给你买了礼物，我送过来。”

礼物不是他准备的，他懒得撒谎。他本来不想送礼物过来，在情人节这天主动上门送礼物，多少显得有点讨好她。

不知怎的，车子最终又拐到她这里。刚才看到她盯着别人的花看，还看了那么久。他是男人，过不过节无所谓，她到底是女人，在意这些仪式上的东西。

秦墨岭打开车门，没去拿副驾驶座上的礼物，而是俯身，去接她手里的购物袋。

简杭：“谢谢，不沉，我自己拎。”

秦墨岭坚持拎过来，两个购物袋并在一手拎。

简杭出来采购穿的是平底鞋，挺直了也只到秦墨岭下颌，他不说话时给她一种特别强烈的压迫感。尹林资本的人都说她强势又咄咄逼人，但站在秦墨岭跟前，她感觉遇到了对手。

秦墨岭手搭在车门上，示意她拿礼物。

礼物盒够大，简杭两手抱在怀里，以她的拆箱经验，应该是个包。

秦墨岭锁好车，他们往公寓楼走。

说什么都不合适，俩人一直沉默到电梯间。

简杭刷卡，秦墨岭按楼层，领证前他送她回过家，知道她住哪层。

“家具我看过了，还不错。”稍顿，秦墨岭又道，“你再去看看，不喜欢的家具可以换。”

“你看过的话，我就不用看了。”简杭信得过秦墨岭的眼光，他的衣品很合她的审美。

秦墨岭侧脸看她，他理解为没陪她过情人节，她有情绪，才不想去别墅看家具。

到了家门口，简杭开门，她假客气道：“要不要进来坐坐？”

领了证的夫妻，陌生成他们这样，怕是很难找。

秦墨岭没打算进去，把两个购物袋放在门内。不管怎样，情人节没给她准备礼物，是他做得不妥：“那天商量了周三打电话，没商量以后遇到节日怎么办。”

简杭站在门内，看他：“你想怎么办？”

秦墨岭跟她对望：“我也没其他人要陪，以后你要想过节，我陪你过。”

简杭不知道是不是自己想多了，总觉得他这句话还有层意思，是在解释他没其他女人，让她别误会他今晚跟其他女人在一起。

她淡淡道：“我无所谓。”没说自己想过节，也没把话说死。

秦墨岭：“那就这么定下来，以后正常过节。”

今天没陪她过情人节，现在准备礼物来不及，秦墨岭手里只有跑车钥匙，这是新车，他今天第一次开。

他把车钥匙放在她怀里的礼物盒上，简杭一时没明白他什么意思。

“车送你，补给你的礼物。我回去了，你早点睡。”秦墨岭带上门离开。

秦墨岭没有车回家，他给司机放了假，再让司机赶来接他，少说要等半小时，他走到电梯间又折回去。

“简杭。”他轻叩几下门板。

简杭正在拆奶奶送的礼物，没想到秦墨岭去而复返，她抄起茶几上那辆跑车的钥匙，刚才没来得及还他。这辆轿跑应该是他的心头好，她不能夺人所爱。

简杭开门：“还有事？”

秦墨岭没跟她绕弯子：“你自己的车借我用一晚。”他特意强调：“不是我送你的那辆。”

简杭手里就拿着车钥匙，直接给他：“这车太高调，我开不合适。”

“没什么不合适。”秦墨岭看都不看跑车钥匙，送出去的礼物，他不可能再收回来。

“你的车要是不方便借，我打车回去。”

简杭还是了解一点他的脾气，他这么坚决，她没再推三阻四不要，收下跑车。

“你等一下。”她回屋拿自己的车钥匙。

秦墨岭没进去，站在门口等她。

上次送她回来是相亲见面那晚，他在大门口止步，没看见她房子里面什么样，现在门敞开，他多看了几眼。

简杭的房子不大，一百来平方米，秦墨岭一眼就能将整体格局看到底。装修风格是极简原木风，颜色搭配很治愈。屋内东西不多，码放得整整齐齐，有鲜花和小盆栽点缀，整间屋子极具观赏性。

这样的装修风格是秦墨岭没想到的，跟她的性格似乎不搭。

简杭拿着自己车钥匙过来："提速不比你的车子。"

秦墨岭道："不要紧。"

这一次，简杭没急着关门，想等他脚步声远一点。这是基本的待客之道，她在心里解释给自己听。

忽然走道上的脚步停了下来，简杭不知道他为什么又停下来。

秦墨岭没听到关门声，回头没看到她人，门口有她的影子斜映在地上："把门关好。"

简杭应了一声，又道："你开车慢点。"

她关上门，反锁。秦墨岭确定她锁好门，才抬步往电梯间走。

简杭的车是白色的，车的颜色和车型都适合她，只是秦墨岭往里一坐，空间顿显狭仄，人坐直，头几乎要顶到车顶。他将座椅往后调，勉强展开腿。

简杭的车里跟她家里一样，干净清爽，没有一件多余的东西。清冽型车载香水，跟他车里气味差不多。

从简杭家到他的住处不算远，开车二十分钟。

简杭公寓所处地段，称得上绝佳，是很多年轻人梦寐以求，可望而不可即的。但跟秦墨岭的高级公寓比起来，差的不是一星半点。

秦墨岭的住处有简杭的五六个家那么大，大到连秦醒也经常走错房间，半天绕不出来。秦醒借宿过几回，因为走路太累，后来再也不去住。

所以简杭当初知道相亲对象是秦墨岭时，真没打算跟他有交集，她辛苦打拼这么多年，全部身家也仅够买他这套公寓的两个套卧。

她习惯掌控，即使是在虚拟的游戏世界里，但她无法掌控秦墨岭。

和秦墨岭的这段婚姻能走到什么地步，她心里没底。因为没底，她就不可能轻易付出情感，覆水难收，感情也一样。

如果秦墨岭愿意经营婚姻，她也愿意；如果秦墨岭对她好，她也会对他好。

她的车从不外借，今晚借给了秦墨岭。

秦墨岭到了公寓楼下，将车钥匙交给物业保安去泊车。

保安告诉他，小秦先生在等他。

小秦是秦醒，他正在入户大厅里打游戏。

“这么晚你不回家，到我这儿干什么？”秦墨岭单手插兜，立在秦醒跟前。

他人高，挡住了灯光，秦醒被罩在一片阴影里。

“哥你等等。”

秦醒神情焦急，下一秒，他自骂两句。他被对手淘汰出局，间隔没几秒，林骁也被打死。

“你个菜货！”他骂林骁。

“你不菜你怎么死得比我还早！”

秦墨岭没耐心看秦醒打游戏，转身去坐电梯。

“欸，哥，等我一下。”秦醒退出观战，小跑着追上秦墨岭。

秦墨岭目不斜视：“有事快说，说完哪儿凉快哪儿待着去。”

“你以为我想来？奶奶托我把礼物给你，你有没有送给嫂子，我得回去交差。”奶奶的红包不能白拿。

“送了，你回去吧。”

秦醒跟着秦墨岭进电梯：“我今晚住你这儿。”回去浪费时间，路上开车的时间够他打一把游戏。

他喊话林骁：“小橄榄呢？怎么还不上线？”

林骁那头没声音。

秦墨岭不陌生“小橄榄”这个名字，但凡秦醒打游戏，没哪次不提小橄榄。

没有小橄榄，秦醒经常被虐。

进了公寓，秦醒斜躺在沙发上，连麦林骁：“林菜你人呢？”

林骁：“喊什么喊，来了。”他刚去了厕所，没听清秦醒说什么：“你再说一遍。”

“小橄榄干吗去了，这么晚还不上线！”秦醒问他，“你还没加上她微信？”

林骁：“她不加我我能怎么办。”

小橄榄不是他现实里的朋友，小橄榄的游戏ID也不是小橄榄，是几个英文字母加“小橄榄”。

四年前一次游戏，小橄榄是系统随机匹配给他的战友，那次他运气太差，没捡到好装备，被对方给击倒，他没抱任何希望，谁知小橄榄一挑四，将对方满编队给干掉了。那个队可是技术战队，个个都是战神，厉害得不行，结果被小橄榄一人给灭了。

就在他快要被淘汰，倒计时只有几秒时，一辆金色跑车伴随着轰鸣声停在拐角，小橄榄穿着又美又飒的衣服，跳下车，在烟幕弹掩护下，拉起他，又丢给他一个急救包。

那一瞬，小橄榄在他心里封神。林骁厚着脸皮一遍遍添加小橄榄为游戏好友，终于功夫不负有心人，他跟小橄榄成为游戏好友，自那儿之后，只要跟小橄榄组队，十有五六赢。

他和秦醒都是小橄榄的小迷弟。

小橄榄从不连麦，只用文字交流，在他接触到的高端玩家里，小橄榄属于大神级的存在。他跟秦醒一直认为，小橄榄是某个电竞大神的小号，不过一直没办法证实。

林骁对秦醒说：“今天情人节，小橄榄应该跟男朋友去过节了，再等等。”

秦醒：“她有男朋友？”

“不知道，猜的。”

林骁和秦醒对小橄榄是一种崇拜的情感，从不过问小橄榄的私人感情，小橄榄有没有男朋友跟他们没关系。

他跟小橄榄提过面基[1]，想认识后带她出去玩，大家聚在一起打游戏才爽，可惜面基的请求被小橄榄拒绝。

林骁想面基的想法很简单，以他跟秦醒的关系网，能给小橄榄带来很多资源和机会，他们不图她什么，无须任何回报，只要带他们打游戏就行，然而小橄榄无动于衷，二、三次元，她分得清清楚楚。

系统提醒：小橄榄上线。

1 面基：指普通网友线下见面。

林骁噌地坐直："小橄榄来了，快快快！"

小橄榄可抢手了，她好友多，只要她一上线，太多人拉她组队。他们经常抢不到与小橄榄组队。

今天运气不错，邀请到了小橄榄。

秦醒和林骁连麦时没戴耳机，刚才小橄榄上线他们激动成那个鬼样子，秦墨岭直皱眉，他微微仰头喝了一口红酒。晚饭到现在没吃，秦醒的连麦又太聒噪，他受不了，呵斥秦醒："回你自己房间去打！"

秦醒全神贯注看手机屏，已经开打，头也没抬："哥，你别吱声，我听不到对方枪声从哪儿传过来的。"

秦墨岭："……"

他拿着酒杯去厨房，晚上在别墅等简杭，饭都没吃。家里没有住家保姆，耿姨只在白天过来收拾房子，偶尔他休息，耿姨才过来做饭。

秦墨岭搁下酒杯，从冰箱拿出食材，自己下厨做了一份简餐。

客厅里，秦醒正在激战中，混乱的语聊声不时传到餐厅。

他不知道小橄榄是何方神圣，竟能令秦醒佩服得五体投地。

主餐厅离客厅近，秦墨岭嫌连麦声吵，他端着晚饭和酒杯去了靠露台的小餐厅，瞬间清静下来。

秦墨岭很少在家吃饭，在小餐厅吃饭的次数更是屈指可数，坐在小餐厅能看到最繁华的夜景，灯光璀璨如流星。他看过全球各地的夜景，看多了，再好看的夜景在他眼里，也变得稀松平常。

秦墨岭根本没往玻璃外看，意兴阑珊地吃晚饭。今晚他去别墅，是打算等简杭过去，两人看完装修，一起去吃饭。后来没等到她，他九点多去给她送礼物时，已经没了吃饭的心情。

没正常吃晚饭的还有简杭，不过她晚饭一向吃得少，没做晚饭，只吃了点儿水果又喝了一盒酸奶，开始游戏。

睡前心情不错，不知道是因为在游戏里厮杀得很过瘾，还是因为收到了奶奶送她的包。这个包不是贵不贵的问题，是在国内暂时买不到这个颜色。

简杭刻意没去想秦墨岭送她的那辆车。

翌日清早。

简杭自己的车被秦墨岭借去，她不得不开那辆高调的轿跑。简杭对这款跑车的性能还算熟悉，闺密有一辆，在国外时她开过几次。坐上车，扣上安全带，她转头时瞥到副驾驶座上的男士钱包。

秦墨岭昨天把车送她，忘了自己钱包还在车里。

简杭拍照发给他：是你让人过来拿，还是我送给你?

秦墨岭：你先收着，中午过去拿。

他没具体说让谁过来拿，简杭自动理解为让他秘书或是司机过来。

简杭回他：行，我今天全天在办公室，你让人直接去 26 楼尹林找我。

秦墨岭的钱包里最贵重的物品是他的身份证和一张二寸照片，除了这些还有十几张银行卡，卡对他来说实在算不上贵重的东西。钱包这样的小物品，他完全可以让司机过去取。

“中午我出去一趟。”他告知助理。

周绪没问老板是私事还是公事，只道：“需要我准备什么？”

秦墨岭：“不用。”

周绪意会，不用他跟着，他安排司机备车。

秦墨岭提前吃过中饭，拿上大衣离开办公室。电梯刚下了一层，他手机振动，钟妍月给他打电话。

“帮我按下电梯。”钟妍月道。

秦墨岭抬手摁下“16”。

钟妍月办公室在 16 楼，她下去吃饭，等电梯时看到老板专梯有人，正巧她有事要跟秦墨岭求证。

电梯门缓缓打开，钟妍月抬步进去，秦墨岭臂弯搭着大衣，她问：“要出去？”

“嗯。”秦墨岭没说去哪儿。

钟妍月说话直来直去，想问什么便直接问出来：“郁鸣到底是主动辞职还是被你抓到把柄？”

郁鸣是乐檬事业四部的总裁，乐檬一共四个事业部，钟妍月在事业二部。

乐檬在全球快消品行业里排名前二十，市值千亿，是国内最具实力的快消企业，也是秦家旗下控股公司之一，现在由秦墨岭负责。

起初秦墨岭的心思全部在自己跟朋友投资的新能源企业和 AI 医疗上，对传统的快消行业没兴趣。乐檬之前是由秦墨岭三叔掌权，秦三叔因身体不好，慢慢不怎么过问公司的事，全权交给秦墨岭。

秦墨岭这两年才慢慢把心思和精力放在乐檬上。所有人都说，接手乐檬和结婚这两件事，都是秦墨岭情非得已。

钟妍月盯着秦墨岭看，一直等他答案。

秦墨岭："就是你想的那样。"

钟妍月缓缓点头，郁鸣还真是被秦墨岭抓到把柄，不得已主动提离职保全自己。郁鸣是董事会某位董事提拔上来的人，他这一走，接下来公司的管理层充满变数。

钟妍月提醒："你悠着点，排除异己不能操之过急。"她点到为止，秦墨岭不会不知道其中的利害关系。

她岔开话题："我爸正忙着给我安排相亲。你知道他怎么说吗？他说，秦墨岭都能去相亲，你有什么不能相的。"

秦墨岭只是淡淡一笑，别人家的事，他不好置评，也没兴趣。

马上到午休时间，他随口问了句："要出外勤？"

"哦，不是，"钟妍月笑笑，"去外面改善一下伙食。"

乐檬食堂的伙食已经算良心，只是钟家这位二小姐挑食，她一周有三四天在外面吃。

今天情况更加特殊，是她跟前任认识的纪念日。明明已经分手，这一天却刻在了脑子里。钟妍月和秦墨岭关系虽说不错，但从来没跟他提过她上一段恋情，秦墨岭这样冷情的人，不可能理解她分手这么久还走不出来的痛苦。所以，说它干什么。

电梯在一楼停下，钟妍月跟秦墨岭挥挥手，走出电梯。

秦墨岭直达地库，司机在电梯旁等他。

尹林资本所在的写字楼和乐檬有一段距离，秦墨岭经常路过尹林门前那条路，今天还是头一次进这栋写字楼。

正是午休时间，楼下咖啡馆人来人往。秦墨岭看着从咖啡馆出来的年轻男女，不少人手上都端着咖啡，有说有笑。他总不能空手去简杭办公室。

不自觉地，他拐向咖啡馆。他不知道简杭喜欢什么咖啡，按自己的口味给简杭打包一杯。秦墨岭下车忘记拿墨镜，这会儿只能坦然接受周围人的眼神围观和打量，连收银小姑娘都多看了他几眼。

秦墨岭坐在一旁空位上等咖啡，旁边几个女生小声在讨论他的手形，看了秦墨岭的手，就能直观感受到骨节分明是什么样。

咖啡好了，秦墨岭拎着走出咖啡馆。

呼啦，好几个女生登时起身，跟他前后脚离开，几人笑闹着，跟在他后面。看帅哥是她们忙里偷闲时，仅有的一点儿乐趣，今天看过，可能两天一过，已经不记得帅哥长什么样。秦墨岭的风度气质不是一般帅哥能比的，她们这才顾不上在咖啡馆八卦，提前回办公室。

论挤电梯，秦墨岭挤不过，她们挤上去后，自觉让出足够的空间让他站上来。

秦墨岭对靠近电梯按钮的人说："26 楼，谢谢。"

原来要去尹林资本。不只是她们，连尹林资本的前台在看到秦墨岭时也怔了怔。林骁已经算是极品帅哥，尹林最不乏青年才俊。即使天天看到帅哥，秦墨岭站在跟前时，前台还是没能免疫。

前台迅速整理好略微失态的表情，礼貌问道："您好，请问找哪位？"

秦墨岭："简杭。"

刚出过高太太那事，前台的神经立即绷紧，刷脸在她这里行不通。前台确认道："您有预约吗？"

秦墨岭："我是简杭老公。"

前台脑子里蹦出三个字：我的妈！

"秦总，您怎么不打个电话，我下楼去接您。"简杭的秘书看到秦墨岭，几乎是小跑着过来。

秦墨岭微微点头，道："你忙，我自己过去。"

秘书还是将他引领到简杭办公室门口，秘书自觉带上门，没进去打扰。

简杭正在打游戏，她午休时经常打一把游戏放松。只是没想到这个塑料老公自己来拿钱包，手里是游戏，眼前是老公，还是游戏重要一点。

"坐。"她招呼他。

秦墨岭把咖啡放她办公桌上，顺势在桌前的椅子上坐下来。他往后一靠，双腿自然交叠，靠在椅背上看她。简杭塞了耳机，手机横屏，两个拇指不停移动。

如果眼前的人是秦醒，秦墨岭毫不怀疑，秦醒在打游戏，换成简杭，他不曾有一丁点儿怀疑她在游戏，以为她在开视频会，他在旁边她不方便语音，于是改成文字输入。

秦墨岭压根儿就没把简杭跟游戏联系到一块，她眼里只有赚钱，怎么可能浪费时间在无聊的游戏上面。

他过来就是拿钱包，她现在不方便，秦墨岭没打算久留："钱包呢？"

简杭到底还是被秦墨岭分了心，一不留神，被对方给击倒。

"小橄榄，你怎么回事？！"耳机里传来林骁不可思议的质问。

简杭：领导来了。

林骁一下没了脾气，完全感同身受："我可太懂你这种心情，我上司，就是那个女魔头，和你领导一样，经常跟幽灵似的，说来就来，杀我个措手不及，我午休都休不安稳。你忙吧，晚点我送你个皮肤安慰安慰你受伤的幼小心灵。"

简杭："……"

她是小橄榄，也是林骁嘴里的女魔头和幽灵。

简杭：记住队规，不然下次不带你玩。

"好好好。"

队规是：不许吐槽任何三次元里的事情，不准提及朋友、上司和家人。

这个规定看似是队规，其实是专门给林骁量身定做的。

四年前，她不知道林骁是谁，那时她在尹林总部，林骁大学还没毕业，两人明明有时差，却经常能碰到一起上线，后来林骁又介绍秦醒给她认识。那时她不认识秦墨岭，所以不知道秦醒是谁。三人经常一起组队，成了铁三角。

两年前，她回国，林骁进了尹林，从语音里她确定，游戏里的林骁就是她那个属下，同名同姓还是同一个人。

她知道他是林骁，但林骁不知道小橄榄就是她，对他不公平。她不想听林骁在背后吐槽她这个上司，万一以后林骁知道她是谁，估计恨不得挖个洞钻进去。于是有了规定，不准在游戏时说现实里的事。

简杭退出游戏，扯下耳机，对着秦墨岭镇定自若道："不好意思，刚在开会。"

秦墨岭看不见她手机页面，深信不疑。

"我钱包。"他又说一遍。

简杭从包里拿给他，起身去给他倒水，走了几步又回头询问他："喝茶还是？"

"白水吧。"

秦墨岭打开钱包看，他对卡不感兴趣，不记得里面具体多少张卡，看了几眼二寸证件照。

证件照是他上小学一年级时拍的，前两个月，母亲不知道从哪里翻找出他这张照片，他顺手塞在钱包里。那时太小，跟现在比，判若两人。

简杭倒了水过来，他合上钱包。

“东西没少吧？”她习惯性地问道。

简杭没打开他钱包看，从副驾驶座拿起来直接放包里，不知道里面有什么。

秦墨岭反问：“你拿我东西了？”

“你觉得我会拿你东西？”

“那不就行了。”

简杭给他水杯，她后知后觉，他是不满她刚才问的那句“东西没少吧”。

也对，让他怎么回答。

简杭坐回去，端起他买的咖啡，揭开杯盖，香气扑出来，是她喜欢喝的咖啡。她瞥秦墨岭一眼，他沉默时，整个人都显得清冷。她的目光从他脸上一掠而过，落在电脑屏幕上，手指配合点两下鼠标，假装在忙工作。

他安静地喝水，她无言地喝咖啡。

简杭以为他顶多喝两口客气一下，钱包已经给他，以他的性格，不会多逗留。直到她的咖啡喝了一半，他还没有要走的意思。

秦墨岭忽然抬头：“你什么时候去别墅看看？”

简杭怀疑他健忘，她明明说不过去看了，只好再说一遍：“你看着合适就行，我对家具无所谓。”再说，秦家买的家具不可能不讲究，哪里该放什么，自然都是找专业设计师精心设计过。

确定她没置气，是心平气和在跟他说话。既然她没意见，新家就无须再改动，可以直接入住。

秦墨岭道：“我周末搬过去。”

简杭点点头，表示知道。她不可能主动说我也周末搬过去，等着秦墨岭问她什么时候搬。

然而两分钟过去了，他没有任何下文。

简杭不着急搬别墅住，什么时候秦墨岭催她，她再搬。

沉默总要有一个人先打破，她抬眼看他：“还要水吗？”

秦墨岭杯子里的水见底，本应该离开，他又把杯子递给她：“麻烦了。”

他是左手拿水杯，简杭一眼瞅见他无名指的婚戒，以为领过证，他就不会再戴。

放下咖啡，她起身给他加水，怕他喝不完一杯，只倒了半杯。

他在等她说哪天搬进去，她在等他问她。

两人都没有点破，然后这个话题就被带过去。简杭感觉，如果他们再熟悉一点点，都愿意放下骄傲，或许不至于这样。

秦墨岭从她手里接过水杯：“你不睡午觉？”

不睡，挤出时间打游戏。简杭自然不会跟他说实话：“没空。”

秦墨岭理解为她忙工作。他习惯午睡，上学时养成的习惯雷打不动，只是今天中午过来拿钱包，没时间午睡。他又喝了半杯水，时间差不多了，站起来告辞。

简杭放下咖啡杯，去送他。

秦墨岭走到门口，她人跟着他出来，他转头：“不用送。”

“我没什么事。”简杭带上办公室门。

路过办公区，数道好奇八卦的目光暗暗投过去，一直目送他们走远。

到了电梯间，尹林的几人在等电梯。

“Olive，好。”

简杭点点头：“方案还没确定好？”

“差不多了，今天到现场开会，应该没什么大问题。”

他们是另一个项目团队，跟简杭没那么熟悉，不习惯喊她老大，都是喊她英文名，偶尔跟甲方开会时也称呼简总。

电梯下来，里面人不多，秦墨岭最后一个进电梯，还能站下两人，他长臂一伸，按住开门键，看向简杭："不送我下去？"

简杭跟他对视，从他意味深长的眼神里，她随即明白，他是在她同事面前与她扮演恩爱夫妻，让不利于她的那些流言不攻自破。

她迈进电梯，靠他旁边站。

他今天来她办公室，又给她打包咖啡，多少能给她解解围，让人觉得他们夫妻感情没受高太太影响。

到了地库，待其他人走远，简杭对他道谢。

秦墨岭没应，而是说："你上楼吧。"

他刚拉开车门，又转身问她："你英文名是 Olive？"

"嗯。"

她幼儿园时的英文名叫 Olivia，后来有个人说 Olive 好听，她就改成了 Olive，已经叫了二十多年。

Olive，小橄榄。

秦墨岭是左手搭在车门上，她又看到他那枚婚戒，有件事她正好跟他说一下："再耽误你两分钟。"

秦墨岭示意她说。

简杭竖起自己手上的钻戒给他看："我打算买一枚素戒戴，这个钻石太大，不方便。"主要是担心万一弄丢了，这枚钻戒是她半套房子的钱，对她来说太昂贵。换戒指前跟他报备，是不想他误会，以为她不爱戴这枚婚戒。

秦墨岭不假思索："不用换，丢了再买。"

简杭："……"

秦墨岭坐上车，等简杭进了电梯，他的车子才驶离。

既然他说不用换，她就继续戴这枚钻戒。

回到办公室，简杭接到谈沨的电话。

谈沨是简杭父亲的学生，起初他和简杭并不熟，简杭也不知道他是谁。真正熟悉起来是两年前，那时简杭还在尹林资本的总部任职，两家公司有业务上的往来，他帮过简杭。闲聊时他说起她父亲，自那儿开始，他和简杭两人才无话不谈。后来简杭调到尹林资本的北京分公司，各自都忙，几个月难得联系一回。

谈沨："听说你在争取万悦集团那个并购项目。"

简杭笑："消息怪灵通的。"

她跟谈沨是同行，大多时间都是竞争对手。搁以前，她说他消息灵通，谈沨会说知彼知己。今天他只笑笑，没说这句话。

简杭问："你们也打算拿下这个项目？"

谈沨实话实说："不在我计划内。"

少了一个强有力的竞争对手，对简杭而言是件好事，她看电脑右下角的时间："你在国内？"

"没。最近忙，没时间回去。"

他那边现在是下半夜，简杭关心道："这么晚还不休息？"

"快了，刚忙完。"谈沨没说实话，他没在忙，一人在家里喝红酒。晚上跟老板打了近两个小时的电话，沟通的结果不理想。他跟公司高层出现了严重的分歧和矛盾，目前来看，无法调和。董事会高层不可能走，那么出走的只能是他。老板今晚这通电话是在挽留他，但他去意已决。

"最近忙，没顾得上问你，高总他老婆那件事，到底什么情况？"

简杭无奈："你也听说了？"

"嗯。"

"高总提离婚，他老婆怀疑我插足。误会。"

谈沨信她的话，简老师的家教在那儿，简杭不可能去做小三。"怎么处理？起诉没？"

"起诉了。"

"有什么要我帮忙的尽管说。"

"不用。已经委托了律师。"

谈沨在结束通话前，习惯性关心一下简仲君："简老师最近身体怎么样？"

"我爸还是老样子，好着呢。"

"那代我问候简老师，我最近可能回国，到时去看简老师。"

又寒暄几句，收线。

父亲是初中数学老师，教了谈沨三年。父亲跟不少学生至今都有联系，不过就数谈沨跟父亲联系得最多，关系也最亲近。

简杭放下手机，打开万悦集团拟收购的那家公司的资料，细细研究。万悦的这个项目，不少中介机构都盯着，尹林资本并不是实力最强大的。想要拿到项目，压力不小。

今天周五，简杭回父母那儿吃饭，晚上正常下班。在小区门口，她看到母亲，母亲拎着超市购物袋。

“妈。”简杭轻踩刹车，从车窗里喊人。

陈钰转身，没找到人。

“妈，您往哪儿看呢，不就在您跟前呢吗？”

陈钰循声往跑车里看，她被自己逗笑：“我没留意。”

女儿的车是白色的，跟前停的是一辆深灰色跑车，还没看到车标，单流线型的侧车身，她就知道价值不菲，陈钰没把这辆车跟女儿往一块联系。

简杭下巴一抬：“妈您上车。”

陈钰把超市购物袋放后备厢，坐到副驾驶。

她特意查看了今天的限行尾号，女儿的车不限行：“你车送去保养了？”

陈钰以为女儿临时开了同事的车。

简杭笑说：“我收到的情人节礼物。”

“车不便宜。”

“嗯，还收到一个包。”简杭转移话题，“妈您去超市买什么了？”

“买了一些糖和巧克力。”

她们一家人很少吃糖，简杭：“送人吗？”

陈钰道：“你爸同事要给你介绍对象，你爸说你领证了，他们开玩笑让你爸买喜糖吃。”

母女俩到家，简仲君拿出好茶叶，装到礼品盒里。

“爸，您这是干吗？”

“给老谷送去，当初他闺女结婚，他送了喜糖和烟给我，老谷不抽烟，我把烟换成茶叶。礼尚往来。”

谷老师跟爸爸做了快三十年同事，两人关系一直不错。

“爸爸，今天谈沨给我打电话了，让我代问您好。”

简仲君正在分装糖和巧克力，闻言抬头：“你们又要合作？”

“不是。”简杭没告诉父母高太太那事，父母的关系网相对简单，不知道她那个圈子的事情。

“他找我要一个客户的号码。”她随意扯个理由。

“谈沨还说最近要回国，到时来看您。”

简杭感觉爸爸今天哪里不一样：“欸，爸，你转过来给我看看。”

“怎么了？”

简杭笑：“染头发啦！”

简仲君有点不好意思，推推女儿：“我干活呢。”

她领证，最高兴的是爸爸，人逢喜事精神爽，又染了头发，爸爸像四十岁出头时的样子。

在认识秦墨岭前，她有不结婚的打算，彻底实现了财务自由，她觉得一个人很不错。她跟父母有认真谈过这事，爸爸稍有沉默，认真考虑过之后，说只要她高兴，他完全支持。

自从那天之后，爸爸把烟戒了，每天坚持锻炼身体，去学校再也不开车，都是走路过去。爸爸嘴上不说，她什么都知道，爸爸是想有个好身体，多陪她几年。

后来她决定领证，一半是因为秦家人对她不错，另一半就是为了让父母安心。

星期天下午，简杭给自己放了半天假。

几个闺密都在国外，回国后，她的生活变得异常单调，只有两件事：赚钱和打游戏。

加班到中午，她直接去爷爷奶奶店里，陪他们吃中饭。下午店里不忙，爷爷趁这个时间去附近公园遛弯，奶奶拿出放大镜看报纸，简杭坐在躺椅里，登录游戏。

林骁呼叫秦醒：“你人呢！”

秦醒：“没空。我哥搬家，我当司机，把他那些宝贝车开到新家去。”

林骁拉了其他朋友组队，他对小橄榄说：“秦醒给他哥搬家去了，没空，我们先玩儿。”林骁游戏里所有好友都是现实里的狐朋狗友，只有小橄榄一人是个例外，他们连麦时习惯性称呼真名。

“小橄榄，我们面基呗。你不是喜欢跑车吗？面基后我和秦醒带你飙车，秦醒他哥，家里限量款跑车两个巴掌都数不过来，带你开开眼界。”

简杭：我家有。

秦墨岭的车，现在四舍五入等于她家的车。

林骁："那哪能一样，你游戏里的车都买的是跑车皮肤。"

简杭："……"

别墅那边，秦醒已经开了几辆车过来，他今天主动帮忙也是想过过手瘾，一天内把秦墨岭所有限量版跑车开一遍，放在平时绝对没有这个机会。

秦墨岭特别宝贝这些车，基本不外借。

别墅车位有限，秦墨岭跟秦醒讲："其他车留在地库。"

秦醒还没过瘾呢："这不是还有两个车位？"他还想去公寓地库再开两辆过来。

"另两个车位给简杭用。"秦墨岭拿出一把车钥匙给他，"这辆还在地库，你开去吧。"

秦醒眨眨眼，不敢相信他听到的话，秦墨岭说的是"你开去吧"，就是说给他了？

梦有点美，他不敢白天做。

秦墨岭："你今年的生日礼物，提前送了。"

秦醒一把抓过车钥匙，生怕秦墨岭反悔。堂哥对他其实很大方，他从大学到现在，所有车都是秦墨岭送他的。

只是这辆车他想了好几年，有钱都买不到，所以怕堂哥收回。

"哥，替我谢谢嫂子。"

秦墨岭感到莫名其妙："我送你车，你谢她干什么？"

"感觉你自从结婚，人也跟着变大方了。"

秦醒迫不及待想拿到车去林骁跟前炫耀，那辆车还在秦墨岭公寓的地库里，他来不及跟秦墨岭多说话，让司机送他去公寓。

秦墨岭走进别墅，耿姨他们在收拾东西。

他住在公寓时，耿姨不住家。公寓面积不比别墅小，但只有一层，进出不方便，他不习惯家里有别人。搬到别墅，他让耿姨他们住下。以后简杭住过来，方便照顾她。

耿姨正在拆一个刚到的包裹，秦墨岭问："谁寄来的？"

"老太太订的精油。"精油是给简杭泡澡用的，她看过精油保存条件，要恒温存储，而且保质期只有六个月。

耿姨说："我先放在厨房冰箱里。"

秦墨岭："主卧浴室有内嵌冰箱。"

耿姨今天刚过来，之前别墅的卫生不是她打扫，不知道主卧浴室里的设计。

秦墨岭伸手："精油给我，我带上去。"

浴室的内嵌冰箱是专门给简杭设计的，用来盛放她需要冷藏的一些化妆品。

把精油放进冰箱，秦墨岭去衣帽间整理衣服。他将自己衣服挂在里面的衣柜，靠近镜子的衣柜留给简杭。

搬进别墅第一晚，秦墨岭失眠了。

他睡觉从来不认床，也不认地方，一年中至少有三分之一的时间出差住酒店，最高纪录一星期换了五家酒店，这五家酒店分别在不同城市。他没有认床的条件。

现在住在自己家，居然睡到半夜醒来，之后怎么都睡不着。可能是因为他喜欢住高层，突然住二楼不习惯。这些年不管是住公寓还是住酒店，秦墨岭首选高层房间。他常住的那套公寓在五十几楼，能俯瞰半座城市的繁华夜景。但现在，眼前能看得见的，只有院子里的草坪和一座不大的花园。

天冷，花园里没什么景可看。

秦墨岭关了窗帘，回到床上，靠在床头刷手机。他突然想起什么，打开简杭的微信，更改备注。

简杭的英文名是 Olive，小橄榄。

他给简杭的备注是：Olivia。

不知道简杭给他的微信备注是什么，是他的名字，还是老公？

秦墨岭看了会儿手机，依然不困，干脆去书房加班。

搬到别墅的第三天，秦墨岭晚上下班去了爷爷家，奶奶叫他回家吃饭。

秦老太太听说孙子主动搬到婚房，别提多高兴，这桩婚事是她跟老爷子做主定下来的，两个孩子过得好他们才放心。

"住得惯吗？"她关心道。

秦墨岭："住不惯。"

秦老太太："住几个月就习惯了。"

秦墨岭："……"他原本还想说什么，又觉得没必要，不论他说什么，奶奶都会拿“慢慢就习惯了”这句话来堵他。

老太太知道孙子心里怎么想：“没让你一直住别墅，等你跟简杭感情培养好了，你们爱住哪儿住哪儿，没人管你们。现在情况特殊，你将就点儿。”

“简杭也搬过去了吧？”她问。

“还没。”

秦墨岭以为她会自觉搬过去，那天他专程在她办公室提到他周末要搬家，就是想告诉她，她也可以搬了，结果她毫无反应。

“简杭最近在争取一个大项目。”他找个理由搪塞奶奶，替简杭打圆场。

秦老太太理解简杭：“不着急，让小杭安心忙项目，等拿下项目再搬也不迟。对了，到时你们俩回来吃饭，跟你们商量婚礼什么时候办。”

秦墨岭不知道简杭忙什么，刚才那么说只是他信口瞎编。至于婚礼，他不想那么早办。

被秦墨岭无意说中，简杭确实在忙着争取大项目，为拿下万悦集团的并购项目，她暂时戒掉游戏，一个月后出关。

林骁得知这个消息，犹如晴天霹雳，他不是没其他朋友组队游戏，只是少了小橄榄，玩游戏没意思。

四年来，他跟秦醒和小橄榄成了默契的铁三角，所向披靡。跟其他朋友组队完全没有跟小橄榄配合时的默契度。他打游戏不单纯是为了消遣时间，毕竟他能消遣时间的娱乐项目数不胜数，打游戏是为了寻找碾压别人的刺激感。

没有小橄榄和他们组队，他还怎么碾压别人？

林骁越想越不甘：“小橄榄你不是有了新欢，打算踢掉我跟秦醒吧？”

简杭：“……”

简杭：不比你们这些富三代，想干什么干什么，不想干直接咸鱼躺平。我接下来一个月都得培训，考核万一不过关，我无法晋升，晋升不了就得滚蛋。

她把情况往严重了说。

林骁拍着胸脯保证：“被开你来找我，我保证把你工作给安排得妥妥当当。你是想来我家公司，还是想去秦醒家公司，一句话的事。”

简杭：我忙了。

她退出游戏。

一直到第二天中午，林骁还在为小橄榄闭关一个月的消息而郁闷。有无数个瞬间，他怀疑小橄榄是不是彻底抛弃他跟秦醒，申请小号跟新欢去虐新手了。

午休时，小橄榄没上线。

林骁留言：闭关的第一天。你会不会有新欢！

秦醒给他打来电话："忙不？我去瞧瞧你。"

林骁："你在哪儿？"

"在你公司楼下。"秦醒过来见客户，客户就在隔壁写字楼，他顺道来跟林骁吹吹牛。

林骁有气无力："给我带杯热美式。"

他需要热咖啡暖暖心。

秦醒打包了两杯咖啡，一杯给简杭。他每次过来都会跟简杭打个招呼。

"嫂子，在忙呢？"简杭办公室门没关，秦醒象征性地敲了两下门。

简杭起身，热情招呼他进来坐："你今天怎么有空过来？"

"在隔壁谈事。"秦醒放一杯咖啡在简杭桌上，又给林骁发消息：过来拿你的咖啡。

林骁火气直往上蹿：你让我去女魔头那里拿咖啡？

秦醒：她现在跟我是一家人，你说话注意点。

林骁想反驳来着，又发现秦醒的话没毛病。他忍气吞声，不情不愿地去了简杭办公室。

现在是午休时间，就算简杭是他顶头上司，也管不了他在私人时间说什么。

他跟秦醒抱怨道："小橄榄肯定背着我开了小号，跟其他人好上了。"

正在电脑前忙碌的简杭，很无语地扫他一眼。

秦醒给林骁使个眼色，提醒他别在上司面前胡言乱语。秦醒打岔过去，问简杭："嫂子，你玩游戏吗？"

"不玩。"简杭脸不红心不跳道，"玩游戏上瘾。我没时间。"

秦醒不疑有他："嫂子，你跟我哥一样。我哥也不玩游戏。他最烦我打游戏，说玩物丧志。"

林骁有被内涵到，不服气，忽地坐直："你哥他自己还玩车呢，怎么不说了？”

秦醒：“可能他觉得他玩的不是车，是钱。”

林骁：“……”

简杭心里愁的是，她跟秦墨岭是彻彻底底没有共同语言。本来还想着，等住到一起，她跟秦墨岭组局打游戏，时间一久，总能有话说。

秦醒一段话，让她幻想破灭。待了一杯咖啡的时间，秦醒告辞。

简杭下午还约了人，她示意林骁：“跟我出去一趟。”

“去哪儿？”

“万悦。”

在业务上，林骁烂泥扶不上墙，用他自己的话说：我已经是咸鱼，就是再翻身，还是咸鱼呀！但简杭始终没放弃他，只要有新项目，她都带上他，耳濡目染，总能开开眼界。

她对他的这种好在林骁眼里，是赤裸裸的报复，是给他穿小鞋。林骁每天睡前最后一件事是打游戏，跟小橄榄和秦醒讨论一下战术；次日睁眼第一件事是，祈祷简杭快点晋升调走。如果哪天简杭离职，不在尹林干了，他一定要买烟花庆祝，在郊外放上个三天三夜。

林骁回办公室拿上外套，跟简杭一道下楼。迎面遇到从外面回来的同事，跟简杭打招呼：“Olive，好。”

林骁感觉自己魔怔[1]了，听到 Olive 莫名想起小橄榄。他偷偷瞄一眼身边的简杭，人跟人的差距怎么就这么大呢？小橄榄多好一人，再看女魔头……

唉！林骁怎么都想不通，简杭这样的女人，他爸和他妈怎么会欣赏。他妈妈居然想让简杭做儿媳妇，还鼓动他去追简杭。他有多想不开去追简杭，再说他对姐弟恋没兴趣。可他妈妈说，女大三抱金砖。可算了吧，他要金砖砸自己的脚吗？要是跟简杭在一起，他下辈子的幸福彻彻底底完蛋。

终于终于，简杭领证结婚，他妈妈这才死心消停。

去万悦集团路上，简杭认真看着资料，坐她旁边的林骁生无可恋，叹口气，认命地拿份资料假模假样看起来。

---

1 魔怔：形容一个人的状态或者心态出现了问题，表现或出现异常或者不正常的行为和想法。

万悦集团负责收购案的是钟妍菲，她是万悦老板的女儿，钟家的大千金。钟妍菲已经结婚，还有个小几岁的妹妹，叫钟妍月。简杭不认识钟家的姐妹俩，是高总替她约到钟妍菲。

约了四点钟见面，简杭三点半就到了万悦集团楼下，等到三点五十分，她跟林骁上楼。

接待他们的是钟妍菲的助理小章，小章送来咖啡："钟总还在开会，你们稍等。"

四点二十分，小章再次进来，抱歉道："有个项目出了问题，钟总赶去现场了。"意思再明显不过，钟妍菲今天下午没时间跟他们面谈。

简杭礼貌笑笑："没关系，下次再约。"

下次再约不是客套话，她回去路上就给高域打电话，让他帮忙再跟钟妍菲约个时间。高域一听简杭没见到钟妍菲，心里瞬间有数，想要拿下万悦集团这个并购项目，比他们想象中要难。

简杭不是头一天混职场，有些事她跟高域心知肚明，两人更是心照不宣。钟妍菲是甲方，有资本决定见或不见一个人。至于钟妍菲为什么不见她，可能真的临时有事，也可能钟妍菲看中其他家金融机构，没打算跟他们尹林合作。

这些已经不重要。简杭关心的是，下次能不能顺利约到钟妍菲，只有见到钟妍菲，她才有机会争取到项目。

高域："这事交给我，我再约。"

简杭回到公司，一头扎进项目资料，晚饭是助理叫的外卖，吃完后接着分析资料，忙起来没注意时间。

放在桌角的手机振动，她看一眼号码，拿起来接听。

"什么事？"

秦墨岭淡声道："今天周三。"

简杭看手表，刚好十点半。这个时间是他们商量好每周打电话的时间，她早就忘得一干二净。如果不是无名指的戒指，她经常恍惚自己是不是已婚。

"忙糊涂了。"简杭揉揉额角。

秦墨岭问："还在公司？"

"嗯。"简杭拿起手边水杯喝水，水已经凉透了。

秦墨岭在家里的书房，手边压着一张纸，上面有他列的今晚打电话的提纲，旁边备了一支笔，随时记录她讲话的重点。

“这几天都在忙什么？”说罢，他抄起笔。

简杭：“忙工作，手头有三个项目，其中一个快要收尾。最近忙着争取万悦集团的一个并购项目。”

“每天两点一线，家，公司。除了工作还是工作。”她没提游戏，已经打算戒游戏一个月，更没有提的必要。

简杭站起来，拿着杯子去兑热水。

秦墨岭放下笔，她的生活过于单调，没什么需要记的。

他又问：“没爱好？”

有啊，被他称为玩物丧志的游戏，就是她的爱好。但她没打算告诉他。

简杭想了想才说：“有一个。”

“什么爱好？”

“赚钱。”

她除了赚钱就是游戏，现在不玩游戏，剩下唯一一个爱好可不就是赚钱。

秦墨岭无话可说。

静默片刻，见简杭也没其他事要跟他说，接下来他说了说自己这几天做了什么，只挑了几件重要的事说给她。和她差不多，秦墨岭大多时间都在忙工作，不过他的业余生活比她丰富。

“昨晚跟蒋盛和在会所打了牌。”

简杭知道蒋盛和，她还在尹林资本总部时，跟这位商业巨佬打过两次交道，简杭顺口问道：“你们关系很好？”

“嗯。”秦墨岭没深聊。他和简杭打电话了解对方干了什么，是用来应付家里人，有些事知道个大概即可，没深聊的必要。

“你什么时候回去？”

简杭兑好一杯温水坐回来：“还有十几页资料，看完再走。”

秦墨岭看时间，等她忙完，估计得十一点半了：“太晚了，我让司机接你。”

简杭拒绝：“司机的话就算了，麻烦人。”如果是他来接，她就在公司等等再走。

秦墨岭不傻，听得出她话里的潜台词，她想让他去接。

他从来没给谁当过司机，没专程去接过谁。转而又一想，简杭是他老婆，不再是一个无关紧要的陌生人，不管感情如何，他对她有最基本的责任和关心。

他去接她是责任，不是他心里想去。做好心理建设，说服了自己，秦墨岭单手把桌上那张电话提纲纸胡乱折了几下，塞进抽屉，顿了顿才说："那你在公司等着。"

简杭不是头一次这么晚回去，以前凌晨两点到家的情况经常有，十一点多对她来讲不算晚。从公司到家，晚上不堵车十分钟开到。所以为什么让秦墨岭来接她，她到底是什么心理，简杭没细想，更不愿深究。简杭喝了几口温水，继续工作。

别墅那边，秦墨岭从书房出来，回卧室，他已经洗过澡，身上是家居服。站在衣柜前，看了快一分钟，拿了一件没穿过的新衬衫换上。

楼下餐厅，耿姨正在准备明天早饭的食材，没想到秦墨岭这么晚还要出去："要不要给你备醒酒汤？"

"不用，不喝酒。"秦墨岭没说去哪儿。

没麻烦司机，他自己驱车去尹林。咖啡馆还没关门，他买了一杯果茶。

尹林的前台已经下班，有门禁，他进不去。

秦墨岭给简杭发消息：我到了，在门外。

简杭：马上。

她放下手机，从包里拿出化妆镜，找出口红，以最快的速度补妆，又把头发整理好，出去接他。

秦墨岭站在玻璃门外，一只手提着果茶，另一只手在把玩车钥匙，简杭还没来，他百无聊赖地看着墙上尹林的LOGO。

门内有身影走近，他看过去，注意力这才集中。隔着厚厚的玻璃门，看得不真切，等走近，简杭看清秦墨岭身上穿的是深蓝色衬衫，袖口没扣，随意挽着。他可能是直接从地库坐电梯上来，没穿外套，衬衫扎进西裤里，勾勒出劲瘦有力的腰身。

简杭今天穿的是雾霾蓝针织衫，收腰短款。她腿长腰细，尹林所有女同事都羡慕不已，今天这套衣服更显身材。

两人的衣服算得上是同色系。秦墨岭也多看了一眼简杭身上的衣服，顺手给她果汁："太晚，没买咖啡。"

"谢谢。"简杭接过来，两人并肩往她办公室走。

走了一段，秦墨岭说话："还要多久能忙完？"

简杭侧目看他："最多半小时。"

秦墨岭在她办公桌对面坐下，今天他不只破天荒做司机，还破例陪加班。

简杭给他倒杯水，便去忙了，他没事干，刷手机打发时间。

秦墨岭不经意间抬头，简杭正盯着电脑屏幕，她手里握着他买的那杯果茶，正往嘴里送，吸管歪在一边。她只顾研究资料，注意力不在果茶和吸管上，嘴巴噘了好几次也没含到吸管。

秦墨岭有强迫症，看她咬不到吸管，真想伸手把吸管塞她嘴里。

简杭终于看完当前页资料，抽空看一眼吸管，低头噘住，一只手同时拉进度条，接着看下一页。

她看了三十多分钟资料，秦墨岭闲着无聊，观察她二十多分钟，全程她都不曾看一眼他。

一杯果茶喝完，简杭保存文件，关电脑。秦墨岭拿着他用过的杯子，去洗手间。

简杭办公室虽然不大，但功能齐全，有独立洗手间。

一间小小的洗手间，就能窥见她的一些生活习惯。盥洗台上，所有东西摆放得整整齐齐，洗手液、护手霜、除味剂，按瓶高依次排放。台面没有一滴水渍，台上养了两盆玫瑰花，映在镜子里，成了四盆。洗手间墙上挂着几盆水培绿植，藤蔓垂下来，绿意盎然。

秦墨岭打开水龙头，冲洗水杯。

简杭没想到他去洗手间是洗杯子："放在那儿，我来洗。"总不好意思让客人动手干活。

杯子已经洗好，秦墨岭关灯，从洗手间出来，把杯子归放到茶水柜里，到办公室门口等她。

简杭收拾好办公桌，拿上外套和包，两人一道离开。

以前不管加班到多晚，都是一个人回去，今天身边多了一个人开车，感觉很不一样。尤其开车的人还是秦墨岭。简杭靠在副驾驶座椅里，车窗打开一条缝，冷风特别醒神。看着车外闪烁的街灯，思绪跑出去很远，反正不用开车，她放任自己天马行空，感到从未有过的放松。

她自己开车就不能这样，现在多好。

“公司没给你配司机？”秦墨岭的声音把她拉回现实。

简杭的思绪从车窗外回来，转头回他：“有司机。我晚上如果没应酬，都让司机正常时间下班。离家近，我公寓安保又好，不用司机接送。”

秦墨岭余光扫她：“那还让我来接？”他是想知道，她让他来接她，是出于什么心理。是想见到他，还是别的什么。

简杭自己还没弄明白是什么心理，也不想明白。即使哪天搞明白，也不会跟他讲。像他们这种没感情的婚姻，谁也不想在感情上落下风。

她佯装听不懂他的试探，倒打一耙：“不是你说要来接我，让我在办公室等你？”

秦墨岭：“……”

简杭瞅他，把话说得很漂亮：“你要没空过来，其实不用来，如果耽误你工作，我过意不去。”

秦墨岭没接话，汽车拐弯，他从后视镜里认真看路，想借沉默将这个对话给揭过去。

过了一会儿，他又觉得自己先前那么问她确实不妥，于是避重就轻地说道：“没耽误我工作。”

话头重新接上，简杭：“没耽误就好。”

她扭头看窗外，夜景蛮好看。

路太短，还没说上几句话，汽车在公寓楼前停下。

秦墨岭下车，送她上楼。

简杭看手表，十二点多了，再请他进屋不合适。

“你等一下。”

简杭没关门，直奔厨房。

秦墨岭握着门把手，防止门自动关上，只见简杭拿着一盒牛奶过来。

“牛奶助睡眠。”她递给他牛奶。

回到车上，秦墨岭把那盒牛奶扔到副驾驶座上，盯着牛奶看了又看。简杭居然送他牛奶，他居然收下了。

秦墨岭没喝那盒牛奶，到家放在餐厅中岛台上。

第二天，耿姨问他是不是早餐喝那盒牛奶。

秦墨岭正喝咖啡，道："不喝。"

耿姨收起牛奶，心里疑疑惑惑，他昨晚穿得那么正式出去，就是买一盒牛奶?

然后她又听秦墨岭说："耿姨，您备一箱那个牌子的牛奶放家里。"

"好。"耿姨拿手机拍下牛奶盒，上面全英文，她得查一下是什么品牌。

晚上，秦墨岭被秦老太太叫回老宅，要聊聊他送给秦醒的那辆跑车。他不明白，又不是第一次送秦醒车，有什么可聊的。

他还是回去了。

除了相亲这件事，秦墨岭从来没违逆过老人家。

今天母亲也在，不知道是碰巧，还是奶奶将他和母亲一起叫来要商量什么大事。目前对奶奶来说，最大的事就是他的婚礼。

打过招呼，奶奶随手一指旁边的沙发："坐。"然后她又跟母亲说起话来："我看这个也不错。"

母亲和奶奶凑一起正看杂志，秦墨岭顺口问道："什么杂志？"

奶奶竖起杂志封面给孙子看："婚纱杂志。我跟你妈妈在商量你跟简杭婚纱照去哪儿拍。"

沈静云心道，我可是一点儿都不想商量的，是您非拉着我来商量。

秦墨岭一听婚纱照，不接话，起身去倒水喝。

秦老太太冲他背影喊："你干吗去？桌上有茶有咖啡，不够你喝？"

秦墨岭："我喝白开水。"

秦老太太无奈："你这孩子。"她转而跟儿媳妇说："我还有五本杂志，咱慢慢看，慢慢挑。"

沈静云："……"她真不想看。

秦墨岭在厨房喝完一杯水才出来，奶奶手上的杂志又换了一本。

"奶奶您不是要聊聊秦醒的车？"

聊完他想立即走，不想待在老宅。

秦老太太把杂志推给儿媳妇："你先看。"

她哪是想聊跑车，不过是找个理由让他回来一趟。

但作为长辈，说出去的话自然得自圆其说："你现在结婚了，不能像以前，想干吗干吗。以后再送谁贵重礼物，事先跟简杭说一声，你们是夫妻。"

秦墨岭之前还真没意识到要跟简杭说，没这个习惯，潜意识里觉得没必要。

他略一颔首，表示自己以后会注意。

“若没有别的事，我回去了。”

“你急什么？来都来了，吃过饭再走。你妈妈难得有时间。”秦老太太道，“我已经跟阿姨说过，做你们俩的饭。”

秦墨岭已经站起来了，又坐下。

他的确很长时间没跟母亲一起吃饭了，上次一家人吃饭还是和简杭父母见面。

晚饭是清淡的家常菜，秦墨岭父亲忙，一年到头也没空在家吃几顿饭，只有他们四人。

秦老爷子吃饭时才从书房出来，没看到简杭：“小杭出差了？”他问秦墨岭。

“没。今晚加班。”秦墨岭并不知道简杭加不加班。

他说的时候没有任何迟疑，爷爷便信了。

吃饭时，秦老太太一直和儿媳妇聊画展，忽然话锋一转：“我们老年人对新式画展不感兴趣，欣赏不来。票给墨岭和简杭吧，年轻人喜欢沉浸式画展。到时你带他们俩去看展。”

沈静云尽力说服老太太：“妈，您跟爸还是去看看吧。这个沉浸式画展以前都得去国外看，好不容易家门口有展，不去多遗憾。”

秦老太太还是坚持：“要是墨岭和简杭都说好看，你再给我们买票也不迟。”

沈静云知道老太太是为秦墨岭小两口找机会约会，她不好再驳老太太的意思：“那行。”

她给老太太的两张门票，吃完饭后，老太太反手送给秦墨岭。

画展这周是周六和周日两天开放，沈静云买了周日的票。

秦老太太叮嘱儿媳妇：“你懂艺术，到时带他们两个孩子去，给他们好好讲解讲解。”

讲解是次要，确保秦墨岭和简杭去看展，这才是目的。

秦老太太怕孙子阳奉阴违，嘴上答应，转头就把票送给其他人，眼下只能靠儿媳妇。

沈静云完全不赞同老太太的做法，秦墨岭和简杭又不是小孩，没必要勉强他们，强扭的瓜不甜。

饭后，他们又陪俩老人聊了会儿天才离开。

到了院子里，沈静云伸手：“票给我吧。”

秦墨岭微怔，不明白母亲什么意思。

沈静云直言：“知道你不想去，到时你奶奶问起来，我就说你和简杭去过了。”

她听说儿子跟简杭领证那天，简杭那边出了点状况，但儿子还是坚持去领了证，至少说明，儿子没那么排斥这段婚姻。

让他们慢慢磨合吧。

家里人掺和过多，会适得其反。

沈静云不知道的是，这个画展秦墨岭在国外看过。

秦墨岭捏着票，看了又看，最终没把票给母亲。票难抢，也许简杭还没看过，到时她可以跟朋友去看。

“我问问简杭，看她想不想去。”

秦墨岭不可能自己送票给简杭，之前给她送情人节礼物，去她办公室拿钱包，还给她买咖啡，昨晚又不忍心她一个人那么晚回去，主动去接她，已经破例太多次。要是再给她送画展门票，难保她不多想，他是想见她才找这么多借口。他打算让秘书送过去。

翌日。

秦墨岭想起之前借了简杭的车还没还给她，他给司机打电话，让对方不用来接。

吃过早饭，他开简杭的车去公司，想抽空把车还给她。

上次开简杭的车是晚上，秦墨岭没开顶灯，车内装饰只看了个大概，没注意到扶手箱上还有个手办。

他想象不出简杭那种冷淡的性格，竟然喜欢幼稚的手办。拿起来看了看，做工精致。秦墨岭不玩游戏，不知道这个手办是游戏里的联名公仔。

乐檬的地下车库，有秦墨岭的专用车位，他直接将车停在专用车位上。

今天高秘书也早早到了公司，和秦墨岭的车前后开进地库，她眼见前面那辆白色汽车直接停在老板的专用车位上。

心想，这是哪个新来的员工停的，反正乐檬的老员工不会把车停在那儿。

她忙打开车窗，想跟对方说一声，把车挪一下，那是老板的专用车位。

“您好，不好意思，打扰一下……”

话说一半，她顿住。

白色汽车的门被推开，下来的人是秦墨岭。

“秦总早，不知道是您的车。”

秦墨岭颔首，关上车门，说：“我老婆的车。”

高秘书：“……”

老板开简杭的车来上班，说明他们夫妻关系并不是外界传的那样。

老板主动说是谁的车，用的是“我老婆”，而不是“我太太”。“太太”这个称呼更正式，而称呼“老婆”更自然更亲近，那说明老板今天心情不错。

老板心情好，她工作时的压力才能小一点。

秦墨岭锁车，去电梯间。

他是专梯，不用等。

高秘书看见老板站在电梯前没摁电梯，她明白，老板是有事交代她。

脚下像生了风，她一路几乎小跑过去。

秦墨岭递给她一个信封：“送到尹林，给简杭。”

“好。”高秘书不多问，接过信封。

高秘书随老板一起乘坐专梯上去。

秦墨岭忽然想到一个比秘书还适合送票的人，秦醒。有些话，他方便直接跟秦醒说，不方便跟秘书多讲。

他跟简杭的婚姻，是私事，他不想让外人知道太多。

走出电梯，他又问高秘书要回那个信封。

高秘书以为老板要亲自给简杭送去。

到了办公室，秦墨岭没急着开电脑，先打电话给秦醒，问他起来没。

“这都几点了我还不起来，你以为我是林骁啊！”

秦墨岭听过林骁这个名字，可能也见过本人，但没什么印象，秦醒狐朋太多的缘故。

“来我办公室一趟。”

“什么时候？”

“现在。”

“嘛事儿？”

“来了再说。”

秦醒最不喜欢别人卖关子，但这人是秦墨岭，他完全可以忍。

开着那辆拉风的跑车，秦醒直奔乐檬。

秦墨岭刚搁下手机，高秘书敲门，一同进来的人还有秦三叔。

秦三叔依然是乐檬的挂名董事长，他来找秦墨岭自然不用任何预约。

刚才高秘书见到秦三叔也吃了一惊，来不及跟秦墨岭汇报，陪着秦三叔过来。

秦墨岭示意高秘书去忙，他亲自给三叔倒水，三叔刚疗养出院，不宜喝茶，他接了一杯白开水。

“三婶不在家？”

他不是揶揄三叔，就是正常聊天。

秦三叔叹口气，自我打趣：“她要在家，我还敢来吗？”

他昨天出院，妻子有事要处理，不可能一天二十四小时跟着他。在医院那么久，他正好出来透透气，不知不觉就走到乐檬。

自从他动过手术，妻子不许他再过问公司的事。他只能把公司全盘交给秦墨岭，一开始秦墨岭根本不愿接手。

后来好说歹说，秦墨岭才勉强答应。

乐檬高层最近动荡，尤其是事业四部，四部总裁郁鸣，被秦墨岭抓到把柄，郁鸣这事到时要牵出不少高管，如果高管大批离职，后果不堪设想。

“你这么大动作，小心乐檬股价跌停。”

秦墨岭不以为意：“跌了我正好回购。”

秦三叔：“你说得轻松。有些事根本就不可能完全按照你的想法一步步往下发展，一旦脱离掌控，你将无力回天。”

“三叔，您好好养身体。放心，我知道自己在干什么。”

秦三叔不是不放心，也不担心侄子的能力，他是怕节外生枝，到时风险变得不可控。“等郁鸣离职后，四部总裁的位子，先空一空。”四部水深，找个压不住场的没用。

三叔这个想法和秦墨岭的不谋而合：“我心里有数。”

秦三叔坐了一杯茶的工夫，杯子里的水喝完，他站起来准备回家。

还不等抬步，响起一阵急促的敲门声，随之门被推开。

看到进来的人，秦三叔觉得今天喝白水都塞牙缝，他好不容易避开妻子，谁知又被儿子给撞见。

“爸，您怎么在这儿？”

秦三叔面不改色：“散步走到这儿，上来喝杯水。你们聊。”

秦醒送父亲去坐电梯，秦墨岭没跟过去。

秦三叔似是不经意地提起：“你哥说，那辆跑车是送你的生日礼物，还缺什么？”

秦醒还有什么不明白的，他爹打算拿钱收买他，让他别告诉母亲自己偷偷来乐檬这件事。其实就算父亲不给他生日礼物，他也不可能去告状。

拿人的手短，父亲这是有备无患。

“爸，我什么都不缺。”

秦三叔：“今年你请客的钱算我的，酒水随便喝。”

秦醒每年都有生日派对，酒水消费是大头，今年可以放开了喝。

“谢谢爸。”只是他生日还早。

“爸，您还没坐过我那辆新车呢，您这成天闷着，不利于养病，马上天暖和了，我到时隔三岔五带您出来转转。”

这句话有好几层意思。其一，他不会告诉母亲父亲来了乐檬。

其二，以后只要父亲想来乐檬，尽管拿他当幌子，他随叫随到，随时开车带父亲来乐檬。

男人之间，有些话不用挑明，心领神会就行。

秦醒替父亲摁电梯键，陪着父亲等电梯，谁看了都觉得父慈子孝。

将父亲送到楼下后，秦醒才返回办公室。

“哥，什么事？”

秦墨岭指指桌上的门票：“帮忙送给简杭。”

秦醒拾起门票，他欣赏不来画展：“你自己怎么不送？”

秦墨岭答非所问：“我妈给我的票，这个展我在国外看过。”

秦醒秒懂，这是大伯母刻意安排的约会，堂哥不乐意去，还找借口说自己以前看过。

“两张票都给嫂子？”

“嗯。”

“你说你这么嫌弃嫂子，当初干吗要领证，你找虐呢？嫂子也没得罪你呀，你这样让她面子往哪儿放？谁还没个自尊心。”

秦醒只是有感而发，也不是要声讨秦墨岭。

秦墨岭皱眉：“看个展，能不能别想那么复杂？”

他喝了几口咖啡，对秦醒说：“你把票给简杭，她要感兴趣，约朋友一块去看。如果她不想看，可以把票送人。”

秦醒咕哝一句：“万一嫂子想看，她朋友又没空呢？一个人看展多没意思。”

中间有几秒的停顿，秦墨岭说：“她朋友要都没空，找我去也行。”他不会主动陪她，但如果简杭找他，基于责任，他会陪她去看展。

秦墨岭说了那么多，秦醒只抓到最后一句重点。

原来堂哥不排斥和简杭去看展，只是放不下姿态。

早说呀！

“我中午就把票送过去。”

简杭中午只有半小时的休息时间，闭关前，她每天打一把游戏放松，现在吃过饭，她靠在椅子上放空自己，再想想怎么拿下万悦集团的项目。

秦醒这个不速之客，带了四杯咖啡来尹林，前台一杯，给简杭秘书和简杭各一杯，那杯热美式是林骁的。

这回秦醒没让林骁到简杭办公室去拿咖啡，而是直接送到他工位。

林骁正在玩游戏，玩得没滋没味，两分钟前刚被人打死，没兴趣观战，点开小橄榄对话框，不知道说什么，发了一串愤怒的表情包后，关掉聊天框。

“你怎么又来了？”

反正秦醒不可能专门送咖啡给他。

秦醒：“替我哥送个东西。”

林骁退出游戏，把手机扔桌上，吐槽：“小橄榄真行，她不打游戏，连线都不上，东西也不收。”

秦醒替小橄榄说话：“她跟我们不一样，我们天天混吃等死，她光玩游戏不吃不喝了？说不定她现实里真遇到什么难处了。”

“那她跟我们说呀，我们认识又不是一天两天了，能帮的肯定帮呀！我就差拿着身份证拍照给她，证明我是谁。可她呢，没意思。”

林骁实在不理解：“又不是网恋，怕见光死，我们就当哥们儿处，有什么不能奔现[1]。”

秦醒拍拍他肩膀，去给简杭送门票。

门票装在一个信封里。

“是什么？”说着，简杭打开信封。

她在朋友圈刷到过这个画展，有朋友去了，说体验感不错，她这段时间忙项目，没顾得上关注展出消息。

说话是门艺术，秦醒在这方面登峰造极。

“大伯母喜欢看展，我哥要了两张票。我正好过来找林骁有事，他就让我顺带捎过来。

“我哥怕你后天忙，不一定有时间去，就把票先放你这儿。你要是有空，他陪你；你要没空，他也不打算去，你到时把票送给喜欢看展的朋友。”

简杭把票塞回信封：“到时我跟你哥商量一下。”

秦醒圆满完成任务，去找林骁吹牛。

简杭等秦醒离开，又拿出票，是后天下午三点钟的场次。她每周再忙也给自己放半天假，看展的时间还是有的。

她给秦墨岭发消息：票收到了，我后天有空去看。

她也没说其他，秦墨岭以为她约了朋友去，回复：好的。

简杭以为这个“好的”，是确定后天一起看展。

票是秦墨岭给的，又特意选了她有空的周末下午，他肯定知道进场时间，她就没多此一举再把票面信息拍照发给他。

再说，他要是不知道入场时间，刚才就问了。

虽然秦醒说画展的门票是秦墨岭问婆婆要的，但简杭清楚，以秦墨岭的性格，不可能那么主动跟她约会，十有八九是奶奶，或是婆婆给秦墨岭票，秦墨岭没拒绝。

这样已经不错，至少他不排斥去经营这段婚姻。

她也不排斥。

简杭了解过画展展出哪些画，色彩都非常鲜艳大胆，她考虑了一晚，决定穿白色大衣。

站在五光十色里，白色显眼又清爽。

---

1 奔现：由线上虚拟交往转为线下真实交往。

周日那天，简杭上午照常加班，中午从公司出来先去看爷爷奶奶。每周的半天休息时间，她都会匀两个钟头陪他们。

知道她中午过来，爷爷奶奶给她备了水果，店里面也提前收拾一遍，看上去干净利落。

简杭每次过来都是吃半份凉皮，再加上半张煎饼，吃完再好好夸上一通，爷爷奶奶准会脸上乐开花。

爷爷开始给她拌凉皮，奶奶忙着摊煎饼，简杭端着一个盘子，里面是奶奶给她洗的水果。她吃着水果，在爷爷奶奶之间悠闲晃着。

奶奶和她闲聊。“下午不去逛街？马上到春天了，买几件好看衣服。”奶奶笑着说，“买来我给你报销。”

简杭也笑：“那我多买几件。”

玩笑过后，她说今天不逛街：“跟秦墨岭约了看展。”

奶奶脸上的笑容更深了。

简杭站在炉子旁，奶奶给她摊了一小张煎饼，只有平常煎饼一半大小。

煎饼上冒着层层热气，奶奶抓了一把葱花撒上面，沁绿沁绿的，一阵煎饼香迎面扑来。

吃过中饭，简杭又在店里待了半小时，两点钟准时出发去展馆。

到了展馆检票处，时间还有余。

简杭没看到秦墨岭，给他发消息：我到了，你在哪儿？

秦墨岭在公司加班，看手表，再有二十分钟检票入场，她这么问，肯定是问他什么时候到展馆。

秦墨岭：在公司。你不是约了朋友？

简杭：？

秦墨岭：画展我在国外看过，觉得不错，给你留了两张票。

简杭和秦墨岭同时反应过来，中间有误会。

简杭：不好意思，可能我没理解秦醒的话。

秦墨岭：跟你没关系，是秦醒表达有误。也有我的原因，没一个字一个字跟秦醒说明白。

事已至此，再追究秦醒到底说了什么，没任何意义。不管是秦墨岭还是她，都不是一味把错误推给别人的人。

如果那天，她和秦墨岭在消息里能多问对方两句，也不至于造成误会。

简杭看着手里的票，要浪费一张，挺可惜。

她回复秦墨岭：没事了，你忙。

秦墨岭决定再破最后一次例，毕竟是秦醒没说清楚，她现在也来不及约朋友，他再次主动：那我过去陪你看？公司这边的事，我处理得差不多了。

简杭：随你。

她又发过去：你要来，我就等你。

秦墨岭：你先进去看，到了我打你电话。

秦墨岭从公司出来时，离开馆时间只有十分钟，从乐檬到展馆，加上路上堵车，要一个小时才到。

他以为简杭早进去了。

到了检票处，秦墨岭刚拿出手机，就看到朝他走来的简杭。

她今天大衣款式跟前几次见面时穿的都不同，以前穿衣偏职场干练风，今天这件白色大衣将她气质衬托得更柔和。

待她走近，秦墨岭心有不忍，她穿的是高跟鞋，在外面站了那么久等他，言语间有责备："不是让你先进去吗？"

"不急。"简杭在微信上说过等他，她信守承诺。

两人检票，通过安检进展厅。

一开始秦墨岭和简杭各看各的，简杭不时会回头找他，即便她是不经意间找他，秦墨岭还是能察觉到，之后他跟在她后面，简杭在哪幅画跟前停留多久，他也停下来体验多久。

他们隔着一两米的距离，不算近，也没多远。

简杭沉下心来体验，站在画前，又像在画中，不知道自己置身何处。

秦墨岭体验过这个画展，再过来体验一遍就没那么用心了，他感觉有道目光一直紧盯着他，一转头，跟母亲的视线撞一起。

沈静云一个人来看展，她上午来过，有几个展厅没来得及体验，下午又过来，她没打算上前跟儿子和儿媳打招呼，指了下自己，又指指旁边一个展厅。

秦墨岭意会，母亲要去隔壁。

他点头回应。

沈静云双手插在风衣兜里，步子优雅，边走边看，简杭背对她，直到沈静云走远，简杭也不知道婆婆来过。

沈静云没想到儿子真的会来。

看到他跟简杭出现在展厅，感觉一切好像又在情理之中。

看得出来，简杭比较专注，在用心感受画里的意境，但儿子似乎有点儿分神，在她看他的几分钟里，他不止一遍去看简杭。

一直到闭馆，秦墨岭和简杭才随着人流走向出口。

秦墨岭后来没遇到母亲，可能母亲有意避开了他们。

“晚饭想吃什么？”他问简杭。

“我不饿。”简杭中午在奶奶家吃了不少，又是煎饼又是凉皮，还吃了一盘水果，一圈画展看下来依旧没饥饿感。

她没扫他的兴：“我陪你去吃，正好点杯饮料喝。”

秦墨岭打电话给司机让过来接他们，收起手机，他抬眸看她：“吃过饭还想去哪儿？”

他又解释为什么邀请她：“画展我迟到了一个小时。”

这是要补偿她。只是简杭一时间想不到要去哪儿，她这才发现，自己回国后的生活有多单调，晚上除了应酬，从来没出来消遣过。

司机将车开过来。

秦墨岭：“不着急，慢慢想。”

他替她拉开车门，自己绕到另一边上车。

司机不知道接下来去哪儿，静等吩咐。

秦墨岭坐上来，道：“去常去的咖啡馆。”

简杭支着下巴看车外，在想晚上去哪儿玩。跟他看电影没意思，所以电影院这个地方被她第一个排除在外。

她忽然回过头：“要不去酒吧？”

秦墨岭很少泡吧，嫌吵，但答应了补偿她，他颔首：“行。”

司机在秦墨岭常去的一家咖啡馆门口停下，简杭刚碰到车门把手，秦墨岭出声阻止：“你不用下去。”

简杭转头看他，一脸疑惑。

秦墨岭跟她确认：“你晚饭不吃？”

“真不饿。”

“那你在车上等我。”

秦墨岭不喜欢被人盯着吃饭，也不喜欢让人陪吃饭，浪费对方时间。

他吃饭时不爱讲话，对方干坐着也无聊。

他推开车门下去，留简杭在车里。

秦墨岭点了一份简餐、两杯咖啡：“另一杯咖啡打包。”

店员问：“等您走的时候再给您打包？”

“现在就要。”

“好，您稍等。”

秦墨岭走了几步又想起来：“不用打包袋。”

“好。”

秦墨岭找了一个靠窗的位子坐下，店长给他送来一杯温水。秦墨岭认识这家咖啡馆的老板，店长知道他是谁，每次过来，都亲自招待。

简餐还没好，咖啡打包好，服务员送来。

秦墨岭端着那杯咖啡出去。

人都有好奇心，不论是店长还是店员，不约而同探头往外看。

咖啡馆门口有几个店里的专用车位，秦墨岭的车子就停在门口，她们看见他走到汽车后车门，把那杯咖啡递到车里。

店长十分好奇，车里到底是谁，能让秦墨岭亲自送咖啡。

“小心别洒了。”秦墨岭将咖啡给简杭。

“谢谢。”他给她送咖啡，简杭也意外。

最震惊的是司机，他都不敢相信自己看到的，这辆车里，没人吃过东西，没人喝过饮料，因为老板有洁癖。

秦墨岭转身进店里，简杭打开咖啡，跟上次去她办公室买的咖啡一样，都是她喜欢喝的。

一边品咖啡一边刷手机，很是惬意。

简杭的微博只用来刷新闻，她从不发动态，关注列表里只有谈沨一个人是现实里的朋友，其他都是她关注的金融圈里的人。

谈沨跟她一样，偶尔点赞，自己从不发博，前几天破天荒转发了一条，是影帝谈莫行即将上映的一部电影，治愈系爱情片。

两人都姓谈，简杭以为谈沨跟谈莫行是亲戚。

她私聊：谈影帝是你家什么亲戚？

谈沨人在国外，刚起床不久：怎么这么问？

简杭：看到你转发他的微博。

谈沨笑说：不认识，就当是本家，给他宣传一下电影。

简杭看过谈莫行的电影，她不追星，算是路人，但谈莫行是乐檬代言人，她顺手也转发了新电影的预告片。

谈沨顺便关心了一句：万悦集团那个项目怎么样了？

简杭：努力争取中。

如果换成其他公司的项目，他还能给简杭通通关系，帮她早点儿拿下项目，只有万悦集团，他心有余而力不足。

谈沨：我还约了人，等回国后找你吃饭。

简杭：你忙，我没其他事。

刚结束聊天，秦墨岭就吃完饭从咖啡馆出来了。

他打开车门，没上来，看着简杭手里的咖啡杯："还没喝完？"

"还有几口。"

"喝完杯子给我。"

简杭微微仰头，咖啡剩得不多，她一口气喝完。

秦墨岭有洁癖，车里从来不放垃圾桶，也不许任何人在他车上又吃又喝，今天简杭破了例，这个例还是他主动给破的。

简杭不好意思让他扔杯子："我自己扔。"

秦墨岭的手已经伸过去："给我。"

几米外的路旁就有垃圾桶，秦墨岭拿着空杯子走过去。

他这一举动被咖啡馆的店长和店员看到。

她们越发好奇，车里的人到底是谁，居然能使唤动秦墨岭扔垃圾。

汽车离开咖啡馆，开去酒吧。

简杭很少去酒吧，主要是没时间，她喜欢酒吧这种可以彻底放松自己的地方，就像在游戏里，谁都不认识谁。

"经常去酒吧？"秦墨岭找她说话。

简杭摇头："好几年没去了。以前跟朋友去过。"

秦墨岭不知道自己怎么回事，她说跟朋友去过，他想到的却是，是不是跟男朋友去过，应该说是前男友。

她以前谈过几次恋爱，喜欢过谁，前男友是谁，他一概不知，也从未关心过。

不知道她喜欢的男人是什么类型，为什么后来又分手了。

简杭以为秦墨岭还会跟她聊些什么，结果他低头看手机，对话不了了之。

他们到酒吧才八点钟，但酒吧里人已经不少了，不过还不是热闹的时候。

简杭径直去了吧台，找个凳子坐下。

“你等等再点酒。”秦墨岭没坐，站在她旁边，找出一个号码打出去。

那头秒接：“秦哥，什么指示？”

“我在你酒吧，拿两瓶好酒给我。”

酒吧里的酒，很有讲究。

“你……在酒吧？”酒吧老板不敢信，秦墨岭这样的身份，谈生意不可能去酒吧谈，主要是秦墨岭不喜欢嘈杂的地方。

“嗯，刚从你咖啡馆出来。”

“……”什么情况？“秦哥，你怎么不早说，我这儿有场子，等我应付一下我就赶过去。”

“你忙，不用过来。”秦墨岭说，“让人给我拿两瓶好酒。”

“好好，我这就安排。”

挂了电话，秦墨岭在旁边凳子上坐下来。

他跟简杭之间隔了一米多，两人又不说话，怎么看也不像是一起约着来酒吧的，没有人像他们这样，来喝个酒还隔着八丈远。

他们的酒还没拿来，有个年轻男人拖了一个高脚凳，加塞在秦墨岭和简杭中间，笑着跟简杭打招呼。

年轻男人以为简杭是一个人，于是争分夺秒上前搭讪。

“不好意思，麻烦你让让。”简杭指指他身后，“我跟他一起的。”

年轻男人听简杭说有小伙伴，回头想看看对方长什么样，毕竟他对自己的长相可是相当自信，搭讪从来没失败过。

一回头不打紧，秦墨岭凌厉的眼神让他不寒而栗。

秦墨岭长腿支地，即使坐着，什么都没说，气势也压人一头。

年轻男人讪讪一笑：“不知道你们一起，打扰了，我也等人。”他随手一指旁边：“我到旁边等。”他提着凳子迅速走远。

酒送过来，调酒师给他们每人调了一杯。

简杭之前急性肠胃炎，不敢多喝烈酒，尝尝就行：“我喝不了这么多，半杯吧。”

秦墨岭：“这个酒没事。”酒是朋友私藏的好酒，不是以次充好，有他在，她就算喝多了也没什么。

简杭听他说没事，以为酒的后劲不大，安心喝起来。

秦墨岭心不在焉地喝酒，想到刚才那个年轻男人插到他和简杭中间，他起身，把自己坐的高脚凳往简杭那边挪挪。

简杭侧脸看，两个凳子几乎是紧挨着，之前他们离得远，那个年轻男人才有机会挤到他们中间坐。现在两人中间插不下任何人，秦墨岭坐下来，靠她很近。

简杭上次离秦墨岭这么近，还是领证拍证件照时，那时靠近是不得已，摄影师提醒好几遍，让两人靠近一点儿，秦墨岭才勉为其难照做。

今天没任何人提醒。简杭及时打住发散的思维，扭头去听驻唱歌手的激情演唱。

手机振动，林骁连着发了三条消息：老大，小结发你邮箱了。

林骁：等你回复。

林骁：我先打两把游戏，有话您直接在邮件里跟我说。

潜台词，让她别打电话给他，他打游戏没空接。为了游戏，他连敬语“您”都用上了。全公司只有林骁一个人需要每周写个人小结，她没给林骁规定多少字，他想写什么写什么。

周一有例会，让他周末晚上写小结是让他收收心，看看上周的工作完成没，别拖了团队后腿。

简杭打开邮箱，林骁今晚的个人小结照样敷衍。

1. 我检查过了，该我干的工作我都完成了。2. 听说下个月初，我们组会很忙，校对标点符号和错字这类活可以放心交给我，装订资料的活也能交给我。

简杭回复林骁，夸他能干，放下手机接着喝酒。不知不觉，一杯酒喝见底。

“要不要再来一杯？”秦墨岭问她。

简杭没转身，摇摇头，托腮认真听歌。

台上这首歌林骁经常唱，游戏赢了他连麦时不时哼两句，公司有团建，这首歌他每回必点。

林骁唱歌跑调，每次唱歌都犯众怒，被人围攻一番，他边笑边唱，折磨周围人的心脏。

秦墨岭瞧着简杭侧脸，她在走神，似乎是想到某个人。

他仰头，杯子里的酒一饮而尽。

陪她来酒吧缅怀过去，不是他的责任。

秦墨岭咽下去的酒也没了味："走吧。"他结账。

那首歌还没结束，简杭终于转身："等我听完这首歌。林骁每次唱都走调，我忘了原调是什么。"

秦墨岭拿卡结账的手微顿："林骁？"

"嗯，就是秦醒朋友，你不知道？"

"听过，秦醒提过。"

简杭多说了几句："林骁在尹林上班，在我手下，他父母拜托我管他。管了他两年，他才收敛。"言语间尽是无奈。

秦墨岭没见过林骁，也许见过不记得，他能想象出林骁什么性子，秦醒组队打游戏时，里面就数林骁嗓门大，还一直把小橄榄挂嘴边。

刚才她走神想到的人，应该是让她头疼的林骁，而不是其他男人。

想到这儿，秦墨岭把卡又塞回卡夹，示意调酒师再给他一杯。

简杭疑惑："不走了？"

秦墨岭只道："回去没事。"

简杭看不懂他心思，一会儿要走一会儿又不走。不走正好，她多听几首歌，用手机听歌跟听现场感觉完全不一样。

秦墨岭忍受着酒吧里的喧闹聒噪，被吵得脑仁疼。

他抿了一口酒，耐下心来听歌。

明天还要早起上班，简杭待到十一点，问秦墨岭要不要走。

秦墨岭的忍耐早已到极限，站起来："走吧。"他拿卡结账。

酒吧经理事先接到老板的电话，秦墨岭要结账就结账，他不喜欢欠人情。

秦墨岭连一杯咖啡都结账，别说是上千元一瓶的酒。

从酒吧出来，简杭深吸口气，还是觉得眼前虚幻。

"怎么了？"秦墨岭见她不走，问道。

简杭："没什么。"酒的后劲比她想的大，有点上头，看眼前的夜景透着不真实。

还好，司机把车开了过来，不用她多走。

坐上车，简杭口渴："有水吗？"

“有。”秦墨岭从车载冰箱拿了一瓶水给她。

“没常温水？”

“后备厢有。”秦墨岭放下冰水。

司机开了后备厢，没急着下车，他从后视镜里看了一眼老板，看到老板推开车门，他便坐在那儿没动。

秦墨岭到后备厢拿了一瓶常温水，拧开给简杭。

“谢谢。”简杭接过水。

常温的矿泉水还是有点儿凉意，入口，胃里的焦灼感暂缓。

她和秦墨岭对酒的认知有偏差，后劲这么大的酒在他口中叫没事？早知道她不贪杯了。

快到家时，简杭隐隐感到胃难受，她按住轻揉。

秦墨岭无意间瞥到她揉胃：“胃疼？”

简杭摇头：“不疼，有点儿不舒服。”

“去医院看看？”

“不用。没事，回家喝点儿热水。”

如果到家还疼，她就吃点儿药，家里常备着各种治胃疼的药。

秦墨岭想起相亲时，她因为发烧，后来又因为肠胃炎住院，他一直以为是她不愿跟他相亲找的借口。

现在看来，当时可能真的病了。

像前几次那样，秦墨岭一直送简杭到家门口，他再三确认：“不用去医院？”

简杭还是那句话：“不用。”喝酒胃疼对她来说，真是小事，不值一提，只要有应酬就得喝酒，喝多了免不了胃疼。

秦墨岭看着她，欲言又止。

“早点睡。”他关门，门关了一大半，门板几乎挡住她的身体，他又跟她讲，“有事打我电话。”

门缝里，她点头。

秦墨岭从外面拉上门，他听到里面反锁门的声音。

简杭自己也没当回事，喝了点温水，找出换洗的衣服去洗澡。

泡了一个热水澡，酒气渐散，可胃里越来越难受，开始疼起来。

睡前，她找出药吃了一颗。

上次急性肠胃炎还是春节前，应酬太多，胃喝伤了，挂了几天的吊瓶，刚恢复没两天，她又得应酬，她做东的饭局，怎么可能不喝酒。

那晚她喝了半斤多白酒，回来胃疼到半夜，吃过药第二天就好得差不多了。

简杭以为这次也大差不差，于是吃过药放心上床睡觉。

挨到凌晨，困到迷迷糊糊睡着，不知道睡了多久又被疼醒。

她开灯看时间，差十分钟到两点。

简杭疼得额头上渗出细小的汗珠。她一向能忍，那次疼到半夜，疼得睡衣湿了，她硬撑过来，没去医院。

这回有点儿撑不住。缓了缓，她撑着起床，找衣服换上。

简杭没叫车，抓起包下楼，从包里摸出车钥匙。

楼下入户大厅里，有两个保安小哥值班，这个时间点他们基本没事，有规定上班时间不能玩手机，他们正在闲聊。

见简杭那么晚出来，脸色苍白，保安关切道："简小姐，怎么了？"

简杭笑笑："要麻烦你们一下，送我去趟医院，喝了酒不能开车。"

"不客气，应该的。"其中一个保安小哥伸手道，"车钥匙给我。"

他们不是头一次在半夜送业主去医院，公司给每户业主提供的贴心服务远不止这些，当然，所有服务都是基于高昂的物业费。

保安载简杭去了最近的一家医院，十分钟开到，简杭没让他进去，她在门口下车，车又让保安开回去。

她记不得这是第几次因为喝酒难受来医院输液。

从挂号到打上吊瓶，已经是四十分钟后。

折腾这么久，简杭疼得差点儿虚脱，后来是猫着腰捂着胃走到急诊输液室。

旁边的一个小姑娘看她一个人来输液，帮着她把座椅调好。

"谢谢。"

小姑娘甜甜地笑笑："不客气。"

简杭靠在椅子里仰头看吊瓶，一共要输三瓶。

以前喝一斤白酒不在话下，后来喝半斤就胃疼，今晚她只喝了一杯，就算酒度数再高，搁以前也不至于半夜来医院输液。

现在喝一点儿酒就要来医院输液，以后再应酬时可怎么办?

连简杭自己都没觉得哪里不对，她疼成这样，想的不是自己身体，而是以后万一应酬时不能喝酒了怎么办。

她代表的是尹林，酒局上，胃疼从来都不是借口。

简杭拿出手机，设置了半小时后的闹铃，手机放腿上，她靠在椅子里眯眼休息。

不知道是胃还是肠子，绞着疼，根本睡不着。

天边泛白时，简杭从医院出来。

打了点滴，胃终于不那么疼了，医生建议她晚上再来输一次。

简杭打车回到家，天亮了，她淘米煮粥，其他不敢吃。

等粥的时间，简杭洗漱好，打开电脑看今天的邮件，一夜过去，总部那边发来六七封邮件，急需处理。

粥煮好，简杭一边吃粥一边回邮件，打开第三封邮件，通知她一周后到总部开会。她立即转发给秘书，让秘书提前订机票。胃还是不舒服，她只吃了半碗粥。处理好所有邮件还不到七点半，简杭找出药带上，去公司。

在写字楼地库，简杭遇到林骁，林骁上班从来不迟到，这是他唯一的优点，同事调侃他，除去早到，拿着放大镜也找不出其他优点。

“老大，早。”林骁手里握着半杯咖啡，单手插兜，发型一丝不苟，永远精神饱满。

“早。”

两人进电梯，林骁刚要抬手，简杭却比他动作快，摁了楼层。

林骁瞥到她手背上的针眼：“老大你生病了？”

“嗯。”

“不请假？”

“不用。”

林骁希望简杭请假，她不在公司，他逍遥自在，想干啥干啥，在她眼皮子底下他不敢翻大浪。

简杭也看眼自己的手背，还有瘀青，半夜扎针时她没注意，走针了，回血还肿起来，又扎了第二针。

此时的乐檬大厦，秦墨岭正准备开会，他突然想到简杭，不知道她的胃还疼不疼。昨晚她胃疼是他的原因，如果不是他让她喝酒，不至于这样。

出于责任，他该关心一下。

拿过手机，秦墨岭发消息给简杭：胃怎么样了？

简杭不想让他歉疚，回他：没事。

秦墨岭盯着手机若有所思，以她要强的性子，就算有事也不可能麻烦谁，他喊来高秘书。

简杭的车还在乐檬，秦墨岭把车钥匙给高秘书。

高秘书看车钥匙上的车标，她对这辆白色的车印象深刻，这几天一直停在老板的车位上，老板可是亲口说，那是他老婆的车。

高秘书上前两步，从桌角拿过车钥匙。

在老板开口前，她不多问。

秦墨岭吩咐道："送到尹林资本，给简杭。"

如果简杭正常上班，身体就没大碍。

即使正常上班，如果身体有点儿不舒服，高秘书也能看出一二。

安排下去之后，秦墨岭再次拿起手机，觉得应提前告诉简杭一声：中午在不在公司？把你车送过去。

简杭：在。

上次来拿钱包都是他自己过来，这次送车应该也是他本人。

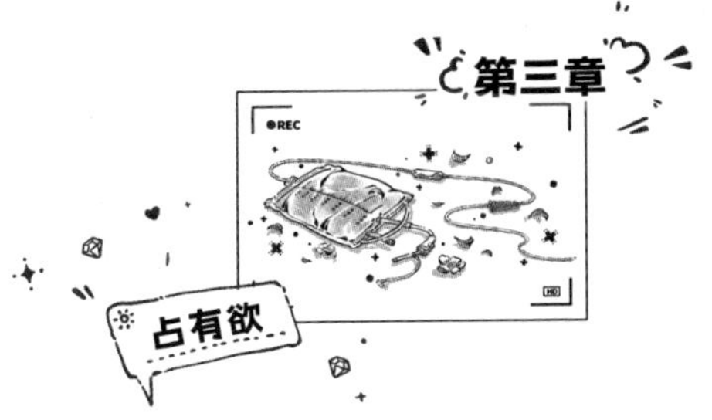

简杭忙到十一点钟，感觉饿了，早上那半碗粥不顶饱。她知会秘书，中午不用给她订外卖。秘书正好过来汇报，下周一去总部的机票已经订好。

“Olive，那你中午想吃什么，我去给你买。粥可以吗？”

简杭道：“我自己去吃，正好活动活动。”

可能是体质变差，所以喝点儿酒就开始胃疼，她利用中午一小时的休息时间出去走走。

到了午饭时间，简杭拿上大衣去吃饭。尹林的大部分人懒得迈腿，他们都是叫外卖，前台帮着送到工位。

林骁以前也叫外卖，甚至中午都顾不上吃饭，自从小橄榄中午不上线，他连游戏都没兴趣玩，闲得无聊，出去堂食。

等电梯时，两人又遇到。

“老大，出去吃饭？”

简杭颔首。

林骁虽然不待见简杭，但他不会跟一个生病的人计较，推荐给她一家轻食餐厅，唯一的缺点是贵。据餐厅老板说，所有食材都是有机蔬菜，每天早上现采摘。

不过再贵，女魔头也吃得起。

他好心道：“就在隔壁大厦里，二十八楼。你不是病了吗，他们家的菜很清淡。”

林骁对吃很讲究，他推荐的餐厅不会差，简杭道谢：“那去尝尝。”

“就是有点儿贵。”林骁在电梯到达一楼时，又蹦出这么一句话。他今天要去其他地方觅食，跟简杭挥手再见。

在寸土寸金的地方开餐厅，自然贵。

简杭点了一罐粥和两道菜，今天一顿中饭的钱够买爷爷奶奶店里四十个煎饼果子。

点过餐，她刷新闻。

这家餐厅贵是贵了点儿，生意不错，不少人慕名来打卡。

钟妍月今天中午也在这里吃。她是常客，不过工作日的中午很少过来，这里离乐檬有点儿远，一来一回要一个多小时，中午过来吃饭时间紧张，她基本都是晚上来这里吃。

今天中午过来是因为和姐姐约了。

钟妍菲见妹妹盯着一个地方："看到熟人了？"

钟妍月说："不熟，是简杭。"

钟妍菲庆幸自己没回头看，看到简杭会影响食欲。

她最厌恶的就是简杭这种不择手段靠男人上位的女人。

钟妍月收回视线，最近不想听到简杭的八卦都难，投资圈里传得沸沸扬扬，她也看到了高太太在尹林资本办公室破口大骂的视频。

如果简杭没有插足，高太太不会连自己面子都不要，直接闹到尹林去。撕了小三不假，高太太自己也让人看尽笑话。

要不是被逼急，谁又会把家丑外扬。

她问姐姐："简杭跟高域到底怎么回事？"

钟妍菲看妹妹一眼："你说呢？她是惯三，你又不是不知道。"

钟妍月抿抿唇，不解，又想不通的是："简杭真要跟高总是那种关系，秦墨岭不会傻到跟她领证。"

钟妍菲给妹妹夹菜："我找人打听过，高太太去撕简杭那天，正好是简杭跟秦墨岭领证的日子。听说高太太是上午去的尹林，秦墨岭计划下午领证时，怎么可能预测到上午有那一出。"

证都领了，就算秦墨岭要离婚，牵扯众多，不可能马上就离。

钟妍菲猜测："说不定在走离婚程序。就算现在不离，那也是迟早的事。"本来就没有几人看好简杭和秦墨岭，现在又节外生枝，简杭的豪门梦怕是彻底没戏。

不过简杭活该。

钟妍月缓缓点头，这样一来，逻辑上就通了。

秦墨岭和简杭忽然领证，她们乐檬内部也一直在吃瓜，谁都没想到，老板会娶一个没有家世的女人。

还是相亲认识的。

说到秦墨岭，钟妍菲就多问了句："听说你们事业四部的郁鸣出事了？"

钟妍月："嗯，郁鸣的工作已经转交给副总裁。"

钟妍菲刚开始并不赞同妹妹去乐檬上班，在人家手下干活，免不了要看人脸色，可妹妹坚持要去乐檬，她又不能绑着不让去。

两年下来，妹妹也算干出点儿名堂，靠自己能力爬到了事业二部副总的位子。

"郁鸣离职后，事业四部总裁一位就空了，你不试试？"

钟妍月在想简杭的事，回神："试什么？"

钟妍菲："……"

她没好气道："你说试什么。"

钟妍月笑了，她问道："简杭还没放弃万悦的项目？"

钟妍菲冷嗤："那么大一块肥肉，她舍得放弃？不然之前不是白勾搭了高域？"钟妍菲现在是万悦并购项目的负责人，她不愿意见简杭，简杭只能干着急，争取不到机会。

钟妍月："简杭既然还没放弃，是不是有门路？"

钟妍菲也不知道简杭还有没有其他门路，她一个人代表不了董事会的决定。

目前她能做的，就是跟另一家金融中介机构尽快达成合作意向，不给尹林资本和简杭任何机会。

简杭想从她手里拿项目，门都没有。

提起简杭，钟妍菲就头疼，轻揉额角，言归正传："不说她，知道我今天为什么找你吃饭吧？"

钟妍月装傻充愣："不知道。"

哪能不知道呢，心里跟明镜一样。

父亲上周给她安排了相亲，她以出差为由，没见男方。

钟妍菲叹气，对这个妹妹，她比父母操的心都多。妹妹跟前男友已经分手两年多，至今还没走出来。

她真想打开妹妹的脑瓜子看看，一个渣男，到底有什么值得留恋。

她跟老公也是家里介绍认识，结婚快一年，感情不错，所以她不排斥父亲给妹妹安排的相亲，只是去吃顿饭，认识一下对方，又不是见面就得结婚。

“钟妍月，你能不能学学冯麦？”钟妍菲无奈，连名带姓称呼妹妹。

钟妍月不以为然：“我为什么要学别人？”

冯麦喜欢秦墨岭，执着了好多年，但秦墨岭对冯麦无感，在秦墨岭和简杭领证后，冯麦接受现实，家里介绍的联姻对象，她也积极去看。

在钟妍菲眼里，冯麦拿得起放得下这点，十个钟妍月也赶不上。

“姐，咱不提其他人行吗？”钟妍月指指菜，“这么贵的菜，别浪费。”

钟妍菲闭嘴，再说下去，影响吃饭的心情。

她们比简杭来得早，吃完时简杭的菜才刚上来。

简杭吃饭没有左顾右盼的习惯，没看到钟家两位大小姐。

胃不舒服，她吃得很慢。

吃着吃着她莫名想到秦墨岭，在想，他是不是已经在来尹林资本的路上。

简杭怕他提前到，她又不在办公室。

思来想去，还是跟他说一声比较妥：我在外面吃饭，最多二十分钟回办公室。

言外之意，如果他到了，就等她一下。

秦墨岭没回，他调了静音在睡午觉。

简杭以为秦墨岭在开车，不方便回消息。

直到简杭从餐厅出来，回到办公室，还是没收到秦墨岭的回复。

她倒杯温水，抠了两粒药放嘴里，就着温水吞下去。

“咚咚。”响了两声敲门声。“Olive。”

是秘书的声音。

上次秦墨岭来拿钱包，也差不多是这个时间，领他进来的也是她秘书。

“进。”简杭放下杯子，抬头看向门口。看到秘书身后的人，她微怔了下，不过很快调整好表情，对着来人笑笑。

今天来送车的人是秦墨岭秘书，姓高，简杭见过一面。

“简总，您的车我停在了地库。”高秘书告知哪个车位，上前几步，把车钥匙奉上。

“辛苦你了。”

“不辛苦。”

正说着，简杭手机有电话进来，看到是塑料老公的号码，她接听了。

秦墨岭刚睡醒，声音从听筒传过来时，还有一丝沙哑：“刚看到你消息。高秘书还没到？”

简杭：“到了，在我办公室。”

高秘书对着简杭用嘴型说：“我回去啦！”

她又指指门外，浅笑着离开，没打扰简杭打电话。

高秘书不知道的是，她前脚刚走，秦墨岭就结束了通话。

秦墨岭在确定汽车还过去后，没别的话要说，便挂了电话。他没那个习惯问东问西，即使电话那头的人是简杭。

高秘书回到乐檬，第一件事是给老板回话。

“秦总，车送到了。”

秦墨岭在看电脑，头也没抬：“嗯。”

“秦总，还有别的吩咐吗？”

“简杭身体怎么样？”

高秘书以为老板知道简杭打点滴的事，看来他并不知晓。

刚才在简杭办公室，简杭接秦墨岭电话时，她看到简杭手背上有针眼，简杭的手特别白，那块青紫格外显眼。

“简总应该输液了，她手背上还有针眼。”

闻言，秦墨岭忽地抬头，最后什么也没问，就算问了，高秘书也不知道。“你去忙。”

简杭去输液是因为他那杯酒，责任在他，他不关心关心她，说不过去。

秦墨岭发消息过去：昨晚不是说让你有事打我电话吗？

简杭：？

秦墨岭直接道：高秘书说，你手背上有吊针针眼。

简杭想了下，她当时好像是用左手接的电话：没事，现在胃不疼了。

秦墨岭：今天晚上还去不去输液？

简杭如实道：医生建议再输一次。

秦墨岭晚上还有个饭局，推了也不是不行。

他道：下班我接你去医院。

简杭客气拒绝：不用麻烦你。

秦墨岭没给简杭再拒绝的机会：六点钟我到你公司楼下。

晚上的饭局，他让高秘书推掉。

至于找什么借口推掉，那是高秘书的事情。

高秘书联想到十分钟前，老板问她简杭的身体状况，一听说简杭打了点滴，老板猛地抬头那一瞬，眼里是有担心的。

她确定，自己没看错。

傍晚，还不到六点钟，秦墨岭的座驾缓缓停在尹林楼下。

司机知道一会儿要去医院，老板交代过。

昨天经历过老板买咖啡，允许简杭在车里喝咖啡，替简杭扔咖啡杯，现在老板又要陪简杭去医院，司机一点儿都不觉得奇怪。

秦墨岭打开车窗，手抵下颌，低头在看手机，不时也望一眼写字楼门口。

正值下班，从车边经过的人络绎不绝。

他们看看奢华的车，再看看车里的人，一时间说不清楚，到底是这辆车彰显了车主的身份，还是里面坐着的那个男人让这辆车更显尊贵。

秦墨岭等了十分钟，简杭从办公楼里出来，手里提着电脑。

她越走越近，他收回视线，垂眸看手机，没再看她。

昨晚才见过她，他却感觉中间好像隔了很久。

简杭尽管看习惯秦墨岭的皮囊，坐上车，还是忍不住多看他两眼，一贯的黑色西裤配白衬衫，跟平时无异。

可能是他身上的气场更吸引人。

秦墨岭侧脸，看她的电脑包："还要加班？"

简杭点头，万悦集团的项目还没有头绪，她从不打无准备之仗。

秦墨岭递给她一个打包的纸杯："喝点儿。"

简杭没接："咖啡我就不喝了。"她这个情况，哪能再喝咖啡。

秦墨岭："不是咖啡，是温水。"

简杭迟疑了一瞬，接过来："谢谢。"

司机发动车子，开往医院。

简杭抿了一口温水，秦墨岭拿出文件看，她没出声打扰，看向车外。

不得不承认，见到他本人，中午那点儿说不清的失落，现在居然没了。

到了医院，秦墨岭提着她的电脑包下车。

简杭大多时候都没有秦墨岭是她老公的意识，自然而然将他归为秦家人、乐檬秦总，说不定以后还会是她的大客户。

反正不管把他当成哪种身份，她就是无法理所当然地将他当成老公，她跟他之间始终有条泾渭分明的分界线。

所以他替她拎电脑包，她第一反应是：“不用麻烦你，我拎得动。”

胃疼而已，现在好得差不多了，不至于矫情到连个电脑包都拿不动。

秦墨岭走在前面，简杭上前几步：“给我吧。”

他只看她一眼，没应声，款步朝急诊楼走。

情人节那晚，他帮她拎水果也是这样不容拒绝。

简杭就没再坚持自己拎电脑包。

有秦墨岭在，挂号都不用她操心，她只管坐在看诊区等他。

今晚是另一个医生值班，系统里能看到她之前输了什么药水，今天也给她开了同样的药水。

从医生办公室出来，秦墨岭去缴费。

简杭追上他：“我自己缴。”

秦墨岭觑她，他跟她是夫妻，不至于连个医药费都要分那么清，他道：“要不是我让你喝酒，你也不至于胃疼。你到输液大厅等我。”

他这是要对她的病负责啊。简杭半开玩笑：“放心，不会赖上你。”她又说：“我卡上有钱，直接划，不用麻烦你。”

秦墨岭还是坚持自己缴费，不容置喙。

简杭看不懂他的坚持，是不想欠她?

也没多少钱，缴就缴吧。

她去了输液大厅。

扎针的时候，秦墨岭对护士说：“扎右手。”

护士看简杭，因为简杭伸出的是左手。

简杭示意护士：“就扎左手。”她一会儿要加班，要打字，说不定还要拿鼠标，要是扎了右手，她怎么加班?

秦墨岭看着她左手手背：“左手青了，还能扎？”

简杭：“……能。”

是半夜输液的针眼，几个小时过去，现在基本上看不出瘀青。要说为了这点瘀青不能扎针，真是矫情过了头，小孩子都不至于因为这点儿青不扎针。

他是没见过连着打点滴一星期，扎得满手背都是针眼的。

护士没想到眼前这个男人看上去冷冰冰的，还怪贴心。

今天不用再躺在椅子里，秦墨岭将她座位椅背竖起，又打开电脑包，拿出电脑，先将电脑包垫在她腿上，再将电脑放上去。

他全程不说一句话，帮她准备得妥妥当当。

弄好，秦墨岭站起来。

简杭扎针的那只手搭在座椅扶手上，不敢动弹。

她仰头看他："谢谢。"

从认识到现在，她说的所有谢谢，他从来没回应过。

秦墨岭在她旁边空位坐下，拿出手机看。

简杭开电脑，等开机的十几秒里，走了神。

她初中毕业就去了国外读书，从那时起，她就学会独立自理，所有困难自己扛，对父母从来报喜不报忧，生病也是自己照顾自己。

后来她能独当一面，带着团队做项目，于是开始照顾团队里的其他人。

即使回国后，离父母这么近，她生病住院也从来不告诉父母，不想麻烦父母。

她已经习惯自己安排好一切。

今天被秦墨岭这么照顾，从挂号到缴费，包括摆出电脑这种小事他全部代劳，她居然有点儿不适应，突然感觉自己像个巨婴。

但又觉得，被他这样照顾也挺好。

特别矛盾。

简杭回神，输入密码，进入桌面。

"几点来医院的？"

略突兀的声音从她身旁插进来。

简杭偏头，回他："两点多，具体时间没看。"

秦墨岭又问："自己开车？"

"不是，保安帮忙送过来的。"

秦墨岭颔首。

他没再追问，简杭登录邮件，进入工作状态。

秦墨岭前面坐了一对小情侣，女朋友输液，男朋友陪在旁边，男的问女朋友想吃什么。

“现在舒服了，什么都想吃。”

“我出去买，你自己盯着吊瓶。”

秦墨岭正低头看手机，前面情侣的对话他听得一清二楚。

突然想起来，简杭也没吃饭，他接到她直接来了医院，路上忘记问她吃不吃东西。

他抬头看眼吊瓶，委婉地问道：“这个药空腹打，刺不刺激胃？”

简杭一边单手打字，一边回他：“来之前吃了两片吐司垫肚子，不碍事。”

顿了一下，她回复好手头的这封邮件，接着道：“我不饿。”

话音刚落，简杭忽然意识到什么，看他：“你还没吃饭吧？”

秦墨岭刚才是想问她要不要吃点儿东西，结果话锋转到他身上。

“我回家吃。”他说。

简杭本来不饿，结果输到一半时，前面有人吃东西的香味飘过来，她顿时感到饿了。

等输完液，她打算请秦墨岭吃夜宵。

今天滴得快，两个钟头结束。

简杭选了一家高档餐厅请客，秦墨岭以为她自己想吃，答应下来。

坐在汽车里，远远看到高耸入云的一栋豪华公寓楼，简杭跟秦墨岭没话聊，看了一晚的电脑，眼睛不舒服，她盯着窗外那栋楼。

那栋豪华公寓楼，是她的目标，等再过几年，她手头宽裕了，打算把自己的房子卖掉，贷款给父母买一套，虽然只能买得起这里的最小套。

不过小套也不算小，将近一百五十平方米。

父母现在住的还是多少年前的老房子，小区环境很一般。

其实她自己也一直想住高层豪华公寓，只是前几年年薪没现在高，买不起更大更贵的房子。

她只能负担得起自己现在住的那套。

“想吃什么菜？我让餐厅提前准备。”

简杭看得入神，没听见秦墨岭说的话。

“简杭？”

“什么事？”简杭回神。

秦墨岭没急着问她吃什么菜：“在看什么？”

简杭也没瞒着，指指窗外的公寓楼。

秦墨岭以为："你那边有房子？"

"没有。买不起。"简杭没提自己想给父母置换房子的事。

秦墨岭吩咐司机："先回公寓。"

简杭看他："你这边有房子？"

秦墨岭"嗯"了声。

简杭没问他为什么突然要回公寓，可能是拿东西，也可能是带她去看看豪华公寓到底什么样，满足她的好奇心。

她目前只有置换的打算，还没实地看过房，因为三五年内买不起，没底气去看房，只在网上看过图片，没直观感受。

到了豪华公寓的电梯里，简杭根据秦墨岭摁的楼层，猜测他的房子至少得五六百平方米。

同一栋楼里，不同楼层的房子也是天壤之别。

到了公寓，奢华的贵气迎面扑来。

简杭早有心理准备，可自己亲眼见到的，跟想象中还是两码事，眼前开阔的视野，愣是让她怔了几秒。

秦墨岭找了一双男士新拖鞋给她："没有女士拖鞋。"

他打开手机，一键将家里所有房间的灯都打开，转脸对她说："你自己去转转。"他又说道："今晚在家吃。"

公寓就他们两人，没有住家阿姨，简杭问："让饭店打包送来？"

秦墨岭往厨房走："我自己做。"

简杭惊诧："你会做饭？"

"简单的会。"

"没想到你会自己做饭。"

"不喜欢家里有外人，在国外上学时跟厨师学了几样。"秦墨岭说着，人已经走进厨房。

简杭也会做饭，和他情况差不多，她在国外读书时想吃中餐，都是自己动手做，爷爷是大厨，视频里现场教学，几年下来，厨艺虽然算不上精湛，但做一桌家常菜完全没问题。

不过上班后就做得少了，有时一个星期都不见得有空做顿饭。

秦墨岭去做饭，她在客厅和露台转了转，没去参观卧室，觉得不太礼貌。

"简杭？"

秦墨岭在客厅没看到她人。

"在这儿。"简杭沿着室内动线走马观花地看了看。

"什么事？"她拐了两个弯才看到秦墨岭。

秦墨岭点开手机，正在找饭店订餐号码："冰箱里没多少蔬菜，你又不能吃西餐，我让饭店送来吧。"

简杭本来还想尝尝他的厨艺，遗憾道："行，你安排。有机会再尝你做的菜。"

秦墨岭看她几眼，又临时改变主意："给你煮粥？"做养胃粥的几样食材家里还是有的。

"可以。"吃粥最好，油腻不好消化的东西她暂时不敢吃。

"有什么忌口的吗，葱姜之类？"他又问道。

简杭不挑食："我什么都不忌口。"

秦墨岭把手机丢到沙发上，再次走进厨房。

简杭跟着去厨房，想看看他怎么做饭。

秦墨岭回头看她一眼："不用你帮忙。你工作不是还没做完？"

简杭点头。

也对，趁着现在加班，回家能早点儿休息，折腾了一夜没睡。

她让司机帮忙，把她放在车上的电脑包送上楼。

客厅的餐桌很长，跟会议桌似的，她在餐桌上办公。

简杭坐的这个位子，偏头就能看见厨房里的人，秦墨岭卷起衣袖，不知道从冰箱里拿了什么出来。

跟他领证至今，她今晚终于有了那么一点点家的感觉。

又不太真实。

不知道是不是感觉到她在看他，秦墨岭倏地抬头望向她这边，简杭头一扭，拿起旁边椅子上的电脑包，假装从里面找东西。

刚才那一瞬，他们视线好像有交会，又短暂得好像没有。

将近一个小时过去，晚饭做好。

秦墨岭给自己做了西餐，所有食物都放在一个盘子里，他先把简杭的饭端到小餐厅，返回来才端自己的盘子。

"吃饭。"他叫她。

简杭从电脑屏幕前抬头："这么快。"

她看他端着餐盘往南面走："你去哪儿吃？"

秦墨岭："小餐厅。"

小餐厅窗外的夜景是房子的一个特色。

简杭放下鼠标，洗过手去小餐厅。

她没来得及欣赏夜景，视线被餐桌上她的那份晚饭吸引过去，一碗山药南瓜粥，一份虾仁蒸蛋。

蒸蛋上撒了一小撮青绿的葱花，看上去就让人有食欲。

没想到他这么会照顾人。

简杭尝一口蒸蛋，鲜美可口，比她的厨艺精湛。

秦墨岭吃饭时不讲话，简杭也跟着食不言。

外面夜景好看，边吃边看，一点儿不觉得无聊。

她和秦墨岭吃过寥寥几次饭，那几次还都有两家长辈在场，两人从没单独吃过，今天算是头一回。

"你开会时也不怎么说话？"简杭好奇道。

她想问的其实是，你怎么话那么少。只不过换了一个含蓄的方式问。

秦墨岭抬头，不答反问："你开会时话很多？"

简杭没料到他把问题又踢给她，她道："分情况。"

她还没来得及说分什么情况，秦墨岭接过她的话："开会时别说那么多，没人想听。"

简杭："……"

扎心，但确实是大实话。

没人想在会上听老板废话连篇，尤其自己工作出了岔子时，恨不得老板就说"散会"俩字。

秦墨岭手边有红酒，他端起酒杯抿了口。

简杭一抬头，正好看到他喉结微微滑动，她眼睛一别，假装看落地窗外。

看了几眼窗外的夜景，也没太看清楚，她又收回视线，这一次，简杭大大方方看向他："有机会旁听一下秦总是怎么开会的。"

秦墨岭放下酒杯："不用去听，就跟现在一样，可能还没有现在说得多。"

简杭张张嘴，又闭上。

开会时，老板说多了惹人嫌，可要不说话，那会议室里不是很压抑？

秦墨岭又道："不管什么会，公司有好消息我自己说，其他都让副总替我说。"

简杭："……"

她失笑。

没好意思笑出声，一直憋着。简言之，坏人副总做，好人他来当。

秦墨岭看她："想笑就笑出来，呛着又要赖我。"

简杭："……"

认识他这么久，今晚是最放松的，没想到他有时还挺幽默。

但他幽默时，又一脸严肃，根本就不像在说笑。

吃过饭，秦墨岭负责收拾碗筷，没让她动手。

她又坐到大餐厅的餐桌前，把工作收收尾，关了电脑收起来。

秦墨岭晚上不住这里，离开时关掉所有的灯。

简杭不明白他为什么放着公寓不住，要把别墅当婚房。

她只是这么一想，没问他。

秦墨岭一路把她送到家，和之前一样，他止步在大门口，叮嘱她："夜里胃再不舒服，打我电话。"

"输了液应该没事。你等一下。"简杭往厨房去。

秦墨岭有心理准备，猜到她要去拿什么。

果不其然，她又拿了一盒牛奶给他。

秦墨岭想拒绝，又伸手接住。

最郁闷的人是耿姨，第二天早上起来，中岛台上又多了一盒牛奶。不用想也是秦墨岭拿回来的牛奶。

前几天秦墨岭叮嘱她备一箱这个牌子的牛奶，她已经买回来，结果他又不喝。

她是资深小说迷，只看狗血言情小说，难不成是哪个女人送的?

反正耿姨没往简杭身上想，她知道秦墨岭跟简杭之间是怎么回事，要不是秦墨岭爷爷奶奶拍板，这婚事就不可能成。

简杭到现在都不搬过来，已经说明问题了。

耿姨把牛奶收起来，去准备早饭。

七点钟，秦墨岭晨跑完，洗了澡下楼吃饭。

他看看桌上的咖啡，突然转头："耿姨，明早改喝牛奶。"

“好嘞。”耿姨跟他确认一下，“是你昨晚拿回来的牛奶吗？”

“嗯，以后都喝牛奶。”秦墨岭端起咖啡，漫不经心地喝了一口。

他看不透简杭，不知道她到底什么想法，愿意领证，又不愿搬过来住。

不知不觉两星期过去了。

那箱牛奶最后一盒喝完，简杭依然没有要搬来婚房的意思。

这两周里，秦墨岭给简杭打过两次电话，第一周周三，聊了不到三十秒，简杭接通电话时声音很小，说在国外，正开会。

他这才知道她出差了。

第二周周三晚的十点半，简杭跟他聊了五分钟，其中四分半钟是向他打听苏城一家企业的情况。

那家企业就是万悦集团准备收购的公司。

电话里，他问了句：“出差回来了？”

简杭：“嗯，前两天就回来了。”

在国外一共待了八天。

电话里冷场几秒。

秦墨岭正在整理资料，她刚才打听苏城那家公司的情况，他只说了大概，有些细节自己也不记得，但电脑里有：“给我个邮箱，苏城那家公司的资料，整理好发给你。”

“谢谢。”简杭没想到他这么上心。

挂电话前，秦墨岭又问：“胃疼没疼过？”

“没。”

她的胃暂时好了，能不能喝酒，还另说。

这段时间她一直在吃药，没饮酒。

“别忘了把邮箱给我。”秦墨岭切断通话。

整理到快凌晨，他把资料打包发给简杭。

第二天中午，秦墨岭在乐檬食堂遇到钟妍月。

乐檬的食堂有三层，分六个就餐区，其中有一个就餐区是高管专用。

秦墨岭很少来食堂吃饭，钟妍月难得碰到他一次，便跟他同桌吃饭。

今年乐檬又准备在海外扩建生产线，新建工厂是他们乐檬在海外的第五座工厂，钟妍月问：“建厂手续批下来没？”

秦墨岭：“还没。”

他最近要出差，就是去当地协调一些建厂手续。

高秘书订了后天下午的机票。

钟妍月见秦墨岭并不是很想聊公事，她适时打住，说起昨天逛街遇到冯麦：“冯麦让我替她转达祝福，祝你幸福美满。”

当时冯麦只字不提简杭，她完全理解，冯麦能放下芥蒂，祝福秦墨岭，不代表愿意祝福简杭。

秦墨岭在想建厂手续的事，没听清钟妍月的话。

他敛了下思绪，问：“你刚说什么？”

钟妍月以为他不想提冯麦，故作没听到，于是就没再多嘴重复：“哦，说我这周还得去相亲。”

那天在轻食餐厅，被姐姐磨了半天，她决定应付差事，去见见要联姻的男人。见了也不会有下文，她心里还想着前男友。

昨晚做梦梦到他了，梦到他从国外回来了。

她现在有点儿羡慕冯麦，冯麦说放下秦墨岭就放下了。

不像她，执迷不悟。

秦墨岭接话：“相亲也不错。”

钟妍月：“……”

很难想象，这话是从他嘴里说出来的。

当初他可是放了七八个相亲对象的鸽子。

这两周，简杭忙得脚不沾地。

自从在秦墨岭公寓吃过粥，她就没见过他。

万悦集团的并购项目，没有丝毫进展。高总始终约不到钟妍菲，谁的面子钟妍菲都不给。

跟她预料的一样，钟妍菲意属另一家中介机构。

高域纳闷：“钟妍菲之前还说过，有机会想跟尹林合作。”现在机会来了，钟妍菲却直接将尹林资本给淘汰了。

简杭：“我这次去国外，找了朋友帮忙，钟妍菲不愿跟我们合作，不代表万悦集团不愿意。”

可以曲线救国。

高域被点醒，如果万悦董事会，包括钟董事长都想跟尹林合作，钟妍菲不同意也不行。“我去找他们两个董事。”

简杭希望这次能顺利争取到项目，如果在拼关系阶段就被直接淘汰出局，那能力再强也没有用。

出差回来后，一直是无休止的加班模式，没空回家，累了就在办公室沙发上凑合睡一觉。

今晚还得加班，这是第三个通宵。

项目接近尾声，是他们最忙的时候。

凌晨一点钟，简杭揉揉额角，去卸妆，用冷水洗脸，在窗口又站了会儿，脑子清醒不少。

外面工位上，同事们都在挑灯夜战。

简杭备了一箱牛奶在办公室，她自己留两盒，剩下的分给他们。“吃点儿东西再干，累了就睡。”

他们的椅子拆开来就是一张简易的单人床，能将就睡觉。

简杭正在分牛奶，巨响的呼噜声四起，从最角落的工位传来。

大家扑哧一笑，打呼噜的是林骁，他靠在椅子上睡着了，歪着头，睡姿看上去要多别扭有多别扭。

别人是真的加班，林骁是凑数。

林骁睡前玩了两把游戏，他每天坚持给小橄榄留言：闭关这么久，小橄榄你敢摸着良心说，你没有去练小号？！

他觉得小橄榄没意思，他和秦醒真心真意想跟她处朋友，可她呢？

在梦里，他也在游戏，被对方给干掉，对方昵称是大橄榄。

就说嘛，小橄榄肯定是去练小号了，果不其然！

一气之下，林骁醒来，身体一歪，差点儿滑下去。他一个激灵，抓住椅子扶手。

桌上不知道什么时候多了一盒牛奶。

早上，简杭在办公室沙发上正打盹儿，被春雷炸醒。

今年的第一场春雨下下来，雨势不小。

简杭起来洗漱，简单吃了早饭，又开始忙起来。

上午有三个会，邮箱里还有几十封邮件等着她回复，还要赶在下午两点前送份资料到金融大厦那边，再跟对方沟通一下细节。

手机有电话进来，简杭接听。

电话那端，声音急促：“Olive，打扰了，麻烦你看下我昨天夜里发的邮件，客户等着我回复。”

简杭抵着眉心：“好，最多半小时给你回复。”

刚放下手机，桌上的座机又响起。

“老大，拜托看看邮件，等着你给意见。”

“上午抽不出时间，中午看。”简杭随手在备忘录记下，几点给谁回邮件。一般打电话来催她回复，都是特别紧急的。

她今天中午的时间也安排满了，只好挤出吃饭的时间看邮件。资料数页，简杭逐条逐字看，看完写了大半页意见。

对方回复：收到，谢谢老大。

简杭去倒水，秘书敲门，问她吃什么。

“没胃口，帮我煮杯咖啡。”

一杯咖啡续了半条命。

外面还在下雨，路上比平时堵，简杭提前半小时去金融大厦。

司机开车，她在车上眯了二十分钟，途中路过乐檬大厦，她想了想，已经两个多星期没见到秦墨岭了。

来不及多想他，又有工作上的电话进来……

“老大，是我。”林骁用座机打给她，声音发蔫。

“什么事？”

林骁摸摸鼻子：“有几个数字搞错了。”

简杭没斥责：“等我回去再说。”

到了金融大厦楼下，司机靠边停，简杭撑伞，拿着资料匆匆下去。

跟客户沟通细节时，她没感觉累，甚至精神亢奋。

等她从客户那里出来，进了电梯时，感觉头重脚轻，应该是中午没吃饭饿的。

晚上得按时吃饭，回家再好好睡一觉。

这么想着，电梯停在一楼，简杭随着人群走出电梯。刚走没几步，脚下像踩在棉花上，她伸手想扶东西，什么都没抓住。

眼前突然一黑。

此时，秦墨岭和高秘书一行人刚过海关。

秦墨岭在贵宾室休息，让高秘书倒了一杯温水，喝下半杯，他还是隐隐心神不宁。

可能是因为赶飞机，中午没睡午觉，他这么想。

暮色降临，护士轻轻拉上窗帘，她回头看一眼病床上躺着的人，丝毫没有要醒来的迹象。

呼吸声略重，还算均匀。

按理说两袋液输下去，人早该醒了。

第二袋点滴的液位下来，护士走到病床床头，拔下针管插进第三袋。她调节输液滚轮，调到合适的速度。

护士看床头卡，病人叫简杭。

她今晚夜班，刚才和她交班的同事说，简杭是风投圈的，连着几个通宵赶项目，今天忙到没顾得上吃饭，在金融大厦一楼大厅晕倒。

初步诊断是低血糖引起。

要是再熬夜不休息，猝死也不是没可能。

躺在床上的简杭突然转了转头，护士以为她很快要醒来，等了半晌也没动静，她依然沉沉睡着。

护士离开，轻轻带上病房的门。

刚走没几步，护士长脚步匆匆，迎面而来，问道："22 床病人醒了没？"

22 床的病人是简杭。

护士道："没，所有指标正常，可能是太累了。"

"病人亲属来了吧？"

"……还没。"

护士长微微蹙眉，几不可察地叹口气，交代护士："她家人来之前，你多过去照看着。"

护士应下。

两人并肩往护士站走。

护士长多说几句，让护士心里有数："22 床病人是院领导亲自打电话安排的病房，她婆家是秦家。"

难怪。

这家医院的这层病房，不是有钱就能住进来的。

护士之前以为，简杭家不在北京，是外地人，家里人还没赶过来。原来老公是秦家人。

只是几小时过去了，却不见一个人过来陪护。

豪门的日子或许并不像外人想的那样光鲜亮丽。

简杭在半小时后醒来，睁开眼，她一时没认出自己躺在哪儿，不知道现在是白天还是夜里。

左手手背隐隐泛疼，她侧头，入目的是吊针皮管，再往上看，药水一滴一滴无声地往下淌，架子上挂满点滴袋。

她这才闻到消毒水的味道。

简杭后知后觉，她在医院。

下午晕倒前的画面，逐渐清晰起来。

当时她刚下电梯，眼前忽然发黑，一阵天旋地转，幸好旁边经过的女生扶住她，大喊保安。

还有其他热心人帮忙叫了救护车，保安问她记不记得家里人号码。

她脱口而出的是秦墨岭的手机号。

他的手机号她居然记得，还记得那么牢。他的号码是相亲前母亲转发给她的，她看了一眼，就记住了。

告诉保安号码，之后的事她一概没印象。

简杭缓神片刻，撑着坐起来，竖起枕头塞在身后，倚靠在床头。她环顾病房，除去消毒水的味道，不知道的还以为这是酒店豪华套房。

看来是秦墨岭给她安排的 VIP 病房。

她的包和手机不在床头柜上，没法联系秦墨岭。

这时病房的门从外面被推开，护士进来。

看清楚简杭的长相，护士微怔，这个颜值，得是风投圈里最好看的女人了吧。原来女人的眼睛也能这么深邃，冷艳里带着点儿攻击性。

护士随即调整好表情，微笑："醒啦，感觉怎么样？"

简杭："还是累。"

她问护士："我老公是不是在外面？"

不仅长得好看，声音也好听。护士忙拽回自己跑偏的关注点，她不忍心看简杭失落的表情，于是措辞委婉："人还没到，下班高峰期，路上堵。"

哪是堵车的原因，护士不清楚，但简杭清楚，从他公司到医院，根本不远。她晕倒到现在几个小时过去，他想来早就来了。

当然，也可能在忙。

简杭温声对护士说：“给你们添麻烦了，一直忙里忙外照顾我。”

“不麻烦，应该的。”

护士给她测量过血压，问她想吃什么。

简杭没胃口，打的药水刺激胃，什么也不想吃。

护士说：“想吃的时候，随时叫我。”

她又想起简杭的包在柜子里，拿出来交给对方：“您检查一下包里东西少没少。”

包里值钱的就是手机和证件，都在里面。

护士离开，简杭拿出手机，没有秦墨岭的未接来电，也没有他的任何微信消息。

躺在医院这几个小时，工作上的消息堆了几十条，她逐一回复。

处理完所有工作，简杭给秘书打电话，让秘书早点回家，顺便告诉秘书，她这两天可能没空去公司。

秘书没多想，以为简杭明天直接去客户那里。

刚挂了秘书的电话，高域的电话进来。

高域不知道简杭住院，直奔主题：“万悦集团那个项目，拿下了。”

这是简杭晕倒后唯一欣慰的事，看来曲线救国的办法管用：“钟妍菲什么意思？”她清楚，万悦集团同意，不代表钟妍菲愿意把项目给她。

高域道：“她什么意思不重要。定在下周一签合同。”

万悦集团高层，包括钟董事长都意属尹林资本，撇开简杭的风言风语，她的能力是万悦集团高层一致认可的。

他们都想跟简杭合作，钟妍菲没办法，只能妥协。

高域：“万悦那边，还是钟妍菲负责这个项目。”

简杭笑笑：“没问题。”她明白高域为什么重点提一句，因为钟妍菲不想跟她合作，奈何董事会施压，这个项目被尹林拿下，钟妍菲心里肯定不痛快，人一旦不痛快，免不了各种挑剔。

高域并不担心简杭，就没有她应付不来的人和事，这也是万悦高层想跟她合作的原因。

“到时钟妍菲那边会联系你，不打扰了。”他挂了电话。

挂了电话，简杭反扣手机在床头上。

万悦集团的项目拿到手，她心事少了一件。

父母还不知道她晕倒住院，她没打算告诉他们。

刚才护士说，她没大碍，留观一晚，明天应该能出院，不过具体要看医生怎么安排。

病房太静，她打开电视，调到音乐频道。

不知道过去多久，病房再次有人进来。

简杭以为是护士，看到来人时，惊讶不已，转而惊喜："你怎么知道我在医院？你什么时候回国的？"

"前天刚回来。"谈沨买了一束鲜花过来探望。

简杭坐直，追问："你听谁说我住院了？"

谈沨顺手把花放在床头柜上，在床边的椅子上坐下："我下午打你电话，接电话的是大厦保安，说你在等救护车。问我是不是你家人。"

这么巧。

她晕倒时，谈沨还在郊县，今天下雨，堵车严重，他回市区花了三个小时。

他关切道："好点儿没？"

"好多了，累的，没其他毛病。"

简杭关了电视，问他下午打电话找她什么事。

"没要紧事，约你吃顿饭。"谈沨笑说，"看来这顿饭得改时间。"

简杭又想起来："你没告诉我爸我在医院吧？"

谈沨："没。"

没多想，也没顾得上。

他当时忙着打电话给朋友，让朋友帮忙联系医生，看简杭到底什么情况。

"朋友给我回电话，说你住在 VIP 病房，我以为简老师知道。"

没告诉就好，简杭松口气。

"你这次回国是……"休年假还是谈项目？

"我没想到你会……"闪婚。

两人差不多时间开口。

声音重叠，但能猜到对方要说什么。

谈沨这次回来先去看望了简老师，从简老师那儿得知，简杭跟秦墨岭上个月领证了。他约她吃饭一来是聊聊他从老东家辞职的事，二来恭喜她进入人生另一个阶段。

谈沨道：“等你出院，找时间慢慢聊我的事。”他至今不敢置信：“没想到你闪婚。”

还是跟秦家的秦墨岭。

“什么时候办婚礼？”谈沨问。

婚期没定，秦家爷爷奶奶的意思，婚礼越快越好，不知道秦墨岭什么意思。

简杭不确定：“应该今年。”

谈沨：“别忘了给我寄请柬。”

简杭笑道：“放心，到时第一个告诉你，份子钱你别想省。”

正聊着，门口传来说话声。

“您有什么事的话，直接按铃。”

“好，谢谢。”

简杭听出女声是护士，而另一个清冽低沉的声音来自秦墨岭。两周多没见，她居然有点儿期待见到他。

应该是想吃他做的病号饭。

随之门被推开，一个挺拔的身影进来。

简杭看向秦墨岭，他没看她，目光落在谈沨身上。

谈沨在风投圈有一定的影响力，是风投圈里公认的帅哥，气质出众，有能力也有手段，秦墨岭知道他。

他冲谈沨微微颔首，边走边单手解西装纽扣。

谈沨起身，待秦墨岭走近，两人同时伸手，敷衍寒暄两句。

秦墨岭招呼道：“坐。”

他脱下西装，看一眼简杭，抬手，把西装扔床上。

西装搭在简杭盖的被子上，衣摆垂在床沿。

简杭瞅着黑色西装，房间里明明有衣柜，旁边也有沙发，他放哪儿不好，偏要放在她被子上。

谈沨一眼便知，这是男人的占有欲在作祟。秦墨岭刚才丢西装的动作是下意识的，而下意识的动作最能说明什么，他不喜欢其他男人跟简杭走太近，于是用自己的西装隔开一段无形的距离。

“谈总喝茶还是咖啡？”秦墨岭撩起衬衫衣袖，挽了几道，打开茶水柜，征求谈沨的意思。

谈沨没打算再久留：“谢谢，不打扰你们了，我还有事。”

他叮嘱简杭注意休息，告辞离开。

该有的风度秦墨岭还是有的，将人送到病房门口。

门关上，房间里针落可闻。

秦墨岭走到病床床尾站定：“护士说你晚饭没吃，我让阿姨煲了粥，晚点儿送来。”

说完，他去泡咖啡。

简杭其实想吃他煮的粥。

秦墨岭背对着她在泡咖啡，说道：“晚上你要有什么事，直接找护士。”

简杭懂他什么意思，他没空，也不会留在病房陪护。

很应景的是，他那句话刚说完，“啪嗒”，西装从床边滑下来，掉到地上。

秦墨岭不紧不慢地过来，弯腰捡起地上的西装，连抖都懒得抖一下，拎着西装衣领直接丢在床边的椅子上。

衣服窝成一团。

简杭看得出，他是不打算再要这件衣服了。掉在病房地上的衣服，像他这样有洁癖的人，想想也不可能再穿。

秦墨岭站在床边，居高临下：“你生什么气？”

简杭仰头：“我哪里生气了？你以为西装是我踢下去的？”

两人十几天没见，她又把自己折腾进医院，秦墨岭有点儿情绪。

他也说不上来为什么。

简杭解释西装怎么掉在了地上：“你没放好，它自己滑下去的。”

他不想留下来陪护，她还不至于生气。

“医生说你营养跟不上，出院后让耿姨给你调理调理。”秦墨岭定定地看着她的眼睛，问她，“哪天搬过去？”

终于提到搬家这个话题。

简杭最近也在思忖什么时候搬去别墅，搬过去后，能天天看到他，他不忙时，还能做饭给她吃。

只是他一直没催她，而她前段时间又实在太忙，搬家这才搁置。

他已经催了，简杭也不喜欢装腔作势，爽快道：“等出院就搬。”

秦墨岭分享了管家和耿姨的名片给她："搬家前你找他们。"

"不用，我东西不多。"简杭不假思索地拒绝。不过她还是保存了名片，等搬到秦墨岭别墅，肯定有麻烦他们的时候。

西装掉地上这件事就此被打岔过去。

秦墨岭靠在窗边喝咖啡，不时看一眼床头柜上那束鲜花，不用猜，是谈沨买的花。

最后一袋药水还剩三分之一时，简杭想去洗手间，而这时秦墨岭喝完咖啡，他拿着空杯大步走去洗手间。

简杭已经掀起被子，又盖好，等他洗完杯子再说。

秦墨岭冲干净杯子，放回茶水柜里。

"你好好休息。"他道。

这是要离开的意思。

从他进病房到现在，只有一杯咖啡的时间，他来医院看她像在走流程打卡。

简杭不强求他留下。

在他走之前，她需要他帮个忙："帮我拿一下鞋，谢谢。"

床前没拖鞋，高跟鞋离床有点儿远，她够不着。

秦墨岭迟疑一瞬才走过去。

简杭瞧出他眼底的犹豫，他这样的男人一直处在高位，在他对她没有感情的情况下，突然弯腰去替她拿鞋，有点儿放不下身段。

不是万不得已，她不会使唤他。

鞋子拿到床前，简杭假装若无其事，掀开被子挪坐在床沿穿鞋。

秦墨岭猜到她要去洗手间，顺手取下架子上的点滴袋给她。

"谢谢。"简杭穿好鞋站直。

一天没怎么吃饭，身体发虚腿上没劲，再加上鞋跟太高，刚挪出半步，脚下一崴，差点一头栽下去。

眼前空白的那刻，她腰上一紧，多了一道力量。

简杭歪在秦墨岭怀里，她右手还高举着点滴袋。

秦墨岭一只手箍住她的腰，另一只手托着她扎针的左手，怕回血。

病房里消毒水的气味被他身上清爽的味道冲淡不少。

简杭暗吸一口气，在这之前，她和秦墨岭还没有过肢体接触。

秦墨岭的手还环在简杭的腰间，她太瘦了，他两只手几乎能握住她的腰，她整个人压在他怀里也没多少重量。

瘦成这样，她不晕倒谁晕倒。

“应该有拖鞋吧？”简杭打破尴尬。

为安全起见，她决定换鞋。

秦墨岭也不知道有没有，扶她坐回床边，他去柜子里找拖鞋。

柜子里有简单的洗漱用品，他找出一双女士拖鞋给她。

换上平底鞋，简杭顺利去了洗手间。

等她出来，床边已经不见秦墨岭的身影。

简杭挂好点滴袋，一转头，看到病房门口站着的人，以为他早走了。

秦墨岭见她安全回到床上，推门出去。

高秘书正在门外走廊上候着，见老板出来，她打起精神，安静跟在旁边，随老板一道下楼。

他们是从机场赶来医院的，老板过了海关，又决定回来，她始料未及。

她重新订了机票，凌晨的航班，现在得赶去机场。

幽闭沉默的电梯里，秦墨岭忽然对高秘书说：“尽量压缩这趟行程。”

高秘书不用多问也知道为什么。“我会安排好。”她又请示，“医院这边，需要我做什么？”在登机前，她给安排妥当。

秦墨岭道：“我自己来。”

高秘书心中有数，简杭的事，他亲自过问才放心。

病房里又恢复了冷清。

简杭看着椅子上的西装，刚才秦墨岭离开时，看都没看那件西装一眼，看来西装被他嫌弃了。

秦墨岭临走时没说什么时候再来医院，也没问她哪天出院。

所有吊瓶挂完，正巧耿姨送来晚饭。

耿姨给她带来软糯可口的粥，几样清爽的小菜，还有虾仁蒸饺。

支起桌子，耿姨把饭菜摆好：“墨岭说你喜欢吃蒸饺，我现做的，你尝尝。”

简杭微怔，她都不知道自己爱吃虾仁蒸饺。

小时候还经常吃几个，后来偶尔吃，算不上喜欢。

要不是知道秦墨岭一直以来对感情不热衷，没有念念不忘的白月光或是朱砂痣，不然，她肯定会怀疑是不是他喜欢的哪个女人爱吃蒸饺，所以他有了执念。

简杭饿到现在，消灭掉一大碗粥，吃光几样小菜，八个蒸饺也全部吃下去。

耿姨看着自己做的饭被一扫而光，特有成就感，她笑眯眯道："这么喜欢吃蒸饺，我明天再给你做。"

简杭谈不上喜欢蒸饺，吃光那是因为饿。

她笑笑："耿姨您不用麻烦，我明天出院。"

"不麻烦。"耿姨不知道简杭心里想什么，她沉浸在自己的成就感里，"等你搬过去，想吃的话我天天给你做，做蒸饺我可最拿手。"

简杭："……谢谢阿姨。"

耿姨大老远顶着雨给她送饭，她不能当着人家的面扫兴嘛。

"西装是不是要洗？"耿姨指着椅子上窝成一团的衣服问道。

简杭："不知道秦墨岭还要不要，之前不小心弄到地上，他走时就没穿。"

耿姨二话没说，从柜子里找个手提袋，把衣服装进去。

简杭又让阿姨把谈沨买的鲜花带回去，找花瓶插起来。

饱食餍足，简杭去外面走道散步消食，雨下了一整天，没有要停的意思，她来到走道尽头的窗口，呼吸新鲜空气。

耿姨要留下来陪护，她没让。现在她生龙活虎，用不着人伺候。

她和秦墨岭有一点儿很像，不习惯房间里有其他人。

这一夜休息得不错，无梦到天亮。

第二天清早，直到医生来查房，简杭才醒。

身体没有任何不适，简杭问医生："我上午能出院吧？"

医生："还得留院再观察几天。"

简杭不解："所有检查都做了一遍，没大毛病。"

医生表情严肃，语气不容辩驳："健康问题，不能掉以轻心。上周送来一个，也是年轻人，比你大几岁，过劳猝死，没抢救过来。"

医生没多说其他，去查其他病房。

简杭对主治医生的专业性毫不怀疑，让她再观察几天，应该是觉得有必要。

昨晚耿姨给她送饭时也说，她运气好，晕倒时正好在人多的大厅，如果当时就她一个人，摔到脑袋，后果不敢想。

她负责的几个项目忙得差不多了，团队其他人完全应付得来，万悦集团的合同下周一才签，这几天有什么工作在医院照样能处理。

住院就住院吧，正好歇歇。

这一歇就是好几天，雨也停了。

耿姨尽心尽职照顾她的一日三餐，饭菜可口。

她每天上午打点滴，吃过中饭睡午觉，下午去楼下散步半小时，回来后看看书，晚上十点钟准时睡觉。

日子过得悠闲舒适，毕业至今，她都没这么放松过。

几天过去，秦墨岭没来医院，也没给她打过任何电话。

有一点他做的值得表扬，没告诉家里任何人她住院的事。

这不，秦老太太还以为她在国外："小杭，出差什么时候回来呀？"

简杭没正面回应："奶奶，您有什么事？"

秦老太太道："等你回来，这周六跟墨岭过来吃饭。"

今天周四，医生说她明天可以办理出院。

简杭说："奶奶，我回来了，不知道秦墨岭周六有没有空。"

秦老太太笑说："他没空也得有空。"

就这么定下来了。

挂了电话，简杭不由得去想，秦墨岭这几天在忙什么。

"咚咚咚"，几声急促的敲门声拉回她的思绪。

简杭看着进来的不速之客，假笑："哟，稀客。"

"还记得我呀，我来之前还担心，怕你贵人多忘事。"对方也是话里带刺。

来人是冯麦，她初中同班同学，大学是校友。

两人以前是竞争对手，现在是情敌。

冯麦喜欢秦墨岭，谁能想到现在简杭成了秦墨岭的妻子。

冯麦家里真的是有银行有矿的那种，而简杭家庭普通，圈子不同，毕业后两人没交集。

她也是在领证后才知道，冯麦喜欢秦墨岭。

客观地说，冯麦这人还不错，以前学校有谁需要捐款，有谁需要帮忙，她永远都是最积极的那个。

只是人很傲慢，有时还嘴欠。

冯麦还有个优点，看谁不顺眼直接开干，不会背后搞小动作。

她和冯麦一直水火不容。

“中午我和相亲对象吃饭，遇到谈沨。”说起相亲对象，冯麦又多说几句，“我相亲了，跟那个男人处得还行，准备定下来。”

秦墨岭已经结婚，她再喜欢他，也不可能去纠缠一个已婚男人。

她接着说谈沨：“我和谈沨聊起你，他说你在医院。”

冯麦放下手里的一捧花，没坐，靠在茶水柜上，姿态很随意。

简杭看看那束花：“破费了。”

“不破费。”冯麦丝毫不遮掩，“我来是看笑话，不好意思空手来。”

简杭嘴角带笑，心平气和道：“想看哪方面的笑话，我亲自说给你听，保证你吃第一手瓜。”

冯麦：“……”

她笑笑，不甘示弱：“还是你好。”

“客气。”简杭指指茶水柜，“我不方便起来，想喝什么，里面都有。”

“不用麻烦，我不渴。”

冯麦环顾病房：“谈沨说你低血糖住院，看来他消息不准。低血糖哪需要住好几天，是吧？”

她话锋忽转：“我还算了解秦墨岭，他要真对你好，不会晾你这么长时间不来看你，你迟迟不出院，是想博同情等他来？”

不等简杭说话，冯麦又幽幽嘲讽她：“你以前不是清高得不行吗？那么多‘二代’追你，你一个看不上，现在眼巴巴等一个不待见你的男人，我都有点儿替你悲哀。”

话音落下的同时，病房的门被推开。

简杭和冯麦齐齐看过去。

谁都没想到来人是秦墨岭。

病房里的气氛瞬间尴尬，冯麦不知道自己那番话，秦墨岭听到多少。听到就听到，她又没胡说八道，说的都是事实。

她和秦墨岭熟得很，打了个招呼。

秦墨岭点点头，算是回应。

他脱下西装，这回没扔到床上，直接搭在椅背上，看向简杭，不动声色道：“听护士说，你对医生发脾气了，明天跟医生道个歉，是我不准你出院，不是医生不许。”

简杭蹙眉，她什么时候对医生发脾气了？

她转瞬又明白，他是特意说给冯麦听，让冯麦知道，不是她赖着不出院，也不是她眼巴巴地等他来看她。

是秦墨岭不准她出院。

冯麦诧异，没想到是秦墨岭安排简杭多住几天。她跟秦墨岭认识不是一两天，她了解他，没有任何人任何事能让他撒谎。

他不喜欢简杭这事众所周知，更没有理由替简杭撒谎。

看来不是简杭赖在医院不走。

秦墨岭去洗手，出来时手里拿着一条毛巾，慢条斯理擦手。他看看冯麦，问道：“你和简杭有合作？”

他想问的是，你们怎么会认识。

冯麦：“我跟简杭是初中同学，还是大学校友，专业不一样。我们俩还有个共同认识的朋友，谈沨。”

秦墨岭略微颔首，表示知道。

他接着道：“谈沨也跟你们是校友？”

“不是，简杭和谈沨是朋友，我跟谈总合作过几个项目。”冯麦又补充道，“谈沨还是简老师的学生。”

秦墨岭发现他对简杭一无所知，远不如冯麦知道得多。

他忽而话锋一转：“最近不忙？”

冯麦没设防，实话实说：“有点儿忙。出差刚回来。”

“既然忙，用不着专程过来，简杭没大碍，电话里问一声就行。”秦墨岭擦干手，把毛巾折了几下。他转脸对简杭说道：“让你多住几天，是让你静养，调理身体。你就想着呼朋引伴来陪你解闷。你以为谈总和冯麦像你，闲得没事干。”

简杭：“……”

她什么时候呼朋引伴了？

住院至今，只有谈沨和冯麦来探望过她，严格来讲，冯麦不是她朋友，只是过来专程看她笑话的。

再说，也不是她告诉了他们，她生病住院。

虽然他讲话难听，在指责她，但细细一品，话里话外都在维护她，他是借此内涵冯麦闲得没事干。

冯麦哪能听不出秦墨岭的嘲讽之意，即便他不喜欢简杭，也不会当着外人面让自己妻子难堪，简杭想要的那点儿骄傲，他还是给了。

她及时缓和气氛，揽过责任："那你冤枉简杭了，是我听说她住院，不了解什么情况，过来看看。"

"喝点儿什么？"秦墨岭放下毛巾，问冯麦。

病房没有第四个人，她要喝什么肯定是秦墨岭动手煮，以往去他办公室，都是秘书准备咖啡。

好不容易有机会喝一杯他亲手煮的咖啡，冯麦没客气："给我杯咖啡吧，谢谢。"

秦墨岭说："咖啡没有。"

简杭疑惑，前几天他还煮了自己喝，不应该没有。

秦墨岭拿了茶叶出来，又拿出茶杯。

冯麦从茶水柜前移步到病床旁边。

秦墨岭在旁边，说话就不能不收敛。

"最近又通宵忙项目？"她随意闲聊。

简杭点头。

"那也不能不顾自己身体。"

冯麦两手插在风衣口袋，靠在床头柜上，身体往简杭那边侧了侧，放低声音，只有她们两人听得见："高域老婆的事，我听说了。你这是第几次被人冤枉，被人看笑话了？真能忍。"

简杭也记不清被人第几次冤枉了。

她大学期间就在尹林全球资本管理公司实习，毕业后顺利留在那儿。在尹林总部工作五年，前年回国。

关于她跟尹林大老板庞林斌的婚外情传闻从来没断过，她在尹林实习期间，庞林斌和妻子离婚，公司里传言是她插足。

几年过去，庞林斌和妻子复婚，不少人私下嘲笑她，豪门梦破碎，小三就是小三，老板怎么会当真。

庞林斌曾经说过她："我看你根本不忙，真要忙，哪来闲工夫听别人说什么。"

是让她没必要把旁人的闲言碎语放心上，别耽误赚钱。

这些年，跟她有关的流言蜚语多了去，不止传她跟庞林斌。做项目时，经常有大客户追她，里面不乏已婚男士。

明明她态度坚决，没跟任何人暧昧不清，架不住有人喜欢编故事。

久而久之行内有这么一句话：跟简杭合作过的男人，没几个不对她动心的。

后来大家默认，她拿到的所有项目，都是睡来的。

至于她的努力和实力，他们看不见。

直到前段时间，高太太大闹她办公室，更是印证了她靠睡拿项目的“事实”。

讽刺的是，跟她不对付的冯麦，却从来不信她靠睡拿项目。

“我不知道尹林有什么值得你留恋。”冯麦站直。

茶叶泡好，秦墨岭递一杯给冯麦。

放在茶水柜上的手机振动，有电话进来，秦墨岭拿起来接听。半晌，他对电话那头说：“我现在过去。”

他拿着手机快步走出病房。

秦墨岭一走，她们两人不用再装。

冯麦端起茶杯，病房里的茶具一般，煮出来的茶只能凑合喝。

她悠悠品着茶，摆弄两下她带来的那束玫瑰：“不知道你喜欢什么花，给你买了一束红玫瑰。你应该也收不到秦墨岭送的玫瑰花，我给你弥补遗憾。”

字字扎心。

不管简杭愿不愿听，事实也是如此，秦墨岭不可能送玫瑰花给她。情人节，还有领证那天他都没送她花。

冯麦大方道：“我们多年老同学，以后你生日，鲜花我来送。”

“不用破费，我对花粉过敏。”简杭为了面子，第一次撒这种谎，“秦墨岭知道我花粉过敏，从来不送花，过节都是送房子送珠宝。”

真不要脸。

“是吗？”冯麦拉长尾音，嘲笑的意味明显。

还没等她揭穿简杭，秦墨岭推门进来，手里抱着一束鲜花，粉色系花束，里面还配了几朵粉玫瑰。

是高秘书订的鲜花，他来医院前，高秘书问他要不要订束花，他置若罔闻，高秘书默认他同意，订花留了他的号码。

快递小哥进不来病区，让他到电梯口签收。

冯麦眼底闪过惊讶，没想到秦墨岭会给简杭买花。

不过很快她便找到心理平衡，刚刚简杭说什么？说秦墨岭知道她花粉过敏，所以不送花，都是送房子送珠宝。

这下不用她打脸简杭，秦墨岭这束花直接替她打脸。

她做不出背后离间他们夫妻关系的事，可有机会当面无情嘲笑简杭时，她怎么可能放过。

冯麦抿一口茶，笑着说："你这个老公当得不合格呀，一点儿不了解简杭，她对花粉过敏，她说你知道。"

她指指床头柜上那束玫瑰花："我正打算带下去处理了，正好连你那束一起带下去。"

简杭盯着秦墨岭手里的那束花，她上辈子到底作了什么孽，第一次在冯麦跟前撒谎，就被他给拆穿。

秦墨岭的目光在简杭和冯麦之间巡睃，短短两秒，他就明白怎么回事了。

他回冯麦："简杭确实花粉过敏，这次住院，顺便给她做了脱敏治疗，我买花试一下脱敏效果。"

冯麦："……"

简杭："……"

这个反转，简杭怎么都没想到。

再待下去也没意思，冯麦喝完茶，找个借口离开："我晚上还约了人。等你出院，我们老同学一起聚聚。"

今天来探望，看简杭笑话只是顺带的事，主要想跟简杭聊聊，要不要从尹林资本离职。最近简杭经历那么糟心的事，身体又熬垮，她不知道对方会不会动辞职转行的念头。

她虽然跟简杭针尖对麦芒，但还是挺欣赏简杭的能力，想借机把简杭挖到自家银行去。

谁知道秦墨岭今天在病房，有些话不方便当着秦墨岭的面聊。

冯麦临走时说了句人话："你好好休息。我们电话联系。"

既然简杭已经"脱敏"，红玫瑰她就没带走。

秦墨岭还是客气一下，打算送她到门口。

冯麦让他留步："不用见外，你照顾简杭。"

简杭望着冯麦的背影，这个女人嘴巴欠的时候是真欠，像个人的时候也没那么讨厌。

秦墨岭把冯麦买的红玫瑰拿到旁边去，只留他那束花在床头柜上。前几天谈沨过来探望，买的花好像也是放在这个位置。

简杭闻到了淡淡的香气："刚才谢谢。"中间隔了几秒："我这人挺虚荣的，还跟冯麦说，过节你都是送我房子送我珠宝，提前跟你说一声。"

说完，她转身背对着他："我睡一会儿。"

秦墨岭没说话，她不知道他什么表情。

简杭醒来时房间有微弱的亮光，她以为是秦墨岭离开病房时给她留了一盏壁灯。

翻身，她想拿手机看看现在几点。

手机没摸到，她吓一跳。

旁边的沙发上有人。

秦墨岭正在用笔记本电脑处理工作。

"你怎么没走？"简杭出声。

秦墨岭不答反问："睡足了？"

简杭顺手开灯，拿手机看时间，凌晨三点半。

她昨晚应该在八点钟左右睡着，睡了七个多钟头。

她放下手机："你不困？"

秦墨岭道："时差乱了。"

简杭微微一怔，他这几天没来医院原来是在国外出差。

秦墨岭放下鼠标，抬头看她："不睡了？"

"嗯。"

秦墨岭站起来，走到茶水柜前拿出咖啡机。

没过多久，咖啡香味在充斥着消毒水的病房里漫开来，格外诱人。

简杭突然馋咖啡。

"能不能多煮一杯？"她问道。

"不能。"秦墨岭毫不留情地拒绝她。

简杭躺下来，打算一会儿自己煮。

秦墨岭本来不想给她喝咖啡，一时心软，还是决定匀一点给她尝尝。他弯腰打开茶水柜，拿出一只干净瓷杯，倒了一点在里面。

秦墨岭走到床前，把瓷杯放在床头柜上，一股香浓的咖啡香气扑鼻。

简杭眯着眼，不知道他在干什么，只好睁开。

秦墨岭下巴对着瓷杯方向点一下："你的。"他端着自己那杯咖啡，坐回沙发上。

"谢谢。"简杭愉悦地坐起来，只是看到杯底那点咖啡时，"这么少？"不够她喝两口。

秦墨岭在看笔记本电脑，头也没抬："自己身体什么情况，你没数？"

简杭："那也太少了，不够喝。"

听出她语气中的失落，秦墨岭顿了几秒，又答应她："等出院，我给你煮满杯。"

有咖啡喝总比没有强，简杭自我宽慰。

秦墨岭说出院后给她煮咖啡，她没当真。

简杭不打算再睡，起来洗漱喝咖啡。

洗手间的门没关，她洗脸刷牙的声音，秦墨岭听得一清二楚，他又看看床头柜上的咖啡杯，等她洗漱好，杯底那点咖啡也凉掉了。

凉的咖啡不好喝。

秦墨岭杯子里的咖啡还没喝，他起身，匀半杯给她。

简杭从洗手间出来，见杯子里的咖啡多了些："谢……"

秦墨岭预料到她要说什么，抢先打断："先不用谢，不是给你半杯就允许你喝半杯，喝几口过过瘾。"

简杭还有什么不明白的，他给她倒咖啡，是担心咖啡冷掉不好喝。

喝了几口咖啡，简杭上床，靠在床头看手机。

旁边就是一大束花，清淡的香气暗暗浮动。

她偏头，盯着粉玫瑰看了好一阵。

之前谈沨买的那束花，她让耿姨带回别墅去，秦墨岭买的这束，她打算带回自己公寓插瓶。

"你不倒时差？"简杭关心地问了一句。

秦墨岭握着瓷杯，正喝咖啡，指指笔记本电脑："海外事业部在等我回复。"

简杭点头，不再扰他。

她登录游戏。

万悦集团的项目落实，病房有人陪护，她终于有心情打打游戏。

刚一上线，林骁就来质问：小橄榄！你还记得自己有这个号呀！

前面有几十条留言，她闭关的这些天，他一天不落。

一直在质问她是不是有了小号。

简杭：几点了，你还不睡？

林骁加了十几天班，终于有空跟秦醒出去狂嗨，玩到这会儿刚回家，精神亢奋睡不着，打算玩一局再睡，没想到遇到小橄榄上线。

他瞎扯：被你气得睡不着觉！

林骁反应过来：你还说我，你不是半夜也不睡！说什么闭关进修，我看你就是进修小号！

简杭：我在国外进修，刚结束今天的培训。

林骁将信将疑，又觉得小橄榄没骗他的必要，她真要开小号，以后再也不搭理他跟秦醒，那他一点儿辙都没有。

林骁：原谅你半小时，来一局？

他邀请秦醒，秦醒睡得迷迷瞪瞪，听说小橄榄上线，瞬间不困了，从被窝里爬起来。

简杭没扫他们俩的兴，陪他们玩了一把。

半小时过去了，病房里异常安静。

秦墨岭抬起头，只见简杭戴着耳机，眉心紧蹙，两手捧着手机，手指不停地在动，手机横屏。

简杭不知道自己是怎么回事，盯着屏幕时间久了头晕，还有点儿犯恶心。

这把游戏没能投入，早早被打死。

林骁比简杭出局更早，他正在观战，看到简杭这么随便就死掉，他火气直冒："小橄榄你在干吗？有你这么不用心打游戏的吗？"

他盼她出关盼了一个多月，结果她就拿这个水准来糊弄？

简杭被林骁的声音吵得头疼。

感觉有人看她，简杭忽然侧脸，撞进秦墨岭漆黑的眼眸里。

不知道什么时候，秦墨岭站到了床边。

他问："在开会？"

简杭："……"

真损。明明瞄到了游戏页面，还来挖苦她。

他应该没看到她的游戏名称，她把手机反扣。

“经常玩？”

“忙累时玩两把。”

“什么段位？”

简杭如实告知。

秦墨岭一听是最高段位，这根本不是偶尔玩两把能达到的级别。秦醒也痴迷游戏，在他看来，玩物丧志。现在知道简杭也玩，他对游戏有所改观。

但也只是有点儿改观而已。

偶尔玩两把作为消遣，也不是不行，像她这个段位，每天还不知道得耗多少时间在上面。

秦墨岭忽然看她：“你是小橄榄？”

他眼神幽冷犀利，似乎肯定了她的游戏名称。

他那么敏锐，简杭深知，瞒也瞒不过：“嗯。秦醒和林骁不知道我是谁。”

她正打算让他帮忙，别告诉那两人。

秦墨岭若有所思：“别让其他人知道你玩游戏，没了形象，不好管理林骁。你晕倒住院，他们会以为你不务正业，通宵玩游戏导致。”他顿了下：“想玩偷着玩。”

“……”

简杭一噎。

秦墨岭想起他第一次去她办公室，她当时应该也在游戏：“休息时间都用来打游戏？”

简杭点头：“除了游戏，没其他事做。”

秦墨岭：“找朋友逛街。”

“两个闺密都在国外。”

秦墨岭想起，她初中毕业就去国外读书。

耳机里，林骁还在嚷嚷。

简杭：闭关时间久了，有点儿手生。

林骁信她的鬼话：“再来一把？”

简杭：不了，还有事。

她退出游戏。

刚才打游戏时头晕，胃里也不舒服，急需吃点儿东西缓缓。

简杭求助秦墨岭："能不能帮忙买点儿吃的回来？"

"打游戏不管饱？"

"……不管饱。"简杭还有求于他，没跟他抬杠。

秦墨岭点开手机："想吃什么？"

这一瞬间纵容的气氛，只有情侣间才会有。

只是他们两人谁都没意识到。

秦墨岭又道："我先下单，天亮后送来。"

简杭等不到天亮："现在就想吃。"

医院旁边有二十四小时便利店，里面有小吃，秦墨岭打算下楼买。

他又问一遍："想吃什么？"

简杭认真想了想："煎饼果子。"

秦墨岭直直看着她，便利店不卖这个："三更半夜，我到哪儿给你买煎饼果子？"

"到我爷爷奶奶家的店里买。他们晚上睡得早，睡到三点多就醒了，四点钟准时开门，等你赶过去，店里肯定有人。"

秦墨岭知道爷爷奶奶的那家店，很多年前就有，一直没搬："爷爷奶奶不是卖凉皮？"

"嗯，以前只卖凉皮，现在也做煎饼果子，还卖茶叶蛋和早餐奶。"

"……"

她现在是病人，他应该照顾好她。

沉默半刻，秦墨岭关掉笔记本电脑，拿上车钥匙出门。

简杭的嘴角微微扬起，目送他离开。

秦墨岭驱车驶离医院，昨晚司机留下一辆车在医院备用，没想到派上了用场。

简杭怕他忘记爷爷奶奶的煎饼店在哪条街，给他发来详细地址和店名，还贴心提醒他开导航。

那条街他印象深刻，用不着开导航。

从医院到那条居民街，平常堵车时要开四十分钟左右，现在路上没多少车，十几分钟开到。

街上白天喧嚣热闹，这会儿只有零星几家早点铺子亮灯。

拐进那条街，路不宽敞，秦墨岭减速。

左手边的包子店也开门了，店里的虾仁蒸饺在附近很有名气，这家店开了二十多年，还是以前那个店名。

秦墨岭又往前开了几十米，“煎饼果子”几个大字映入眼帘。

他靠边停。

店里，奶奶正切香菜，爷爷忙着和面。

“爷爷奶奶。”秦墨岭走到店门口喊人。

两位老人猛地抬头。

天还没亮，在这个时间看到秦墨岭，他们心里“咯噔”一下，心提到嗓子眼儿，以为是孙女出了什么事。

回神，奶奶放下手里的活，忙招呼秦墨岭到店里面坐，心里七上八下：“墨岭，怎么起这么早，是不是有什么事？”

“奶奶，没事。简杭想吃您做的煎饼果子。”

奶奶明显松了口气。

秦墨岭解释自己为什么起这么早：“我刚从国外回来，在飞机上休息过。”

爷爷奶奶不知道简杭住院，他又把谎话圆一圆：“简杭五点钟有海外视频会，我把煎饼果子拿回去，她正好赶上在开会前吃。”

奶奶的开心藏也藏不住，眼角眉梢都是笑。

之前总担心孙女和秦墨岭合不来，过不到一起去。

看来担心实属多余。

香菜还没切完，她先给孙女摊煎饼。

秦墨岭在店里待了十多分钟，等到了热乎乎的煎饼果子。

奶奶本来还要给他摊一张煎饼，他不饿，奶奶便作罢。

离开时，再次路过那家包子店，店里几张桌前空空的，还没人来吃早饭，蒸笼里的热气直往上扑。

车缓缓停在包子店门口，秦墨岭降下车窗，对着店里喊：“老板，打包一份虾仁蒸饺。”

老板走出来：“蒸饺还没包呢，过一会儿才有。”

秦墨岭等不了那么久：“谢谢。”说着升起车窗。

和来时用时差不多，四点二十二分，他把车开进医院。

车子刚停好，有电话进来。

蒋盛和问：“什么情况？宿醉去输液？”

秦墨岭反应过来："看到我车了？"

"嗯。"蒋盛和的车刚路过医院门口。

"不是我，简杭在医院静养了几天。"秦墨岭解开安全带，车里全是煎饼果子的味道，他开窗散味。

蒋盛和："你升级当爸爸了？"

秦墨岭："……"

这脑回路还不是一般人能有。

"她前几天低血糖晕倒。"

蒋盛和关心简杭两句，最后不忘调侃他："有空到群里谈谈感受。"

"什么感受？"

"成为小学班主任女婿的感受。"

蒋盛和笑着挂了电话。

秦墨岭和蒋盛和是小学同学，两人成绩在班里名列前茅，但也是班里最能惹事的两个，隔三岔五被班主任叫到办公室批评教育，检讨不知道写过多少。

当时的班主任就是陈钰，他的岳母。

秦墨岭及时打住思绪，轻触后备厢按键，拎着煎饼果子下车。

后备厢里有他的行李箱，他一并带上楼。

经过护士站，护士看到秦墨岭手里的食物，差点儿以为自己上夜班上到眼花，看错了。

人走过去，护士决定早饭去吃煎饼果子续命。

简杭没想到秦墨岭回来这么快，来回不到一小时。

秦墨岭放下行李箱，把早饭搁在茶几上。

简杭在秦墨岭对面的沙发坐下，奶奶把煎饼果子从中间切开，分装在两个袋里，方便她拿。

她咬一口，煎饼果子还温乎。

她不经意间抬头，只见秦墨岭的视线一直落在茶几的另一半煎饼上。

简杭以为他也饿了，拿另一半煎饼给他："我吃不完，你尝尝，味道不错。"

秦墨岭："我不饿。"

他从来不吃这些。

刚才他看另一半煎饼，是在担心里面的薄脆还脆不脆。

秦墨岭站起来，拎起箱子走向洗手间。

简杭问：“在陪护床睡？”

“嗯。”

秦墨岭关上洗手间的门。

简杭吃完煎饼，从柜子里抱了一床被子放在陪护床上。

对于其他正常夫妻，妻子住院，老公过来陪护是再正常不过的事，放在她跟秦墨岭身上，变成了不寻常。

秦墨岭穿着睡衣出来，她关了病房的灯，坐回沙发上看邮件。

偶尔，她转头看一眼陪护床上的人，他睡得正熟。这感觉很不真实。

等简杭回完所有工作邮件，又看完一份项目计划书，秦墨岭才醒来，他睡了四个钟头，天早已大亮。

没两分钟，简杭听到身后洗手间的门关上，然后是哗哗水声，秦墨岭在洗澡。她今天出院，意味着能喝咖啡了。

之前就想喝，但秦墨岭在睡觉，煮咖啡会发出动静吵醒他。

简杭放下鼠标，去煮咖啡。

咖啡煮好，洗手间的水声还没停。

她打算等秦墨岭洗完澡出来，再给他煮一杯，感谢他半夜给她买夜宵。

简杭刚端起杯子放在嘴边，手机有电话打进来，是钟妍菲的助理小章。

习惯使然，她搁下咖啡杯，去病房外面接电话。

万悦集团那个项目，定在下周一签合同。

电话里，小章说，签合同的时间有变。是钟妍菲的意思。

至于什么原因改签约时间，小章没说。

简杭问：“改在哪天签？”

小章顾左右而言他，言语间透着无奈。

简杭没再追问，没必要为难一个秘书。

在签合同的紧要关头节外生枝，直觉告诉她，合作八成要黄。

好在，小章又给了一线希望，让她今天晚上九点钟到会所二楼包间找钟妍菲。

结束通话，简杭在外面没急着进病房。

所有细节她都在脑海里过了一遍，还是找不出哪个环节出现问题，只能等晚上见到钟妍菲，才知道接下来该怎么应对。

她又给秘书发消息，中午她去公司。

秘书担心她的身体：Olive，你再休息几天，等周一来公司，正好去万悦签合同。

简杭：我不要紧，今天出院。

她没提万悦签合同的计划有变，怕影响下属心情。

简杭推门进病房，秦墨岭已经洗漱好，换了一件黑色衬衫，这回衣袖没挽上去，袖口平整。

他正立在茶水柜前喝咖啡。

她脚步一顿。

秦墨岭手里的咖啡，是她那杯，她刚才没来得及喝，但嘴唇碰到了杯沿，她抿到的那侧杯沿，就是他正抵在唇间喝咖啡的那侧。

他误以为是专门给他煮的咖啡。

将错就错，简杭不打算再说真相。

以后要同住一个屋檐下，还有那么长的日子要过，融洽的关系不管对她还是对他都没坏处。

她拿起自己保温杯倒了一杯白开水："跟你说件事。"

秦墨岭嘬口咖啡，眼神示意她讲。

简杭："我今晚跟人约好谈项目上的事，不知道什么时候能忙完，搬过去可能要半夜。"她答应了出院搬，不管多晚都一定会搬过去。

秦墨岭喝完咖啡，说道："别累着，注意身体。"他去洗杯子。

医生查房前，秦墨岭拎着行李箱离开。

出院手续压根儿不用简杭操心，耿姨早早来到医院帮忙办妥。

耿姨把那件带回去干洗的西装又拿来给她，这两天倒春寒，耿姨怕她没厚外套，这件西装料子好，压风。

昂贵的西装穿在身上，天再冷也不觉得冷。

耿姨左右看看："别说，你穿着还真好看。"

简杭笑笑，怀疑耿姨是亲妈眼，一件男士西装而已，能有多好看。

她身材高挑，穿在身上不难看倒是真的。

终于出院，外面的空气都是甜的。

简杭回到自己公寓，先泡个澡，找出适合应酬的衣服换上，急匆匆赶去公司。

到公司她便是停不下来的陀螺，一下午开了两个会，几十通电话，还有厚厚的一叠资料等着她看。

在医院那种慢节奏的生活，对她而言很奢侈。

万悦集团的合同，一直压在她心头。

说好晚上九点钟见面，简杭提前二十分钟到会所，依旧是钟妍菲的助理小章接待她。

小章温和笑笑："钟总在招待大客户，您稍等。"

简杭经常遇到这种情况，有时时间紧迫，见客户得无缝衔接。

还不到九点钟，是她提前到了，等一会儿也是应该的。

小章让会所侍应生送来咖啡。

总不能一直站在包间门口，两人移步到走道尽头的休息区。

小章将她送过去，还要回包间听候差遣："简总，您坐，钟总那边送走客户后，我来叫您。"

"麻烦了。"

"客气。"

小章回去，简杭放下咖啡，趁着等人间隙，拿出手机处理工作群里的消息。

这一等就是一小时。

小章让侍应生又送来一杯咖啡，还有几样水果，招待周到。

简杭端起热咖啡喝了一口，有些漫不经心。

一个多小时，在等人的时长里，说短不短，说长也不算长。

毕竟哪个乙方没等过甲方，没被甲方拿捏过。

一杯咖啡喝完，简杭刚放下杯子，小章过来。

简杭以为钟妍菲终于结束上一波应酬，有空跟她聊项目，她站起来。

"简总，您坐。"

小章歉意道："不好意思，简总，我们钟总今晚也是乙方，在招待我们万悦集团的大客户韩双韩总，本来以为九点钟能结束，谁知韩总突然来了牌瘾，我们钟总在陪着打牌，牌局到现在还没散。"

简杭知道韩双，在权贵名媛圈里，韩双排在前面，自带优越感和距离感，今年三十五岁，对婚姻没兴趣，眼里只有事业。

韩双在生意场上有些手段，很不好说话的一个人。

而韩家，确实是万悦集团的大客户。

她已经预感到，小章接下来要说什么。

小章："钟总也不确定什么时候能送走大客户，她说，您要是等得着急，就先回去，至于项目，以后有空再说。"

说完，小章抿了抿唇。

以后有空再说，潜台词就是，只要今晚她不愿意等，以后钟妍菲都没有空。

事已至此，简杭不想承认都不行，她是被钟妍菲故意晾在包间外这么久。

偏偏她还不能甩脸色走人。

钟妍菲既然让她来，还敢晾她，自然有万全之策。

就算晾她这件事，传到秦家人那里，秦家也说不出什么，因为钟妍菲从头到尾没说不给她项目，因为钟妍菲事出有因，自己还要讨好韩双，因为钟妍菲还说了，如果她着急，就先回去。

至于她不想回去，还想继续等，那是她的事，跟钟妍菲无关。

什么理都被钟妍菲占尽，让人挑不出一点儿错。

而韩双，说不定压根儿不知道钟妍菲把她晾在包间外这事。

又或许，韩双就算心里头知道钟妍菲的目的，也会佯装不知，都是聪明人，有些事何必当面说破。

反正钟妍菲不会白让韩双帮忙，到时会在生意上让利给韩双。

谁会跟钱过不去。

想明白这一切，简杭微微一笑，跟小章说："没关系，时间还早，我再等等。"

她不能一走了之，她要是离开，钟妍菲正好有借口，到时项目分分钟落到竞争对手那里。

标的额二十二亿的项目，一年也遇不到几个，行业竞争激烈，僧多粥少，她没有任性的资本，更没有跟钱过不去的理由。

眼看到嘴的鸭子飞走，先不说她不甘心，董事会到时还要问责。

钟妍菲料定她不会，也不敢走人，精准找到她的七寸，于是肆无忌惮将她晾着。

小章在心里叹口气，有些事，不是她一个助理能评断的。小章看一眼简杭，她看上去风轻云淡，又开始忙工作。

这样的冷静和耐力，不是一般人能有的。

钟妍菲不知道什么时候结束牌局，她得在包间外面随时听候吩咐。

“简总，您忙。”

简杭笑着微微颔首。

不知不觉，零点已过。

她等了三个多小时。

侍应生又给她送来一杯热咖啡，这是今晚的第三杯。

手机发出电量不足的提示音，刚才她一直用手机看邮件，电耗光。包里只有充电宝，数据线落在车里没带上来。

简杭下楼前，知会小章：“我去车里拿充电线。”

小章浅笑：“好，钟总要是找您，我跟她说一声。”

她目送简杭走去电梯间。

不知道钟总为何要刁难简杭，据她所知，万悦集团的高层对简杭和其团队的能力很是认可，才放心将项目交给简杭做。

而钟妍菲以前也说过，挺欣赏简杭的本事。

不知道两人什么时候有了过节。

简杭从电梯出来，直奔院子外，她的车停在外面。会所院子里有停车位，都是高级会员专享。她不是会员。

走到门口，迎面有车开进来，车灯刺眼，简杭拿手挡在前额，没看到车牌，勉强看清路。

两辆车依次驶入会所院子。

简杭靠边走，和两辆车错身过去。

“哥，嫂子也在。”

车里，秦醒提醒正在闭目养神的男人。

今晚两个场子，喝到快凌晨，结束后又转场来会所消遣。

秦墨岭睁眼，手指揉揉额角，困意和酒劲消了几分，他下意识地转脸看窗外。

没看到简杭。

秦醒说：“走过去了，嫂子的车应该停在外面。”

他征求堂哥意见：“我去喊嫂子过来，一起热闹？”

秦墨岭收回视线："她有事。"

保镖已经打开后车门，他腿一抬，下车。

另一辆车里，蒋盛和下来，他没急着进会所，拆开烟，倒出一支丢给秦墨岭。

秦墨岭余光瞥见院门口那抹身影，分了神，一时间没接住蒋盛和扔给他的烟，烟掉在地上。

他弯腰捡起烟，顺手扔到垃圾桶里。

院子里的灯光昏暗，简杭还是一眼认出车旁身材挺拔的男人，随后才看到秦醒跟蒋盛和。

他们看到了她。

秦醒跟她打招呼，见她手里还提着电脑包："嫂子，这么巧啊。来谈业务？"

简杭笑笑："嗯，谈个项目。"

蒋盛和跟简杭寒暄两句，他扫一眼秦醒，两人心照不宣先行进会所，留秦墨岭和简杭在院子里。

秦墨岭无声看她几秒，突然伸手："车钥匙给我。"

简杭微怔，没反应过来他要车钥匙干吗，可还是扔给他。

秦墨岭接住车钥匙，转身递给一旁的司机，吩咐道："车开进来，再让人把车牌录入系统。"

他又问简杭在哪个包间应酬。

她哪里有包间，只好告知钟妍菲所在的那个包间房号。

司机拿着车钥匙去开她的车。

车牌号录入门禁系统意味着，以后她再来会所有应酬，可以直接开车进来，不用再到处找停车位。

以后再也不用为停车烦恼。

简杭诚心诚意道："谢谢。"

秦墨岭没应声，对他来说连举手之劳都算不上，他是这家会所的股东之一，平时从不过问会所的经营情况，所以外人很少知道他是股东。

简杭就更不知道他私人名下到底有哪些投资。

秦墨岭转身朝会所里走，简杭跟上去，她还得上楼等钟妍菲。

"明天晚上去爷爷奶奶家吃饭。"秦墨岭目不斜视说道。

简杭没忘："奶奶跟我说过。"

秦墨岭："爷爷奶奶到时问起什么时候办婚礼，你打算怎么回？"

简杭偏头看他，他恰好也转头。

两人目光交会，他高她一头，气势无端压她。

半明半暗的光线里，他轮廓线条更分明深邃。

简杭懂他什么意思，他不想办婚礼。

秦墨岭直言不讳："我跟你还不熟，婚礼往后推推。"

简杭点头："到时我跟奶奶说。"秦家爷爷奶奶在任何事情上，都会给她面子，有时她说一句，比秦墨岭说十句都管用。

婚礼是两个人的事，他既然不想办，她坚持也没意思。

他们确实还不熟悉。

说话间，他们走到电梯前。

工作人员早已打开电梯门。

秦墨岭站在门边，让她先进，他随后走进电梯。

密闭的空间，离得又近，简杭闻到他身上清冽的气息，上一次离这么近是在医院，她摔倒在他怀里那次。

好闻的气息最容易蛊惑人心，她保持理智清醒，往边上挪了半步。

秦墨岭居高临下，看着她这个远离他的动作，一时分不清到底是嫌弃他还是在跟他置气。

他耐心解释："婚礼是推迟办，不是不办。"

简杭没自作多情地理解为他在宽她的心。

电梯到了二楼，简杭一个人下去，秦墨岭去的是三楼。

简杭知道三楼的那个包间，会所里最大最豪华的私人包间，不对外。包间里的喧嚣与纸醉金迷，外面的人窥见不到。

钟妍菲所在的包间在二楼，下了电梯还要往前走。

小章见她回来，什么都没说，挤出一丝尴尬又满怀歉意的笑。

看来钟妍菲打算继续晾她。

简杭提着电脑包，去了休息区。

她不是头一回被大客户晾，曾经被一个大客户晾了一整天，对方忙完直接下班，让她改天再去。她白等一天还不能有脾气，第二天继续过去。

自从毕业踏入金融圈，受委屈是家常便饭，有时比她吃的饭还多，她能屈能伸，早习以为常。

万悦集团的项目，她肯定要拿下，钟妍菲越是晾她，她越得表现得心平气和，不能自乱阵脚。

简杭拿出笔记本电脑，放在休闲桌上，打开来，专心处理邮件。

“秦太太，您的车钥匙。”秦墨岭的司机送来她的车钥匙。

简杭对这个称呼极其陌生，差点以为不是喊她。

她接过车钥匙：“谢谢。”

司机离开。

简杭定定神，继续看邮件。

今天就当在会所加班了，反正在哪儿都是要加班，她这么宽慰自己。

司机在走道尽头拐弯，去了楼上包间。

秦墨岭在牌桌上，包间里很吵，有些事又不能让其他人知道，司机用手机打字，把他看到的，和从工作人员那里了解到的情况，一五一十汇报给秦墨岭。

秦墨岭的视线从手机上移开，落在手里的牌上。

一言未发。

司机注意到，老板脸色很不好看。

想想也是，简杭刚出院，在会所走道等人等到现在，结果还没见到，老板能高兴？毕竟老板自己都纡尊降贵给简杭端茶倒水，怎么可能容忍其他人给简杭委屈受。

秦墨岭示意司机：“把经理叫来，问问他，楼下包间今天都有谁。”

二楼包间里，谈笑风生，烟味呛人。

小章再次推门进去，这回是给她们几人送夜宵。

一局牌正好结束。

钟妍菲把凉皮放在韩双跟前：“尝尝，味道一绝。”

韩双一支烟抽完，捻灭烟头，她还真有点儿饿了，也很久没吃凉皮这类夜宵。

她似笑非笑：“五星大厨拌的凉皮？”

钟妍菲笑道：“韩总会算不成？被你说中，还真是五星大厨拌的凉皮。我们现在吃的不少菜式，听说都是这位大厨当年研发的。”

韩双这么聪明，知道钟妍菲不会无故提一个大厨。

她尝一口凉皮，对得起“味道一绝”这个赞美，于是顺着问道：“哪家酒店的凉皮？”

“大厨早就退休，自己开店卖凉皮。”钟妍菲找皮筋把长发随意绾起，抄起筷子吃凉皮，继续聊，“他们家还卖煎饼果子，我吃过好几回。”

听话听音，韩双知道大厨家的煎饼果子也好吃：“分享个地址，改天我也去尝尝。”

钟妍菲拿过手机，立刻分享过去：“我也是最近才知道这家店。要不是大厨的孙女嫁给秦墨岭，谁会知道这家店。”

韩双就知道这个大厨不简单，不然钟妍菲不会特意提，原来是简杭的爷爷。

她笑笑：“爷爷是大厨，简杭有口福。”

钟妍菲附和：“可不是，我都羡慕。家里请的厨师到底不比自家人做菜尽心。”

她转头问小章：“她还在外面？”

小章：“嗯，一直在外面等着。”

钟妍菲下巴微扬，示意小章出去。

待小章关上门，韩双这才问了句：“谁在外面？”

钟妍菲刚才说话嗓子发干，她喝几口水才说话：“哦，是简杭。就是因为简杭过来，我才想起来她爷爷卖的凉皮好吃。”

韩双但笑不语，低头吃凉皮。

钟妍菲揣摩不透韩双的笑意，继续道：“简杭拿下了我们万悦的一个并购项目，今晚约了见面，我说我要招待客户，让她先回，简杭说回去没事，一直在这儿等。”

她端起手边的酒杯，敬韩双：“今晚得谢谢韩总。以后有什么事，尽管吩咐。”她今晚拿韩双当挡箭牌，肯定得据实相告，不然韩双以后知道了，指不定怎么发脾气。

韩双知道有人在外面等钟妍菲，还以为是一个不重要的客户，没想到是简杭。

她瞅一眼钟妍菲，没急着拿酒杯回敬。

钟妍菲这个小算盘打得不错，自己想修理简杭，拿她当挡箭牌。

谁都知道她不好相处，更不屑耍手段去为难谁。

她能参加的牌局，也肯定是要谈合作，就算秦家人知道了简杭在包间外等了几个小时，也不好责怪钟妍菲，毕竟钟妍菲要先巴结她这个大客户，无暇顾及简杭，人之常情。

她以前也经常利用钟妍菲，即便钟妍菲知道，也得捏着鼻子被利用。商场上的成年人，情绪化要不得，利益最重要。

所以钟妍菲被她利用，不会在脸上表现出来，因为两家还得继续合作。

今晚，她算是被钟妍菲利用了一次。

不过，钟妍菲最后跟她坦白了，还算识时务。

钟妍菲还在订单价格上给了她最大让步，也算是给她的变相补偿。

之前她还在琢磨，今年的订单，钟妍菲怎么就给了这么大折扣，应该是有什么大忙要她帮，原来就是这么一个举手之劳的小忙。

于她来说，连小忙都算不上，不过就是坐在包间里打打麻将消遣而已。

钟妍菲怕她不高兴，再次解释："韩总，您别误会，我不是先斩后奏，有些事您就当不知道。"不知道外面的人是简杭。

看在钟妍菲今晚一直讨好她，还又输送利益给她的分儿上，韩双那点儿不快也就随着口中好吃的凉皮消了。

她就勉为其难给钟妍菲借借势。

反正她也不损失什么，而且，以后用到钟妍菲的地方还多着呢。现在钟妍菲欠她一个人情，以后用起来，钟妍菲就没有借口推托。

只是钟妍菲宁愿损失这么多，宁愿讨好她，也要找简杭麻烦，她很不理解。

韩双拿起酒杯抿了一口："简杭业务能力不错，市场敏感度高，投什么新兴行业什么行业最后都大爆。听说她做并购也有一手，接过几个跨国并购案，风控能力特强。你们万悦这次跟她合作，并购应该顺利。"

"简杭的确可圈可点，不过……"钟妍菲不想提，事关妹妹钟妍月的骄傲和颜面，被渣男分手两年还走不出来，有些事知道的人越少越好。

她无奈道："一言难尽。"

韩双就此作罢，别人的隐私，她无意窥探。

吃完凉皮，韩双拾起桌上的烟盒塞包里："不耽误你跟简杭谈项目，改天再聚。"她又说了句场面话："感谢招待凉皮。"

送走韩双，包间里其他人也松口气。

今晚钟妍菲还喊来几个闺密陪韩双搓麻将。

闺密捶捶肩："韩双还真难伺候。"

钟妍菲倒支烟含嘴里，点着，吸一口才说话："命好，会投胎。"

闺密提醒钟妍菲："简杭跟秦墨岭一天没离，我们就得给秦家一天面子，你找她碴儿时，悠着点儿。"

"有数。就算秦家知道了，也怪不到我身上。我这边有大客户韩双要伺候，走不开，能怎么办？再说，我不是早早让简杭回去吗，是她自己不走，我能怎么办？"

闺密看手表："差不多了吧，你还不让简杭过来？"

"不急，我凉皮还没吃完。"

钟妍菲笑着，结束话题。

就在她们吃夜宵时，秦墨岭的司机已经找过会所经理，会所经理详细告知有哪些人。

司机记性好，名字一个不落地都告诉了秦墨岭。

秦墨岭熟悉这几人，除了韩双，其他几人都是钟妍菲的闺密。

他知道，不管在哪一行，从别人手里拿项目，被对方拿捏，这种事常有，见惯不怪。

但被拿捏的这人不能是简杭。

他都没给过简杭脸色看，连她半夜想吃夜宵，他都去给她买。

"哥，出牌。"坐旁边的秦醒忍不住提醒道。

秦墨岭抽出一张牌扔出去，不耽误给简杭发消息：这是钟妍菲第几次晾你？

简杭惊讶，这个塑料老公这么快知道事情原委：第二次。

之前约在万悦集团大厦见面，钟妍菲也没见她。

简杭：可能钟妍菲意属其他中介机构。

秦墨岭不听这些，既然意属其他机构，那她靠自己本事说服万悦董事会跟其他机构合作，现在找简杭麻烦，任何理由都不行。

秦墨岭：你不是知道我在会所吗，等了那么长时间，怎么不跟我说？

简杭从来没想过找他帮忙，就像他说的，他们还不熟悉。又是公司的事，她没理由去麻烦他。

秦墨岭知道她的顾虑，表明态度：以后工作上遇到棘手的问题，直接找我。麻烦不到我，有时就是我一句话的事。

简杭还没来得及说谢谢，他又发过来：想怎么出气？

他误会了。简杭忙回道：不用帮我出气，我想拿下项目，你帮忙从中牵个线，我看问题出在哪儿。

她看着自己发出的解释，觉得好笑。

这是她跟秦墨岭在同一件事上，截然不同的两种反应。

他有底气有背景，先不管其他，把气出了再说。

而她这样的打工人，忍气吞声早已是必备技能，不想也得罪不起大客户。

秦墨岭又发过来信息：1. 只拿项目。2. 出气，项目也拿到。选一个。

他是什么稀缺物种，居然这么贴心。

再傻也知道选哪个。

简杭：2。

她跟秦墨岭确认：我是在会所等，还是回去等你消息？

秦墨岭：过几天钟妍菲会打你电话，接不接随你心情，你就算不接，她也会把项目送到你手里。

简杭心里生出一丝丝感动，自从去留学，这些年她习惯独当一面，习惯有事自己解决，因为没有人挡在她前面，没有人无条件为她解决。

她回复：谢谢。欠你一个人情。

秦墨岭不希望她有心理负担，知道她不喜欢欠人情，回她：不客气。你不是也帮了我？

他说的帮，是指她在爷爷奶奶那里提推迟婚礼一事，这哪算帮忙，对她来说是举手之劳。就算她不帮，他要暂时不想办婚礼，爷爷奶奶总不可能逼着他。

只不过换她去跟爷爷奶奶说，爷爷奶奶不好驳面子，之后也不会再一直催。

简杭：我那个是不足挂齿的小忙。不一样的。

秦墨岭：没什么不一样。

他又道：早点儿回去休息，太晚了，改天再搬家。

搁下手机，秦墨岭交代司机："韩双不是喜欢吃凉皮吗？明天给她多送几份，说我请的。"

司机："……好。"

秦醒在理牌，没注意刚才秦墨岭的声音很淡，不明所以：“哥，你怎么知道双姐喜欢吃凉皮？巧了，我也喜欢吃凉皮，顺带给我送几份。”

秦墨岭没搭理他，跟牌桌上其他人打招呼：“你们谁跟万悦集团最近有合作，先冷他们一下。”

蒋盛和跟万悦有合作，抬起眼皮：“万悦有人得罪你？”

“算是。”秦墨岭没细说，只道，“给个教训。”

蒋盛和没有究根追底的习惯，秦墨岭不说，他也不会多问。蒋盛和掐灭烟，直接给秘书打电话，让暂缓与万悦的合作，后续等吩咐。

除了蒋盛和，秦墨岭其他几个朋友也照做。

他们之间，经常这样互相帮忙。

秦醒趁他们打电话，偷看他们的牌。

这一局，他喜滋滋赢了。

简杭关笔记本电脑，收包里。

走前，她告诉小章，时间太晚，改天再约。

到了会所楼下，简杭看到自己的车停在最显眼的车位上。

司机正站在她的车前：“秦太太，我送您回去。”

简杭不喜欢麻烦人，浅笑道：“不用，我自己开。”

司机坚持：“是秦总的安排。”

他站在主驾驶门外，没有要走的意思

简杭折腾了一晚，现在快凌晨一点钟，确实有点儿累，她道谢，拉开后排车门坐上去。

快到家时，她接到小章的电话。

“简总，您在哪儿？我们钟总说，她那边很快结束，结束后就跟您聊项目。”

言外之意，让她现在回去，钟妍菲终于有空见她。

这是算好了时间，她快到家时，才给她打电话。

简杭对小章没有任何不满，语气依然客气：“章助理，麻烦你转告钟总，我困了，改天再聊。”

小章欲言又止，即使看不到简杭，她也能想象出，简杭脸上现在没有一丝表情。简杭不笑时，身上拒人千里的那种冷冽气质，跟韩双差不多，给人压迫感。

她想说又不知道说点儿什么合适。

“简总，那您好好休息。”

简杭切断通话，手机丢一边。第一次敢这么嚣张对待甲方的电话。

回到家，简杭给秦墨岭报平安：我到家了，特别感谢。

秦墨岭直接忽略后半句：嗯，早点休息。

他又给她吃颗定心丸：万悦的项目，肯定是你的。这几天你不用再管，最多十天，钟妍菲不可能不找你，到时不用给她好脸色。睡觉吧，不用回了。

简杭正好也不知道回什么。

每个项目，先是背后的资源与人脉的较量，然后她的能力才能派上用场。

早上五点钟，简杭被闹铃吵醒。

今晚要去秦家老宅吃饭，到时秦奶奶肯定会问，婚房怎么样，满不满意。说不定还会关心她在别墅住得习不习惯。

在老人面前，能少说谎便少说谎，她决定先把行李送到别墅，也算是搬过去了。

顺便再看看别墅长什么样，别到时说谎露馅。

简杭要带去别墅的东西不多，两个箱子装完。

不到七点钟，简杭赶到别墅门口。

她给耿姨打电话，让所有人都有个心理准备。

耿姨见到她，那个热乎劲儿，嘘寒问暖。

后来简杭才发现，耿姨有颗少女心，还是颜控，尽管五十多岁，平常却爱看狗血言情小说。时常一个人对着手机笑起来，有时也一把鼻涕一把眼泪。

不过这都是后话。

耿姨和管家帮忙提行李，楼上三个套卧，简杭不知道秦墨岭是怎么安排两人房间的。

“阿姨，秦墨岭起没起？”

耿姨：“不知道，应该起来了。”

二楼和三楼是秦墨岭的活动区域，只要他在家，没人上楼打扰。

拐上二楼，耿姨和管家放下箱子。

耿姨指右边：“那间是主卧。”

听到说话声，秦墨岭从卧室出来，看到简杭，他脚步一顿，惊讶她一早搬过来。

简杭看向主卧门口，秦墨岭在戴手表，衬衫最上面那颗扣子没扣，随意敞开着。

耿姨和管家已经下楼去。

简杭握着拉杆，她跟秦墨岭之间顶多四五米距离。

想到他说跟她不熟悉，婚礼往后推，应该暂时打算形婚。

就算不形婚，她也不可能现在就跟他睡一起，平时见面都那么尴尬，躺一张床上算怎么回事。

至少等熟悉一点儿，磨合两星期，两人再同居。

听耿姨说，楼上除了主卧、书房，还有两个卧室。她旁边就是其中一间次卧，简杭询问：“我住哪间次卧，这间还是？”

秦墨岭扣表扣的动作微顿，盯着她看了几秒。

俨然没料到她这么问。

主卧连着一个四十多平方米的步入式衣帽间，他只用了五分之一，其他衣柜都空在那儿留给她用。

既然她想分开住，他不勉强。

“随你住哪间。”

留下这句话，秦墨岭从她旁边经过。

简杭转身看他背影，刚才他声音冷淡，脸上也没表情，周身都散发着不高兴的气息。

应该跟她无关，她没得罪他。

简杭本着就近原则，把箱子推到离她最近的次卧，两个箱子靠床边并排放。

没时间整理物品，周六对她来说也是工作日。永远开不完的会。

她匆匆下楼，秦墨岭正坐在餐厅吃早饭。

耿姨见她从楼梯下来，喊她去吃饭，连椅子都替她摆好：“看看有没有想吃的，要是没有，我再做。”

早知道简杭今天搬来，她就做虾仁蒸饺了。

简杭瞥手表，时间赶不上。

每个周六早上，她父母习惯性地遛弯遛到公司楼下，跟她闲扯上几句。

今天她送行李过来已经耽误了时间。

她婉拒热情的耿姨：“阿姨，今天来不及了，明天您再给我做。”

“你等一下。”耿姨箭步走去厨房。没一会儿工夫，她拎着打包袋出来。

“这个你带去公司吃，再忙也不能不顾身体。”

里面有洗好的几样水果，两盒酸奶，还有几颗糖果，怕简杭再低血糖晕倒。

耿姨嘱咐：“一天三顿饭，必须得按时吃。你妈妈要是知道你为了工作，不顾身体，你说她得多心疼。”

这话直击简杭心坎：“谢谢阿姨。”她大方地接过来。

“以后别这么客气。”

秦老太太嘱咐过耿姨，尽量多撮合撮合小两口，不过不要做得太明显，准备水果这种事，不算明显。

简杭会把心意记在秦墨岭那里。

这也算间接撮合他们。

耿姨觉得自己这招儿，很妥。

临走前，简杭又看一眼塑料老公，他全程在低头吃饭，没搭理她，仿佛她是一个无关紧要的人。

想到他心情不好，她没计较。

抱着耿姨给她的一包续命食物，简杭离开。

待脚步声听不见，余光范围里没了背影轮廓，秦墨岭抬头。满桌丰盛的早餐，他却没什么食欲。

吃了一个溏心煎蛋，他放下筷子，端起咖啡喝。

她拖了那么久才搬过来，搬来又要分房住。

不高兴归不高兴，总不能委屈她住次卧，秦墨岭放下咖啡杯：“阿姨，您让人把主卧腾出来给简杭住，我睡次卧。”

耿姨在擦中岛台，一时没接住秦墨岭的话，他出差回来连家都没回，直奔医院去陪夜，她还以为他们关系亲近了呢。

有些事不是她能多问的：“哦，好。”

看来只给简杭准备水果还不够。

秦墨岭拿着西装出门，司机已经在院子里等着，见老板出来，他下车开门。

给韩双送凉皮的事，司机一直放在心上，时间他还得再确定一下：“秦总，我上午十一点半把凉皮送过去？”

秦墨岭颔首，没说其他。

司机不单开车，他是秦墨岭的保镖，平时兼职开个车，秦墨岭的很多私事都是交给他做。

说上午十一点半送，绝不会迟一分钟，时间点卡得刚好。

司机在简杭爷爷的店里，打包了四份凉皮。

韩双正准备去吃饭，听秘书说，楼下前台有人给她送凉皮，还以为是钟妍菲差人送来，秘书又道：“是乐檬秦总的司机。”

韩双一怔，随后反应过来：“你去拿上来，替我感谢一下。”

秦墨岭这是借送凉皮来兴师问罪。

因为秦家和韩家关系不错，秦墨岭才给了几分面子。

秘书到楼下拿了凉皮上来，秦墨岭的司机给她凉皮时，只说了一句：“韩总要是觉得不够，我再送。”

秘书把四份凉皮送到韩双办公室：“韩总，怎么处理？”

韩双正靠在椅背上抽烟：“留一份给我吃，剩下你们分。”她掐灭烟头：“这个凉皮味道不错。”

收到凉皮，也不能不感谢。

韩双吃着凉皮，拨通了秦墨岭的电话，笑说：“昨天在会所吃了一次，今天正想去买，结果你就送来了。正吃着。改天有空请你和简杭吃饭。”

秦墨岭：“不用客气，你吃饭，不打扰了。”

韩双听出他的敷衍，连话都不想多说：“改天联系。”她收线。

连她都收到了凉皮，钟妍菲的麻烦估计不小。

秘书询问：“钟总那边？”

韩双：“那是她自己的事。”

她给钟妍菲当了挡箭牌，钟妍菲也给她让利，两清。

至于秦墨岭怎么找钟妍菲算账，跟她无关，她没空替钟妍菲操心。

秦墨岭今天送凉皮给她，也是想告诉她，以后跟简杭有关的事，让她别掺和。

简杭不简单，领证一个多月，就能让秦墨岭这样大动干戈地给她出气。

昨晚，简杭在包间外愣是等了三个多小时，听说，她全程冷静，拿了笔记本电脑在休息区加班，一分钟没浪费。

有机会，她想会会简杭。

傍晚时，简杭收到秦墨岭的消息。他发了秦家老宅的定位给她。

简杭：我能找到。

她去过不止一次，熟门熟路。

秦墨岭问：几点过来？

简杭关电脑，回塑料老公：还在公司，马上。

回去路上，她给秦奶奶买了一束鲜花。

路上堵车，一个多小时才到。

秦墨岭的车停在院子里，比她来得早。

客厅只有奶奶和秦墨岭两人，秦墨岭不知道在跟奶奶说什么，嘴角那抹笑还没来得及收回，她还是头一回看他笑得这么温和。

简杭把花交给家里阿姨，听到她和阿姨的说话声，秦墨岭和秦老太太齐齐看过来。

看到她，他又恢复如常，脸上面无表情。

“奶奶。”简杭浅笑着打招呼。

“小杭，过来。”秦老太太对她招手，指指秦墨岭身边，“坐。”

她没挨着秦墨岭坐，自觉空出一段合适的距离。

他在削苹果，慢条斯理。

秦老太太和简杭聊两句，撑着沙发扶手起来，对秦墨岭讲：“你削好给小杭吃，我上楼看你爷爷忙完没。”

奶奶去了楼上，客厅只剩她跟秦墨岭。

她不由得怀疑，奶奶和爷爷是不是提前商量好，留空间给他们独处。

简杭无事可做，看他削苹果。

她都是用自动削皮机去果皮，久而久之，已不会用水果刀削。秦墨岭的动作看上去也不娴熟，应该是专程削给奶奶吃，哄老人家高兴。

削得熟不熟练是次要，那双手让人看着赏心悦目，手指细长，左手拿水果刀，无名指上那枚戒指格外惹眼。

简杭的目光上移，落在他侧脸。

从她这个角度看去，喉结性感，下颌棱角分明，鼻梁英挺。

秦墨岭忽而转头，简杭在他捕捉到她偷窥前猛地别开视线。

她没事人一样，躬身起来，从果盘里抓几个苹果，排队放在茶几上，等着他削皮。

秦墨岭看着排队的三个苹果："都要削？"

简杭点头："嗯。"

加上他手里正在削的，一共四个。

他觑她："你能吃下四个苹果？"

简杭说："我榨汁喝。"

秦墨岭："……"

缓了缓，他接着削果皮。

熟能生巧，余下几个他削得比第一个快。

削好苹果，他拿抽纸擦拭水果刀，擦干净收起来。

十几分钟过去，爷爷奶奶还没下楼。

秦墨岭端着四个苹果去了厨房，给她榨果汁。

简杭看他无奈的表情，兀自笑了。她发现，她再气他，他都不会跟她较真。

直到吃晚饭，爷爷奶奶才下楼。

有些事，是怎么躲都躲不掉的。

"你们打算几月份办婚礼？我先准备起来。"秦老太太问道。

简杭在来老宅的路上，已经打好腹稿。"奶奶，婚礼先不着急，我跟秦墨岭都特别在意婚礼。"她说谎也说得真情实意，"毕竟一辈子只有一次，想等感情水到渠成再办，不想只走个形式，不然以后回忆起来多遗憾哪。奶奶您说呢？"

秦老太太居然无法反驳。她点了点头："也是。"

婚礼可以先不办，她尊重他们的想法，不过婚纱照不能拖。

"天暖了，正适合拍婚纱照。你们忙你们的，我给你们找摄影师，等联系好摄影师，我跟你们俩确定拍摄时间。"

奶奶为他们的婚事快操碎心，简杭不好意思再回绝。

婚纱照定下来，秦老太太也少了一桩心事，她想起："下周六，老叶家办寿辰，你们别忘了。"

秦墨岭道：“记得。”

他跟叶家的小辈都在一个群里，这几天，他们天天在群里讨论这事。

简杭不知道是谁过寿辰，秦墨岭从来没和她说过。他没说，她应该就不用过去。

待到八点钟，他们回自己的别墅。

秦墨岭开车，简杭坐副驾驶位，她的车子让司机开回去。

车里很静，简杭已经习惯这种安静，她跟秦墨岭在一起大多时间没话说。

等红灯时，秦墨岭胳膊肘抵车窗上，看着前面车尾灯：“下周叶爷爷的寿辰，去不去？”

没等到回答。秦墨岭转头，简杭已经睡着，头歪在一边，她夜里两点多才睡，早上五点就起来搬家。

他没叫她，关上车窗，把路上所有杂音隔绝在外。

简杭睡了半个多钟头，被电话吵醒。

她迷迷糊糊睁开眼，往窗外看，车已经开进别墅区，马上到家。她突然想起来，以后她就要在别墅住，跟秦墨岭一起生活。

手机还在振动。

简杭从包里摸出手机，来电显示：庞林斌。

老板那边现在是早上，应该是为了万悦集团那个项目。

她坐直，接听电话。

“方便说话吗？”

“方便，我今晚没应酬，在家。”

“万悦集团那个项目，你跟我详细说说。”

秦墨岭停好车，他先下去，车钥匙没拔，留给简杭锁车。

这通电话打了三十一分钟。

挂了电话，简杭推开车门下来，锁车进屋。

耿姨在自己房间，客厅没人，她直接回二楼次卧。

简杭推门，前脚迈进去，后脚迟迟没有抬起，看到靠在床头的人，她一整个人都错愕不已。

秦墨岭显然洗过澡，头发半干，他居然躺在她床上。

定定神，简杭抬步进卧室。

秦墨岭看着她进来，也怔了一瞬。

今天早上，他让耿姨把简杭行李搬主卧，忘记告诉她本人。

回到家，他才想起来这事。

简杭一直在车上打电话，不知道什么时候聊完，他给她发了消息，告诉她，她行李在主卧，他住次卧。

二楼以前是他一个人的活动区域，他没反锁门的习惯。

所以，她现在进他卧室，还又关上门，是想要干什么？

知道她性子傲，不可能主动示好，尤其这种事。

简杭此刻想的是，他既然这么主动上她的床，她就勉勉强强对他负责吧。

反正早晚都要睡一起。

心里虽然这么想，简杭还是没底，但理智告诉她，气势上不能输。

她脱了风衣，丢在床尾凳上。

无视秦墨岭复杂的眼神，她往衣帽间走。

次卧也是套房，有步入式衣帽间，有独立卫浴，还有露台。

除了比主卧面积小，功能都差不多。

秦墨岭感觉走向不对，忽然想到一个可能，她是不是没看到他的消息："简杭，你干什么呢？"

简杭转身，这人明知故问，她都给了他面子，没问他怎么躺她床上，他却故意问她。

她故作气定神闲："去拿衣服洗澡。"

秦墨岭："……"还真没看到他的消息。

"你箱子在你的主卧，主卧有浴室。"

简杭有点蒙，什么叫她的主卧？

秦墨岭看她一头雾水，解释："你住主卧。看手机，我发了消息给你，上面说得很清楚。"

简杭的工作群太多，各个群里都是未看的消息，她没置顶秦墨岭，所以没注意到他对话框。

气氛太尴尬。

她几步走到床尾，抓了风衣就走，习惯性出门时关灯，紧跟着默默关门。

刚关上门，简杭反应过来，刚才慌乱中她关了他房间的灯，于是又推开一条门缝，伸进去一只手，想帮他把灯打开。

简杭摸了两下才摸到墙上的灯开关，只是她的手慢了一秒，秦墨岭自己按了床头另一个开关，灯亮了。然而她摸到开关后，手指已经按到开关，想收回来已然来不及，只能眼睁睁看着卧室刚刚亮起的灯再次被她关掉。

秦墨岭："……"

她连着关掉他卧室灯两次，秦墨岭以为她在生气发脾气，下意识便选择纵容她的这点脾气，没再开灯。

简杭没再替秦墨岭开灯，让他自己开，免得来来回回开关个不停。

回到主卧，心脏还在突突跳。

她点开秦墨岭的对话框，他在半小时前给她发了消息。

秦墨岭：你住主卧，两个行李箱在主卧衣帽间，次卧我住。

尴尬之余又无比庆幸，还好没撞见他洗澡，没看到不该看的。

简杭放下手机，深深呼口气，去洗手间。

主卧的洗手间比次卧大一倍，精致敞亮，靠窗边有按摩浴缸、配套影音系统，可以一边泡澡一边看视频或听音乐。享受到极致。

盥洗台上摆放的全是女士洗护用品，从头到脚，一应俱全。

墙上还有一个小型嵌入式冰箱，颜色和墙面设计协调，只是简杭没意识到是冰箱，还以为整体设计就这样。

从洗手间出来，简杭去衣帽间找箱子，推开衣帽间的门，虽然有心理准备，还是被奢华的布置震撼到。

里面最便宜的物件就是她的两个行李箱。

一大一小两个箱子是她高中去留学时，奶奶送给她的礼物之一。

箱子很好用，又没坏，她一直用到现在。

简杭花了半小时整理物品，箱子用完，她仔细收起来。

可能是新换了地方，卧室又太大，一点家的感觉都没有，她像误入了一个不属于她的地方。

这种不真实感直到她洗过澡躺在床上还没散去。想到秦墨岭之前就住在这床上，她更睡不着。

这一夜睡得很不踏实。

次日早上，闹铃还没响，简杭提前醒来。

睁开眼，有点恍惚，在偌大的床上清醒几秒，她才意识到自己躺在哪儿。

秦墨岭比她起得更早，她洗漱过下楼，他早已经锻炼结束，正坐在餐桌前吃早饭。

“早。”

简杭出于礼貌，跟他客客气气问声好。

“嗯。”秦墨岭抬抬眼皮，还没看清她便收回视线。

从语气到眼神，对她一点儿也不热络。

简杭不禁怀疑，那天晚上在会所替她出气的人，到底是不是他。

前后态度，简直判若两人。

搬过来后，他对她反倒疏离不少。

简杭在他对面坐下，端过牛奶燕麦，加了几勺香蕉泥在里面，慢慢搅拌。

耿姨从厨房出来，给他们做了虾仁蒸饺，每人盘子里放两个。

早餐丰盛，耿姨担心拿太多蒸饺他们吃不完，又担心两个不够他们吃：“锅里还有，吃完了我给你们拿。”

待阿姨进厨房，简杭很好奇，秦墨岭从哪里听说她爱吃这个。

她问：“你怎么知道我喜欢吃蒸饺？”

秦墨岭正在喝咖啡，顿了片刻说：“猜的。”

简杭：“那你猜错了，我不喜欢吃。”

说完，她盯着秦墨岭看，他面色平静，她没捕捉到任何异样的表情。

看来他还真是瞎猜的。

就是很奇怪，乱猜竟然猜到她喜欢吃蒸饺。

自从她说他猜错，她不喜欢吃蒸饺，一连三天，早餐里再也没出现虾仁蒸饺。

跟秦墨岭同住的几天里，他们只在早上能碰到。

今天周三，简杭在下班前收到秦墨岭的消息：晚上还要加班？

简杭回复时注意措辞：天天得加班，不在公司加，回家也得照样忙。

秦墨岭：那回来加班。

看来有事找她，简杭回复：行。

临下班，简杭又想起来，今天耿姨不在家。

耿姨想看的一部爱情电影上映，主演是谈莫行，耿姨买了今晚的票，要去看电影。

简杭问秦墨岭：你晚上怎么吃？

秦墨岭回她：买了。

简杭突然想吃寿司，回家路上，路过SZ餐厅，又买了一份寿司带回去。

到别墅，秦墨岭已经回来了，人在餐厅，餐桌上摆了两台笔记本电脑，他正全神贯注地看电脑。

听到她的脚步声，他也没抬头。

别墅的餐桌和他公寓里的差不多，长形，一次足够容纳二十个人就餐，堪比他们尹林的会议桌。

"怎么不在书房？"简杭把自己的电脑包放椅子上，问道。

秦墨岭："以后周三不打电话，改在餐厅加班，有什么事当面说。"

简杭恍然，今天周三，是他们一周一次打电话了解对方的日子。还以为让她回家加班，是要跟她聊万悦集团那个项目。

"你吃过了？"她把寿司放桌上，去洗手。

秦墨岭："还没。"

他放下鼠标，去厨房端晚餐。

简杭洗完手回来，看着桌上丰盛的晚饭，不由得惊讶，他也在SZ餐厅打包了晚饭回来。

她打开寿司盒子，递过去："你尝尝。"

秦墨岭不喜欢吃寿司，但还是夹了一个。

为避免冷场，简杭今天主动找话说："他们家的寿司跟我做的味道差不多。"

秦墨岭看她："你会做寿司？"

简杭点头，又道："也会做饭。"

秦墨岭想象不出，简杭下厨是什么样子："经常自己做饭？"

"这几年不怎么做了。在国外时，有空就自己做。他们都说好吃。"简杭只吃了一个寿司，开始吃他打包的饭菜。

秦墨岭在想，这个"他们"，是指哪些人。

简杭看在他帮忙拿万悦项目的分儿上，想缓和气氛，所以刚刚才说做饭那个话题，谁知道他根本不接话。再次冷场。

吃过晚饭，两人面对面加班，却相顾无言。

手机消息提示声同时响起，是秦家家庭群里的消息。

秦老太太把周六叶家长辈的寿辰宴地址发到群里。

她又私发给简杭：小杭，你那天有空去吧？

简杭：奶奶，有空的。

没空也得去。

转眼便到了周六。

和每个她不出差的周六早上一样，父母在写字楼下等着她。

父母周六没事，习惯早起锻炼身体，一路从家走到这儿，看她两眼，说上几句话。

母亲看到她的车子，朝她不停地挥手。

简杭靠边，将车子停在不碍事的地方。

早春的天气还是有点儿冷，她穿得不多，下车后不禁打了一个哆嗦。

简仲君看出女儿冷，他往旁边挪几步，站在上风口，给她们母女俩挡风。

陈钰问女儿："中午没饭局吧？你爸不在家，我们俩出去吃。"

"我中午还有事。"简杭告诉母亲要参加长辈的寿宴。

她顺口问道："爸，您约了朋友？"

简仲君："跟谈沨吃个便饭，前段时间他去学校看我，我那天下午要开会，话都没说几句。趁他有空，请他喝一杯。"

说起谈沨，她一直忙得没空找他坐坐。

简杭："他有项目在这边？"

简仲君惊讶女儿还不知道："他没跟你说？"

简杭愣了下："没啊，他怎么了？"

"谈沨从老东家辞职了，高层极力挽留，给他一个月长假，让他好好休息，想清楚去留。"

简杭了解谈沨，既然提出辞职，就不会再留下。

难怪那天他在病房说，他的事等有空再好好跟她细聊。

这几天太忙，她都没顾得上联系他。

像他那样的人才，要是业内知道他从老东家离职，头部风投机构还不得抢着要人，平时就有机构高薪挖他，但没挖动。

不知道他是出于什么原因出走老东家。

他说过，他喜欢冒险，风投这个行业最适合他。

简仲君怕耽误女儿上班，也怕女儿站久了冷，跟妻子说："让孩子上去吧，有什么话你电话里说。"

"爸，我不着急，九点钟开会，还早呢。"

"你穿得少，上去吧，别冻感冒了。"

"我车里有衣服。"

父母在这里等了十几二十分钟，三句话还没说上，简杭也不舍得他们走。她打开后车门，秦墨岭那件西装还在她车里，她拿出来临时裹身上。

陈钰看到是男士西装："跟秦墨岭处得还行？"

"嗯，不错。"简杭略有点儿心虚。

母女俩又聊了会儿家常。

"别耽误孩子开会。"简仲君拉着妻子离开。

这几天，简杭在等钟妍菲电话，秦墨岭说十天之内钟妍菲肯定会找她，也不知道钟妍菲会选什么时候。

中午，简杭忙完手头的工作，赶去酒店。

叶家家族大，老一辈兄弟姐妹多，不少孙辈也都各自成家，加起来将近一百口人。

平时他们叶家聚餐，家里根本聚不下，只能在酒店包下宴会厅。

今天又宴请了不少亲朋好友，宴会厅能容纳六十桌，都不一定够坐。

她嫁给秦墨岭，是她高攀。

今天来的这些人，她基本不认识。一路走过去，只看到两个认识的人，是她做项目时认识的，对方是老板。

他们和秦墨岭关系不错，看到她主动和她打声招呼。

"妈。"简杭看到婆婆，单是一个背影都让人觉得高贵优雅。

沈静云在嘈杂声中好似听到熟悉的声音，她转头，简杭从后面快步走过来，沈静云笑问："今天还加班呢？"

简杭："上午去忙了一会儿。"

"多注意身体。你爷爷奶奶在最前面那桌。"沈静云带她过去。

简杭跟婆婆待在一起比跟秦墨岭待一起自在，婆婆话不多，温婉中透着点冷傲，但和她说话时，婆婆一向很柔和，连那点冷傲也没了。

和爷爷奶奶打过招呼，婆婆介绍其他长辈给她认识。

一圈介绍下来，十几分钟过去了。察觉出她拘谨，婆婆拍拍她肩膀，浅笑：“墨岭可能还没来，你先去找秦醒，你们年轻人有话聊。”

简杭如获大赦，她找了十多桌才看到秦醒。

秦醒那桌已经挤满了，都是年轻人，有人在抢甜品吃，边吃边闹腾，欢笑声不断。

简杭跟他们不熟，陡然过去，破坏人家气氛，于是她在最边上一张桌子坐下来。

她们这桌也快坐满了，只剩她左边一个位子。

她斜对面有几个女人不时瞅她一眼，凑在一起窃窃私语，不知道在说什么。从她们八卦的眼神能猜出，她们在聊她。

大概在聊，她跟秦墨岭的婚姻能走多远。

“还专门给我留了位子呀！”一道熟悉的声音从头顶传来。

简杭偏头，冯麦拿着酒杯，笑着坐下来。

冯麦跟父亲一道过来，父亲那桌都是长辈，她正无聊，远远看到落单的简杭。今天正好秦墨岭不在，她跟简杭聊聊跳槽的事，想挖简杭。

她用自己的酒杯碰一下简杭的水杯：“身体怎么样？”

简杭不喜欢兜圈子：“想说什么直说。”

冯麦放下酒杯，靠近一点儿简杭，单刀直入：“你应该跳出尹林看看。”

简杭：“暂时没考虑。”

冯麦笑笑：“我不急，有的是时间。”

她就不信简杭没动过跳槽的心思。

在她们聊天间，秦墨岭来了，他跟钟妍月一起进入宴会厅，两人差不多时间从乐檬出来，在酒店地库遇到。

今天叶家宴请的人，秦墨岭大都认识，平时大家都忙，有时一年半载遇不到一回，遇见了，免不了多说几句。

从他进宴会厅，一直寒暄，一拨又一拨人。

直到寿辰宴开始，秦墨岭被朋友喊过去坐。

从秦墨岭进入宴会厅，简杭就看到了他，他坐的那桌，跟她隔了三四排，在斜前方。

她抬头就能看到他跟边上的美女在聊天。

秦墨岭背对她这个方向，始终没转身找她。

至于她来没来，他似乎并不关心。

冯麦给简杭科普："坐秦墨岭旁边的女人叫钟妍月，她大姐你肯定认识，不认识也听说过，钟家大女儿钟妍菲。"

何止认识，她项目还攥在钟妍菲手里。

冯麦抿了一口酒，接着说："钟妍月家跟我们家实力差不多，她本来是排不到秦墨岭那桌。不过钟妍月和秦墨岭是朋友，关系不错，她是沾秦墨岭的光才能坐那桌。"

简杭知道，不管什么场合，每个人的位子，其实都是默认按身份和实力依次排。

宴席开始一会儿，秦墨岭才找简杭，刚才跟钟妍月聊了几句事业二部的销售情况。

他发消息给她：你人呢？

简杭：你后面。

秦墨岭倏地转身，隔着几张桌子，他看到了她：过不过来？我让服务员加一把椅子。

简杭：不过去了，坐哪儿都一样。

她不会在已经开吃的情况下，上赶着过去。

那还不知道要被多少人在背后嘲笑。

秦墨岭没再回她。

她收起手机放包里。

冯麦去她父亲那桌敬酒去了，旁边的空位又有人来坐。

"久仰。"来的人是韩双。

简杭似笑非笑："韩总，幸会。"

两人不约而同碰杯。

她跟韩双不认识，又都听过对方的大名，也在一些场合遇到过，只是没人引荐，而她也高攀不起韩双这样的关系。

两人算是陌生人。

韩双微笑："怎么没去墨岭那桌？"

她只是无心一问，因为刚才去秦墨岭那桌找简杭，没找到。

简杭也回以淡笑："我这桌都是生人，不用闲聊，能多吃点儿菜。"

韩双："……"怎么都没想到，简杭会用多吃菜这个理由来敷衍她为何没坐秦墨岭那桌的问题。

她兀自笑了一声："学了一招，以后我吃宴席，也得找个不认识人的桌子坐，不然每次都吃不饱，还得被朋友劝酒。"

"你慢慢吃，我去敬长辈。"韩双起身，"有空联系。"

她突然觉得，有个简杭这样的工作搭档，应该很有意思，挤对人都这么诙谐。

当然，她不会主动问简杭要联系方式，找个机会，让简杭找她。

直到宴席结束，冯麦也没再回来，被她父亲带着去认识一些金融圈里的人。

简杭拿上包，先去跟婆婆打声招呼："妈，我先走啦！"

沈静云莞尔："听说下午还要凑局，跟墨岭一起去玩玩。"

简杭没和秦墨岭坐一桌，不知道什么局，应该是牌局。

和婆婆又说了几句，她从后门离开。

电梯间，秦墨岭一行人在等电梯，大多是刚才他们那桌人，有蒋盛和、叶家小辈，秦醒也在。

电梯来了，他们不疾不徐地往里走。

人多，电梯有限，只能挤一挤。

人都进来，站到了门边上，多一个也站不下。

电梯门缓缓关上。

简杭正好走到这部电梯前，头一偏，看到里面的人。那么多人，她只看清站在中间的秦墨岭，还有他旁边的女人——钟妍月。

"欸，嫂子。"被挤在最里面的秦醒不忘热情地打招呼。

秦墨岭没想到她还没走。

宴席结束后，简杭去找婆婆，秦墨岭在宴会厅没看到她，以为她提前离席。

电梯门快关上，只有半尺宽的缝。

来不及喊门边的人帮忙，秦墨岭推开身旁的人，往前挤了两步，长臂一伸，摁住开门键。

简杭不知道里面什么情况，眼见电梯门关上，又缓缓打开，秦墨岭从电梯里出来。

他没看她，也什么都没说，站在她旁边，陪她等下趟电梯。

电梯里，除了秦醒和蒋盛和，其他人错愕不已，谁都没想到秦墨岭挤下电梯，他直接乘电梯下楼，似乎才正常。

秦墨岭和简杭的婚姻是什么情况，他们心里十分清楚。

以秦墨岭的性格，不可能主动放下身段，况且是当着他们这些人的面。

秦醒见惯不怪，借此正好澄清一下堂哥和简杭的婚姻并不像外界传的那样，是简杭靠婚姻上位："我哥前段时间想约我嫂子看画展，自己拉不下面子，非让我送票。他给我那辆车，我都怀疑是让我跑腿用。"

电梯里一阵笑声。

秦醒那张能说会道的嘴，他们见识过，也不是第一天认识他，秦墨岭到底有没有约简杭看画展，真真假假，他们难辨。但秦醒在维护简杭，他们看得出来。

蒋盛和附和秦醒："他凌晨四点钟，还跑去医院陪护简杭。送车给你跑腿用，这事他能干得出来。"此话一出，他们惊讶的程度，堪比刚才秦墨岭挤出电梯时。

蒋盛和从来不会多嘴别人的感情，想让他当众维护一句，即使他们这些跟他认识多年的人，都不一定有这样的殊荣。

就算是谈及秦墨岭本人，蒋盛和也不见得费那个口舌去维护，不落井下石已经是仁义，但却维护简杭。

他们转而想到，简杭的母亲，是蒋盛和小学时的班主任。

于他们而言，秦墨岭对简杭有多少感情，不重要。重要的是，秦墨岭对简杭的态度。

今天秦墨岭挤电梯的举动，还有蒋盛和的维护，他们心里有了数，以后任何场合遇到简杭，不能慢待。

此时，楼上的电梯间。

简杭和秦墨岭之间隔着不远不近的距离，看上去像一对陌生人。

她扫一眼秦墨岭，不得不承认，这个男人时不时地做一些出人意料的操作，很能蛊惑人心。比如，他刚才在电梯门快要关上的时候，越过几个人，挤出电梯。又比如，她被钟妍菲刁难时，他给她两个选项。

还好，她没被蛊惑。

"小杭。"身后传来一道亲切的声音。

简杭循声转身，秦墨岭也偏头看过去，是秦墨岭的三叔三婶，他们也来参加寿辰宴。

“三叔三婶，你们也没走呢。”简杭笑着打招呼。

三婶挽着三叔，笑说：“遇到熟人，多说了几句。”

电梯到了，几人边聊着，陆续进去。

三叔见到秦墨岭，不自觉地想多问几句乐檬的情况，他心怀侥幸，当着妻子的面，还有简杭在场，妻子不会不给他面子。

时间有限，他直奔重点：“郁鸣在做离职交接？”

话音刚落，秦三叔被三婶胳膊肘猛一撞：“公司的事有墨岭，你多操心操心你的身体，比什么都强。”

三叔捂着被撞的地方，疼得直皱眉。

简杭默默转脸看电梯按键上的数字，刚才三婶撞三叔那一下，她看着都觉得疼。

三叔动过心脏手术，不宜劳累，但三叔放不下乐檬的事，还想继续管理公司，替秦墨岭分担一点儿，三婶拿离婚威胁，三叔才放弃这个念头。

三婶活得很潇洒，欲望不强烈，连带着对秦醒的教育也是这样，她不像其他母亲那样鸡娃[1]。

秦醒在秦家所有小辈里，不管是学业还是事业，都是垫底那个，但他也是过得最开心的那个。

她跟秦醒打游戏四年，心情再不好，都能被秦醒的幽默治愈。

电梯到达地库。

道别后，他们各自去找车。

秦墨岭问简杭：“下午还要加班？”

简杭反问：“你有事？”她现在越来越了解他，要是没事，他不会主动问东问西。

秦墨岭答非所问：“开你的车回去。”

他今天中午没喝酒，伸手问她要车钥匙。

简杭以为他有事要跟她谈，从包里找到车钥匙扔给他。

两人一前一后往停车位走。

---

1 鸡娃：指父母给孩子“打鸡血”。为了孩子能读好书、考出好成绩，不断给孩子安排学习和活动，不停让孩子去拼搏的行为。

是找她聊万悦集团的项目，还是他们两人的婚姻？

坐上副驾驶座，简杭扯下安全带，扣上。

秦墨岭先是调座位，调好之后没发动车子，也没系安全带。

车里过于安静，简杭打开包拿手机的声音被数倍放大。

窸窸窣窣声是逼仄的空间里，唯一的声响。

她忽然停下动作，转脸看他："什么事，你说。"

秦墨岭拿了她的那个游戏手办在看，看几眼又放回去，跟她对视："简杭，你是想继续婚姻，还是有其他打算？"

简杭脱口而出："要是不想继续，我为什么领证？"

她暂时还没弄明白，他怎么突然问这个问题。

"知道了。"秦墨岭发动引擎。

简杭从他脸上看出一丝轻松和释然，应该不是她看错。

"那去看看爸妈。"他又道。

简杭以为他说的爸妈是他的父母："妈还在楼上，说要跟长辈聊天。"

秦墨岭系上安全带："去你家。"他们领证那天，他有应酬，没去简杭家吃饭，今天正好有空，看看岳父母。

"爸在不在家？"他问。

"应该吧。"简杭不确定，父亲中午和谈沨一起吃饭，师生二人本来就有话聊，吃完饭再找个地方喝咖啡，也有可能。

车子开动前，秦墨岭发消息给司机，交代：到别墅拿两提茶叶，今年的新茶，耿姨知道在哪儿。家里也只有两提新茶。

司机问：送去哪儿？

秦墨岭：我岳父家。

司机去过一次，记得是哪个小区。跟在秦墨岭身边久了，知道哪些地方是去过一次，必须得记在心里。像简杭家，简杭公寓，还有那家煎饼果子店，这些地址都是要牢记在心的。

秦墨岭将手机放在中控台，看着倒车镜倒车。

几分钟后，汽车开上主路。

简杭看车外，在想事情。

从她搬到别墅，秦墨岭态度又回到他们刚认识那会儿，冷冷淡淡，实在跟帮她出气时的贴心，联系不到一块。

刚才，他又问她想不想继续婚姻，最奇怪的是后面一句，问她是不是有其他打算。

已经结婚，她还能有什么打算。

她蓦地一怔，想到一个可能，她跟他分房睡，让他误以为她有其他打算。

这样一来，一切都能解释得通了，也是她搬家那天早晨，他态度忽然冷淡，她还以为他生气是因为别的事情，没想到是因为她。

知道症结所在，简杭着手解决。

她坐正，想好怎么说，于是问他："你不想办婚礼，是因为什么？"

秦墨岭看她一眼，又转回去看马路："在会所不是跟你解释过，还不熟。"

简杭缓缓点头："我当时要住次卧，也是这个原因。"

解释过，两人心里都敞亮了一点儿。

秦墨岭在简杭要分房睡时，以为她要形婚，知道她有这个念头，他也不强求，打算在婚姻存续期间，跟她和平相处，互不干涉，把家里人给应付过去。但今天在电梯里，看到她一个人在外面，他又做不到真不管她。

秦墨岭回笼思绪："前边有花店，你下去给妈买束花。"

汽车在花店门前停下，简杭下车，从花店玻璃门上，隐约看到身后过来一个人，仔细辨认，玻璃门上那个模模糊糊的身影是秦墨岭。她还以为他在车上等自己。

简杭挑了一些母亲喜欢的花，让店员包起来。

等包花时，她欣赏店里精致的手提小花盒，里面插满各色鲜花，有粉玫瑰，绚烂多姿，让人心情愉悦。

收银台旁，秦墨岭在结账，他对老板说："再要一个手提花盒。"他示意老板："我老婆正在看的那种花盒。一共多少钱？"

一束鲜花加一个手提花盒，老板报价给他。

秦墨岭付过钱，回到车上等简杭。

花店里，简杭不知道他多买了一个花盒，花束包好她捧上就走。

"您别忘了拿花盒。"老板叫住她。

简杭疑惑："什么花盒？"

老板说："你老公买的，账已经结了。"他指着那一排精美各异的花盒："您随便挑一个。"

简杭没在老板面前表现得多吃惊，选中一个她觉得最好看的手提花盒，店员给玫瑰花喷上水，水珠很活泼，她走一步，花瓣上的水珠也跟着晃一下。

她把给母亲的那束花放在后座，小花盒放在前排座位间的扶手箱上。

简杭纳闷："怎么又多买了一个手提花盒？"

"一束花加一个花盒，好事成双。"

秦墨岭提醒她系安全带，他轻踩油门，车子缓缓驶离花店。

简杭给母亲发消息：妈，您和爸在家吗？我和秦墨岭一会儿到家。

陈钰：来吧，在家呢。你们俩下午都不忙？

简杭看看小花盒，帮他美言几句：反正我不忙，秦墨岭忙不忙我不知道，他非要跟我一起来。

那个"非要"是点睛之笔。

在父母眼里，没什么事比她婚姻幸福更重要。她只能持续性给父母营造一种她和秦墨岭关系很好的假象。

陈钰：我去给你们洗点儿水果，谈沨也在，他送你爸回来，顺道上楼坐坐。

简杭：您先去洗水果吧。

她跟秦墨岭说："谈沨在我家。"

秦墨岭点了下头，没说什么。

简杭理解为，他并不关心谁在她家，跟他没关系。

到了小区门口，她看到秦墨岭的座驾，司机也看到他们，拎着两提茶叶下车。

他想得还挺周到，知道她爸爸爱喝茶，专门让司机回家拿了顶好的茶叶来，这种茶叶市面上很难买到。

汽车一路开到她家楼下，车停稳，简杭先下车，打开后门拿鲜花，盯着那个小花盒若有所思，伸手一并拿下来。

秦墨岭看着她手里的小花盒："你拿花盒干什么？"

简杭："拿上楼啊。"他不是说好事成双吗？

她想过，这个花盒是买给她的，但又不确定。

秦墨岭绕过车头，走到她这边："花盒不用拿上去。"

他瞧着她，如果他不说明原因，她会直接把手提小花盒拿上楼。

静默片刻。

他从她手里拿过花盒，拉开副驾驶的门，放回车里，道："花盒是买给你的。今天宴席上，很抱歉。"

原来是道歉的花盒。今天寿辰宴上，她一个人坐在另一桌，被人议论，他可能觉得过意不去。

简杭大方收下，代表这件事过去了。

她只抱着那束花回家。

走着走着，简杭忽然转头，请他帮忙。"到家你假装对我好一点儿。已经领证那么长时间，不能再像我们刚认识时那么生疏。"她顿了下，"我跟你结婚是高攀你，我爸妈知道你家人对我不错，但还是担心我跟你处不好过得不开心。还有家里的亲戚和朋友，知道我嫁的是你们家，以为我用了什么手段，奉子成婚呢。"

秦墨岭不知道说什么好，点头回应她，表示愿意帮忙。

电梯里，简杭遇到老邻居谷老师两口子，以前住在教师家属院，她家跟谷老师家是门对门，搬到新小区，她家住六楼，谷老师家住十一楼。

前些日子，父亲准备的糖和茶叶就是给谷老师的。

"谷老师、赵阿姨，好啊！"

"小杭今天不忙啊？"

"嗯，不加班，过来看看我爸妈。"

简杭和谷老师寒暄，秦墨岭站在电梯门边，摁关门键，他只在进电梯时跟谷老师微微点了下头。

因为谷老师不是普通邻居，父亲和他是近三十年的同事，她介绍秦墨岭给谷老师认识。

秦墨岭平时不怎么热络，但今天给足简杭面子："谷老师、赵阿姨好。"

谷老师连连道："好，好。"

谷老师的爱人赵阿姨悄悄打量秦墨岭，这两个星期，他们茶余饭后都在议论老简家闺女嫁入豪门这件事。

只听说男方是陈钰当年的学生，没见过长什么样，他们私下猜测，男方不是长相拿不出手，就是身高不行，看上了简杭的样貌。

不然豪门哪能那么好嫁。

今天看到秦墨岭本人，着实被惊到。

简杭老公不管身高长相，还是气质，没有不出挑的地方。

电梯在六楼停靠。

秦墨岭伸手挡门，等简杭下去，他才迈步跨出电梯。

似乎是很自然地，他揽住简杭肩膀。

简杭愣了愣，不明状况。

突如其来的亲密，让她无所适从。

简杭仰头看他，秦墨岭神色自若，拥着她往前走。

身后的电梯门关上，他们也走出几米。

秦墨岭松开她，解释他刚才不妥当的举动："电梯上去了。"

简杭明白过来怎么回事，在楼下时，她拜托他帮忙，是让他在她父母跟前与她演一对恩爱夫妻。他帮忙帮得很到位，全方位表演，连在邻居面前也没放过。

简杭略平复了一下，尽量平静道："演技不错。"

须臾，她又说："谢谢。"

走到家门口，简杭按门铃。

秦墨岭不解：“你没家里钥匙？”

“有啊。”简杭已经打开包在找钥匙，“摁门铃让他们心里有数，突然开门会吓到他们。”

她刚拿出钥匙，还没对准钥匙孔，门从里面拉开了。

“这么快，刚刚还在聊你们。”开门的是谈沨。

简杭知道谈沨在她家，谈沨也知道他们要来，见到后没有半分惊讶。

秦墨岭和谈沨彼此颔首打招呼，假客套免了，握手也省去了。

在谈沨开门时，他有种错觉，谈沨是主人，他是客人。

简仲君刚才在洗手间，陈钰在厨房给女儿做水果粥，谈沨最闲，他才过来开门。

简杭打开鞋柜，拿出一双男士拖鞋给秦墨岭。他有洁癖，这双拖鞋专门买给他穿，她叮嘱过父母，家里来客人不要拿这双。

女儿女婿回来，简仲君和陈钰的喜悦写在脸上，他们招呼秦墨岭过去坐。

简杭把花给母亲。这束花品相不一般，应该是从国外空运过来的，价格她猜不准，但肯定不便宜。陈钰既开心又心疼：“又不是过节，浪费钱。”

简杭下巴冲客厅一扬：“他买的。”她双手搭在母亲肩头，推着母亲往厨房走。

家里有客人，厨房是她们说悄悄话的好去处。

她家是三居室，不算拥挤，但也没那么宽敞。她和父母各一间卧室，还有一间小书房。

家里书多，书房又太小，根本放不下那么多书，父亲自己重新设计客厅的布局，将沙发背景墙设计成书柜。

原本大小合适的客厅，加了一整面墙的书柜后显得有点窄，茶几和电视柜之间，并行走不开两个人。

还好，房子采光不错，南北通透，母亲又爱干净，把家里收拾得整整齐齐，客厅窄是窄了点，但不压抑。

不过对于秦墨岭来说，可能不适应。她家整个加起来，都不如他别墅一楼的客厅宽阔敞亮。

简杭关紧厨房的推拉门："谈沨现在有什么打算？"

"不知道，没问。他们回来后，我们一直在厨房忙。"陈钰边煮水果粥边说，"听你爸的意思，他好像要休息几个月。"

几个月的假期，简杭羡慕不已。她现在一个月最多休两天，还都是半天半天休。

为了万悦这个项目，她连游戏都没时间打。

她感叹："我从来都没体会过双休是什么滋味。"

陈钰心疼女儿："要不你等项目结束，休个年假，去年年假你都没休。"

"马上又有新项目，没时间休。"

"现在结婚了，不能再一头扎工作里，抽点空跟墨岭去度假。"

"再说。"提到秦墨岭，简杭实在没什么可聊，她转移话题，"谈沨每次回国都看我爸，还是有说不完的话。"

陈钰："可不是，两人一聊能聊一下午，什么都聊。"

"谈沨初中时是不是数学方面特别有天赋？"

父亲教数学，除此之外，她想不到还有什么原因，能让谈沨跟一个数学老师关系不错。像谈沨这样的学生，不多见。至少她身边没有谁一直去看望中学时的老师。

"他哪门功课都不错。"水果粥煮好，陈钰关火，"师生两人投缘。"

她把水果粥盛碗里放凉，每个碗里放一把勺子。

简杭帮母亲端水果粥到客厅，谈沨是客人，她把第一碗给他。

谈沨经常来简杭家，早已不见外，直接舀一勺送嘴里。

陈钰一手端一碗，放一碗在秦墨岭跟前，另一碗给简仲君。

她对秦墨岭说："我跟网上学的，尝尝味道怎么样。"

"好，谢谢妈。"秦墨岭看看谈沨的粥，又看看简杭，简杭正好弯腰，把抽纸盒放在谈沨面前。他敛起目光，低头吃自己的粥。

岳父岳母包括简杭，跟谈沨更熟，反倒对他更客气。

简杭不知道秦墨岭内心戏这么丰富，她和母亲又去了厨房。

陈钰拿起水杯喝水，她只喜欢煮粥，自己却不爱吃。

母女俩靠在料理台上，闲散地话家常。

“你跟秦墨岭打算什么时候要孩子？”

“……再说。”

“妈妈不是催生，只是问问你，你不用害怕。”

简杭不是怕母亲催生，怕也没用。她和秦墨岭手都没正式牵过，生孩子不知猴年马月，也不知道秦墨岭想没想过要跟她长久过下去。

吃完粥，她去客厅。

谈沨旁边还有个空位，简杭顺势坐下，茶几上有杂志，她拿过来随意翻看，听他们聊天。

在她坐下来时，秦墨岭不动声色地多看了她好几眼。

简杭没察觉。

他们在聊乐檬事业四部，简仲君下午在网上刷到小道消息，说乐檬高管对秦墨岭不满，集体跳槽。

乐檬是女婿的公司，他哪能不担心。

“网上怎么乱传！”

谈沨得到的消息比网上的又可靠一点，据他了解，辞职的三人是事业四部的总裁、乐檬的人事副总监，还有乐檬战略投资部的老总。

三个人辞职算不上集体辞职，但这三个人在乐檬任职多年，根基比较深，乐檬事业四部又是郁鸣一手组建，如今一起辞职出走，应该是跟秦墨岭的管理理念不合。

就像他跟董事会意见不合，最后只能他离开老东家。

这种事没有谁对谁错。

谈沨道：“网上这么写是博人眼球，辞职这种事，哪家公司都有，乐檬树大招风，有人故意拿这个做文章。”

简杭今天在酒店电梯里，听秦三叔提了一句，她问秦墨岭：“郁鸣就是事业四部总裁吧？”

秦墨岭点头：“嗯。”

"挺有野心也挺有能力的一个人，你们乐檬没挽留？"

"是我开了他。"

能让老板开掉，应该是犯了不可容忍的大错。至于郁鸣为何被开除，涉及公司机密，他们谁都没再多问。

简杭又翻了一页杂志，是时尚服饰杂志，她看上面的服装搭配，隐隐感觉有道目光一直在看她。

她抬头，跟秦墨岭四目相接，他没躲开，就这么安静地跟她对视。

简杭直觉秦墨岭有事找她，她放下杂志，假装去厨房倒水，回来后没再坐到谈沨旁边，绕到秦墨岭那侧。

他身边没有空位，她直接坐在沙发扶手上。

他们三人还在聊天，她换位子坐并不明显，在自己家，哪里有空往哪儿坐，很正常。

趁父亲和谈沨正说话，简杭小声问秦墨岭："什么事？"

秦墨岭面色如常："没事。"他往里挪挪，又腾出一点空给她，示意她坐。

简杭知道他不喜欢别人紧挨着他，她没动："不用，沙发扶手一样坐。"

她坐在他身边，秦墨岭又加入聊天中。

之后他们说起共同认识的一个人，这个人秦墨岭也知道，简杭不清楚是谁，插不上话，坐在秦墨岭旁边玩手机。

秦墨岭侧眸，她又在打游戏。

简杭感觉到他在窥屏，往旁边挪挪，不让他看。

一局游戏结束，谈沨正好也告辞。

陈钰热情挽留谈沨："吃了晚饭再走。"

谈沨："不了。我姑姑家表妹约我晚上一起吃饭。"

一家人将他送到门口。简仲君拿外套穿上，换鞋。

谈沨一看简仲君是要送他下楼，他忙拦着："简老师您不用送，怎么还跟我客气。"

简仲君已经穿好衣服："我在家没事，坐久了正好出去溜达溜达。"

谈沨拗不过，只好随简仲君。

待人走远，秦墨岭关门。他没见过这么好的师生关系，父子俩也不见得有他们聊得来。

陈钰去菜场买菜，简杭留在家里陪秦墨岭，两人没什么话说，还好有手机消遣。

秦墨岭看完一条新闻退出来，转脸对简杭说："帮忙倒杯水。"

简杭头也没抬："自己去厨房倒。"意识到什么，她补充道："你当这里是自己家，别见外。"

秦墨岭坐在那儿没动："没见外。你给我倒一杯。"

简杭跟他对视，他刚才那句话给她一种错觉，他想喝她给他倒的水。她及时打住这个不切实际的想法。他肯定就是懒得动。

她放下手机，去厨房帮他倒水。

简杭端着水出来，秦墨岭人在阳台上，靠在窗边接电话。

电话那端，钟妍菲声音带笑，认真听的话还能听出隐忍："秦总，还有多久到啊？"

她现在在乐檬大厦，等秦墨岭等了快两个钟头，还不见他身影。

秦墨岭说："不一定过去，在忙。"

钟妍菲还能说什么，不满也只能忍着。

不一定来公司还让她等？是秦墨岭的秘书主动跟她约时间，下午两点半见面聊合作，现在四点十分，他却跟她说，不一定过来。

如果不是她主动打电话给他，她就算等到天黑，也等不到他。

他和韩双一样，都是万悦集团的大客户，她得罪不起。秦墨岭跟她私交一般，只是跟妹妹钟妍月关系比较好。

再气也只能生闷气，表面上还得客客气气，钟妍菲笑说："那不打扰了，你先忙，我再另约时间。"

秦墨岭"嗯"一声，挂电话。

阳台窗户开了一扇，小区休闲广场上孩子的热闹声传进来。

简杭送水给他，水温不冷不热。

秦墨岭没说谢谢，拿过来微微仰头喝了一口。

简杭趴在栏杆上往下看，偶尔也看一眼身边的人，他衬衫衣袖卷了两道，露出手表，左手插在兜里，背靠在栏杆上，神态放松。

好看的人连喝水都让人赏心悦目。

"爸妈以前的学生经常来看他们？"他问道。

简杭摇头："就谈沨一个。"

顿了下，她又纠正："不对。"说完，视线一直在他身上打量。眼神在说，还有你。

秦墨岭："我跟谈沨不一样。"

"也对，你是女婿版学生。"

秦墨岭没理简杭的调侃，接着喝她给他倒的那杯水，像是在品上好的茶。

简杭陪他在阳台待了几分钟，回客厅整理茶几，秦墨岭也过去帮忙。

茶几上有几本奥数相关书籍，秦墨岭放好书签，合上书："爸平时还研究奥数？"

简杭说："我妈退休后经常研究，我爸没空。"

秦墨岭把书放回书架，顺便将书架上其他几本没放好的书，按高矮码整齐。

简杭也有强迫症，两人在收拾东西时，意外地契合。

简仲君回家就看到这么和谐的一幕，女儿女婿站在书架前整理书，他们在投入地干活，没注意到开门声。

他没进屋，又轻轻把门带上。走着走着不由得笑出来，说不出的高兴，简仲君去楼下等妻子。

简杭和秦墨岭在家吃过晚饭才回去，临走前，简杭又到自己卧室收拾了几件睡衣带回别墅，那天搬家只带了两件睡衣过去。

她拎着手提袋出来，秦墨岭自然接过来。

简杭想说不用，又想到是她要求他要与自己扮演恩爱夫妻，只好把袋子给他。

到了楼下，秦墨岭把手提袋放汽车后座，后排座椅上有件男士西装，他认出来，是他在医院不小心弄掉在地的那件。她还一直收着。

秦墨岭以为西装还没干洗。回到别墅，他把西装拿下车。

简杭把小花盒从车里拿出来，回头就见他手上拿着那件西装，看来他要拿回去继续穿，只是她穿过两次："衣服给我，干洗了再还给你。"

秦墨岭没递给她："我让耿姨送去干洗。"

简杭拎着花盒和睡衣上楼，他去找耿姨。

耿姨在准备明天早饭的食材："回来啦！"

"嗯。"秦墨岭把西装搭在椅背上，"阿姨，您明天把这件也一起送去干洗。"

耿姨："小杭不穿了？"

"她穿过？"秦墨岭讶异。

"嗯，出院时冷，她穿着挡风，以为你不要了。"耿姨又补充说，"之前我干洗过。"

"那不用洗了。"秦墨岭拿着西装去客厅，简杭的车钥匙在茶几上，他抄起车钥匙去院子里。

打开车门，把西装叠好，放在后排座位上。

次日，周天。

今天简杭还要去公司。

她洗漱好，穿了一件灰色针织衫下楼。

秦墨岭正在煮咖啡，他今天穿的是深灰色衬衫。

看她一眼，收回视线。

他们不止一次穿同一色系的衣服，就像商量好似的。

简杭今天也想喝咖啡，搭话："你平常都是自己煮咖啡？"

"不是。耿姨煮得多。"秦墨岭把煮好的第一杯咖啡给她，将杯子放在她旁边，她伸手就能拿到，他端上自己那杯，坐她对面。

不知道是不是她的错觉，昨天下午和秦墨岭回了一趟家之后，她跟他冷冷淡淡的关系有所好转，但转变得不多，他依旧寡言少语。

看着手边的咖啡，简杭想起，她住院时，他说过，等出院给她煮满杯咖啡："谢谢。"

这种道谢的话用不着刻意回应，秦墨岭没吱声，把咖啡杯送到嘴边。

简杭已经习惯他大多时候沉默以对，她切开一个水煮蛋，淋上一些柠檬汁，慢条斯理地吃起来。

她喜欢吃煮蛋，秦墨岭喜欢吃溏心煎蛋，他们所有的喜好，耿姨都谨记在心，从来不会弄岔。

她搬到别墅后，饮食方面，耿姨一直悉心照料。

"小杭，喜不喜欢吃茶叶蛋？"耿姨从厨房出来，"喜欢的话，我给你换换口味。"

连着一周都是水煮蛋，耿姨怕简杭吃腻。

简杭笑说："可以，茶叶蛋我也爱吃。"

这几天耿姨唤她小名越来越顺口，听着亲切。

早饭吃到一半，沉默的气氛被一通电话打破。简杭看眼来电备注，是邢律师。起诉高太太，她请了邢律师做代理律师。

简杭接听，把手机放在耳边："邢律师您好。"

秦墨岭听到是律师，第一反应便是回避，并购项目里都有律所参与，而项目往往涉及很多商业机密。

简杭没让他回避，但他不是不自觉的人。

秦墨岭起身，端起咖啡就要往厨房走。

简杭把手机稍微拿远一点，对秦墨岭说："你不用回避，是高太太那个案子。"

闻言，秦墨岭又坐回去。他最近没关注，不知道案子进展到哪儿了，什么时候能开庭。

"方便的话，我听听进展。"

没什么不方便，当初高太太大闹她办公室，还是他给她善后，连她的公关费都省了。

简杭事先征求邢律师的意思："邢律，我老公也想听一下，我能开外放吗？"

"可以，没问题。"

简杭开了扬声器。

而秦墨岭的视线落在她脸上数秒，他第一次听她喊老公，虽然不是直接喊他，从她嘴里听到这个称呼，他也形容不上来是什么感觉。

等秦墨岭回神，邢律师快讲完了，他只听见邢律师说，案子最近开庭。至于邢律师还说了什么，他没听到。

通话结束，简杭放下手机。

"你怎么看？"她问秦墨岭。

秦墨岭刚才只关注到她喊老公，其他基本没听到，发表不出看法。但又不能跟她说，什么都没听到，她会误解他对她的事不上心。

喝一口咖啡的时间，秦墨岭想到了怎样应对，不露声色道："我关注点可能跟你不同，你说说你的想法。"

简杭不疑有他，有时候男人和女人对同一件事确实看法完全不同。

她坚持自己的初衷："我不可能撤诉，该怎样就怎样。我理解廖咏玫不容易，可一码归一码。”在廖咏玫看来，即使打官司，最后的结果也是她给简杭道歉，赔偿一定的精神损失费。如果私下和解，她照样给简杭道歉，还会多补偿。

既然结果一样，何必再去计较是打官司还是和解。

廖咏玫就是高域老婆。

简杭又道：“我不缺那点精神赔偿费，不在乎她道不道歉，我只要一份判决书。”

秦墨岭颔首：“跟邢律师讲，不管对方给什么和解条件，直接拒绝。”

简杭好奇：“你关注点是什么？”

秦墨岭：“……”他镇定自若道：“和你想法一样，走法律途径解决。”

塑料老公不觉得她多此一举，还和她有一样的想法，简杭的心情莫名好了一点。

她一小口一小口地品他煮的咖啡。

咖啡喝光，耿姨又给她热了半杯牛奶送过来。

简杭这么多年只喝同一个牌子的牛奶，乍换另一种，只喝一口就尝出不同。中间适应两秒，她接着喝完半杯牛奶。

她这么一个细微的停顿动作，正好被秦墨岭捕捉到。

简杭吃得少，很快吃完了，秦墨岭还在慢条斯理地用餐。如果换前几天早上，她吃完直接去公司，一分钟不耽搁。今天早上没急着走，特意留下来陪秦墨岭。

干坐着尴尬，她倒了一杯温水喝。

秦墨岭若有所思，今天早饭，她喝了一杯咖啡，又喝了半杯牛奶，不至于渴到还要喝白开水。

只有一个可能，有事找他，但不好意思开口。

“还有事？”他主动询问。

简杭：“……没事，喝几口水。”她又抿了一口：“你慢慢吃。”

她放下水杯离开。

看着她走出别墅，秦墨岭收回目光。

耿姨凭借多年看言情小说的经验，猜个八九不离十，她多了一句嘴：“小杭是想陪你吃早饭。”

秦墨岭恍然大悟，高太太那件事他帮了她，她不知道怎么感谢，于是陪他吃早饭。

他叮嘱耿姨："之前那个牌子的牛奶，多备点，以后家里就喝那个牛奶。"

耿姨对那个品牌的鲜奶印象颇深，秦墨岭喝完十四盒后，让她不用再买，结果现在又要喝。其中原因，她猜不出，也不会多问。

"阿姨，您明天要煮茶叶蛋？"秦墨岭问。

耿姨点头："想给小杭换换口味，我看她不爱吃煎蛋。"

秦墨岭道："冰箱里的茶叶，您挑最好的用，还缺什么您跟我说。"

耿姨笑着，连连应下。用冰箱里那些茶叶煮茶叶蛋，那一颗茶叶蛋可就值钱了。

当然，这不是钱的问题，是心意。

秦墨岭的手机有电话进来，是钟妍菲。

他没接，调到静音模式。

院子里，简杭把包和电脑放副驾驶座。

昨天是秦墨岭开车，座椅调过，她坐着不合适，重新调整座椅，无意间偏头，看到后排座位上的西装，叠放得整整齐齐。

她若没记错，昨晚秦墨岭把西装拿下车，要干洗。

一夜过去，衣服又回到车里。

简杭揣摩不透秦墨岭的意思，索性直接问他：我把西装送去干洗？

秦墨岭在餐厅，透过落地窗看院子里的汽车，隔着前挡风玻璃车膜，他看不清车里的人，回她：耿姨说洗过了，放你车上备用。

以备不时之需，万一哪天遇到降温，她穿上御寒挡风。

他又打了一句发出去：我西装多，需要的话，自己到衣柜挑颜色。

简杭抬头，从车里看向餐厅。

清晨的阳光洒在餐厅落地窗上，迎着光，她只看到餐桌前影绰的轮廓。

简杭低头回复：车上这件就不错。

她又补充：需要的时候，不会跟你客气。

秦墨岭：吃饭快不利于消化，以后吃慢点。

简杭一头雾水。她吃得不快，只是吃得少。

没辜负他的一番好心，她道：好，知道了。

秦墨岭让她吃慢点，是希望她明天继续陪他吃早饭。但简杭没有领会其中的意思。

院子里的汽车开走，秦墨岭收回视线。

手机再次响起，依旧是钟妍菲的电话，他直接拒接。

昨天没约到人，今天早上的两通电话，第一遍没接，第二遍直接挂断，钟妍菲有点看不懂秦墨岭。

她还在家，刚吃过早饭。

钟董从楼上匆匆下来，没到餐厅，直奔院子。

“爸，您不吃早饭啦？”钟妍菲在身后喊。

“来不及。”

“怎么了？”钟妍菲拿上包，大步追出来。

司机已经替他打开车门，钟董跟女儿简短说了说：“不知道什么情况，我们好几个大客户，突然间暂停采购。”

“什么原因？”

“还不清楚。蒋盛和那边什么都没明说，只说要走流程。”走流程就是一个托词，至于哪个环节出了差错，他还没想到。

钟董坐上车：“我去看看。”

秦墨岭爽约，电话不接，蒋盛和突然暂停合作，钟妍菲意识到问题的严重性。不知道是巧合，还是他们心照不宣的决定。她只好亲自去一趟乐檬大厦。

没有预约，她见不到秦墨岭，先去了妹妹的办公室。

钟妍月看到姐姐，惊诧不已，打趣道：“稀客呀。”从她进乐檬工作，姐姐只来过她办公室一次。钟妍菲经常路过乐檬大厦，但基本不上来。

“约了秦墨岭？”钟妍月只想到这一个可能。

钟妍菲：“没约到。”

钟妍月在给姐姐泡咖啡，手上动作一顿：“什么意思？”

“他放我鸽子，电话故意不接。”

钟妍月和秦墨岭共事两年，以她对秦墨岭的了解，他不会拿工作当儿戏，更不会情绪化。她唯一能想到的是：“有没有可能他在替简杭出气？”

钟妍菲盯着妹妹看，她不是没想过这个原因，又觉得不可能。

谁都知道秦墨岭不喜欢简杭，如果不是秦爷爷和秦奶奶压着，这婚结不成。这只是其一。

其二，她只是表现出不想跟尹林资本合作，有自己想合作的中介机构，私下并没有为难简杭，只在谈项目时，晾了简杭。

秦墨岭总不至于为了尹林资本，大动干戈，联合自己的发小，来找她的碴儿。

昨天叶家长辈的寿辰宴，钟妍菲也参加了："秦墨岭都没和简杭坐一桌，你知道昨天有多少人私下议论简杭？他能不知道？"知道了却还是不跟简杭坐一起，不顾简杭的感受和面子，摆明对简杭没有半点好感。

"也可能秦墨岭一开始不知道简杭参加寿辰宴。"钟妍月有件事忘记跟姐姐说，"寿宴结束后，我和秦墨岭他们一起坐电梯，门快关上时，简杭正好过去，电梯里都是人，挤不下简杭。你猜怎么着？"

钟妍菲没心思猜，示意妹妹直说。

钟妍月到现在都觉得不可思议："秦墨岭急着按开门键，还不小心推了我一下，他挤出去，陪简杭等下一趟电梯。"

钟妍菲不敢相信。

钟妍月当时也惊掉下巴，能让秦墨岭当众主动示好，简杭还是有点本事。

"会所那晚，你晾了简杭，一星期过去，简杭没主动联系你吧？她那么想要那个项目，但就是不找你，不急不躁，这还不说明问题？她肯定是有底气才敢跟你刚。"

她把咖啡杯推到姐姐跟前："凉了不好喝。"

沉思几秒，钟妍月黯然道："姐，算了吧，不要再跟简杭过不去了。"

钟妍菲气不过："不是她横插一脚，你不会现在还忘不了谈沨。当然，谈沨也不是个好东西。现在不是我要跟简杭过不去，她拿其他人家的项目，我管不着，想从我手里拿项目，想赚我们家的钱，门都没有！"

钟妍月不想提谈沨，她跟谈沨分手那么久，还是没走出来。她自诩不是一个念旧的人，却对谈沨的感情有了一种执念。她对他感情浓烈时，他提出分手。她不愿相信，是简杭插足了他们的感情，不愿相信谈沨劈腿。

可事实就是，她跟谈沨分手那段时间，谈沨和简杭有合作。合作结束，谈沨还帮了简杭一个大忙。

谈沨对简杭颇为照顾，不惜欠人情去帮简杭，从来没见他对谁如此上心，包括她都没享受过那样的待遇。

她放下自尊去找谈沨想复合，他态度坚决，说不合适。

那段时间，她羡慕嫉妒简杭，也恨简杭。

她问他，什么时候认识简杭的。

他说，分手后第二个月，项目协调会上认识的。

她想笑，当时又笑不出。

明明他最厌恶别人撒谎，为了维护简杭，他不惜撒谎。

她查过，问过他身边的同事，他们公司和尹林资本合作前，还是他跟尹林那边提出，希望此次合作，简杭是负责人。

他都提出让简杭负责项目，居然说不认识简杭。合作开始前，她跟他还没分手呢，明摆着劈腿了。

她又问谈沨，是不是爱上了简杭。

他说，简杭是他恩师的女儿，他照顾简杭完全因为简老师，简老师对他恩重如山。

这些鬼话大概连他自己也不信吧。

谈沨学习一直不错，家庭正常，初中时的一个数学老师而已，能有什么恩重如山?

如果她没见过简杭，也许就信了谈沨的鬼话。

偏偏她见过。简杭皮相美，骨相更美，跟简杭在一家饭店吃饭，无论男女，都忍不住一遍遍回头看她。

连她这个不喜欢简杭的人，都没法自欺欺人说简杭不好看，何况谈沨是个男人。

“姐，这事翻篇，以后不准再提他。”钟妍月心累，想跟自己和解。

钟妍菲叹气:“让我怎么说你好，换我早就收拾这个渣男了。”

“姐！”钟妍月制止。

“好好好，不说了。”

钟妍月岔开话题，说起秦墨岭:“你当面跟秦墨岭解释，说不是有意为难简杭，他应该不会为难你。实在不行，我去找他走个人情。”她对乐檬尽心尽力，秦墨岭这点面子还是会给的。

钟妍菲漫不经心地摇摇头，端起咖啡喝:“你别掺和。”

钟妍月不放心:“那你打算怎么办？”秦墨岭不见姐姐，意味着接下来万悦跟乐檬的合作会不顺当。

一旦让董事会知道是姐姐的原因，姐姐又要被董事会声讨。公司大局上，感情从来都要给利益让道。

钟妍菲：“我亲自打电话给简杭，把项目给她。”

事到如今，得识时务。

钟妍月过意不去：“姐，对不起。”

“哎哟喂，一身鸡皮疙瘩。”钟妍菲笑着调侃道，她安慰妹妹，“我主动找她算什么委屈。”她晾了简杭，算是扯平。

现在有秦墨岭撑腰，她拿简杭没办法。她心眼儿小，不会轻易放过谈沨。

能在金融圈混得风生水起，简杭和谈沨都不是简单角色。

妹妹对谈沨抱有幻想，她不会。

上午十点钟，简杭接到钟妍菲的电话，她调成静音，没接。

那晚在会所包间外，等了快四个小时，被钟妍菲随意践踏自尊的不快，至今还在。

她不是一个以德报怨的好人。

间隔半小时，钟妍菲再次打进来，接电话的是简杭的秘书，她告知钟妍菲：“Olive 在开会，散会后给您回过去。”

钟妍菲掐断电话，冷嗤。

简杭这是趁机拿捏她。什么开会？都是借口。

“小章，”她吩咐助理，“备车，去尹林一趟。”

钟妍菲把手机扔桌上，出门前，抽了一支烟。

尹林资本，秘书忐忑不安，刚才回电话时爽快，现在冷静下来，担心万一钟妍菲被惹恼怎么办。第一次对甲方这么硬气，她心里没底。

简杭还在开会，她轻轻推开会议室的门，在靠门的位子坐下。

简杭抬眸，交代秘书：“钟妍菲要是来了，让前台好好招待。”

她下巴对着林骁那个方向微扬：“你继续汇报。”

开会是真，简杭料定钟妍菲会亲自来尹林，来了就等着。

原定的会议不会推迟，也不可能为谁提前结束。

于是钟妍菲来到尹林后，足足等了两个钟头。

散会后，简杭直接去接待室。

虚与委蛇谁不会，她笑说：“钟总，不好意思，一直在开会。有什么事你电话里说一声就好，还劳烦你亲自跑一趟。”

钟妍菲违心一笑："正好路过。我出差刚回来，跟你敲定一下签合同的时间，有空的话，我们约个饭。我朋友想收购一家小公司，标的额不高，不知道你们团队有没有兴趣接小单子？"

小单子是钟妍菲道歉的诚意。

简杭在利益上从来不假客气："那谢谢钟总。时间你定，我这边哪天都可以。"

钟妍菲道："那就明天中午。饭店地址我一会儿发你。"她放下咖啡杯："我回去还有事，那我们明天见面聊。"

两人简单握手。

简杭送她到门外。

万悦的项目，总算有了进展，她第一个想感谢的人是秦墨岭。

晚上回到家，秦墨岭还没回来。

简杭在主卧加班，门敞开。

一直到十点半，走道上传来脚步声。她起身出去，想当面向秦墨岭致谢。

秦墨岭今晚有应酬，回来比平时晚了一些。

简杭房门开着，他猜到她有事找他，不然她从来都是关着门。

"简杭。"他喊她一声，"我回来了。"

简杭本来不用秦墨岭喊她，只是她走到房门口，发现自己还穿着睡衣，不合适，于是折回去，到衣帽间拿了一件衣服披在身上。

拿衣服耽搁了一点时间。

简杭简单扣了几个扣子，几步走出房间。

秦墨岭站在自己卧室门口，应酬喝了酒，脖子微红。

"等我什么事？"他问。

简杭把今天钟妍菲来找她的事简明扼要说给他听，还没想好怎么感谢他，只能先口头道谢："谢谢你帮了大忙。"

秦墨岭依旧不苟言笑："不客气。"

他想到前几次，每次送她回去，她都会送盒牛奶给他。现在住别墅，她没牛奶，如果她还住公寓，今晚这种情况，她应该会拿盒牛奶给他，以示感谢。

他道："早点睡。"

简杭礼貌性关心："你晚上喝酒了？"

“嗯。喝得有点多。”

“要不要帮你煮碗醒酒汤？”

秦墨岭推开房门，刚抬脚又放下，转身看她：“你会煮？”

醒酒汤简杭最拿手，每次她应酬喝酒，都要给自己煮点喝喝：“会煮，你等一下，我把邮件发了。”总部那边的邮件，不能耽误。

简杭花十分钟搞定邮件，保存资料，换了一件适合干活的外套，把头发扎起来，下楼。

路过秦墨岭房间，房门紧闭。

楼下没人，耿姨他们都休息了。

简杭找出围裙，系在身上。厨房是封闭式，中西双厨设计，整个厨房比她办公室还宽阔。光是四开门冰箱就两个，她找了好一阵才找到煮醒酒汤用的食材。

身后有脚步声传来，简杭回头。秦墨岭洗过澡下楼来，顾及她在别墅，他洗过澡也没穿家居服，换了黑色衬衫，纽扣没系到领口，敞开两颗。

头发没吹干，发丝上的水滴到衣领，黑色的衣领湿了几块，看得很清楚。

看来他喝得不少，离得近了，即使洗过澡，身上有沐浴露的味道，还是遮不住浓浓的酒气。

简杭道：“还没好，得等一下。”

“不急。”秦墨岭靠在中岛台，看她煮醒酒汤。他还是第一次见她穿围裙的样子，家里那么多围裙，她挑了黑色，将她的腰包裹得更纤细。

她不是简单会煮醒酒汤，而是很娴熟。

秦墨岭莫名想到，以前她是不是经常给别人煮。只是想想，也不会去问她，不管她给谁煮过，那都是她嫁给他之前的过去。

他突然想抽支烟，身边又没有。

中岛台上常备薄荷糖，秦墨岭撕开一颗放嘴里。

简杭煮好醒酒汤，盛碗里，端到餐桌上放凉：“这种醒酒汤是爷爷教我做的，我试过很多种，这种最管用。”

“你经常煮？”他终于问出来。

简杭点头：“我喝酒喝伤了胃，每次有应酬都会煮一碗喝。”她摘下围裙：“我上楼了。”

早上她原本打算陪他吃早饭，谁知他问她是不是还有事，有过类似经历，她就没打算留在餐厅陪他喝醒酒汤。

秦墨岭看她一眼："工作还没做完？"

简杭放好围裙："做完了。"

秦墨岭的大脑被酒精左右，一时想不到合适的理由让她留下来陪他。

简杭上楼，他一个人在餐厅喝醒酒汤。

次日。

耿姨煮了茶叶蛋，说起茶叶蛋，可是下了功夫，从鸡蛋到酱油，再到几样茶叶，所有材料都是精挑细选的。

今天秦墨岭下楼早，昨天酒喝多了，早上没胃口，他让阿姨不用再煎蛋，吃点清淡的即可。

耿姨："好，我给你煮燕麦粥。"

秦墨岭看到料理台上的茶叶蛋，有五六个，浸在调味汁里。

耿姨瞥见他盯着茶叶蛋，笑说："我尝过一个，味道不错。"这是第二锅，昨天煮的第一锅不怎么成功，调料配比没掌握好，他们几人分着吃了。

秦墨岭问："茶叶够吗？"

耿姨道："不多了，还够做两次。"

秦墨岭点点头，心里有数。

燕麦粥煮好，秦墨岭坐到餐桌前。

这时简杭下楼，今天她穿白色衬衫，臂弯里搭着一件女士灰色西装，另一只手拎着电脑包，手腕上还挎着包。

"早。"她跟他打招呼。

简杭把衣服和包放在沙发上，去餐厅吃饭。餐桌上早点丰富，中西式都有。

耿姨把茶叶蛋端上来，回厨房搞卫生。

碟子里有两个茶叶蛋，简杭看秦墨岭手边没有煎蛋盘子，以为他今天也吃茶叶蛋。

她把茶叶蛋往他那边推，心里想的是，先给他吃，她吃点沙拉。

秦墨岭看看茶叶蛋，又看看她，以为简杭让他剥蛋壳。

从来没人使唤过他，她是第一个。

放下吃粥的勺子，他拿湿毛巾擦擦手，拿起一个茶叶蛋剥壳，不知道她能吃几个，他把两个茶叶蛋都剥壳。

剥好，秦墨岭抽张湿纸巾擦手指，把碟子又推给她。

他低头吃粥，简杭打量他几秒，应该是昨晚那份醒酒汤的功劳。

“谢谢。”她声音轻快。

秦墨岭没搭腔，却道：“今天和万悦签合同？”

“具体时间还没定，等中午见面再谈。”

此时，钟家也在吃早饭。

钟董给女儿下最后通牒：“下午就把合同流程走完。”

“什么？”钟妍菲差点以为自己听错，“一个下午走不完！”

钟董的语气不容反驳：“就这么定了，走不完说明你办事能力有问题。”

钟妍菲心梗，没敢摔筷子，直接撂下。

钟太太冲丈夫使眼色，瞪丈夫一眼，把筷子送到女儿手里：“别置气，吃饭。”

“吃饱了。”钟妍菲不想把怒火发到母亲身上，接了筷子放一边，她连着深呼吸两次，“爸，您为什么执意要把项目给简杭？”还要求一个下午走完合同流程，其他合同，最快也得三天。

钟董知道了女儿为难简杭一事，差点连累整个万悦集团。

他板着脸：“什么原因你心里不清楚？我看你越来越糊涂。你要是办不妥，项目负责人换别人。”

钟妍菲真想摔门就走，爱让谁负责让谁负责，可她又不能。

她需要大型项目历练，只能忍气吞声：“不说这次。”她实在想不通：“您一开始为什么非把项目给尹林？又不是只有尹林一家能接这个项目。简杭让您小女儿这两年痛不欲生，您又不是不知道！有您这么当父亲的吗！胳膊肘往外拐！”

越说越气，最后口不择言。

“啪”一声。

钟董摔了筷子在桌上：“钟妍菲，我再说一遍，做生意是做生意，感情是感情，我希望你别混为一谈，不然你没大出息。”

似乎知道女儿接下来要反驳什么，他手一挥：“什么都别说了，今天跟简杭把合同签好。”

钟妍菲起身走人。

钟太太也没了心情吃饭，放下筷子，等女儿离开，她忍无可忍：“大清早，你至于吗！有什么话好好说，干吗对孩子大呼小叫。本来就是你的错。”

“少说两句。”

“你以为我想说，万一哪天妍菲知道谈沨和妍月分手，是你棒打鸳鸯，妍菲不得闹死你，跟你断绝关系都有可能。”

“你不说，没人知道。”

钟太太冷哼一声，心口堵得慌，拿起水杯一口气喝下半杯。后来谈沨主动和妍月提分手，应该也是看透钟家，不想做他们家女婿。

钟董平复片刻：“不是谈沨不好，相反，他能力手腕都太强，野心也大，妍月真要跟他结婚，以后万悦到他手里，那就彻底没妍月和妍菲什么事了。情情爱爱的，年轻人看不透，你这个过来人还看不透？最靠不住的就是感情，说没就没。谈沨这样的人，做下属行，做女婿坚决不行，以后我们掌控不了他。”

钟太太消化半晌，又觉得不是没道理。

她叹气：“那你非把项目给简杭？你又不欠简杭。”

钟董：“妍菲误会是简杭插足，谈沨和妍月才分手，我明知道不是，但没解释，甚至还默认，这跟往简杭身上泼脏水有什么区别？”他自己都觉得不齿。

“简杭跟谈沨一样，有能力，就算没妍月这件事，我也是倾向把项目给她。”

偶尔，他会莫名感慨，为什么简杭不是他的女儿。

妍菲和妍月，跟简杭的手段和魄力比，差距有点大。

“你晚上和妍菲逛逛街，妍月明天生日，多给她买点礼物。”

他又喝了一口咖啡，然后去公司。

中午，简杭如约到了饭店。

钟妍菲比她提前到，早早地等她了。

参加今天饭局的还有万悦几个高管，尹林这边，除了简杭和副总，林骁也在，他是混吃，兼顾撑撑门面。

钟妍菲已经做好心理准备被笑话，简杭这次赢了，又有秦墨岭和秦家撑腰，那还不得逮住机会报仇。然而她想错了。

今天简杭穿的是西装，淡妆，口红是点睛之笔，给人的感觉干练又气场逼人，从进包间，她嘴角就含着一抹淡笑，客客气气地跟钟妍菲握手寒暄。

不管是眼神，还是后来聊天语气，没有一丝一毫阴阳怪气，仿佛那天对方在会所故意给她难堪的事，根本没发生过。

席间，简杭都在以专业的角度聊收购。

简杭放下酒杯，道："这次收购，技术专利是重点，到时我这边找这方面的大佬坐镇。"

钟妍菲笑笑："那要麻烦简总了。"

"钟总客气，这是我们尹林的分内工作。"

钟妍菲敬她，自己将一杯酒喝光。面对简杭这样的对手，她突然很挫败，她以为简杭会在意的东西，结果简杭全然不放在眼里。

她以为简杭会炫耀，谁知简杭只字不提秦墨岭，更没有拿秦家出来显摆。

当初父亲想把项目给简杭，她去质问父亲，为什么要把项目给一个人品和作风都不好的人。

父亲只说：简杭格局在那儿。

她当时嗤笑，简杭有格局？不过是在男人跟前装腔作势罢了。

今天和简杭只一顿饭的时间，钟妍菲突然不确定，简杭这样的强大心理，需要靠睡拿项目？

她举杯再次敬简杭："下午我们签合同走流程。"

简杭惊讶，面上却不动声色："我这边随时配合钟总。"

以往签合同，从签订到盖章，光是走流程，有时也要好几个工作日，今天的合同，一个下午搞定。

其中，成功费的费率、费用支付时间和节点有了改动，改过之后的条款利于他们尹林资本。

这是简杭争取的，钟妍菲最终让步。

拿到盖章的项目聘用合同，简杭的心彻底放回肚子里。

送走简杭，钟妍菲从冰箱拿了一瓶冰水，一口气喝下半瓶。

今天在简杭面前，她输得彻彻底底。

手机响了，妹妹打来电话，她放下冰水接听。

"合同签了？"钟妍月开门见山。

钟妍菲淡声道："嗯。"她不想提简杭，一个字都不想听："不说她，你生日派对准备得怎么样了？"

明天是钟妍月生日，她每年都开派对，请好友过来疯一疯，今年生日派对的场地早就确定好，已经开始布置。

“布置得差不多了，小生日而已，稍微布置一下就行，吃吃喝喝才重要。”

钟妍月本来想问问姐姐，今天和简杭吃饭，有没有闹不愉快，但姐姐明显不想说简杭，她只好作罢。

简杭一行人从万悦出来，坐上车，林骁又把合同拿过来翻了翻。

他对里面所有条款都不感兴趣，只是好奇钟妍菲怎么会突然让步，同意更改费率和支付时间。

林骁扫了几眼合同，合上交给简杭秘书：“老大，你到底使了什么招，居然能把钟妍菲给压得死死的？”

钟家两姐妹，他们喜欢跟钟妍月一起玩，都不怎么喜欢钟妍菲。

简杭：“没招。”狐假虎威罢了。

合同顺利签订，秦墨岭的功劳最大。简杭思来想去，决定请他吃顿饭，略表谢意。

今晚她正常下班，到家天刚黑。

耿姨没想到简杭回来这么早，看手机看得入迷，直到简杭走进客厅，她才回过神来，眼眶发红，手里捏着一团纸，纸篓里扔了好几团。

一看就是刚哭过。

简杭关心道：“耿姨，您怎么了？”

“没事没事。”耿姨别过脸忙擦擦眼泪，丢人丢到家了，她总不能告诉简杭，她看小说看哭的吧。

整理好表情她才扭过头：“看到一条感人的新闻，没忍住。”

简杭深信不疑，她偶尔刷到感人的新闻，也会感性。

耿姨忙退出小说页面，把手机揣兜里：“想吃什么，我现在给你做，吃西餐的话，我让厨师做。”

简杭晚饭吃得少，还要考虑身材：“耿姨您给我煮点杂粮粥吧。”

“好，我再给你凉拌几个小菜。”

耿姨没准备秦墨岭的晚饭，看来他晚上不回来吃。简杭没去房间，直接在餐桌上加班。

晚饭做好，简杭的工作也忙完了。

吃过晚饭，耿姨又给她洗了水果。之前她都是把水果端回房间吃，今晚坐在客厅边看电视边吃。

耿姨回自己房间去，客厅就她一人，还有电视机里的声音。

两集电视剧追完，秦墨岭才回来。

秦墨岭进来，看见沙发上坐着的人，很不习惯。主卧有电视，也有幕布，实在用不着在客厅看电视。

“等我？”直觉她有事跟他说。

简杭点头：“跟万悦的合同，今天签了。”

秦墨岭知道这事，钟妍菲下午找朋友给他传话，不仅签了合同，还修改了一些支付条款。他之前卡钟妍菲和乐檬的合作，当即开绿灯。

“签了就行。”

简杭放下果盘，看着他：“你哪天有空？我请你吃饭。”

秦墨岭觉得没有请客的必要，他帮她是应该的，不希望她这么生分。又想到她在客厅等了他一晚，若是拒绝，她肯定失落。

他道：“明晚有空，我请你。”

简杭怎么可能让他请客，她坚持：“我做东。”

秦墨岭不和她争，让她请，到时他结账，于是答应：“行。”

简杭是行动派，秦墨岭说有空，她当即给SZ餐厅经理打电话，预约明晚的餐位。

秦墨岭没急着去楼上，在她旁边坐下。

茶几上的果盘里，还有没吃完的水果，她在打电话订餐位，他随意叉了一块水果吃。

简杭和SZ餐厅经理认识，当初SZ餐厅并购重组，是她带团队完成的。

不知道餐厅经理在电话那头说了什么，秦墨岭只听简杭说：“就我跟我老公两个人，没包间也没关系。”

SZ是高层餐厅，俯瞰夜景是其最大特色。

包间有限，需要提前几天约，明天的包间已全部订出去。

秦墨岭不在乎坐大厅还是包间，他再次听到简杭喊他“老公”。

待简杭挂了电话，他找话说：“你周围或是你朋友，不少已婚的吧？”

他从来不废话，这么铺垫应该是想问点儿什么。

简杭点头：“不少已婚的。”她问：“怎么了？”

秦墨岭放下水果叉：“她们的老公是每月给零花钱还是上交工资卡？”

“我几个下属的老公都是上交工资卡，其他人我不知道。”

是真不知道，她平常打交道的女人，不是风投圈的，就是各企业高管，见面聊的是工作，没时间也没那份交情聊私下生活。

秦墨岭从包里拿出钱包，十几张卡，有五张储蓄卡，他抽出四张。

简杭回过味来：“你要给我零花钱？”她道：“不用，我有钱。”

秦墨岭把几张卡递给她：“知道你有钱。”给她零花钱，她肯定不要。

“不是零花钱，我私人名下所有的投资，每年的分红都到这几张卡里。数额不小，你投资或是理财，随你。”

如果他说是给她的零花钱，简杭还真不会拿。本来就是身份悬殊的塑料夫妻，她一旦拿他的零花钱，地位瞬间更低。

但家里的钱以后归她管，她完全接受，也能胜任。毕竟理财投资是她的本行。

能让他说数额不小，那数额应该比她想象中还要大很多。简杭考虑几秒，接过卡，拿在手里时，觉得她和秦墨岭的关系似乎突然近了，又很暧昧，不再是表面上的塑料。

“密码一会儿写给你，这几张卡绑定的是同一个手机号。那个手机我平时不用，在书房，等上楼给你。”

简杭扫到他钱包照片夹里有张证件照，还没看清，他已合上钱包。

秦墨岭察觉到她盯着钱包，以为她看中钱包：“你要喜欢这个钱包，腾给你。”这款钱包，女士也可以用。就像她喜欢穿他的西装。

“要你钱包干吗？”简杭如实说，“只是好奇你钱包里的证件照。”

秦墨岭只道：“小时候的照片。”没打算给她看，把钱包收起来。

他端起果盘，看着她：“还吃不吃？”

气氛无形间暧昧。

简杭叉了一块水果：“我上楼了。”

回到卧室，她在衣柜前纠结片刻，最终拿出她的压箱底裙子，是某高奢品牌今年的早春成衣系列。

长裙设计格外简单，米白色拼接款，完美勾勒出腰身。优雅又不失性感。

她每年都会入手几件高奢新品，年终高端酒会多，不能太寒酸。

以她目前的收入，没法随心所欲，不是看上什么新款都能全部买下来，只能挑两件最喜欢的入手。

不像冯麦，大学时就是各高定秀场的常客。身上的衣服很少重样。

前两年她看上一件高定仙女裙，真要买也不是买不起，就是得割肉。后来看看手机里的存款余额，瞬间清醒，最终将那笔钱拿去投资。

简杭小心取下长裙，买来后她只试穿过一次。

明天在高档餐厅请秦墨岭，穿着上自然要讲究。从衣服到鞋子到手包，她都提前搭配好。

第二天早上下楼时，简杭在外头罩了一件卡其长款风衣，系上腰带，别人看不到里面修身的长裙。

秦墨岭已经在餐厅。

“早。”简杭跟他打招呼。

秦墨岭难得回应一声：“早。”

里面穿着裙子，简杭不打算跟秦墨岭一起吃早饭，吃饭就得脱下风衣，还是等晚上吃饭时，再让裙子露面。

她提着电脑，肩上背着情人节时秦奶奶送她的那只包。

秦墨岭见她穿着风衣，没有坐下来的意思：“不吃早饭？”

简杭面不改色道：“来不及，跟总部有视频会。”

耿姨从厨房出来：“不吃早饭不行。你等我两分钟，我给你打包带路上吃，等红灯时就能把早饭解决。”

耿姨动作麻利，给简杭打包早饭。

餐桌上有茶叶蛋，简杭看看碟子里的茶叶蛋，又瞄秦墨岭两眼，想到昨天早上他帮她剥蛋壳。

秦墨岭感觉到了她意味深长的眼神，知道她什么意思，是想让他继续剥蛋壳。

昨天惯她一次，她就想第二次。如果不剥，她心里又得不高兴。

秦墨岭最终放下手里的筷子，擦擦手，开始剥蛋壳。

耿姨会心一笑，她打包了几片全麦吐司、烤肠，还有一盒酸奶和一盒水果，又把秦墨岭剥好的茶叶蛋装起来。

简杭拎上早饭，跟秦墨岭招呼一声：“我走了。”

秦墨岭点头，想叮嘱她开车慢点，不知怎么又没说出口。

耿姨等简杭离开，告诉秦墨岭：“家里红茶没了。我去买还是？”煮茶叶蛋需要好几种茶叶，其中就有红茶。

秦墨岭说：“我买。”他买的茶叶，跟耿姨在专卖店里买的不一样。

中午时，秦墨岭收到简杭的消息，她把晚上吃饭的餐厅信息发给他。

办公室敲门声响起。秦墨岭在看简杭的消息，头也没抬：“进。”

高秘书来送文件，顺便提醒老板：“秦总，礼物已经送过去了，晚上七点钟生日宴开始。”

秦墨岭抬眸，想半天没想到今天是谁的生日：“谁过生日？”

高秘书：“……事业二部钟副总。”

幸亏她提醒一句，老板记性好，她以为老板连着两年参加钟妍月的生日派对，会记得是哪天。

秦墨岭想起来，好像是今天。

当初钟妍月回国，他正好接手乐檬，乐檬管理混乱，她过来帮忙。

进了乐檬事业二部，钟妍月放下钟家千金的身份，认认真真地干她的本职工作，没有任何公主病。

她帮的忙有限，但人情他记着。所以这几年她过生日，他都会去捧场。

秦墨岭决定去钟妍月的生日宴露个脸就走，他回简杭：临时有点事，吃饭能不能推迟到八点钟?

简杭：没事，你忙。

秦墨岭临时推迟时间，她完全理解，因为自己有时也会突然有推不掉的应酬，秦墨岭作为一家大公司老板，各种突发情况又要比她多，有些应酬身不由己。

她怕两小时不够他处理事情，反正哪天吃饭都一样，回复：改天再一起出去吃，我今晚正好加个班。

秦墨岭想到她刚接了万悦的并购项目，要忙的事情多，回：那改天。

简杭放下手机，低头看看身上的裙子，庆幸早上没让秦墨岭看到，下次约饭她还能继续穿。这是她压箱底的衣服，其他裙子穿身上没有这件抢眼。

马上到开会时间，简杭提上笔记本电脑去会议室。

最惹眼的是那条裙子，眼尖的女同事一眼认出来，是走秀款，被老大穿出不一样的气质。

会议持续了近两个小时，问题当场解决大半，还有一些要跟客户方再沟通。

简杭又安排了万悦并购项目的相关工作，万悦集团要收购的那家公司总部在苏城。

接下来她要经常跑苏城。

后天在苏城公司有个尽调的协调会，简杭也要到现场，她明天上午的高铁去苏城，跟秦墨岭那顿饭，还不知道要推到哪天。

晚上七点半，秦墨岭去了生日派对现场。

秦醒也在："哥，嫂子没跟你一起来？"他不知道简杭和钟妍菲的恩怨是非。

秦墨岭拿了一杯红酒："等你生日，她过去。"

"那必须得去，嫂子不去你也不用去了。"

秦墨岭没斥他，反而还"嗯"了一声。秦醒就知道，他这个堂哥快沦陷了。

秦墨岭去找钟妍月，跟她聊了几句，喝了半杯酒。

钟妍月要切块蛋糕给他："今年的蛋糕跟往年的不一样，你尝尝。"

秦墨岭谢绝："你不用忙，我不吃。"他把杯子里的红酒喝光："你们玩，我回去了。"

"不多玩一会儿？"

"跟简杭约了吃夜宵。"

钟妍月不好再留，她虽然不喜欢简杭，在秦墨岭面前，却从没表现出半分，也没说过简杭一句不好的话。

不值当为了过去那些事，再损失秦墨岭这个朋友。

"那你快回去。"她催促道。

秦墨岭只在生日派对待了二十分钟，和熟悉的人寒暄几句，便匆匆离开。

这时的尹林资本，简杭还没回去。

团队其他人在上厕所时讨论，她们今晚应该不用加班，老大穿这么隆重，一看就是有约会。

然而晚上八点钟，简杭还没离开公司。

又过去半小时，闹铃响了，闹铃名字是：谨防过度加班猝死。

简杭抬手关掉闹铃，收拾桌子回家。

等电梯时，简杭拿出手机刷朋友圈，刷到秦醒的三条动态，都是给朋友庆生的照片。

她闲来无事，顺手点开来，今晚的寿星是钟妍月。

在现场庆生照里，她看到秦墨岭的身影。

原来他不是有商业应酬，是去参加钟妍月的生日派对。

她对钟家姐妹无感，尤其是钟妍菲，但钟妍月是秦墨岭的朋友，朋友过生日，应该过去。她也有异性朋友，谈沨就是其中一个。

如果今晚谈沨过生日，只要有空，她肯定到场。这么想着，心底那点隐隐的道不明的情绪，慢慢被消化了。

到了别墅，停好车，简杭拿着风衣和包下去。

刚进屋，院子里又有汽车进来。

没想到他回来得这么早。

简杭刚走到楼梯前，秦墨岭进来，视线落在她身上。

简杭后知后觉，下车后她没穿风衣，他应该在看她的裙子。

秦墨岭看着她身上修身的长裙，她今天的妆跟平时的也不一样，应该是特意为今晚吃饭悉心打扮的。但因为他，约会取消，让她白忙活一场。

现在想来，她说改天再约，应该是怕两个钟头不够他处理事情，干脆取消，让他安心应酬。他解释："今天钟妍月过生日，早跟我说过，我忘了。"

简杭笑笑："没事。"是她取消的约会。

秦墨岭突然就想把那顿饭补上，问她："明晚有没有空？"

简杭踏上楼梯："明天上午出差，万悦集团那个项目。"

秦墨岭看着她笔挺的背影："那等你出差回来，我们一起出去吃饭。"

等她出差回来还不知道哪天，这次出差要在苏城待一两个月。

简杭："到时再说。"

回到卧室，简杭站在镜子前，从镜子里看自己身上这条昂贵的裙子，饭没吃到，结果把压箱底的裙子搭进去。

明天出差，她开始收拾行李。

第二天早上还不到七点钟，司机接到林骁，来别墅接简杭，然后送他们去高铁站。

这次出差，简杭带上林骁一起，这么大的并购案，让他长长见识。

司机的车进不到别墅里，林骁打电话给简杭："老大，我们到了，进不去别墅，在门口等你。"

“行，我五分钟到。”简杭推着行李箱出卧室。行李箱里不少东西，很重，她坐室内电梯下楼。

林骁挂电话前又说：“给你带了早饭。”

“谢谢。”简杭提着箱子进电梯。

楼下，秦墨岭刚在餐桌前坐下，耿姨端了茶叶蛋过来，昨天秦墨岭给简杭剥茶叶蛋，她看在眼里，今天索性把碟子放在靠近秦墨岭的地方。

耿姨没待在餐厅，转身去厨房忙活。

秦墨岭看着碟子里的茶叶蛋，已经惯着她两次，她又要出差，还不知道什么时候回来。

他伸手，主动拿了一个茶叶蛋剥壳。

“早。”简杭像往常那样跟他打招呼。

秦墨岭偏头看她，简杭站在客餐厅中间的过道上，正在穿风衣。

“不吃饭？”他问。

简杭：“同事给我带了早饭。我走了。”她提起行李箱，到门口才放下来。

秦墨岭看着碟子里那个剥好的茶叶蛋，刚才他剥壳时，简杭没看到。

他不喜欢吃煮蛋，只吃溏心煎蛋。今天这个茶叶蛋，他拿过来自己吃了。

院子里，清脆的高跟鞋声和行李箱滚轮声渐远。

自从简杭出差，别墅冷冷清清，耿姨连做饭都没了动力。

到了苏城，简杭每天忙到半夜，开不完的会，问题层出不穷，都得她去沟通协调。回到酒店，沾枕头就睡着，没空去想其他。

过了几天，接到谈沨的电话。

谈沨笑问：“今晚或是明晚，有没有空，一起吃个饭。”上次想请客，结果她住院，这顿饭一直拖到现在。那天在简老师家遇到，秦墨岭又在旁边，他也不好单独跟简杭聊。

简杭站在酒店窗前，眼前视野开阔，苏城的夜景尽收眼底。她歉意道：“我在苏城，等回去我请你。”

“万悦那个并购项目，拿下来了？”

“嗯。”

“恭喜。”

“谢谢，所以等回去我请你吃饭。”

谈沨笑笑，道：“谁请都一样。我正好要去趟上海，到时顺便去苏城看看你，万悦要收购的那家企业，我知道点内幕，把他们盘根错节的一些关系详细说给你。”

他听说，简杭为拿下这个项目，过程曲折，还被钟妍菲刁难。如果不是他，简杭不至于遭受这些。

当初钟妍月怀疑他提分手是因为简杭，即使他解释了，那个时候钟妍月因为难过而丧失理智，根本不信。他帮不上简杭其他的，能做的就是打听一点收购企业的内部消息。

周六那天，谈沨到了苏城。他提前订好餐厅，餐厅就在简杭下榻的酒店附近，五分钟走到。

简杭昨晚没休息好，即使化了妆，也遮盖不住眼底的疲惫。

谈沨看出她精神不是很好，关心道：“是不是哪里不舒服？”

“胃疼了半夜。”快天亮时才睡了两个钟头，早上也没敢吃，又忙了一上午，难免疲倦。

简杭端起水杯，喝了几口温水。她指指旁边的红酒：“今天不能陪你喝了。”

“身体要紧，我又不是外人。”谈沨把她那杯红酒端到自己跟前，“昨晚又有应酬？”

“嗯，客户组局，项目组的人都去，我推不掉。”

“没让人给你挡挡酒？”

“林骁帮忙挡了。”简杭放下水杯，“我就喝了二两白酒，胃疼到半夜。回酒店还吃了药。”吃药也不怎么管用，她对苏城不熟悉，实在不想起来去医院，挨到快天亮才慢慢好点。

二两白酒就胃疼，谈沨难以置信，她以前喝一斤白酒都没事。他给她杯子里加热水：“你胃喝伤了。”

简杭点头，她知道自己的肠胃出了问题。但有些应酬推也推不掉，怎么可能滴酒不沾。

谈沨安静须臾，问她：“想过转行吗？”

简杭顿了顿，谈沨这个问题问得突然，她没想好怎么回答。

谈沨替她把心里话说了出来：“胃疼得受不了时想过，不疼了也就忘了，对吧？”

简杭笑：“别拆穿呀！”

正如谈沨所言，她在疼得冒汗时，想过辞职，想过换一个相对轻松一点的工作，不用昼夜加班，不用一直飞来飞去，也不用应酬那么多人。

别人请她时，她还能推辞一下，躲躲酒；可需要她宴请别人，求别人帮忙时，这个饭局躲不开，酒也不能不喝。

谈沨没立场劝她转行或是辞职，点到即止。

“照顾好自己，别让简老师担心。”他叮嘱道。

“嗯。”简杭转而问，“你呢？辞职后有什么打算？”

谈沨两肘轻抵桌沿，双手交握：“暂时没想那么多，先休息两个月再说。等歇够了，再慢慢挑。”

简杭不担心他以后的发展，想挖他的风投机构多了去。

菜上来，两人边吃边聊，都跟这次收购有关。

聊完正事，简杭问他，休息的这几个月，有什么安排：“不出去度假？”

“有这个打算。还没想好去哪儿。”

表妹最近失恋，想去旅游散心，姑妈不放心女儿一个人出去，谈沨正好没事，他自己也好几年没旅游了，打算陪表妹出去转转。

吃过饭，简杭送谈沨去高铁站，送走人，她赶回并购的企业接着忙。

晚上十点半，她才回酒店。

胃还是隐隐不舒服，简杭找出药，抠了几粒吃下去。靠在沙发里，简杭总结今天的工作，看有没有疏漏，不知不觉睡着了。

等再次醒来，已经凌晨两点钟了。

简杭拿手机看，除了工作上的消息，并无别的消息。她把手机丢一边，拿了睡衣去洗澡。

简杭出差的第二周，别墅里更冷清了，桌上的早餐都不如之前丰盛。

秦墨岭想问问耿姨，简杭出差什么时候回来，话到嘴边又咽下去。

今天周三，下班后，他直接去了蒋盛和那里。

蒋盛和看到不速之客，蹙眉：“你怎么来了？”

秦墨岭来蒋盛和家，跟回自己家差不多，汽车直接开到院子里，阿姨给开的门，蒋盛和提前并不知道。

蒋盛和看看手表，确定自己没记错，是周三。秦墨岭在群里说过，以后有事找他，尽量避开周三晚上。

“找你有事。”秦墨岭从包里拿出一张纸，摊开放在蒋盛和跟前，“帮我弄点儿茶叶。”

茶叶品种，他都列在纸上。

蒋盛和扫一眼，要求还不低：“送人？”

秦墨岭脱了西装，随手搭在沙发上：“给我岳父。”

蒋盛和把那张纸拍下来，存在手机里：“简老师喝茶这么杂？”又是红茶又是绿茶，还四五种。

秦墨岭“嗯”了声，其实只有一种茶叶是给简老师，其他几种是用来给某人煮茶叶蛋吃。他自己去倒咖啡。

在蒋盛和的书房，他喝了一杯咖啡，喝完又续上。

蒋盛和没想到他喝个没完，下逐客令：“你还不走？”

秦墨岭端着咖啡坐回来：“我坐这儿又不碍你事。”

蒋盛和：“……”他今晚忙，没空跟对方拌嘴。

秦墨岭赖在这儿不走，蒋盛和只想到一个可能：“你在我这儿，是躲简杭？”

秦墨岭抿了口咖啡：“我躲她做什么？”

“她在苏城出差。”说着，他目光一顿，定格在蒋盛和的书架第二层。

秦墨岭放下咖啡杯，起身过去，书架上的礼盒里是手办，他在简杭车里看过差不多的，不过眼前这个比简杭车里的手办大很多，服装和造型也不一样。

“你怎么也买这个？”

蒋盛和瞅一眼：“给秦醒的生日礼物。”

秦醒生日还早，碰到合适的礼物，他便提前备了。

在他们圈里，秦醒年纪最小，又爱玩，只有秦醒过生日，他们会想着送份礼物，其他人过生日，能过去捧场就是给了面子。

秦墨岭问：“这个很贵？”

“不算贵。这个是游戏联名限量版手办，一般买不到。”

秦墨岭一听是游戏里的人物，随即明白简杭的车里为什么会有类似的手办。他拎起包装盒：“你再给秦醒准备别的礼物。”

蒋盛和眼瞅着秦墨岭要拿走手办："放下。你以为准备份礼物很容易？"他靠在椅背上，打量秦墨岭："你要送谁？"

秦墨岭让他放心："不是送给秦醒的。"

至于送给谁，蒋盛和问了几遍，还是没问出来。

秦墨岭临回去时说："秦醒的生日礼物，我替你准备，到时让高秘书送到你办公室。"

回到别墅，秦墨岭拎着礼盒直接上二楼。

简杭的主卧里，灯没开，门敞着，她出差这段时间，房门每天敞开通风。

秦墨岭走到主卧门口，开灯，把手办盒放在床头柜上。

那天他失约，简杭有点不高兴。

翌日下午。

蒋盛和让人给他送来茶叶，一共十罐，每罐五十克规格，其中八罐是给简杭煮茶叶蛋用，另外两罐是给简老师的。

给简老师那两罐是蒋盛和找关系买到的，这个茶每年产量有限，统共只有几公斤，稀缺紧俏，都是以拍卖形式出售。

蒋盛和买了一些，留着要送给蒋家和世交家的几位长辈，割爱两罐给秦墨岭孝顺老丈人。

秦墨岭晚上正常下班，带着茶叶去简杭家。

去之前他给陈钰打了电话，说过去看看他们。

今天不是节假日，女儿出差还没回来，陈钰挺意外秦墨岭会一个人来家里，热情道："那晚上在家吃饭，我多做几个菜。"

秦墨岭没拒绝："妈，您不用做太多。"

从小学班主任到岳母，这个角色转变他适应了很久，直到现在他喊陈钰"妈"还有点不自然。

到了简杭家小区，遇到刚从学校回来的简仲君。

简仲君和同事老谷一起从学校走路回来，老谷现在也加入了上班走路行列，每天跟简仲君约着一起上下班，边走边聊，还能锻炼身体。

"爸。"秦墨岭下车，跟简仲君打招呼。

"走，回家。"简仲君话中带笑，听妻子说过了，晚上女婿要过来吃饭，他这一路上走路都带劲儿，脚下生风。

秦墨岭记性好，虽然只见过谷老师一次，但还记得对方姓什么，主动打招呼：“谷老师，您好。”

能让他主动说话的人，实在不多。这个面子，是给简仲君的。

寒暄过后，几人进楼栋。

老谷没见到简杭，问：“小杭又加班了？”

秦墨岭道：“她不在家，出差了。”

“哦哦，我说怎么没看到她。”

老谷越发觉得秦墨岭不错，简杭不在家，他一个人过来看望岳父岳母，陪他们吃饭，这样的孝心不是谁都有的。

秦墨岭和简仲君到家时，陈钰正在厨房忙活。

他把茶叶和一些数学方面的书籍递给简仲君，茶叶是送简仲君，这些书是给陈钰的，上次听简杭说，陈钰退休在家经常研究奥数题，他记在了心上。家里有不少这方面的书，他挑了几本带来。

秦墨岭进厨房，跟陈钰打招呼。

“妈。”

陈钰转头，刚才家门开了，她以为只有简仲君一人。

“来啦。”她手一挥，“你快出去，油烟重。”

“没事。”秦墨岭挽起衣袖，四处找围裙。

在门后墙上，挂着两条，他取了一条深色的下来。

“我帮您炒菜。”

陈钰不敢置信：“你会炒？”

“会。”说话间，秦墨岭系好围裙。

就算他会，陈钰也不可能让他下厨：“你去外面，跟你爸喝喝茶去，这里不用你。”

秦墨岭开玩笑道：“以前经常在您课堂捣乱，现在补过。”

陈钰也笑笑，二十多年前的事，有些忘了，有些印象特别深刻，而秦墨岭那些事就属印象特别深刻的系列。

说起学生时的事，距离感瞬间没了。

他想炒菜，陈钰就随他。她最近经常和沈静云见面，商量两个孩子的婚纱照，商量他们婚礼在哪儿举办，所以知道秦墨岭很忙。

“乐檬事多，你忙你的，没空不用专门过来，打个电话就行。”她理解他们年轻人有多不容易。

秦墨岭道："今天不忙。"他拿了锅，放在另一个灶头。

简仲君也推门进厨房，他一个人在客厅没事干，过来凑热闹。

厨房不大，站三个人不那么宽敞，他尽量靠门站，不妨碍他们。

他刚才看过茶叶，认出来那是茶叶里稀有珍贵的品种："墨岭，茶叶你带回去，到时送人用，买都买不到。"自己留着喝，实在可惜。

秦墨岭转头："爸，那个茶叶就是留给自家人喝的。没多少，您尝尝鲜。"

说罢，他又转回去问陈钰："妈，您还记不记得蒋盛和？我给爸的茶叶，就是蒋盛和帮忙买的。"

陈钰笑说："能不记得吗？我教书那么多年，就没遇到过像你们俩这么让人头疼的学生。"

秦墨岭："……"

说到以前，陈钰打开话匣子："你跟蒋盛和，在班里最不听话，上课必须得放在老师眼皮子底下，讲台旁的两张课桌，你们一人一张，就这样，老师转身在黑板上写板书时，你们还互扔粉笔头。"

秦墨岭："……"坐在讲台旁边，是小学二年级时的事情。他不想提小学时的糗事，忙岔开话题："等今年教师节，我带蒋盛和来家里悔过。"

陈钰笑出来："你们俩关系还像以前一样好呢？"

"嗯，一直都那样。"

热气腾腾里，菜香味出锅。

他们边翻炒，边聊着学校里的事。

简仲君站在一旁，偶尔说上两句，还帮着递空盘子。

厨房里很久都没这么热闹过。

如果说之前，简仲君还担心女儿跟秦墨岭会过不好，今天晚上，所有的顾虑都打消了。

吃饭时，陈钰发消息给女儿：回没回到酒店？

简杭：开了一天的会，刚回来。

陈钰说：我们还没吃，做了一桌菜，秦墨岭也在，他也做了几道。

简杭又看了一遍母亲的消息，还来不及惊讶，母亲的视频发过来，她几乎没有犹豫，立刻接通。

陈钰先把镜头对准桌上的菜，笑说："你就云吃一下吧。"

很奇怪，简杭居然能猜出哪几道是秦墨岭炒的菜。

母亲把镜头对着桌子转了一圈，秦墨岭的脸从镜头里一晃而过，她还没看清，就闪了过去，只看到他穿着白衬衫。

母亲不知道她跟秦墨岭平时不怎么联系，也没特意把镜头对准秦墨岭，只是告诉她一声，秦墨岭在家。

“你忙，我们吃饭了。”母亲切断视频。

简杭放下手机，她知道秦墨岭比她还忙，春夏两季是乐檬最忙的时候，他还特意抽空回她家。

胃还在疼。找出药，简杭吃下去。

打开一个文档，是尹林的辞职信模板。脑子里全是那天谈沨问她的话——想过转行吗？思考了很久，还是没考虑好，她又关掉辞职信模板。

打开邮件处理工作。

十点一刻，简杭估摸秦墨岭应该从她家离开了，说不定已经到了别墅。

他去她家，给他们两人制造了聊天的话题。

她主动发消息：谢谢你去看我爸妈。

秦墨岭：以后不用说谢谢这种话。你出差，我去看望他们是应该的。

沉默两秒，他问：还在加班？最近应酬，胃疼没疼？

胃现在还在疼，断断续续疼了几天。

吃点饭就不舒服。一直在吃药，不见好。

如果是谈沨问她胃疼不疼，简杭不会有任何犹豫，直接实话实说。

现在换成秦墨岭关心她，她不想让他担心。对家人，她从来是报喜不报忧。

简杭：嗯，最近都要加班。

关于胃疼，她避重就轻：没什么应酬。

秦墨岭将“没什么应酬”等同于，她不用喝酒，胃没疼。秦墨岭打了几个字“那你忙”，在发送前，又全部删去。

他委婉地说道：今天吃饭时，爸妈聊起，说不知道你这次出差什么时候回。

简仲君和陈钰确实有提，他自己也想知道。

简杭：还早。这次并购比想的要复杂，需要协调的事太多。

股权构成复杂，专利技术归属不清，争议很大。尽调的工作量翻倍。

简杭说的都是实话，但在秦墨岭看来，她这个回答很官方。他们是夫妻，不是同事，更不是上下级汇报工作。她只说还早，只字不提大概什么时候回。

如果简杭还是介意他那晚去了钟妍月的生日派对，因此推迟时间，导致约会取消，他可以道歉。

让他跟其他人道歉，基本没可能，他也从来没向谁道过歉。但她不一样，她是他老婆。

秦墨岭考虑几秒，决定直接问：还在生气?

简杭感到莫名其妙，打了个逗号。

她本来是要打个“？”，手滑，触到逗号。

刚要撤回，秦墨岭回了过来，也是一个标点符号——句号。

简杭：“……”她失笑。

那个逗号让秦墨岭确定自己猜得没错，简杭那晚是真的有些不高兴。她要面子，所以他问她是不是生气了，她不知道怎么回复，于是回个逗号。

秦墨岭：抱歉。别气了。

他又道：以后不会取消和你的任何约会。你的事，我会排在其他人前面。

简杭：“……”她再次感叹，他到底是什么稀缺物种。

这桩婚姻，一开始，她放他鸽子，连相亲都不愿意。后来，他不想见面，但没把话说绝，留了几分余地，说等有空再见。最终两人和解，勉强见了一面。

这种从开始就有点矛盾，两人又都放不下姿态的婚姻，经营起来，有点困难。但走到今天这一步，她感觉，好像也没想象中难。

至少，他会反省自己，会护着她。感觉自己错了，他也会跟她道歉。

简杭解释：生气不至于。

当时有点失落是真的。那种失落是占有欲作祟，等想明白，也就释然了。

简杭：以后你跟你朋友该怎么往来，就怎么往来。我自己也有异性朋友。

秦墨岭看到后面那句，几乎本能地就想问，异性朋友都有谁。但理智在，他不可能这么问。

时间不早了，她工作还没忙完，他结束聊天：你忙，有事打我电话。项目上，你如果需要什么内部资料，我帮你找。

作为项目负责人，简杭自己有途径，而且谈沨也给了她一些内部消息。她回：你上次发到我邮箱的资料足够用，谈沨前几天过来，也透露了不少。

秦墨岭打字：他去出差?

发送前，他又改了几个字：谈总也去出差?

简杭：不是，他顺道来苏城聊我这个项目。我们同行间有竞争，但也经常互相帮忙。

她也帮过谈沨。

不止谈沨，她跟其他机构的高管，互相帮个忙是常有的事。既竞争又合作。这样，路才能越走越宽。

她工作上的事，秦墨岭不好多言，道：尽量别麻烦别人。

他是她老公，她任何事都可以找他，实在不用找外人帮忙。

秦墨岭：忙吧，早点休息。

简杭：嗯，你也是。

秦墨岭看着聊天框里的备注——Olivia，像是给客户的备注。

他顺手将备注改了，改成“老婆”。

不知不觉，简杭去苏城快一个月了。

她刚出差的时候，是四月，那时北京的天忽冷忽热，早晚还要穿厚外套，现在已经五月中旬了，初夏，中午热得不想出门。

简杭的胃好了不到一周，今天又有饭局，钟妍菲做东，请的是相关审批部门的人。桌上所有人酒杯里都倒满酒，简杭也不例外。

因为长相，简杭即使坐在不重要的位子，也会成为全桌焦点。

美女谁都爱看，无论男女。

今天宴请的有分量的一位领导，酒过三巡后，主动敬简杭：“小简的名字在我们那儿如雷贯耳，能力是我们公认的，今天才有机会跟你喝一杯，我干了，你随意。”

简杭微微一笑：“领导您谬赞，谢谢领导抬爱。”

对方不是用杯子，而是直接端了分酒器，一饮而尽。

人家说随意，简杭不可能真的随意，尤其对方还是领导，又年长她那么多，身份地位，不是简杭能比的。

她也将刚倒满的一整杯分酒器的酒，一口气闷下，一滴未剩。给足大领导面子。

一杯分酒器有三两酒，一口气喝光，有点玩命。她今晚喝了少说六七两白酒，简杭已经预感到夜里会很难挨。

这样的饭局，林骁在场也没用，他没资格帮忙挡酒。

接下来又有人敬简杭，是张主任，大领导的属下。

钟妍菲瞥一眼简杭，她知道简杭前段时间胃疼，不知道好没好。今晚的饭局，连她都躲不过喝酒，简杭更没办法。

大领导敬的酒，简杭喝了，其余的人，不给面子也没关系。

在心里衡量过，钟妍菲拿起酒杯，把酒揽过来，笑着说："我敬张主任，我们简总可不能喝醉，醉了明天早上没人干活。"

桌上人都哈哈大笑。

大领导也帮忙打圆场："工作要紧，以后慢慢喝。"

领导发话，面子肯定得给，张主任端起要敬简总的那杯酒，跟钟妍菲碰了杯。

钟妍菲连喝两杯，把刚才张主任被驳掉的面子又给补足。

饭局快十点钟才散。

到了酒店大厅，只有她们两人，简杭对钟妍菲道了句："感谢。"

钟妍菲扯个假笑："客气。我只是不希望耽误项目进度。"

当然，以简杭的性格，就算躺在医院的病床上，也不会耽误工作。

为什么要帮简杭挡酒，钟妍菲也说不上来原因。她依旧讨厌简杭，可简杭呢，从接手项目至今，每次跟她电话沟通都是客客气气，不卑不亢，让她挑不出半点毛病。

简杭的大度，衬得她的行为越发上不了台面。

她的车到了，钟妍菲收回思绪，上车。

简杭等司机来接她，林骁见钟妍菲离开，从大厅休息区慢慢悠悠晃过来，他今晚是小角色，喝的酒不多。

简杭脸色发白，林骁不免担心："老大你撑得住？"

简杭："还行。"胃开始绞疼，她强忍着。

司机将车开来，简杭坐后座，林骁直接拉开副驾驶的门，他的人生宗旨——能离女魔头多远，就离多远。

简杭吩咐司机："先去医院，把我放下来再送林骁回去。"

林骁转头："来回送不麻烦呀？咱省点汽油费，我回酒店也是打游戏，在车里等你。”

万一老大有个什么紧急情况，他还能照应。虽然不待见简杭，但谁让她是秦醒家里人。

到了医院，司机和林骁都要陪简杭下去，简杭没让。胃疼输液，她熟门熟路，如果是秦墨岭，她可能会让他陪。

林骁留在车里打游戏，今天上线早，秦醒连麦：“今晚不用加班？”

“不用，接下来几个小时都没事干。女魔……老大喝了六七两白酒，在医院输液。”

秦醒：“那你怎么不陪一下！”

“她那个人什么脾气，你不知道？不让陪。我在医院停车场，等她打过点滴，跟她一块回去。放心，我心里有数。”

“你有个屁数！”秦醒直接切断通话，退出游戏，给秦墨岭打电话，打了两遍都是无法接通。

他直接留言：嫂子在医院！

两小时过去了，秦墨岭还是没回。

秦墨岭在去国外的航班上，飞机落地时，苏城那边已经是第二天的清晨。

他怕简杭没醒，又等了半小时才打电话。

简杭刚醒，声音透着沙哑：“什么事？”

“胃疼怎么也不告诉我？”

“……你听谁说的？”问完才发现多余，除了林骁还能有谁。

“已经不疼了。”

秦墨岭没说话，因为他在国外，鞭长莫及。

他知道这个项目对她来说多重要，也知道有些应酬躲不开：“等这个项目结束，你休个长假，把身体调理好。”

“嗯。”简杭之前只有疼得难受的时候，动过离职转行的念头，等胃不疼了，辞职的想法她全然抛在脑后。现在，她的胃不疼了，还是有了离职的打算。

秦墨岭的心口有点堵，但她现在身体不舒服，他不能对她说重话，尽量把声音放平和：“以后不管有什么事，能不能跟我说一声？”

知道她独立惯了，不喜欢依赖别人，他于是换个思路：“不是说好了，要互相告知自己的行程和近况？昨天你去输液，秦醒知道，我却不知道。”

简杭无以反驳：“以后胃再疼，肯定告诉你。”

秦墨岭问：“刚被我吵醒了吧？”

“没，我正好也醒了。”简杭上午还有事，本来就多睡了半小时，现在时间不充裕，没空多聊，“我挂了。”

“嗯，我在这边待十天。”秦墨岭简单交代自己的出差天数。

第十一天，秦墨岭结束工作返程。

凌晨四点落地北京，回到别墅洗个澡，没时间睡觉。

已经五月下旬，简杭出差还没回来，他送给她的那个手办，在床头柜上原封未动。耿姨知道是他送的，特意没收到衣帽间。

今天周六，吃过早饭秦墨岭照常去公司。

夏季是乐檬所有产品的销售旺季，要处理的事情很多。

乐檬十几款产品，唯有事业四部的汽水饮料销量平平，跟去年同期销售额比，下滑 2%。

事业四部的总裁一职，还空在那里。

公司高管们不知道秦墨岭到底在想什么，葫芦里又卖的什么药。连钟妍月也有点看不懂秦墨岭，郁鸣正式离职一个多月，这一个月过去，秦墨岭一点动静都没有，她侧面从他那里打听过，什么都没打听到。

在去公司路上，秦墨岭靠在椅背上闭目养神，倒时差。

刚眯了十几分钟，被手机振动吵醒。

没看到手机屏幕前，他第一反应是简杭出了什么事，看到屏幕上的消息，他瞬间没了点进去看的欲望。

清醒几秒，秦墨岭查看消息。

秦醒质问他：你怎么连一个手办都容不下！我玩个手办不至于玩物丧志吧?

秦醒：我今天收到了蒋三哥给我的礼物，我一看太贵，没要，蒋三哥说是你拿走手办，补了一块手表。

手办才值多少钱，堂哥送他的那块手表，要在手办后面加好几个零。当然，手表他也喜欢，只是遗憾没看到那个绝版手办。他当初没抢到那个手办，好不容易有个机会能弥补遗憾，却被堂哥横插一脚。

谁甘心。

蒋三哥就是蒋盛和。

秦墨岭当初拿走手办，半个月后，让高秘书送了一块手表到他办公室。

秦醒今天去蒋盛和的办公室有事，对方顺便把生日礼物给他。

秦醒以为秦墨岭拿走手办，是怕他沉迷于游戏，他绝对想不到，他堂哥是抢了他的手办哄自己媳妇。

秦墨岭：游戏少玩！

秦醒理智上理解堂哥是为他好，可情感上不接受，他跟堂哥商量：手办给我吧，当明年的生日礼物。

秦墨岭让他彻底私心：早扔了。

秦醒：！！

他堂哥能干得出这么丧心病狂的事。

秦墨岭没再回。

汽车驶入乐檬地下停车场，车停稳，他下去。

很巧，钟妍月的车子也开进来。

蹭了他的专用电梯。

钟妍月在来的路上一直想事业四部总裁这事，看到他本人，于是问："猎头推荐给你的人，你一个没看上？"

秦墨岭："没。"

钟妍月建议："不如内部竞聘。"

秦墨岭偏头看她，直言不讳："你想竞聘？"

钟妍月说出建议就没打算掩饰自己的野心，她笑笑，大方道："我如果说我不想当事业部总裁，只想在事业二部当个副总，这话你都不信吧？"

她所在的事业二部，产品是乐檬所有产品里最畅销的，也是四个事业部里最有钱的，但不妨碍她想到其他事业部当老大。

秦墨岭还没考虑好怎么安排事业四部的总裁，之前遗留的问题太多，现在有副总主持工作，不着急："再说。"

钟妍月没再多言，就算是内部竞聘，他也需要时间考虑，不是立刻就能决定的。

她知道四部的水深，有关系户，还有几个能力强的人不服管，一般人镇不住场。

但她还是想试试。感情没了，她要一心搞事业。

电梯到了她的办公室所在楼层，钟妍月微微颔首，走出电梯。

秦墨岭到了办公室，预计简杭这个时间点应该起床吃过饭了。

秦墨岭：我回来了。要是有事找我，不用再算时差。

简杭：好。

她已经坐在会议室，今天三方会议，她提前过来等甲方负责人钟妍菲，有些细节还要跟钟妍菲在会议前确定一下。

简杭：你好好倒时差吧。

秦墨岭：没在家，在公司。

他下了飞机没顾得上休息，他想，她应该会关心两句。

简杭：那你忙。

秦墨岭："……"

简杭又补了一句：注意休息。

四个字也足够，秦墨岭：嗯。

中午时，秦墨岭接到秦老太太的电话，拍婚纱照的地方终于定下来了，让秦墨岭抽空看看。

一共选了八个景点，是秦老太太和儿媳妇，还有陈钰三个人商量选出来的。

老人家的想法很简单，简杭和秦墨岭没感情基础，两人工作又忙，就说这次出差，一去一个多月，什么感情能禁得起这么折腾。

趁着拍婚纱照正好去旅游，多点相处时间，旅游时最能产生好感。

秦老太太："我觉得八个地方都不错，风景不一样拍出来的风格不同，你可能嫌麻烦，但女孩子都喜欢，你尽量满足一下小杭。"

秦老太太本来没抱希望他能积极配合，没承想秦墨岭"嗯"了声，然后说："第一站先去圣托里尼。"

秦老太太喜出望外："你什么时候有空？"

秦墨岭翻看自己的工作行程，接下来的两个月安排得满满当当，根本没空拍婚纱照。

思忖片刻，他对着电话说："让简杭定，我哪天都行。"

秦墨岭从小就不喜欢拍照，这次婚纱照要在八个地方取景，他自己都纳闷，怎么就一口答应了奶奶。

“拍照穿的婚纱什么时候定制？”他问。

秦老太太早有安排：“这不用你操心，我和你妈妈在你们刚领证时就联系好婚纱设计师，拍照穿的婚纱和婚礼上的婚纱，是不同设计师设计的。”

为了他们小两口拍婚纱照，她和儿媳妇翻看了几十本婚纱杂志。除了给简杭量身定制，还借了一套婚纱。那套婚纱只做展览用，是儿媳妇托了好几个朋友才辗转借到，到时直接空运到圣托里尼。

过于细节琐碎的事，老太太没和孙子说，怕秦墨岭嫌她啰唆。

秦墨岭状似无意道：“礼服和裙子也给简杭多买几件。”

秦老太太没领会孙子的用意，理解成表面意思：“礼服不用买，摄影师自己安排，什么颜色什么款式的衣服适合什么景，摄影师有经验，我们买的不一定有拍照效果。”

秦墨岭想让奶奶给简杭买几件平时穿的裙子，奶奶理解岔了。

委婉暗示行不通，他直截了当：“简杭没多少衣服，衣帽间的衣柜大半都空着，穿的用的，我总不能亏待她。您跟我妈看看什么衣服合适，把衣柜填满。”

秦老太太正愁没理由让他们多相处：“平常穿的衣服不比婚纱，还是让小杭自己挑，你跟在后面付款。”

费了半天口舌，皮球又被踢回来。秦墨岭感觉出奶奶并不打算帮忙，只好作罢：“行，我知道了。”

秦老太太还要和简杭商量具体去圣托里尼的时间：“回头聊，我问问小杭哪天有空。”

秦墨岭改变主意：“奶奶，我问她。”

秦老太太求之不得：“那你们商量好告诉我，我跟摄影师联系。”

挂电话前，奶奶又问他：“酒店你们自己订？”

“嗯，我让高秘书订。”

秦墨岭上次给简杭打电话还是十几天前，这段时间有时差，都是发消息。不是每天都联系，但隔三岔五，他会问她身体怎么样了。

秦墨岭直接输入简杭的号码拨出去，她的号码，他看过一遍就记住了。

简杭在吃午饭，开了一上午的会，下午还得继续，于是叫了外卖在会议室吃。

手机振动，来电显示：秦。

简杭接听，手机贴在耳边。旁边有其他同事，她放低声音：“没午睡？”

“没。”秦墨岭听到她咀嚼的细微动静，“在吃饭？”

“嗯，刚散会。”如果换在以前，简杭会放下筷子，客客气气跟他打电话，打完再吃，现在她边吃边聊，也不会觉得不礼貌。

“胃没疼。”她主动说道。

秦墨岭没急着聊拍婚纱照，问道：“中午吃的什么菜？”

“木须肉，小青菜，虾仁蒸蛋，还有菌汤。”简杭一一说给他听，“很清淡。”

秦墨岭听到虾仁蒸蛋，不由得问：“有没有我炖的好吃？”

“没有。”简杭其实还没吃，她放下筷子，拿调羹舀了一勺，总感觉少了一点什么味道，“你呢？吃过了？”她把话题延伸下去。

这是他们闲聊最长的一次。

秦墨岭道：“嗯，早就吃过了。”

他进入正题：“奶奶刚才给我打电话，让我们拍婚纱照，第一站我选了圣托里尼。你哪天有空？”

“六月二日吧。”那周她能空出几天。

简杭去过那里，只是假期有限，她没待够就得回去忙项目。秦奶奶在确定拍婚纱照景点时，询问过她意见，问她喜欢哪里，加上去。

她加了圣托里尼。

这通电话持续了十一分钟，打破她跟秦墨岭的通话纪录。

收线，简杭修改备注，把“秦”改成“老公”。

时间确定下来，秦墨岭让高秘书提前订海边悬崖酒店。

五月底，秦墨岭给简杭发消息：你从上海飞？

简杭：嗯。

六月二日那天，简杭早起去机场，正在穿衣服，收到秦墨岭的消息。

老公：我跟你一起飞过去。

紧跟着，他发来他的定位。

他人现在在上海。简杭身上的裸粉色 T 恤套了一半，她犹豫片刻，脱下来，从衣柜里拿出一件黑色修身 T 恤穿上。

每次坐长途飞机，她着装都以舒适为主，今天也是，牛仔阔腿高腰裤搭配基础款黑色 T 恤。

司机提前送她去机场。

秦墨岭比她早来半个钟头，在贵宾休息室等她。

简杭过去找人时粗粗扫了一圈，没看到熟悉的身影。

“在这儿。”清冷的声音从身后传来。

简杭一回头，愣了下。她已经习惯看他穿西裤衬衫，跟他认识这么久，从来没见他穿过商务正装以外的衣服，今天他穿的是休闲长裤，上身是一件黑色POLO衫，整个人越发颀长有型，她差点没敢认这个塑料老公。

不管他穿正装还是休闲装，都有说不出的男人味。

她之前对他有莫名的占有欲，他这副皮囊功不可没。

秦墨岭端了两杯白开水，给她一杯。她的胃不宜多喝咖啡，他便陪她一起喝白开水。

简杭接过纸杯，道谢。

太长时间没见面，就算时常电话联系，也不免生疏。

去圣托里尼岛这一路，她跟秦墨岭统共说了不到二十句话，见面后，反倒不如在电话里聊天自在随意。

除了吃饭睡觉的时间，简杭都在忙工作。秦墨岭跟她差不多。

高秘书在伊亚小镇给他们订了浪漫的酒店，一共订了两间，随行的两个保镖住在对面，她跟秦墨岭一间。

房间哪里都好，唯独只有一张床。

高秘书不清楚他们夫妻真实情况，秦墨岭也没明说。

床是超大尺寸，足够两人分在两边睡。但睡在同一张床上，只是在头脑里想想，就有种说不出的旖旎。

简杭打算向酒店多要床被子，她在沙发上睡。

傍晚的小镇格外美，简杭换上白色吊带长裙："我去附近逛逛。"

秦墨岭正对着电脑处理邮件，抬头，视线在她莹白的脖子上停了几秒，又落在她纤长的手臂上。

有短暂的失神，他颔首，没有要同行的意思："早点回来。"安排了一个保镖陪她出去。

欠她的那顿饭，秦墨岭始终还记着，准备晚上请她。他一会儿还要找餐厅老板商量菜式，没时间陪她出去闲逛。

待简杭出门，秦墨岭关电脑，换上衣服去了隔壁餐厅。

简杭是第二次来小镇，上次过来度假在这里住了两天，欣赏过日落，今天没去凑热闹。

她沿着主干道慢慢悠悠地往前走，随手拍了几张照片发朋友圈，主要是发给父母和爷爷奶奶看。

很快朋友圈有人点赞留言，她点开来，是谈沨：你现在也在伊亚？？！

这是她认识谈沨这么久，第一次见他用两个问号加一个感叹号。

在国外的一个小景点遇到熟人，很不可思议。

没想到他跟他表妹也来这儿散心。

不等简杭回复，谈沨给她打来电话："什么时候到的？"

"半小时前。"简杭笑，"这么巧。"

谈沨也笑："可不是。"

他那边声音嘈杂，简杭猜到他在看日落。

小镇不大，又正好遇上，简杭邀请："晚上一起吃饭？"

"没问题，我和我表妹订了餐位，够四人坐。"

简杭："秦墨岭还在加班，我问问他什么时候忙完。"

她和秦墨岭的婚姻渐渐走上正轨，如果有机会，她自然愿意带他熟悉她的朋友。

谈沨跟他也能聊到一起，那次在她家，他们两人挺聊得来。

挂了谈沨的电话，简杭给秦墨岭发消息：谈沨和他表妹也在小镇，晚上请他们吃个饭，你有没有空？

此时，秦墨岭正在餐厅和老板确认菜品，他半个月前就通过熟人跟老板取得联系，为了这顿晚餐，很多食材是从其他国家空运过来的。他还预约了小提琴演奏。

秦墨岭想让她回来，但就算她回来跟他一起吃饭，原本的惊喜打折，或多或少，都有遗憾。

他跟老板说，推迟到明晚。平静几秒，他回复：你们吃，我还有海外视频会。

简杭理解：那你开会。想吃什么？我打包带回去。

秦墨岭：不用，你们吃，我让酒店送餐。

简杭收起手机，去找谈沨订的那家饭店。

夕阳最后一丝余晖收起，看日落的游客陆续散去。

简杭在餐厅等了半小时，谈沨和表妹姗姗来迟。

她在谈沨朋友圈看过他表妹的照片，看到真人并不陌生。

“不好意思，让你等这么长时间。”谈沨还没坐下来便先道歉。

简杭笑：“夜景好看，我没看够你们就来了。”

这是一家露天餐厅，一望无际的海岸线，美不胜收。

不等谈沨介绍，表妹自来熟，主动跟简杭打招呼。

她经常听表哥说起简杭的父亲，偶尔带着提上简杭几句，简杭朋友圈从来不发自拍，她不知道简杭长什么样，表哥说长得不错。

今天终于见到真容，她严重怀疑表哥的眼睛有问题，简杭的长相明明是颜值天花板，他竟然只是说不错。

简杭跟表哥聊的话题她基本听不懂，也不感兴趣，她自娱自乐，拍美照发博。

简杭问谈沨：“歇了这么久，想好下家没？还是打算另起炉灶自己单干？”

谈沨没想过单干，在风投圈如果没背景，单干想要干出点成绩，八分靠运气，而运气这个东西和玄学差不多，他从来不去赌。

“还没歇够，过完夏天再说。”

这顿饭他们吃了两个多小时，聊得很尽兴。

谈沨要送简杭回去：“你住哪儿？”

“不用送。”简杭指指路边不远处的高个子男人，“秦墨岭的保镖。”

谈沨：“那回国后电话联系。”

他们在餐厅门口分开。

简杭一路逛回酒店，路过酒店前台，她让送一床被子到房间。

回到房间，秦墨岭正趴在露台护栏上，背对卧室，手里捏着高脚杯，对面是一望无际的幽蓝又神秘的爱琴海。

简杭轻轻带上门，他听到声音也没回头。

简杭开灯，看清秦墨岭身上穿的是睡衣，他已经洗过澡。

“晚饭吃了吧？”她关心道。

秦墨岭又抿了一口红酒，把心里所有的情绪随着酒咽下去。

他转身，语气跟平时无异：“吃过了。”

简杭点点头，放下包，到箱子里拿了睡裙去浴室。

没多会儿，酒店工作人员敲门送来被子。

秦墨岭接过被子，不用想，是简杭的意思，她要跟他分开睡。

他盯着被子看半天，把被子放沙发上，人又回到露台。

半小时后，简杭洗过澡出来，头发也吹干了，脸上刚涂了乳液，她轻轻拍打。

在床尾站了片刻，她对着秦墨岭的背影：“明天化妆师几点过来？”

秦墨岭没转身，虚虚看着眼前的海面：“七点。”

简杭关了卧室的灯，只有沙发旁的落地灯亮着，还有海岸线的灯火。

房间的光线暧昧得恰到好处。

她从床上拎起一个枕头放沙发上：“我今晚睡沙发。”沙发有九十厘米宽，足够她睡。

秦墨岭不可能让她睡沙发：“你睡床上。”

简杭：“不用，沙发长短正适合我，不够你睡。”沙发其实也够秦墨岭睡，但不宽敞，她抖开被子，窝在沙发里玩手机。

她已经占了沙发，秦墨岭没再执意让她睡床上。

在苏城出差快两个月了，简杭没空玩游戏，难得今天清闲，她登录账号。

只是还不等她过瘾，看着游戏页面，她头晕得厉害，还有点犯恶心。

上次住院，简杭玩游戏也出现过这个症状，当时她以为是饿的，于是让秦墨岭去给她买煎饼果子。但今晚，她不饿。

不看游戏画面，头不那么晕。

简杭心里“咯噔”一下，她晕3D了。

生了一场病，她居然开始晕3D。

一时间，悲从中来。游戏是她工作之余唯一的娱乐消遣，以后如果连3D游戏都玩不了了，休息时她还有什么盼头。

“秦墨岭。”她喊他。

因为晚餐泡汤，现在她又要分开睡，秦墨岭高兴不起来，可心里再不高兴，对着她时，又什么脾气都没有了。

他从露台进来：“怎么了？”

简杭也不知道为什么要告诉他，可能心情很糟，需要说道说道，排遣一下：“我晕3D，玩不了游戏了。”

“……”秦墨岭一边心里生气，一边安慰她，“在飞机上没睡好，时差原因。”他下巴对着她旁边的落地灯微扬，示意她：“关灯睡觉。睡一觉就好了。”

简杭无法自欺欺人晕3D是时差原因：“早就有这种状况，我没往心里去。”

秦墨岭：“玩游戏伤眼，不能玩不见得是坏事。”

“……”

跟他这个觉得玩游戏就是玩物丧志的人，说不通。

简杭把手机丢一边，躺好：“你也早点睡。”

秦墨岭放下酒杯，去浴室简单洗漱。

床上有酒店特意撒的玫瑰花，他把花瓣清理到一边。

等秦墨岭躺床上，简杭伸手关灯。

沙发离床最多三四米，房间里很静，轻轻翻身的动静都格外清晰。

跟秦墨岭在同一间房里睡觉，她不适应，眼睛眯了睁，睁了一会儿又眯上。

反反复复一个多小时过去，她还是睡不着。

简杭出声：“你睡没睡？”

隔了两秒，秦墨岭道：“没。”

他跟她一样，根本睡不着。有时差原因，也有别的原因。

刚才睡不着，她一直在想晕3D这事，游戏号实在舍不得弃。

简杭侧躺，支着脑袋，跟秦墨岭商量："你要是不困，我教你打游戏怎么样？"

秦墨岭："……"

被她气了一整晚，临睡前还不放过他。

"睡觉。"秦墨岭断了她的念想。

他最忍受不了沉迷游戏的人，对她包容，那是因为她是他老婆，而且她玩游戏从来不耽误工作，自控力也强。但包容她，不代表无底线纵容。他对秦醒三令五申不允许的事，自己不可能去违背。

"你要睡不着，我有褪黑素。"他又道。

能不吃药，尽量不吃。

简杭不气馁："游戏跟喝酒一样，喝多了伤身，偶尔喝二两，活血化瘀，有益身心。"

秦墨岭："……"

他不想惹她生气："简杭，我不是存心让你不高兴。换其他事，不用你说，我会主动提出来帮你。"

"我就是随口说说。那个游戏号玩了好几年，有点舍不得。"顿了顿，简杭道，"也没什么，一个游戏号而已。"

秦墨岭不为所动，但声音放平和："睡觉行不行？明天还要早起化妆。"

说到化妆拍照，简杭不能不顾及明天的脸色，如果熬个通宵，再厚的粉底都遮不住脸上的苍白，她开灯。

秦墨岭看她："干什么？"

简杭道："找褪黑素吃。"

秦墨岭撑着坐起来："你不用下来，我去拿。"

简杭自己就有褪黑素："你睡。"她指指另一边沙发上："我包里有。"

秦墨岭已经下床，拿出药，倒了一杯温水端来。

她从他手心里捏起药片，秦墨岭及时把水杯放她嘴边。

简杭不习惯被人喂水，她自己接过水杯，喝几口服下药。

钟妍菲组局那晚，她去医院输液，疼得衣服都湿了，疼到快忍不住时，生出一个不切实际的荒唐念头——他会不会突然就出现在苏城。

但她知道，他在国外。

吃过药，简杭躺好睡觉，又煎熬了几十分钟，困意慢慢席卷，意识逐渐混沌。

睡前满脑子都是她的游戏号，以至于做的梦也跟游戏有关。

梦里，她端着枪一直在跑，一会儿山谷，一会儿海岛，一会儿又翻墙爬屋顶，反正就是累得要命还在继续跑，怎么都停不下来。

前面又是一道墙，她突然没了力气，好不容易爬上墙，想跳下去的时候，眼前一片黑。

“咕咚”，简杭一个激灵，从梦里摔醒。

沙发到底不够宽敞，她差点滑下去。

简杭摸黑爬坐起来，刚才的梦过于真实，她坐起来缓缓。

凌晨两点钟，秦墨岭似睡未睡间被吵醒。他偏头看向沙发，怕突然出声吓到她，他开了床头壁灯。

简杭歉意道：“吵醒你了吧？”

“没。一直没睡着。”秦墨岭问，“你吃过药，怎么还醒了？”

简杭如实相告：“做梦了，被吓醒。差点从沙发上滑下去。”说完又觉不妥，她不该说后面那句。

秦墨岭下床走过去：“你到床上睡。”

简杭：“不用。我睡了一觉，不困了。”

“才两点多，天亮还早。”秦墨岭知道她什么性子，多说无益，他俯身，一只手搂住她的腰，另一只手穿过她腿弯，将她打横抱起。

原本他想隔着裙摆抱她，可睡裙不够长，她的大腿直接压在他胳膊上。

分不清谁跟谁身上的温度。

简杭没想到他突然用强势的方式让她睡床上，却不排斥被他抱。现在她人在他怀里，他这副好看的皮囊又近在眼前。

要说她对他没有点想法，那是自欺欺人。

她不知道的是，心猿意马的不止她一人。

秦墨岭的喉结轻滚，有了感觉，但他还不至于勉强一个不愿跟他同床的女人。

他抱着她大步走到床边，把她往床上一放：“我睡沙发。”他顺手关了床头壁灯。

借着露台的光，他在沙发上躺下，平复片刻，他拽过被子盖身上。

刚才为什么抱她？想了半天没想到理由。

简杭一直收着呼吸，枕头上被子上，全是他身上那种淡淡的味道。

秦墨岭合眼侧躺，尽量放空，什么都不去想。

清晨四点半，两人差不多时间醒来，都睡得不踏实。

彻底睡不着了，简杭索性起床。简单洗漱，她拿了一瓶苏打水，去了露台，没两分钟折回屋里。

风大，她身上只穿了睡裙，有点冷，在衣柜里找出女士睡袍穿身上，她边走边系腰带，又回到露台上看海。

秦墨岭也不打算再睡，起身去浴室冲凉。

他是正常的男人，有正常的生理需求，现在只能靠自己纾解。

越是盼天亮，天就越不亮。

简杭喝完一瓶水，感觉吹了有一个小时的海风，她回房间拿手机看时间，才四点五十九分。

以为已经过去一小时，其实才二十多分钟。

化妆师七点钟来，剩下几个钟头该怎么消磨？

简杭正想着接下来干点什么，浴室的门推开了。

秦墨岭出来，他洗过澡换上了西裤衬衫，上午拍婚纱照要穿西装，他提前换好。

看他的装扮，他不打算再睡回笼觉。

秦墨岭端着笔记本电脑到露台，露台上有休闲桌椅，他在露台办公，正好能陪简杭。她因为晕 3D，玩不了游戏，心里肯定不舒服。

有两把椅子，他选了离简杭近的那把椅子坐下。

海风扬起简杭睡袍的下摆，不断扫着他的裤腿。

简杭没往旁边挪远一点，秦墨岭也没换坐姿。

她背靠露台栏杆，低头看手机，两人互不打扰。无意间抬头，她这个角度看秦墨岭的电脑屏幕一清二楚。

他的微信在电脑上同步登录，秦墨岭正在找高秘书的对话框。

简杭看到自己的头像，秦墨岭给她的备注是：老婆。她以为他会直接备注她的名字。

秦墨岭在对话框里打字，万一有什么商业机密，简杭自觉转身。

她趴在栏杆上看海平面。

终于等到天亮，秦墨岭打电话叫早餐。

简杭告诉他：“你叫一个人的餐，我不吃了。”

秦墨岭已经拨出号码又摁断：“有气你朝我撒，是我不学打游戏，你别跟自己身体过不去，前些天胃疼是不是又忘了？”他的语气不容商量：“早饭必须得吃。”

简杭：“……我没气。”

她解释：“吃饭的话，小肚子没那么平，穿婚纱不好看，等拍完照再吃。”

秦墨岭的目光扫向她的腰间，腰细腹平，比她出差前又瘦了一点，不至于吃顿早饭就影响穿婚纱。

“那吃半饱。”他打电话叫餐。

简杭听他用英文对酒店服务员说：“水煮蛋一个，全熟。”

隔了两秒，他又道：“对，全熟。”她不喜欢吃溏心蛋，这个细节他记住了。

二十分钟后，早餐送到房间。

简杭的早饭只有一个煮蛋和半杯橙汁。

水煮蛋放在鸡蛋杯里，简杭刚要去端鸡蛋杯，秦墨岭伸手，拿过鸡蛋。她去苏城出差前，他主动给她剥茶叶蛋，她没吃到，今天再补上。

水煮蛋剥好，他放回鸡蛋杯里。

“谢谢。”简杭端起鸡蛋杯，直接咬了一口鸡蛋。不知道从什么时候开始，在秦墨岭面前，她不再注意用餐礼仪。

七点钟，化妆师如约而至。

简杭今天拍照穿的所有服装都是婚纱，一共三款，风格各异。

她以为是摄影工作室提供的婚纱，跟化妆师聊天时得知，有一款是秦墨岭从巴黎借过来的，还是展览款。

每一套婚纱都深得她心，刚才全部试穿过，她自己都觉得眼前一亮。

她发信息给秦墨岭：谢谢。

秦墨岭：谢什么？

简杭从化妆镜里看秦墨岭，他正好也看过来，两人的视线在镜子里交会，她指指身上的婚纱。

秦墨岭看懂什么意思，收回视线，低头打字：是我妈托朋友借的。

他又问：喜欢哪件？

简杭：都不错。最喜欢我最后试穿的那件。

最后那件是钻石婚纱，又仙又梦幻，穿在身上浑身都发光，高贵奢华。

秦墨岭也觉得那件好看，等办婚礼时，给她定制一件。

第一套婚纱取景地在酒店旁边，走过去几分钟，摄影师打算边走边拍。

秦老太太早和摄影师交过底，说他们小夫妻是闪婚，没感情基础，想借拍婚纱照促进促进他们的感情。

摄影师拿了高额报酬，除了拍照外还兼职感情助攻。

没有感情的夫妻，拍婚纱照跟拍戏差不多，需要慢慢进入状态。所以拍第一套婚纱时，摄影师没要求秦墨岭和简杭做过于亲密的动作，只有简单的牵手。

摄影师让他们牵对方的手，沿步道一直往上走。

简杭两手拎婚纱裙摆，等秦墨岭主动牵她。

秦墨岭看穿她的心思，他伸手。就算她不拎裙摆，他也会先牵她，不会让她主动。

简杭把手递给他，秦墨岭轻轻握住。他的指腹贴着她掌心，似有一股电流蹿过。

这是他们第一次牵手，在她喜欢的一个小镇。

简杭故作冷静，偏头看海。

刚才摄影师交代过，他们可以随意做动作，比如两人看着对方聊天，或是欣赏旁边的风景，怎么舒适怎么来，自然就行。

只是现在，她想不到合适的话题跟秦墨岭聊。尬聊反倒影响面部表情，她索性欣赏蓝天白云下的爱琴海。

眼看步道快走到头，他们没有任何交流。

秦墨岭侧脸看身边的人，今天她头发盘起来，露出光洁的后脖颈，脖颈纤长柔美。腰背笔挺，柔中透着强势。

感觉到秦墨岭在看她，简杭猛地回头。

秦墨岭没躲开她的视线："你配合点，拍不好还得重拍，浪费时间。"

简杭询问："我怎么配合？"

秦墨岭也不知道怎么配合，只是不喜欢她一直背对他。

摄影师喊停，让他们回到起点，再重走一趟石子步道。

这一次，摄影师给他们加了点亲密动作，他让简杭面对秦墨岭，倒退走，两只手拽秦墨岭的一只手。

摄影师从不拍这种千篇一律的动作，但今天的顾客是没感情的夫妻，这样的动作就很有必要。

简杭照做，左手扣住秦墨岭的手腕，右手抓了他几根手指。他手指修长，骨节分明，看多少遍都不会嫌多，现在这只手就在她手里。

她和秦墨岭此时此刻的状态，似热恋中的小情侣，而她这样子像在跟男朋友撒娇。

如果不是拍照，不是摄影师要求她这么做，她这辈子都做不出撒娇的举动。

简杭和秦墨岭都没直视彼此，她虚虚掠过他的脸，连他的眼睛还没看清，又匆匆挪开视线。

走到步道中段，简杭问摄影师：“好了没？”

“没，好了我会喊停。”

言外之意，我没喊停你们就一直往前走。

简杭的手心出汗，她戴了婚纱手套，丝毫没用。

这款手套设计特别，手指全露在外，所以戴跟没戴没区别。

她松开秦墨岭的手腕，微微张开五指对着海风，想尽快晾干。

秦墨岭攥住她那只手拎过来，把她手放在他衬衫衣袖上擦了擦，擦过，他又攥在手里。秦墨岭缓和气氛：“知道你的手为什么容易出汗吗？”

简杭看他：“为什么？”

秦墨岭：“游戏打多了。”

简杭：“……”

他明晃晃讽刺她。她被气笑。

“简杭，游戏的事很抱歉。”秦墨岭借这个机会，表明态度，“你是我老婆，你所有的要求，我都应该满足你，只是这件事，我办不到。我对游戏不感兴趣，也没时间学。”

接下来，才是他要说的重点：“不希望因为这件事，让你觉得我敷衍你。以后你有任何要求，都可以跟我提。”

简杭没想到一点小事，他会这么认真：“这件事你不用道歉。不会误会你敷衍我。”其实话说到这里，完全够了。

她又加一句：“以后有什么事，我都会告诉你。”

遗憾的是，她跟他之间没有爱情。

如果他们是一对有感情的夫妻，他爱她，也这么包容她，夫复何求。

但像现在这样，已经很不错了。责任、理解和包容，他都给了她。

他们所有的互动都被摄影师捕捉到镜头里。

两套婚纱拍了四个小时，摄影师“注水”两个多小时，简杭和秦墨岭都没意见，似乎觉得四个小时眨眼即过。

还有最后一套钻石婚纱，拍落日背景。

落日背景下都是拥抱和接吻的特写镜头，有了一天的互动，摄影师有把握能拍出想要的自然又亲密的效果。

换上钻石婚纱，造型师重新给简杭做发型。

稍作休息，他们前往拍摄地。

到了拍摄地，日落的位置刚刚好，不能耽搁。

按照摄影师的要求，秦墨岭需要揽着简杭，低头亲吻她，拍出落日下的意境感。

摄影师如同尽职的导演，亲自示范，告诉他们两人动作怎么摆：“你的手搂着他的脖子，像这样。”

昨晚他公主抱抱她时，她下意识想圈住他的脖子，最终理智占了上风。

今天是摄影师要求她这么做，她才没心理负担。

简杭双手搭上他的肩膀，秦墨岭顺势扣紧她的腰。

她跟秦墨岭从来没这么暧昧过，他的脸一寸寸靠近她。

他应该会错位亲她一下，只靠近，但不可能亲上去。

简杭心里这么想。

也真如她想的那样，秦墨岭没亲她，只是离她的唇很近。

摄影师总不能按头让他们俩亲，圣托里尼是他们拍婚纱照的第一站，接下来几个月还有七个景点，不急着拍吻照。

摄影师找角度，将他们拍得像亲吻中的夫妻，其实拍照时，亲吻也不一定要真亲，似有若无，才最有画面感。

只不过他是想多撮合他们夫妻俩。

落日掉进爱琴海里，他们的婚纱照也告一段落。

摄影师抓拍到了比他预想中还要惊艳的画面，他喊停，今天完美收工。

简杭还抱着秦墨岭，刚才拍“接吻”那个画面，她是眯着眼的。

拍照结束，她睁眼，秦墨岭在看她。

随着摄影师喊收工，他们这一天的牵手、拥抱也结束，她和秦墨岭即将回到现实中，她欲松开他，秦墨岭手臂的力道却突然收紧，灼热的呼吸落下来，贴上她的唇。

那一瞬的悸动，简杭想控制却没控制住。

几乎是本能，她圈紧他的脖子，脚微微踮起。

旁边有摄影师，有摄影师助理，还有两个保镖，秦墨岭做不出旁若无人地深吻简杭，只在她唇间停了几秒。

浅浅一吻，感官体验比深吻还激烈。

摄影师在回看照片，被助理猛推一把："快！快！"

等摄影师反应过来，已然来不及找角度，他狂按快门，能抓拍几张是几张。两人的亲吻持续了几秒，给他争取到一点时间。

看他们俩亲吻，比他当年跟初恋接吻都紧张激动。总算对得起他今天的高额报酬。

吻结束，秦墨岭离开简杭的唇。

他们还维持之前的姿势，简杭扣着他的脖子，秦墨岭揽着她的腰，两人没放开对方。

心底那点讳莫如深的心思，谁都没点破。

没点破，可压不住。

秦墨岭在她额头又吻了吻："很抱歉，领证前和领证后都没有任何仪式。"只给了她一枚钻戒，连束鲜花都没有。

那天她又被高太太泼了一身水，心情应该很糟糕。从登记大厅出来，他已经是她老公，应该给她买一束花，给她宽宽心，但他没那么做。

第二天晚上，岳父岳母给他们庆祝领证，他因为有应酬，没过去。

他不知道她当时什么心情，现在也无法得知。

简杭以为他刚才说抱歉，是要为亲她道歉。还好不是。如果他连一点欲念都没有，那她跟他的婚姻，现在就可以预见，不会长远。

秦墨岭低声问："回酒店？"

简杭点头。

他松开她。

两人黏了几个小时，突然分开，总觉得少了点什么。

换下钻石婚纱回酒店，简杭走在前面，秦墨岭不紧不慢地跟在后面。

今晚本来要请她吃饭，考虑了一路，到酒店门口，他给餐厅老板打电话，再次取消晚餐，餐费照付。

回到房间，简杭去冰箱拿水喝。

其实她一点都不渴，可干坐着又尴尬。

今天又是牵手，又是搂抱，最后还亲了，要说没什么想法，那真是不正常。

晚饭是让餐厅送过来的，他们简单吃了一点。

谁也没提晚上出去逛逛。

“我去洗澡。”秦墨岭对简杭说道，脱下手表，将手表递给简杭，“帮个忙。”

让她帮忙收起来。

简杭正坐在沙发上看手机，离他两三米。

秦墨岭拿手表的手悬在半空，另一只手拽出塞在西裤里的衬衫，几根手指漫不经心解纽扣，视线在简杭身上，等她过来拿手表。

简杭起身，从他手里接过手表。

他告诉她洗澡，让她帮忙放手表，都是某种暗示，让她有心理准备。有些事说破了破坏氛围，如果她不接他的手表，以她对秦墨岭的了解，就算箭在弦上，他也会尊重她的意思，不会勉强她。

秦墨岭去了浴室。

简杭从包上解下一条丝巾，叠了两道，平铺在茶几上，把秦墨岭的手表放上面。

浴室的水流声传来。

简杭打开行李箱，拿出一条冰丝雾霾蓝露背睡裙。这条睡裙一直放在箱子最下层，以为这次旅游用不到。

等秦墨岭从浴室出来，她拿着睡裙和护肤品直接进去。

浴室里都是水汽，水汽里还有他用过的沐浴露的清冽味道。

秦墨岭靠在露台护栏上喝酒，不时看房间。

她人在浴室还没出来，半杯红酒喝完，他又去倒了半杯。

沙发上还有一床被子，秦墨岭放下酒杯，把被子抱到衣柜里。沙发上的抱枕都堆在一起，他一个个放回原位。

浴室里，水声停了。

洗过澡，简杭又仔细护肤，前前后后花了一个多小时。她又涂了一点香水，开门出去。

白色被子上铺了一层玫瑰花瓣，这些花瓣是酒店用来营造浪漫气氛的。

简杭走到床前，甩掉拖鞋，赤脚走去露台。

房间和露台上都是木地板，光脚踩上面不冷。

听到轻轻的脚步声，秦墨岭回头，愣了下。

睡裙是深V短款，长腿笔直莹白。他没看过她这么性感的一面。

简杭故作轻松道："这个酒怎么样？"

秦墨岭把酒杯送到她唇边："尝尝。"

简杭没去拿杯子，握着他手腕，唇直接压在杯沿上。

她不敢多喝，唇沾了一点。

露台风大，简杭的睡裙被吹起。

秦墨岭抬手，手上一用力，将她揽在身前抱在怀里。

她的腰又细又软，他又往怀里带了带，让她贴他身上。

和白天拍婚纱照时不同，现在只有他们两人，她身上的裙子又薄，他的体温她能清楚感受到。

海风从耳边擦过去。

他手臂结实有力，怀抱却很温柔。

两人紧挨着，他身体有异样，简杭感觉到了。

眼前这个男人，身体对她来说，特别陌生。但气息，又是她熟悉的。

简杭别开脸，暗暗吸口气。

周围昏暗，海风、海浪的声音，什么都被无限放大，感觉像过去了几分钟那么漫长，其实不过才短短几秒钟的时间。

秦墨岭把酒杯搁在旁边的木桌上，低头，厮磨她的唇。

简杭捧着他两侧下颌，她跟他还不算很熟，没主动亲他的唇。

她仰起头，在他喉结上亲了一下。

很轻。她对他也是有占有欲的，不喜欢他对别人好。只希望他是她一个人的。

秦墨岭身形一顿。

她刚才那一吻，就好像是在沉寂了整个冬天的干燥旷野里，撒了点火星，燎起一整片原野。来势汹涌，怎么扑也扑不灭。

他垂眸看她，她正好抬头。

没有任何思考，他又亲上去。她的上唇被他吃进嘴里，重重吮吸。

在露台上不方便。

秦墨岭俯身，拦腰抱起她，从露台进房间。

露台的门没关，窗帘也没拉。

被子上的玫瑰花瓣飞得到处都是，地板上，床头柜上，连横在床边的两双拖鞋上都落了几片花瓣。

简杭光洁的后背上也沾了几瓣。她躬身时，花瓣掉下来。

花瓣掉到简杭的身侧，辗转又被秦墨岭压在膝盖下。

这种时候，没人有空顾及花瓣。秦墨岭自己也不知道压到了花瓣，玫瑰花瓣柔软，膝盖来回使力，那几片花瓣被碾。

没感情基础，话不多，简杭一度担心冷场。

这要是冷场了，或多或少都会留下阴影。

她想多了。秦墨岭一直亲她，这样两人就不用说话。他的吻，极尽耐心和温柔。

跟他半生不熟，房间里的灯亮着，简杭把脸埋在他脖子里。

他强势又带着占有欲地压下来，她抱紧秦墨岭，觉得两个人现在才真正结婚。

不知道过去多长时间，房间静下来，什么声音都没了。

秦墨岭把她拢在臂弯，抚着她脊背，抱了抱她。

他抱她的动作很轻，跟他之前的强势形成强烈对比，简杭的心莫名柔软。

她一身汗，秦墨岭也是。

跟一个还不算很熟的人突然这么亲密，说不上来的微妙。

心底的感觉无法言说。

之前是荷尔蒙占据大脑，可以什么都不用想，现在两人都平静下来，尴尬似乎在悄无声息蔓延。

一时还没想好要怎么面对。明明是合法夫妻，搞得像一时昏了头，婚内偷情。

简杭微微偏头，在他怀里闭上眼。

秦墨岭的声音里有丝性感的沙哑：“洗过澡再睡？”

简杭遂又睁眼：“你先洗吧。”

两人还没到一起洗澡的程度。

秦墨岭抽出胳膊，从她身旁起来。

两人这才彻底分开。

他拉过被子，盖在她身上。

秦墨岭去了浴室，简杭身边有点空，心里也有点。

和秦墨岭亲密的那些画面直往脑海里扑，身心都不太适应突如其来的关系转变。

她冷静自持又有棱角的一个人，到了他那里，软得不像样。

直到秦墨岭冲过澡出来，简杭才回神。

秦墨岭找到她的浴袍，放她旁边："洗过再睡。"

简杭撑着起床，裹上浴袍去洗澡。秦墨岭换了新的床单，整理好被子。

今晚两人都睡床上，各占床的一边。

简杭觉得这样挺好，两人要是靠在一起才睡不好。

关了灯。

房间里静到能听到对方的呼吸声。

秦墨岭偏头看她："后天回国。"

"不是说明天？"

"改签了。"他临时让高秘书改签机票，"我订了明晚的餐位。"

简杭面朝他："就为了吃顿饭？"

秦墨岭："嗯，四月份欠你的饭，明晚补上。"关于昨天她跟谈沨去吃饭，他白忙活一场的事，他只字未提。

简杭提前告知："我不能喝酒。"

"没事，我喝酒，你喝白开水。"秦墨岭问，"苏城那个项目，什么时候结束？"

"还早。"最快也得年底。如果不顺利，明年四五月份也不见得能收尾。

简杭这段时间一直在考虑辞职转行的事，她需要一个很长的假期调理身体。

钱重要，命更重要。只是转行去哪儿，她还在斟酌。她想找个高一点的平台，挑战一下自己，以后往总裁的目标努力。

次日，简杭睡到快中午才起来。

有时差的原因，最大的原因是她太累。

昨天夜里，两人已经躺下来，灯也关了，后来秦墨岭又要了一次。

傍晚出门前，简杭换上收腰长裙，快速化了一个淡妆。

她只要不穿黑色，不用冷淡的眼神看人，身上就会隐隐透着几分柔美的气质。

这是秦墨岭的感觉。

见她收拾妥帖从浴室出来，秦墨岭站起来，她的手表在床头柜上，他走过去拿起来。

简杭伸手，问他拿手表。秦墨岭没给，把手表戴她手腕，轻轻扣上表扣。

简杭受宠若惊。

秦墨岭忽略她惊讶的眼神，给餐厅老板打电话，说五分钟后过去。

简杭了解了一下这家餐厅，老板的厨艺在小镇上颇有名气，不少游客慕名而来。

餐厅不大，只有八张餐桌。

秦墨岭订的是露天餐位，视野开阔，眼前是大片海景和半个小镇。

弯月当空，海风难得温柔，不远处还有小提琴演奏。

简杭手托腮，沉浸在悠扬的琴声里。

第一道菜老板亲自送上来，倒不是老板闲得慌，他是好奇能让秦墨岭大费周章空运食材的女人到底长什么样。

亲自上菜也是给秦墨岭一个面子。

老板先跟秦墨岭问好，简杭从他们对话里听出，眼前这位穿着厨师服面带笑容的中年男人是老板。

秦墨岭简单给他们做了一个介绍。

老板起初不确定简杭能不能用英文无障碍沟通，便没提空运食材这事，交流几句后，简杭地道的发音让他打消了顾虑，他来了兴致，介绍起桌上这道菜的食材用料，分别是从三个国家当天空运过来的。

这还只是其中一道菜，就要用到从三个国家进口的食材。简杭说："必须得推荐给我朋友过来品尝。"

老板连连说不："我们餐厅做不到当天从国外空运最新鲜的食材过来，这是你丈夫的功劳。"老板还要回厨房忙，祝他们用餐愉快后便离开。

简杭从小到大吃过最新鲜的菜，就是爷爷奶奶从郊区亲戚家菜园子里带回来的生菜，洗干净裹在煎饼果子里给她吃。

无污染，纯绿色。

今天又享受了一回原生态食材。

简杭品尝了一口，不知道是因为老板厨艺好，还是食材新鲜，这顿大餐堪称饕餮盛宴。

他们吃了快两个钟头，每道菜都对她的口味。

有了实质性关系，他们的话比之前更少了。

简杭想到亲密时的种种，又觉得现在沉默也不错，至少不说话就不会尴尬。

小提琴演奏持续，曲子不间断，不聊天也不会沉闷。

简杭用白开水和他碰杯："和你的厨艺差不多。"

秦墨岭看她几秒，他的厨艺怎么可能赶上这家餐厅的大厨。她那么说，是想吃他做的菜。

他承诺："等回家给你做。"

简杭今天接二连三地收到来自秦墨岭的惊喜，有种不真实感。现在关系不一样，他主动又愿意做的事，她不会拒绝。

简杭用水杯再次碰他的酒杯，什么都没说。

秦墨岭懂她什么意思，感谢他给她做饭。

他捏起高脚杯，微微抬起下颌，啜了一口。喝酒时，他一直看她，视线一刻没离开。

简杭托腮，看墨蓝的海，看白色桌布，看桌上花瓶里的玫瑰花，看远处的小提琴演奏者。

就是没和他对视。

她知道秦墨岭在看她。

在床上时，他就喜欢无声看她。

服务员撤走餐盘，送来茶，又在桌上放了两个插满鲜花的花瓶。

简杭端坐了一会儿，轻轻伸腿放松。

忽而她看向秦墨岭，秦墨岭也看过来。

她刚才伸腿时，他跟她一样，现在两人的小腿挨在一起。

秦墨岭没缩回去，她也就没动。

两人昨晚都抱了那么久，现在再刻意保持距离，既矫情又没必要。

隔着裙子和西裤的布料，其实根本感觉不到对方的体温，但秦墨岭还是后悔贴在一块，他又有了感觉。

只是这个时候再把腿收回来，她会多想，以为他排斥跟她这样。

“要不要逛纪念品店？”他想办法离开餐厅。

简杭不打算逛：“不去了，我这是第二次来。”该买的上次都买过，纪念品实在不用重复买。景色美，她还没待够：“再听几首曲子。”

秦墨岭放下酒杯：“我去洗手间，马上回来。”

简杭转头，目送他背影进了餐厅里。

对面座位突然空下来，爱琴海、鲜花、小提琴演奏，都不如之前有意思。

他说马上回来，便很快回来，没让她久等。

秦墨岭没坐下来，靠在一旁的矮隔墙上看海。

简杭仰头：“回去？”

“你不是还要听几首小提琴曲？”秦墨岭不确定是不是因为他刚才离开，她有点不高兴，示意她站到他旁边，“过来，这边站着看海，景色更好。”

简杭：“应该没有我们酒店露台看海的角度好。”

“那回酒店。”秦墨岭让她稍等，他去致谢餐厅老板。

服务员过来告诉简杭：“女士，我们餐厅赠送鲜花，可以拿几朵回去。”

“谢谢。”简杭从花瓶里抽了两朵。

秦墨岭和老板道过别，从餐厅出来就看到简杭手里的玫瑰：“怎么不多拿几朵？”

简杭不好意思多拿：“两朵就够了。”

“我和老板认识，多拿几朵没事。”他几步走到餐桌前，把每种颜色的花都拿了两朵。

简杭的包上有丝巾，昨天被用来铺在茶几上给他垫手表。

秦墨岭解下丝巾，拿过简杭手里的那两朵玫瑰，用丝巾简单扎了一个花束，扎好给她。今晚桌上的鲜花是他让老板帮忙买的，领证时欠她一束花，今天补上。

时隔三个多月，如果直接说是弥补她，她就算收下，也少了几分兴致，不如以餐厅的名义送几朵给她。

从餐厅出来，两人并肩回酒店。

路上人多，他们不说话也不会显得尴尬。

可是回到房间，只有他们两个人，沉默、尴尬，还有暧昧和旖旎，混乱在一起。

在他们出去吃饭时，酒店人员将他们房间整理过，床上又铺满了玫瑰花瓣。

简杭脱下长裙，换了睡裙。

秦墨岭倒了一杯温水，刚喝两口，问她："喝不喝水？"

简杭不渴，但他打破了沉默，她得把话题续上，不能冷场："喝点，正好渴了。"她以为他会帮她倒一杯。

秦墨岭把手里的水杯给她，将他喝过的那侧杯沿转到她嘴边。

简杭没让他喂水，她接过水杯，自己喝。

玻璃杯上隐隐能看到秦墨岭喝水时留下的唇印，简杭微微启唇，覆盖了他的唇印。她不渴，做样子抿了一口。

喝水能延长不用说话的时间，她尽量慢条斯理。

咽下水，简杭正要喝第二口，眼前一暗，秦墨岭的吻压下来，抢在她含住杯沿前，封住她嘴唇。

他抽走她手里的水杯。

旁边有柜子，秦墨岭顺手搁在上面。

简杭抬手，从他腋下穿过，环上他后背，抱紧。

他吻得比昨晚深。

简杭十指不由得绷紧，指尖掐进他后背。

秦墨岭的衬衫被掐皱。

玻璃杯被撞倒，从边柜上滚下去，那件雾霾蓝的睡裙布料滑，也从边柜滑到地板上，杯子里的温水淌出来，都淌在了睡裙上。

简杭被秦墨岭抱在怀里，他亲着她，往床边走。

她一直以为秦墨岭清心寡欲，直到昨晚和今天。

平复下来，秦墨岭放开她，起身把那件湿透的睡裙捡起来，拿着去了浴室。

洗过澡，简杭穿了长袖浴袍。

秦墨岭占了沙发和茶几加班，她吹干头发上床看手机。

公司里的人知道她来拍婚纱照，没好意思多打扰她，连发给她的邮件都比平时少了一半。

处理完邮件，她无事做，登录游戏。

秦墨岭一抬头，就扫到她的手机横屏。

他拔掉电源，拿着笔记本电脑去床上。他从不在床上办公，今天破天荒。

简杭正在游戏里厮杀，余光瞄到一道黑影逼近，她以为秦墨岭忙完，要准备睡觉。

两分钟过去，他人没躺下来。

她抽空瞥身旁一眼，他正在全神贯注地看电脑。

来不及想他怎么在床上看电脑，收回视线，她专注游戏。

第一把她赢了所有战队，带着队友拿了第一名。

只是第二把刚开始，晕车的那种感觉又来了。

简杭没法盯着屏幕，只能靠运气往前冲，被对方不费吹灰之力干掉。

头晕得难受，她扔掉手机，趴在枕头上。

秦墨岭侧眸，要是秦醒这样，他直接就能踹上去，明知自己晕3D，还不死心，非要硬撑着玩。

看她这样，他又狠不下心，问她："喝不喝水？"

简杭摇了摇头："趴一会儿就没事了。"

秦墨岭无语："难受还非得玩？"

"我不甘心。"

"……"

简杭缓了缓，侧趴在自己胳膊上："打个比方，你突然有一天晕车，顶多开半小时就受不了，你车库里又有那么多豪车，你说你甘心吗？"

秦墨岭："……"竟无话可说。

他没反驳，应该稍微能感同身受她现在的心情。思及此，简杭把枕头往他那边拖了拖，人也跟着挪过去。

"你可能对游戏有误解和偏见。"

秦墨岭没听清她说什么，关注点在他们之间的距离上。

他们现在离这么近，似乎自然而然。

简杭继续："玩车和玩游戏其实一个性质……"

秦墨岭打断她："我对游戏不感兴趣。"

简杭想收个徒的希望彻底破灭，总不能强迫他打，她把枕头又扔回去，人还没挪过去，胳膊上一沉，秦墨岭抓着她的胳膊将她拉回来，不让她躺回自己那侧。

他把笔记本电脑放床头柜上，关灯。

简杭在他怀里转身，刚才那次，她已经够累了。

秦墨岭知道她累，没再来，他牵着她一只手放在自己身上。

简杭的眼睛已经适应了房间的昏暗，露台的落地灯还亮着，远远照着屋内，能看清楚彼此的眼。

一开始，手指无处安放，感觉烫人。

可秦墨岭又不许她的手离开。

他另一只手垫在她脑后，托着她后脑勺，不准她把脸歪过去。

简杭只好跟他对望，被他看进眼底。

看着对方，那种感觉袭来的时候，更汹涌。

把简杭也给淹没了。

安静片刻。

他们现在有了身体交流，语言交流却少得可怜。

人心很贪，跟他做过，又希望能在正常时间里，他能给她拥抱亲吻，而不单单在那种时候。

翌日下午，他们坐上返程的航班。

两人和来时差不多，没有闲话聊。

秦墨岭向空姐要了一杯热水给她。

简杭拿出笔记本电脑，打开新文档。

半天过去，她只敲了三个字：辞职信。脑袋空白，不知道要怎么写。

从大学实习开始，今年是她在尹林的第九年。

当初没有尹林给的机会，没有庞老板的栽培，可能就没有她今天的成就。

那次在病房，冯麦问她，尹林有什么值得她留恋。

很多。

多到她自己也不知道从哪里说起。

到底要不要辞职，她纠结了很长一段时间。也一遍遍权衡，该不该离开尹林。

如果不是身体出了问题，她可能还会再多待两年。

要是继续留在尹林，她晋升基本没什么希望了。现在她已经是分公司负责人，再升就要回总部。

她当初选择回国，就是考虑父母，考虑爷爷奶奶年纪大了，想回来多陪陪他们。十五岁就去了国外，离开他们太长时间了。

如今她又跟秦墨岭结婚，牵挂又多了一层。异地夫妻都不容易，更别说异国。时间久了，肯定是以离婚收场。

再过两年，她的职业生涯也面临瓶颈。

如果选择舒适躺平，她就不需要再怎么努力，凭她的能力，就算原地踏步，也会过得很不错。

但她又不甘心。她总觉得，自己还能爬得更高一点，而不是止步于此。

在苏城时，谈沨问她，有没有想过转行。

这段时间她也认真想了想，转行是个挑战，但也是机遇。她想到韩双，韩双做到了集团总裁，做到那个职位，不仅仅得有家世，还得有相匹配的能力。

她于是想，说不定自己哪天也能拼到哪个集团首席执行官的位子。

对着屏幕又走神十几分钟，简杭开始专心写辞职信，这封辞职信是写给庞老板的。

写了快两小时，其实也没多少字。

中间删删写写，改了好几次，最终也写不出多煽情的辞职信。

保存文档，简杭关了电脑。

等万悦的并购项目结束，她就能交接手上的工作。

飞机落地，简杭第一件事就是把辞职信发到庞老板的邮箱。她不再给自己任何犹豫的机会。

秦墨岭问：“回公司还是回家？”

简杭不假思索：“去公司。”她又问：“你呢？”

“公司。”秦墨岭本来是想直接回别墅，既然她去公司，他也打算回乐檬。

秦墨岭的司机来接机，先把简杭送到尹林资本。

车停在大厦楼下，简杭推车门下去。

秦墨岭降下车窗：“简杭。”

简杭刚走了两步，转身。

他问："晚上回不回去吃饭？"

他从未关心过她回不回家吃饭，今天这么问，应该是他也回去吃。简杭还有不少工作要忙，她决定带回家加班："回去吃。"

秦墨岭点点头，升起车窗，司机发动车子。

简杭到了公司，同事纷纷过来祝贺。

去苏城出差的几个人也都回来，林骁最关心的是："老大，什么时候休婚假？你那么辛苦，到时多休几天。"

"快了。"不是休婚假，是离职后，休一个很长的假期。

简杭道："你们准备一下，半小时后开会，汇报一下你们这几天的工作进度。"

林骁："……"心里叹气。

简杭去拍婚纱照这几天，是他最快活的几天，没人管没人问。她一回来，他就进入了地狱模式。也不知道她什么时候升职，等她调走，他要买最好看的烟花放。

可能是因为很快要离开尹林，简杭连开会时间都分外珍惜。一个小时的会议时间，林骁是一分钟一分钟好不容易熬过去的，简杭却感叹这么快就散会了。

下班回去的路上，简杭一路都在想，等她离职，总部会派谁过来接手她的工作，是从总部管理层里任命，还是再挖个合适的人过来。

不过，无论是谁来，林骁的好日子也到头了。没人会像她一样，耐着性子事无巨细地教他。

她回到家，耿姨在准备晚饭，快两个月不见，耿姨还像以前那样熟稔："行李箱都放你们房间了，你先上楼休息，一会儿我把水果给你送上去。"

简杭回卧室，她的行李箱立在床头，刚才耿姨说，行李箱放到他们房间了，原来是把她跟秦墨岭的箱子放到各自房间。

她目光扫过床头柜，忽而一顿，上面有个手办，是她最喜欢的一个游戏角色。

这个手办她当初没抢到，没想到秦墨岭弥补了她的遗憾。

简杭问秦墨岭：你什么时候买的手办？

秦墨岭很快回过来：你刚去苏城没多久。

简杭猜测，他应该是因为自己去了钟妍月的生日宴，没跟她一起吃饭，觉得过意不去，买了手办来给她道歉。

看到这个手办，她更放不下她的游戏号。

盯着手办欣赏片刻，简杭把行李箱提到衣帽间整理。

在伊亚小镇的后两天，她跟秦墨岭都是同床睡，不觉中已经习惯。不知道今晚怎么住。

秦墨岭还在公司，事业四部的事耽误了他下班时间。

六月，饮料销售旺季，四部的所有产品，销售平平。

他们市场部和销售部的矛盾越来越尖锐，就在下午，四部市场总监周义和销售总监郑炎柬，直接在会上争执起来。

会议室其他人都不敢吱声，后来惊动了秦墨岭。

秦墨岭分别找两人谈了谈，暂时平息怒火。

周义有背景，家里是乐檬的股东之一。今年三十岁，能力还行，但在市场总监这个位子上，现有能力不足以服众。

而郑炎柬，三十二岁，去年就升任销售总监，个人能力和执行力有目共睹，不过性格倨傲，难管。

就连已经离职的前事业四部总裁郁鸣，那么有手段一个人，对他们俩都无可奈何。

处理完两人的矛盾，秦墨岭准备回家。

郑炎柬走到办公室门口，又转头问："秦总，我们部总裁还没任命？"他知道，这个总裁不可能是他，更不可能是周义。

秦墨岭："没。"

郑炎柬点点头："秦总您忙。"

到了秦墨岭办公室外面，他松松领带。以前他尽管跟周义意见不合，不会闹到台面上，今天算是和周义彻底撕破脸。

不管谁来四部，这个烂摊子也难收拾。

高秘书迎面走来，两人打个招呼，错身过去。

周义和郑炎柬激烈争执的事，她听说了。这两人天生气场不合，年纪差不多，长得又帅气，总是被大家放到一起比。谁也不服谁。

高秘书收到了旗舰店送来的手表，过来向秦墨岭汇报。

不知道为何，老板又给秦醒买了一块手表。

手表是给秦醒的补偿，这块手表比之前那块还贵，一个手办换两块手表。

以后就算秦醒知道了手办被他送给简杭，也没脾气。

秦墨岭交代高秘书："这块表等秦醒生日那天再送过去。"

别墅里，简杭正在收拾行李箱，庞林斌的电话打进来。

应该看到了她的辞职信，简杭接听。

庞林斌的语气里尽显纠结："你的辞职报告我看了。说实话，我不想批。"

说着，他无奈笑笑。天下无不散的宴席，人往高处走，他都懂。尹林的高层，每年都有变动，他习以为常，但简杭不一样。

简杭是他一手培养出来的得力帮手，将任何事交给简杭，他从来没担心过。不管事情多困难，简杭都会克服，将事情办妥，办得让所有人满意。

简杭的性格和他有点像，不服输，不认输，有本事你就把我踩死，踩不死，我还是会站起来。

他对自己儿子倾注的心血，都没有对简杭的多。

当然，简杭对得起他的栽培，她以数百倍的利益，回报给了他。

简杭不欠他，不欠尹林。

简杭跟他一样，还有野心，不会满足现状。

"知道你跟秦墨岭领证时，我就预感，尹林留不住你了。没想到这么快。"

他了解简杭，以她的性子，嫁给秦墨岭，她不会甘心仰视秦家，仰视秦墨岭，做不到俯视秦墨岭，那至少，她要争取跟秦墨岭平视。而一直留在尹林，她就没机会跟秦墨岭平视。

简杭没插话，静静地听庞林斌一个人说。其实她也没话要说，想说的，都写在了那封辞职信里。

煽情的场面话，她和庞林斌都不需要。

她对庞林斌一直心存感激，从不谙世事到如今坐到尹林董事总经理这个位子，离不开他的栽培和信任。

庞林斌亲手带出来的人不多，她很幸运，是其中一个。也因为这事，在公司里，她跟庞林斌的绯闻就没断过。

关于辞职，他们只聊了几句，庞林斌道："已经批了你的请辞报告，在找到合适的人接手你工作前，还得再辛苦你几个月。"

简杭暗暗呼口气，辞职被批，她没有如释重负。从大学实习到今年，在尹林九年，怎么可能对公司没感情。

"不辛苦，应该的。"她和庞林斌都不喜欢拖泥带水，通话结束。

挂了电话，简杭又回想起，庞林斌说找合适的人接手她工作，那就是说，不从公司现在的高管里任命，要去挖人。

至于挖谁来，不是她操心的事。

“小杭。”耿姨在门外喊她。

简杭回神：“阿姨，什么事？”

耿姨道：“墨岭回来了，十分钟后开饭。”

“好。”简杭加速收拾箱子，箱子里零碎东西多，十分钟也没收拾好，她放在一边，先下楼吃饭。

秦墨岭坐在餐桌前，正等她。

听到楼梯有脚步声，他转头看过去。

不知道是不是简杭的错觉，自从两人亲密过后，秦墨岭看她不再掩饰，目光直接又透着无法言喻的欲念。

他每次这么看她，她就想到两人在床上时，他也是这样的眼神，还必须让她也看他。

他们这样互看，落在耿姨眼里，那就是小两口的感情好。

还是得经常出去，旅游最培养感情，耿姨这么想。

在餐厅影响他们独处，她快步回厨房。

简杭洗过手去餐厅，夕阳还没落下去。

这是进入职场以来，下班最早的一回，托离职的福。

她在秦墨岭对面坐下，桌上摆了一盘寿司，寿司的造型和上面的点缀都独一无二，是国内最有名的一家寿司店里的寿司，只有一个大厨做得出来。想要吃到，得提前一个月预约。

“你喜欢吃寿司？”简杭不确定是不是他特意买给她的，于是问出来。

秦墨岭：“一般，谈不上喜欢。”

他很少吃寿司，去苏城出差之前，她打包过SZ的寿司回来吃，他想到有个大厨做寿司很有名，便预约了一份。

“给你买的。”

这份贴心，谁能抗拒？简杭这么理智冷静的人，都不能免俗。

秦墨岭把寿司放到她面前：“今晚不用加班？”

简杭道：“加班，一个小时差不多能忙完。”庞林斌已经批了她的辞职报告，很多重要的邮件，都不会再发给她。工作量锐减。

礼尚往来，她也问他一句：“你呢？”

“不忙。”秦墨岭将手机放一边。

各自拿筷子吃饭。

餐厅只有他们俩，不用顾及用餐礼仪，秦墨岭伸腿。

他腿长，微微伸了下，便能贴到简杭的小腿。

两人在国外时这么贴过，简杭不排斥桌下这样的暧昧动作。

她在吃寿司，头也没抬，全然不动声色。

之前在国外，他中途离开去洗手间，没能多陪她一会儿，今天在自己家，秦墨岭不用担心有了反应怎么办。

等他们吃完，耿姨撤掉餐盘，给他们端来饭后水果。

简杭拿了一块西瓜吃，秦墨岭没吃，打开手机看，陪她吃水果。

这期间，他们的腿一刻不曾分开。

简杭轻轻脱了一只凉拖，赤脚踩在他的脚背上。

秦墨岭抬眸看她，简杭若无其事地咬西瓜。

他什么也没说，让她踩着，他低头接着看手机。

搁在以前，两人吃完就回自己房间去，今晚谁都没走。

简杭吃完一块西瓜，秦墨岭没有要回房间的意思，她也不着急上楼加班，刷手机打发时间。

顺手刷了刷今天的热搜榜，不感兴趣的话题她直接划拉上去，看到一个跟乐檬代言人有关的话题。

乐檬产品多，代言人也多，谈莫行是乐檬的代言人之一，他代言的是事业一部的产品。

“乐檬跟谈莫行的代言到期后，还续签吗？”她问。

秦墨岭听到这句话的第一反应，谈莫行是谈沨家的亲戚，不然她不会关心一个代言人续不续约。乐檬不是只有谈莫行一个代言人，没见她关心过其他代言人。

他淡淡道：“不知道。”

的确不知道，下面还没人汇报这事。

简杭点进话题，谈莫行在拍戏片场，喝的也是乐檬旗下的产品。

他的路人缘很好，连耿姨都是他的粉丝，上次他主演的爱情电影上映，耿姨还专门请假去影院支持。

“他今天上热搜了，粉丝说他是乐檬移动的广告牌。”

秦墨岭眼皮没抬一下，敷衍地“嗯”了一声。

简杭翻看了不少评论，有评论说，谈莫行跟乐檬的合同到期后，可能不续约，还说乐檬找了新的代言人。

“如果事业一部不打算跟谈莫行续约，我觉得四部的汽水饮料可以找他代言，他更适合四部的产品。今年四部的汽水饮料，销量好像一般，换个代言人试试。”

她话音落下，餐厅气氛陷入沉默。

秦墨岭没接话。

“我只是说说我个人的看法，不是要插手你公司的事。”

她和秦墨岭的相处，或许更适合沉默。聊天反倒会引起不必要的矛盾和误会。

简杭抬脚，从他脚背上拿下来，穿好凉拖。

秦墨岭的脚背上突然空荡，没了温度，他看过去，简杭已经站起来。

“刚才在想别的事。”他解释为何没接她的话。

气氛被破坏，简杭不打算再多待，没应他的话，说道：“我还要加班。”

她回楼上，留秦墨岭一个人在餐厅。

两分钟前还好好的，莫名其妙就有了矛盾。

秦墨岭没心情看手机了，锁屏，把手机丢桌上。

简杭回到卧室，打算好好泡个澡。

她带来的精油用光了，在浴室里没找到其他精油，耿姨给她准备了各品牌的洗护用品，唯独没有精油。

“咚咚——”

刚开始，简杭以为自己听错了，她走出浴室，敲门声还在继续。

“简杭？”秦墨岭在门外喊她。

简杭走到门口：“什么事？”

她声音很淡，有距离感，秦墨岭听得出。

他不喜欢隔着门讲话：“你开门。”

简杭没开：“有什么话，你直接说，我能听见。”

秦墨岭不知道这算不算吵架，如果算，他会道歉。

他点开手机，确定了一下实时热搜榜：“你关心的那个热搜刚才是第

22 位，状态是‘新’，现在升到第 2 位，后面有个紫色的‘爆’。”

简杭：“……”

她突然失笑。不知道是被他气笑，还是觉得好笑。

“嗯，知道了。”

她像他刚才那样，敷衍了他一句。

秦墨岭始终没等到门打开来：“忙完早点睡觉。”

隔了半分钟，简杭听到他的脚步声渐远。

她没时间生气，也不喜欢跟谁置气，找出睡衣去洗澡。没有精油，她只好淋浴。从浴室出来是半小时后，涂过水乳，她又把头发吹干。

时间还早，简杭不困，游戏又没法玩，打开电脑整理交接资料。

刚进入工作状态，卧室的门又被敲响。

“简杭，开门。”秦墨岭又来敲门。

不知道是不是那条热搜又上升了一位，他专门过来告诉她。

简杭穿着睡衣，开门前找了一件外套罩身上。她跟秦墨岭如果没有刚才那点小摩擦，她即使穿着又薄又透的睡衣，也会直接开门。

现在不行。

门打开，秦墨岭立在门口，他旁边是一个行李箱。

秦墨岭不确定简杭还生不生气：“我把箱子先送过来。”如果她还没消气，他人再缓一缓搬进来。

简杭看看他，又看看箱子，他都主动搬进来了，她肯定不会给他脸色看。

她什么都没说，但也没关门，转身回去，留门给他。

秦墨岭提着箱子进来，直接关门，反锁。

把箱子拎到衣帽间，他边从衣帽间往出走边解手表，右边床头柜上放了她的手机和几本书，他脱下手表放在左边那个床头柜上。

刚放下，秦墨岭又把手表拾起来，不知道她消没消气。他住进来了，手表放在哪儿，是个可聊的话题。简杭正在工作台前，他走过去。

简杭杯子里的水喝光了，站起来，拿着杯子要去倒水，秦墨岭挡在她身前，单手环住她的腰，没让她走，递给她手表：“是我不对。”

这是他第三次还是第四次给她道歉，简杭没细数。

之前道歉都是说很抱歉，这次直接说，是他不对。看上去都是道歉，直观感受却不一样。

他的手臂环住她的腰，没用力，跟他那声“是我不对”一样温和。

简杭看他递来的那块表，之前在国外，他拿表试探她的态度。

今天，他又拿表来和好。

在领证前，她从来没奢望他能在婚姻里放低姿态，毕竟相亲时有过不愉快。

如果第一次相亲，她没放他鸽子，不知道他们现在会是什么相处模式。

简杭从他手里接过手表，把这段小摩擦给翻篇。

秦墨岭另一只手绕到她后背，很轻地抱抱她：“谢谢。”

他道歉，他递手表，他手臂箍在她腰间，都不如这轻轻的一个拥抱，对简杭有杀伤力。

就在这一刻，简杭被蛊惑，心想，如果以后再有矛盾，他不用道歉，像这样一个拥抱，她就原谅他。

秦墨岭松开她，去整理刚刚提进来的箱子。

简杭的理智又瞬间回来，瞥他一眼，改变想法，如果再有矛盾，这么短一个拥抱，肯定不行，还是让他道歉吧。

她要去倒水，把他的手表放在他那侧床头柜上。

衣帽间里，秦墨岭打开箱子，他刚才只是象征性地收拾了几套衣服过来，其他衣物明天有空慢慢搬。

他将自己的衬衫挂在简杭那个柜子里。

简杭去拍婚纱照的箱子在吃饭前只收拾了一半，还有不少零碎东西没归置。

他收拾好自己的箱子，顺带把简杭箱子里的东西整理出来，按照她的习惯，整齐地归纳好。

东西整理好，秦墨岭出去。

简杭倒了水回来，正坐在电脑前忙。

他抬手解衬衫纽扣，径直去了浴室。

内嵌冰箱里的几瓶精油，一瓶未动，外包装都还没拆开，还有两个月的保质期。

他关上冰箱，走到浴室门口，对简杭说：“那个牌子的精油，你要不喜欢，让耿姨再给你换。”

简杭抬头，被说蒙了：“什么精油？”

秦墨岭："冰箱里泡澡的精油。"

简杭放下鼠标，走过去："哪有冰箱？"

秦墨岭："……"

在秦墨岭的提示下，简杭才见到冰箱的真颜。

是她孤陋寡闻，不知道现在的冰箱都已经这么精致。她拿出两瓶精油看，一瓶樱花精油，一瓶玫瑰花精油，都是她喜欢的味道。

秦墨岭从她脸上瞧不出她喜欢还是不喜欢："快到保质期，你平常都用什么精油，告诉耿姨。"

"还有两个月到期，能用。"简杭把精油放冰箱，"耿姨应该早就放进去了，是我没注意这里有冰箱。"

秦墨岭道："我放的。忘记跟你说了。"

简杭眼中充满疑惑。

秦墨岭解释："刚搬家时就放了。"除了放手办那晚，平常他从来没私自进来过。

简杭点头，不好往下接话，她干脆沉默。原来一开始他就没想过分房睡，是她自己提出住次卧。

"你洗澡吧。"简杭关上浴室的门离开。

她想起来衣帽间的箱子还没整理完。

推开衣帽间的门，不见衣柜前的箱子。

首饰台上，秦墨岭把她所有物品都整理了出来。

她突然觉得相亲挺不错的，虽然秦墨岭没有给她爱情，但该有的细心和贴心，一样也不少。

简杭准备好明天上班要穿的衣服，坐回电脑前。

今天的工作不多，已经完成了，眼前的资料不是今晚必须看完的，她迫使自己平静下来，沉入资料里。

浴室的门开了，随即有脚步声传来，简杭没抬头。

秦墨岭走到床边，目光定格在自己的手表上。

在酒店那晚，简杭把一条丝巾垫在手表下，以防表磨损，今天她直接把手表往床头柜一放，丝毫不关心表会不会磨。

他转身看一眼简杭，不确定她心里还有没有气。

简杭不知道秦墨岭心里想什么，刚才，他摘下手表时，顺手放在床头柜上，他自己都直接放，简杭以为能随意放，便也放在上面。

秦墨岭又看了眼被简杭不当回事的手表，去书房，拿了褪黑素来，他和简杭这几天的时间混乱，明天还有工作要忙，休息不好，她有晕倒的危险。

“我睡了，你也早点睡。”他关了壁灯。

简杭点点头，道：“我也快忙完了。”她又看了几页资料，关电脑睡觉。

走到床边简杭才看清，秦墨岭不知道什么时候又从衣帽间拿了一床被子。

他平躺着睡，呼吸听上去均匀，应该睡着了。

她床头柜上有一杯水，还有两粒褪黑素，秦墨岭给她准备的。

简杭拿起药放嘴里，喝了几口水，水温正好。

熄灯，简杭平躺下。

房间里冷气足，她伸手，把他的被子往上拉了拉。

秦墨岭没睡着，想按住她的手，把她拉怀里，又忍住了。

简杭一觉睡到天亮，醒来时，身边的人已经起床。

洗漱下楼，秦墨岭也不在餐厅。

耿姨见她下来，笑着问好，急忙替秦墨岭表功：“今天早饭吃虾仁蒸蛋，墨岭做的，他说今天早上约了人，来不及跟你一起吃饭。”

简杭舀一口蒸蛋吃，还是以前那个味。

简杭辞职的消息，尹林内部只有高层知道，暂时还没在分公司传开。

不过冯麦消息灵通，知道了这事。

冯麦一刻没耽误，确认消息无误后，先去父亲办公室坐了半小时，从父亲办公室一出来，她就迫不及待地打电话给简杭，预约见面的时间。

上次见面还是在叶家长辈的寿辰宴上，之后没有任何联系，简杭不知道冯麦又有什么事：“冯总，有何指教？”

“指教不敢。”冯麦语气正常，没有一点揶揄。

“听说你辞职了。”她单刀直入，“来我们宜硕银行，整个资管部归你管。”

冯麦家的公司是宜硕银行的控股股东，而宜硕银行就是高域任职的那家银行，高域是资管部老总。

简杭微笑：“你知不知道你在说什么？”

冯麦：“大清早，我没喝酒，没说胡话。”她知道简杭想问，高域离开资管部后去哪里。

“他马上就要升副行长。”高太太闹简杭办公室那件事，让高域因祸得福。

银行内部因为他太太那个视频，想借此把他搞下来的人不少，那几天高域被内部人匿名举报。

后来银行启动了对高域的调查，发现他还真没有那些乱七八糟的婚外情。所有给客户的人脉和资源，都是为了银行的利益最大化。

能管住自己下半身，在做决策时，往往比常人更加理智冷静，这也是高域在不到四十岁时，在没有任何背景下，就爬到这个位子的原因。

等高域的任命下来，资管部老总的位子需要人接手。

她第一个想到的就是简杭，恰巧，简杭这个时候辞职了。

她向父亲推荐简杭，父亲不考虑，说简杭资历不够，高域都快四十岁才胜任那个位子，简杭多大，董事会不可能答应。

她跟父亲说：爸，简杭可是庞林斌带出来的徒弟，庞林斌都能放心把分公司交给简杭，分公司这两年的业绩，大家有目共睹，还有什么工作是她胜任不了的？那些觉得她不行的人，可能是自己还没到伯乐的火候，也没有伯乐的胸襟，毕竟不是谁都能做伯乐。

后面那句话一说，父亲感觉矛头直指他。不过激将法还真好用，男人嘛，都好面子，她父亲也不例外。

父亲憋了半天，说可以跟简杭见面聊聊，也只是聊聊。

只要聊了，那就有戏。

眼下，只看简杭愿不愿意去跟父亲聊。

再过几天，等业内知道简杭辞职，还不知道有多少人来抢，她必须得手快，不然抢不到简杭。

简杭一个人能干一个团队的活，不是传言。

“电话里说不出清楚，”挖人这种事，得有诚意，冯麦问，“你今天有空吗？”

“今天安排满了。”

“那明天，不能再拖。”

冯麦要求不高：“你中午抽二十分钟给我，不会耽误你太久。”

简杭：“来了你也会失望，我考虑转行。”

“你来不来宜硕，是你的事，但我得争取，争取不到我也没遗憾。”冯麦不给她拒绝的机会，“还不知道你办公室长什么样，正好去讨杯咖啡喝。”

简杭道："你不是不知道我脾气。"

"知道。"冯麦顿了下，说，"所以我想努力一下。"

就这么定下来了，明天中午见面。

挂了电话，冯麦订花。

不管成不成，就当去看看老同学。可能当初还年轻，心高气傲，总想什么都压简杭一头，其实心里也承认简杭是很优秀的。

简杭开始倒计时在尹林所剩不多的工作日，一个没留神，就到了下班时间。

六点钟时，秦墨岭给她发消息：我晚上有应酬。

秦墨岭没有报备行程的习惯，只是因为昨晚有了矛盾，今早又没陪她吃饭，怕她误会他冷战，于是主动跟她说一声。

简杭回复：我今晚在公司加班。

她开始着手整理辞职交接的项目资料，资料多，带回家不方便。

辞职的事，她暂时还没和秦墨岭提。打算等关系缓和，她再跟他说。

不知道秦墨岭对她以后的职业规划有什么建议。他对她少言寡语，想听到他的真心话，估计有点难。

十点一刻，简杭从公司回家。

秦墨岭应酬还没回来，她旁边的停车位空着。

洗过澡，简杭顺手收拾盥洗台，将上面的瓶瓶罐罐，按高矮胖瘦码成整齐的两排。耿姨按她的喜好，买了水培绿植和几束玫瑰花放在浴室。

她又给花花草草换了水。

简杭刚躺床上，秦墨岭回来了。

"怎么还没睡？"他问。

简杭："马上。"她在想辞职的事，想多了，不困。

秦墨岭去洗澡，简杭眯眼睡觉，一直没睡着。

她听到浴室的门开了，听到有脚步声靠近床边，听到他窸窸窣窣弄被子的声音，又听到他的脚步声往衣帽间去。

很快，他又回来。

简杭自始至终也没睁眼。

秦墨岭关了卧室所有的灯，家里不比拍婚纱照时住的情侣酒店，酒店的房间连着观海露台，外面都是灯火，就算关了灯，借着外面的光，还是能看清对方。

家里完全不行，遮光帘全部拉上，只能看到彼此模糊的轮廓。

秦墨岭没到自己那边，等眼睛适应屋里的光线，他走到简杭那侧床沿。

简杭睁眼，他两手撑在她枕边，吻覆下来。

简杭自然而然圈住他脖子，两天的尴尬气氛，终于随着拥抱消散了。

他们是夫妻，没有什么过不去。

“家里没有备。”她提醒他。

具体没有备什么，彼此心知肚明，不用挑开来说。

秦墨岭道：“有。”

搬进来就想过一起住，所有东西他都备了，只是她后来要分开住，还以为今年用不到。东西在床头柜最下面那层抽屉，秦墨岭找出来。

他回到她那边，手撑在她的身侧，安静地看她。

简杭轻轻握着他的手腕，两人什么都没说。

跟那晚一样安静。

秦墨岭扣着她的手，将她锁在怀里，看着她的眼。

光线昏暗，看不清也盯着，秦墨岭低声道：“还气不气了？”

简杭一时间没反应过来：“气什么？”

秦墨岭：“昨天那条热搜。”

“……不气了。”她又道，“没生你的气。”

已经翻篇的事，她不想重提：“过去了。”

秦墨岭轻轻握了握她的手：“是我不对。”

他再次道歉，低头亲她。

秦墨岭手掌托着她的背，手臂用力，将她抱起来。

简杭跟他面对面，两人严丝合缝。

房间静下来时，已经深夜。

简杭打开手机看时间，比她加班时睡得还晚。

嗓子干，她喝了一大杯水。

秦墨岭问她：“水够不够？不够我再去倒。”

“够了。”简杭去了浴室。

冲过澡，心里也平静下来。

简杭没像昨晚那样平躺，今晚侧卧，面向秦墨岭那个方向。

床上只有一条被子，之前她听到窸窸窣窣弄被子的声音，是秦墨岭把被子抱回了衣帽间。

两人的枕头隔着四五十厘米，秦墨岭躺下来，简杭闻不到他身上的气味，但能感觉到他就在旁边。

秦墨岭关灯，和她一样，侧躺下来，两人面对面。

两人同盖一床被子，她把手搁在被子外。

忽地，她手腕上一沉。

秦墨岭也将手放在被子外面，不小心搭在她手腕上。

简杭没把手抽回来，他的手也没拿开。

二十多分钟过去，两人才入睡。

翌日中午，简杭刚吃过午饭，冯麦踩点来拜访。

简杭让前台放行，又让秘书泡咖啡。

冯麦带了一大束鲜花来，打量一圈简杭的办公室，比她想象中小。

她上前几步，把花放在办公桌上。

简杭示意她坐：“你这么客气，我不习惯。”

冯麦笑笑：“多习惯几次就习惯了。”

没时间废话，她直奔主题：“我爸想见见你，跟你聊聊。”

简杭知道冯麦的性格，除了嘴欠，不会在公事上儿戏。

只是宜硕银行不在她考虑范围内，她打算转行，如果只是为换一个工作环境，她没必要离开尹林。

“等有空，我去看望冯叔叔，最近实在忙。”

这是婉拒了。冯麦早有心理准备，如果简杭好挖，她不至于大费周章。

既然简杭不愿跟她父亲面聊，那她得让简杭知道宜硕的诚意。

“宜硕能给你的薪水，比不上尹林，这是宜硕唯一的短板。

“不过我觉得你最看重的应该不是薪资。

“你离职，肯定不是嫌尹林给你的钱少。业内，除了尹林，怕没几家风投机构能开出跟尹林差不多的年薪给你。

“但你还是舍弃了这份高收入的工作。

“你再找下家，你个人的上升空间、这个职位能给你带来的人脉和社会地位，应该是你最在意的。

“你还想多一点休息时间。”

简杭喜欢冯麦一本正经时的样子，她说起人话，很入耳。

“在国内，宜硕银行的实力碾压尹林。

“当然，尹林在全球的知名度，又不是宜硕能比的。不过你以后应该打算在国内长期发展，我们宜硕比尹林适合你。

“你跟高域认识快两年了，他平时的工作量，你应该清楚一二，以你的能力，处理工作花不了多少时间，其余时间都是你自由安排。

“据我了解，一个月内，高域至少有两个双休，剩下的双休，是他自己不想在家看到他老婆，主动去行里加班。

“至于应酬方面，你推不掉的基本没多少，哪天遇到推不掉的应酬，我会安排人给你挡酒，实在不行，我亲自去。

“其他的应酬，完全取决于你。那些人约你都是求你办事，你见或是不见，还不是看心情，不去也没事，直接把事给对方办漂亮，省了对方的招待费，对方对你只有感激之情。

“连你都要维护高域这条人脉，等你上任，就是别人巴结你。”

冯麦一口气说完，端起咖啡喝。

她不指望简杭听完就立马有所动摇，如果真是那样，就不是简杭了。

“我是第一个来挖你的，别人能给的条件，我这边大都能满足，你尽量优先考虑宜硕。”

简杭淡笑：“不是不给你面子，我考虑转行。”

冯麦不接话，简杭一天没决定下家，她就有希望。这事急不来，得给简杭考虑的时间，她看腕表，放下咖啡杯：“不打扰你午休了。”

临走，她弹了弹鲜花上的水珠：“期待能和你共事。”

简杭刚送走冯麦，高域打电话给她。

“高总，有何吩咐？”

“见外。”高域问她方不方便说话。

“您说。”

高域中午有个饭局，刚回宜硕总行。中午跟他一起吃饭的是韩双，席间聊起简杭，韩双委婉地说起，公司缺个能干的人。

话里话外，想让简杭过去。

因为自己太太大闹简杭办公室，高域对简杭一直有愧疚，想着有这么一个机会，他应该替简杭抓住。

“简总，跟你说句掏心窝子的话，就算你嫁给了秦墨岭，什么都不缺，也尽量多为自己做打算。男人，婚姻……有时靠不住，还得靠自己。”

中间停顿两秒，他自损道：“我不就是个例子。”

简杭：“确实。”

高域：“……”他没想到简杭这么不留情面，直接补刀。

“我还只是个普通人，都不怎么靠得住，何况秦墨岭那样的人家，不是说他一定靠不住，还是有备无患。我有韩双的联系方式，她那边缺个副总，一会儿我把她的联系方式发你，你加她，跟她聊聊。”

冯麦都知道了她离职的事，韩双应该也知道了。

简杭轻笑，韩双想让她跳槽过去，还等着她主动找上门。

“不好意思高总，我最近没空。”她连添加韩双联系方式的空都没有。

高域沉默片刻，也不再废话：“行，有空一起吃饭。”

简杭摁断通话，把手机丢在一旁。

韩双要是知道她不愿添加自己的联系方式，估计觉得她不识抬举。

秦墨岭上午有会，散会迟，刚到餐厅。

钟妍月也参加了会议，便跟他一道吃午饭。如果不是有事想打听，她不会选择跟他坐一起吃饭，秦墨岭吃饭时不说话，她觉得压抑，不利消化。

她听说简杭辞职了，又联想到秦墨岭一直将事业四部总裁的位子空在那儿，钟妍月不确定秦墨岭的想法。

“简杭怎么突然从尹林离职？因为高太太那事，她不想待了？”

秦墨岭筷子一顿，抬眸。他不知道什么情况，关于离职，简杭从来没提过半个字。

“你听谁说的？”

钟妍月看到了秦墨岭眼里的错愕，她没想过秦墨岭的错愕是因为不知情，以为秦墨岭惊讶她的消息怎么会这么灵通。

她道：“我认识风投圈几个人，有一个跟尹林高层关系不错。闲聊时就聊到了这事。”简杭离职在尹林算不上机密，高层没刻意隐瞒。

秦墨岭压下所有疑惑和情绪，反问：“有人让你从我这里打听简杭离职后的动向？”

“那倒没有，是我自己好奇。”钟妍月说道，“想挖简杭的风投机构，肯定直接去挖，也不会找我打听，黄花菜都凉了。”

她没提四部总裁一事，提了就是逾越。

秦墨岭没再接话，她也不好多问。

后来聊了几句秦醒的生日派对，月底就是秦醒生日，他每年都提前一周办派对，今年应该也不例外。

秦醒爱热闹，生日派对都很盛大，像过十八岁。

秦墨岭今天没睡午觉，因为吃饭晚时间不宽裕，也不困。

他一直在想简杭离职的事。

他让高秘书来办公室，交代高秘书："查一下谈莫行和谈沨是什么关系。"

"谈……沨？"

高秘书不是很确定是哪个谈沨，有重名的。

秦墨岭："风投圈的谈沨。"

"好，我马上去办。"

她又问："还有别的事吗？"

秦墨岭本来还想让高秘书确认一下，简杭是不是真的从尹林资本离职，话到嘴边又说不出口。他不想让下属知道，他跟简杭关系一般。

"没别的事。"他让秘书去忙。

高秘书离开，秦墨岭打电话给蒋盛和。

有些事，不好跟下属说，但能跟蒋盛和讲。他和简杭的婚姻是什么情况，蒋盛和心里跟明镜似的。

"听说简杭辞职了，你帮我问问。"

蒋盛和："……你老婆辞职，你让我问？"

秦墨岭自嘲："我做人老公很失败。现在可不可以帮忙问了？"

蒋盛和无语："你想知道，直接问简杭本人不就得了？"

秦墨岭要顾及简杭，他在反思，哪个地方做得不到位，让简杭连离职那么大的事，都不乐意跟他提一句。

"她没提。我要是问了，会让她尴尬。"

蒋盛和："行，我这就问。"

秦墨岭其实有很多渠道打听，只不过找蒋盛和更快，一通电话就能解决。

当初简杭因为高太太那事，担心被董事会问责，他给尹林所有董事打了电话解释，其中有两个董事，跟蒋盛和认识。

蒋盛和办事，秦墨岭最放心。

三分钟后，蒋盛和回过来：“确实辞职了，庞林斌也已经同意了。”

秦墨岭沉默须臾：“你那个手办找谁买的？”

蒋盛和差点没跟上他的脑回路：“秦醒还不罢休？”

“不是。给简杭买几个，她也喜欢那款游戏。”

“……”蒋盛和觉得有意思，“之前不是因为她放你鸽子，你都不想结婚？现在居然花心思买手办。”

就是因为之前对她不好，现在想弥补。

秦墨岭道：“婚已经结了，对她好点是应该的，我难不成去对其他女人好？”

是这么个道理，但手办暂时真没有。蒋盛和答应下来，再上线新款，帮忙多抢几个。

毕竟，小时候，他也吃了简杭的一个虾仁蒸饺。

秦墨岭切断通话，靠沙发上闭目养神。

他想到代言人谈莫行，如果谈莫行和谈沨家是亲戚，那乐檬就和谈莫行续约。谈沨在苏城那个并购案上，帮过简杭，这一次谈莫行代言，就当他替简杭还了谈沨的人情。

他不喜欢简杭欠别人的，尤其是欠谈沨。

晚上七点钟，秦墨岭有海外视频会，跟海外事业部沟通乐檬分工厂的相关事宜。

晚上要开会这事，秦墨岭没打算向简杭报备。

但想到昨晚跟她报备了有应酬，如果今晚不说，她说不定会等他吃饭。

六点五十六分，还有几分钟连线。

秦墨岭考虑再三，点开手机：你到家先吃饭，我有会，九点前不一定能到家。

简杭已经快吃完，看到消息：“……”

耿姨说，秦墨岭没打电话回来，那就是不在家吃。

她把最后一口海鲜粥喝完，回他：嗯。给你留夜宵。

秦墨岭问：什么晚饭？

简杭：耿姨做了海鲜粥。

秦墨岭知道她爱吃：多吃点。不用给我留。

今天不用加班，简杭吃过饭，拿出旧资料摆在餐桌上看。庞林斌批了她的请辞报告，除了万悦那个项目，她不再负责新项目。

难得轻松。

九点一刻，秦墨岭到家。

简杭偏头看去，见到他人，心莫名静下来："回来啦！"

"嗯。"秦墨岭拎着文件和笔记本电脑径直走向餐厅。

"要不要吃海鲜粥？"简杭主动问道。

"不饿，吃过了。"

耿姨习惯他们小两口在餐厅加班，备了水果后回自己屋。

秦墨岭没坐对面，拉开简杭旁边的一把餐椅坐下，插上电源，打开笔记本电脑。

两人如今睡同一张床，现在并排坐一起，也不算突兀。

简杭打算等他忙完，跟他说说她离职的事。

她收起资料，拿出手机登录游戏。

秦墨岭看邮件，不时也会看一眼身边的人。这一眼，就看到了她手机上的游戏画面。

"头不晕了？"

"刚打，还没到晕的时候。"

"……"

简杭这把运气好，干掉了所有战队。

秦墨岭问："今天工作忙完了？"

"早忙完了。"简杭借此提起，"我辞职了。董事会收回了审批权限。"原本属于她的工作，由其他人代劳。

秦墨岭看了她几秒，惊讶于，她其实是愿意跟他说这事的。可能那天有小摩擦，她没找到机会。那天她主动说热搜话题，无论出于什么原因，他都不应该沉默以对。

"等离职，休息一段时间，把身体调理好。"秦墨岭不希望她无缝跳槽到另一家公司，她那个工作强度，迟早把身体熬垮。

"嗯。"

忽然间，天旋地转，胃里翻涌。简杭扔了手机，胳膊搭在桌上，趴上去。

秦墨岭无言："知道头晕，就不能不打吗？"

简杭闷闷道："我就这么一点儿爱好。"

秦墨岭放下文件，倒了一杯温水给她。

简杭这次晕得厉害，喝过水，缓了几分钟，胃里还是翻江倒海。

她怀疑，晕 3D 的病情是不是加重了，以后怕是一局都玩不了。

秦墨岭抽走她手里的杯子："转过来。"

"嗯？"简杭没明白他什么意思。

秦墨岭示意她："面对我坐。"

简杭头晕得难受，照做。

秦墨岭半直起身，把椅子往前挪，坐下来后离她更近。

他一只手撑着她脑袋，另一只手落在她后颈，两指找到穴位，重重揉按。按这个穴位能舒缓头疼，至于能不能减轻头晕，他并不确定。但按按，总归会舒服些。

简杭抬了一下头，秦墨岭正看着她，他眼底如潭，深邃沉静。

眼神对视，而后纠缠。

秦墨岭本能地就要低头亲她，简杭并不知道他会亲她，先他半秒，微微垂眸，错开来。

头还晕，简杭不由得蹙眉。

秦墨岭看她难受，不由分说，直接将她脑袋按在他肩头，让她靠在他怀里缓缓。

她跟秦墨岭只有在床上，才会拥抱和亲吻。

两人清醒的时候，没有过这么亲密的动作。

其实按穴位也不管用，但简杭没说，她静静地靠在他肩头。

"还难不难受？"秦墨岭问。

简杭："难受。"

秦墨岭轻拍她的背："抬头。"

简杭猜不准他又要换什么姿势按摩，缓缓从他怀里起身，仰头。

秦墨岭头一低，对准她的唇，温柔地亲了一下。

先亲再斥责："以后要是再一边晕一边玩，没人管你。"

说完，他再次让简杭靠在他怀里，一手压着她的背，一手给她按揉穴位，力道适中。

简杭趴在秦墨岭怀里，倒计时随时可能结束的按摩。

她也明显地感觉到，十几二十分钟按下来，他手劲渐小，手指总有累酸的时候。

知道他累，简杭还是没开口让他停。

秦墨岭松开她后脖颈，右手实在没力气，他两手撑着她脑袋，将她扶起。

简杭以为按摩结束，谁知下一秒，秦墨岭将她的脑袋搁在他另一侧肩膀，换左手继续按。

他始终没问她，头还晕不晕。

她也没告诉他，头晕好多了。

可能有他按揉的功劳，但其实只要不盯着游戏画面，自己也能慢慢恢复。

半个多钟头过去。“简杭。”他低沉的声音从头顶传来。

简杭人舒服了，趴他怀里迷迷糊糊差点睡着。

她微微侧脸，睁眼看他：“什么事？”

秦墨岭垂眸看怀里的人，征求她意见：“今年过生日，给你办个生日派对？”

简杭的生日在八月初，还有一个半月。

比起狂欢，她更喜欢安静一点：“我们两个人简单吃顿饭就行。”

秦墨岭：“不叫上朋友热闹一下？”

“不用。”

没那个习惯，这些年，她每次过生日，忙到连跟家里人吃个饭的时间都没有，甚至有一年的生日正好在长途航班上。

秦墨岭尊重她的意思，又问：“有没有什么特别想要的生日礼物？”

怕她误解，他补充道：“我准备了一份。有没有自己想要的？”给她买两份。

有了实质性的关系，两人也打算好好过日子，简杭便不跟他客气，她点头：“有。”

“什么？”

简杭没说话，直直地看他。

那意思，你知道的。

秦墨岭跟她对视，从她意味深长的眼神里，猜出她想要什么礼物。

如果他没猜错，她还不死心，想让他注册游戏号，学打游戏，等他水平上去，在她头晕只玩了半局的情况下，他接过手机就能顶上去。

他不可能玩游戏。

秦墨岭毫不留情地拒绝：“换个实际点的礼物。”

简杭：“那算了。”没什么其他感兴趣的礼物。

“以后有什么想要的，再跟你说。”夫妻之间，也不是一定要在生日那天送礼物，她是这么认为的。

她想要坐直，刚动了一下，秦墨岭又把她按在他肩窝：“别闹。简杭你都多大了，不让你玩游戏，你还闹情绪了。”

简杭：“……”还真是冤枉。

“我坐累了，换个坐姿。”

身体一直往前倾，坐久了腰酸。

秦墨岭看看她绷直的腰，她坐在自己椅子上趴他怀里，确实累。

他松开她的脖子：“站起来一下。”

简杭不知道他要干吗，依言起身。

她刚离座，秦墨岭长腿一伸，蹬开她的椅子，把她抱他腿上跨坐。

这样的姿势最方便趴他怀里，可这样的姿势也最暧昧。

简杭坐过他怀里，但都是在床上时，那时两人贴得严严实实，彼此中有彼此。

然而现在两人是在餐厅。

在她走神时，秦墨岭又按揉她的后脖颈穴位。

秦墨岭还想着她的生日礼物，肯定是给不了她想要的礼物。

考虑片刻，他道：“有空带你去医院看看。”

“看头晕？”

“嗯。”

看看有没有办法医治好她晕 3D 这个毛病，不然她不得天天不高兴。

他认识神经内科的主任，明天约一下。

简杭对根治晕 3D 这个毛病，没抱太大希望，就像晕车一样，根本就不好根治。

这个话题过去，餐厅内陷入沉默的氛围。

不说话时，两人这个坐姿，要说没点想法，谁信。

秦墨岭低头看她时，没忍住，在她额头亲了一口，低声问：“上楼？”

“嗯。”

上楼要干什么，两人心照不宣。

秦墨岭没管桌上的笔记本电脑和文件，牵着简杭上楼。

他走在前面，她在后。

简杭看他的背影，只是在拍婚纱照时，他这样牵过她。

到了卧室，秦墨岭一手反锁门，一手关灯。

简杭忽然什么都看不见了，扶着墙，往床边走。

刚走两步，被秦墨岭拽回去。

简杭没站稳，后背贴在他怀里。

秦墨岭从身后抱住她，他的怀抱坚实有力。

简杭第一次被他这样抱着，心跳乱了几下，她扭头看他，黑暗里也看不清，秦墨岭低头，亲到她的鼻梁。

吻滚烫。

简杭在他怀里转身，转过来抱他的腰。

在情爱这事上，她跟秦墨岭意外地契合。她喜欢他亲她，他仿佛能感知，只要她抬头，他就给她深吻。

没去床上。

就在床头柜旁边，秦墨岭抱她、亲她、占有她。

一刻不愿放开她。

他强势地占有，温柔地亲。

汗水交融。

第二天，秦墨岭就把给简杭看病这事提上了日程。

他打电话给周院长，周院长是神经内科的专家，那次简杭住院，他就是找周院长安排的病房。

周院长一听是简杭不舒服：“她上次住院好像是低血糖吧？”

“嗯。可能就是那次留下的后遗症。”

“……”

周院长问：“有什么症状？”

晕 3D，不能长时间玩游戏。

秦墨岭说不出口：“具体的，让简杭跟你说。”

周院长下午还有会，五点前能散会：“这样，你五点左右到我办公室，我看看什么情况，再决定做什么检查。”

“好，我准时过去。”

秦墨岭让高秘书把他晚上的应酬推了，他又知会简杭：四点钟我接你去医院，你把工作提前安排好。

高秘书找人查了谈莫行和谈沨，两人只是同姓，没有任何亲戚关系，私下不认识，没有往来。

她汇报给秦墨岭：静等老板指示。

秦墨岭：“他们不认识？”

“嗯。谈沨只在微博上转发过谈莫行的电影宣传片花。”这是两人唯一有的交集。简杭也转发了那条宣传微博。

简杭的微博昵称是“Olivia 是 Olive”，她和谈沨互关。

谈沨关注的人不多，每条动态下只有一两条留言，其中就有“Olivia 是 Olive”的留言。

高秘书知道简杭的英文名是 Olive，再加上跟谈沨微博互动留言的内容，推测出是简杭。

不知道是不是老板看了简杭的微博，看到简杭跟谈沨互动，在吃谈沨的醋。

这种想法冒出来，高秘书被自己吓一跳。她只能假装不知道“Olivia 是 Olive”是谁，也没提这个名称。

秦墨岭几乎没有考虑：“一部要不要跟谈莫行续约，随他们自己。”

既然谈沨和谈莫行没关系，他没必要再插手代言人这事。

至于简杭说，谈莫行适合代言四部的产品，他再权衡。

以四部今年的销量情况，根本请不起谈莫行这样的大牌代言人。简杭并不了解四部现在的真实经营情况——四部一直在亏损。

正在想四部的事，秦三叔的电话进来。

秦三叔之前和秦墨岭的想法一致，四部总裁的人选先等等，但也不能一直拖。

秦三叔说出自己的顾虑：“再拖下去，四部的人会乱想，公司是不是有裁撤四部的想法，才迟迟不任命总裁。”

一旦四部被裁撤，产品线将并到其他部，能留下的员工不多。

四部的人如果都乱想，谁还有心思干活。

秦墨岭看着婚戒："确实有过裁撤的想法。"

"你放心里想想就罢了，万不得已，这一步不能走！到时舆论就能把乐檬给淹死，没人关心你为什么裁撤，媒体只会为了吸引人眼球，说乐檬不行了，开始大规模裁员。竞争对手再从中推波助澜，股价到时能跌停！"

秦三叔劝道："四部人最多，先期投入也最多，裁撤这条路不通。"大量裁员会给投资者释放"乐檬快不行"的信号。

秦墨岭给三叔吃定心丸："所以没裁撤。"

秦三叔想知道侄子的下一步动作，当初侄子开了郁鸣和其他两个高管，让他猝不及防："你有什么打算？"

秦墨岭："再给四部两年时间，能盘活市场，我就继续留着四部。盘不活，收购一家口碑不错的饮料企业，将四部从乐檬分拆出去，跟收购来的公司重组。"

重组后的新公司是赔是赚，和乐檬没直接关系。

秦三叔松口气，侄子的心思终于慢慢回到乐檬。

两年时间，四部也许还有救。

他又关心道："四部总裁，你还没考虑好？"

秦墨岭看着婚戒，刚才他突然想到简杭，如果四部放在简杭手里，她会怎么做。但简杭习惯了风投圈，不可能转行到传统快消行业。

所以他这个设想，无解。

秦墨岭从戒指上收回视线，对着手机说："内部竞聘，谁有本事谁上。"

秦三叔赞同："行，你自己决定。"

挂了电话，秦墨岭让高秘书下发通知，事业四部总裁一位，内部竞聘。

简杭的权限被收回，需要她忙的事情不多，搁在以前，她不一定有时间去看医生。

她不想耽误秦墨岭时间：你告诉我哪个医生，我自己过去。

秦墨岭：四点去接你。

不容商量的语气。

简杭唯一能容忍的强势，就是秦墨岭关心她的时候的强势。

刚要放下手机，邢律师给她打电话，说快到了。

邢律师正在来尹林资本的路上，高太太也在车上，当面给她致歉。

跟高太太那场官司，她赢了。

判决书来得还算及时，在她离职前，她给董事会一个清清楚楚的交代。

简杭在等邢律师时，打开高太太廖咏玫的资料看。

廖咏玫以前是某上市公司的人事副总监，六年前辞职，之后全职在家。

今年是她离开职场的第六年。

廖咏玫离职是照顾她儿子，她儿子随她的性格，很要强，什么都争第一，不知道什么原因，在初二时心理上出了问题。

她跟高域都忙事业，平时疏忽了孩子，廖咏玫为此很自责，后来就辞职专心照料儿子。

那几年里，廖咏玫陪儿子看医生，带儿子到处旅游，不给他任何压力，把所有的精力都放在了儿子身上。

她儿子现在很阳光，去年考上大学，国内 TOP2。

情人节那晚，她还在公寓楼下偶遇了廖咏玫儿子陪女朋友过节。

孩子有了自己的生活，丈夫高升，她自己却脱离了职场，想再找份合心意的工作，很难。

只挂个名拿工资的清闲工作，她自己又看不上。

简杭关掉资料文档，前台打来电话："Olive，你在忙吧？高太太说跟你约好了？"

她听出前台语气紧张，说："没事，让他们进来。"

高太太买了一束花，带着诚意来道歉。

选在上班时间，是想让尹林的人知道，她来道歉。

邢律师不敢保证高太太是不是真的相信简杭没插足，因为人很容易钻牛角尖，哪怕证据就在眼前，偏偏选择视而不见。

于是他亲自陪着过来。万一高太太见到简杭，又情绪激动，他在一旁还能制止打闹发生。

简杭提前泡好咖啡，招呼他们进办公室。

廖咏玫把花给简杭："很抱歉。"

"过去了。"简杭收下花，放在茶水柜上。

她知道邢律师的时间有多宝贵，他可是拿时薪的人。

坐了喝一杯咖啡的工夫，她主动提出："邢律师，您去忙，别耽误您其他案子。"

邢律师的确没时间喝咖啡闲聊，到了门口，他小声问："你应付得来？"

简杭莞尔："敢让她进来，就不怕应付不了。"

"那好，有事电话联系。"邢律师匆忙离去。

送走邢律师，简杭关上办公室的门。

即使没有外人，她还是客气地问廖咏玫："再续一杯咖啡？"

"不了。谢谢。"廖咏玫放下咖啡杯，"没想到你这么大度。"

简杭道："不是大度，是觉得有些人无关紧要。"

这些无关紧要的人就指她这种人。廖咏玫点头："也对。"

当年，她也是有骄傲的呀！也像简杭这么洒脱，不可能干出撒泼撕小三这事。

回神，廖咏玫告辞。

简杭没有区别对待，刚才送邢律师到门口，也将她送到门口。

廖咏玫来道歉的消息，在尹林内部传开来。

简杭没兴趣关注，快四点钟，秦墨岭已经到楼下，打电话让她下去。

今天秦墨岭亲自开车，简杭坐上副驾驶座。

秦墨岭提前让她有心理准备："先想想，见到周伯伯怎么说你的病情。"

简杭听他喊"周伯伯"，那医生肯定跟秦家关系不错，要是让外人知道，她看病是为了多玩游戏，多难为情。

她侧脸："到时你帮我说。"

秦墨岭瞅她一眼："自己说。"

简杭没接话，看着他。

秦墨岭没发动车子，也看她，她不笑的时候，眼睛又锐又冷又深邃。

简杭忽然坐直，解开安全带。

秦墨岭以为她要下车，伸手就要拽住她。

简杭推回他伸过来的那只手，她半直起身，越过中间扶手箱，抱他一下，很轻。她一直想抱他，在卧室以外的地方。

什么也没说，抱完，她坐回去，不看他，低头系安全带。

秦墨岭握着方向盘，喉结轻滚。

简杭系好安全带，这才出声："那谁跟周伯伯说？"

秦墨岭："……"

她这是明知故问。他无奈，却又温声道："我说。"

他发动车子驶离。

简杭见过周院长，在叶家长辈的寿辰宴上，婆婆介绍了不少人给她认识，其中就有周家的几个伯伯。

当时婆婆没细说几个伯伯的职务，她不知道哪个是今天要见的周院长。

见到人，她还有印象。

“周伯伯，”她随着秦墨岭称呼，“给您添麻烦了。”

周院长招呼他们坐，他办公室只有茶叶，给他们泡了两杯。

看病要紧，他没闲扯，问简杭：“跟我说说最近都有什么症状。”

简杭瞄秦墨岭，递个眼神。

秦墨岭已经想好说辞：“盯着电脑时间久了，头晕，犯恶心。”

简杭：“……”不是晕电脑，是晕3D画面！

她悄悄伸手，戳他的腿，本想掐一下，又怕掐疼他。

秦墨岭置之不理，接着道：“昨晚去看3D电影，她看了半小时就没能继续看，撑不住，比晕车还严重。我怕她脑子有什么问题。”

简杭：“……”

最后那句话，应该是他的肺腑之言。

周院长缓缓点头：“不看手机不看电脑，头还晕不晕？”

秦墨岭道：“不晕，没任何症状。”

周院长判断：“应该是晕3D，我遇到过几例病人，晕3D游戏，晕得特厉害，只要不玩游戏就啥事没有。”

简杭：“……”

秦墨岭继续撒谎：“我和简杭都不打游戏，不知道还有晕3D游戏这种毛病。”

简杭瞄他一眼，他泰然自若，从他脸上找不到一丝心虚的痕迹。

秦墨岭关心的是：“简杭住院前不晕，看3D电影也正常，怎么突然就晕了？”

周院长道：“体质下降，过度疲劳，长期盯着电脑和手机，原因很多。上次住院不就是因为晕倒？”

秦墨岭点头，询问：“晕3D游戏的那些人，治好没？”这是他今天来的目的。

“这个因人而异，有的人治了效果不理想，该晕还是晕。”周院长笑说，“晕游戏不用治，晕了正好少玩。”

秦墨岭跟周院长一个想法，奈何身边这位，晕3D游戏跟要她的命一样，有一口气都想玩一局。为了来看病，连抱他这招都使上了。

这个时候，她也不再在乎放低姿态。

“简杭应该也晕3D游戏，只不过她不玩而已。”他话锋一转，“怎么缓解她晕3D的症状？能看完一部电影就行。”

周院长建议：“增强体质，多进行户外运动，少熬夜，别一天到晚坐电脑前。”他知道，他说的这几点，简杭一样都做不到。

他视线又移到简杭身上，语重心长：“小简啊，你身体不怎么样，得多注意休息，别光拼事业，哪天身体垮了，后悔都来不及。”

简杭感激：“谢谢周伯伯。”

又待了十分钟，两人从周院长办公室出来。

周院长没开药，也不用做什么检查。

简杭有点沮丧，心情沉重，像丢了一个大项目。其他人无法感同身受。

她心情不好，秦墨岭觉察到了：“从今晚开始，你十一点前睡觉，早上早起，我陪你打一小时网球，再让耿姨给你食疗，坚持几个月看看。要还是没效果，再吃药。”

从医院出来，秦墨岭接到奶奶的电话，问他晚上忙不忙，让他带简杭回去吃饭。

秦墨岭将手机拿远一点，问简杭：“晚上加不加班？”

简杭摇头。

秦墨岭对着手机道：“我跟简杭现在回去。”

挂了电话，秦老太太心情大好。

她对儿媳妇说：“墨岭和小杭在一块，两人刚下班就在一起，看来处得还不错，要不，晚上跟墨岭把婚礼时间定下来？”

沈静云在看秦墨岭和简杭的婚纱照，下午摄影师打包发过来，每张都是大片，移不开眼。

她点鼠标，往下翻看：“我想等墨岭主动跟我们提。”

秦老太太等不及：“他嘴巴有封条，等他主动提，还不知道要到哪一年。”

她已经打定主意：“等他们过来，我私下探探墨岭口风，他要是还不愿意，那再等等。”

沈静云不想多掺和，又不能不给老太太面子：“行，那您问问墨岭。”

秦老太太又跟着一起看照片，她已经看了好几遍，感觉没有不好看的：“都放进相册里算了，多做几本。”

沈静云没意见：“也行。看他们俩什么意思。”

没用一小时，秦墨岭和简杭的车开进院子。

沈静云将平板锁屏，所有照片她打包发到了秦墨岭的邮箱里，让他们回家慢慢看，两人商量挑入册的照片。

在这儿看过了，再看一遍没惊喜。

简杭抱了两束花进来，一束给婆婆，另一束给奶奶。

沈静云放下鲜花，浅笑着跟简杭说：“我们去楼上试试衣服，我上个月去了时装周，看了几场成衣秀，有几条裙子不错，我做主给你买了，看看喜不喜欢。”

她知道简杭的三围，定制婚纱前，问过简杭。

很快就是秦醒生日，秦醒爱玩，跟谁都是朋友，那天去的人肯定不少。

这种场合，当季礼服，必不可少。

婆媳俩上楼试衣服，客厅里只剩秦墨岭和奶奶。

秦墨岭给奶奶削苹果：“奶奶，谢谢您。”

上次在电话里，他让奶奶多给简杭定做几条裙子，奶奶便放在了心上，让母亲帮忙买。

“没多买，买了几件应急穿。”秦老太太还是那句话，“平时穿的衣服、裙子，你让小杭自己选，我跟你妈妈觉得好看的，她不一定喜欢，一个人一个眼光。”

秦墨岭：“等有空，陪她逛街。”

秦老太太趁热打铁：“你和小杭婚纱照都拍了，不如把婚礼时间定下来。”

她知道孙子逆反，现在她掌握了孙子的心理，以退为进：“我理解，你们是想等熟悉一点再办，我跟你妈妈都支持，小杭父母也说，尊重你们的想法。但你知不知道，外人在背后怎么议论小杭？”

议论了什么，他不知道，但肯定不好听。

“婚礼又不是只能办一场，只要自己高兴，想办几场办几场。你先把家里亲戚朋友应付过去，等你们感情好了，你们邀请朋友，去国外哪个小岛再办一场，到时我们就不去了，你们年轻人自己玩。”

客厅里陷入很长一段时间的沉默。

秦墨岭在沉默中削好苹果，切成方块，递给奶奶叉子。

他终于说话："什么时候办婚礼，你们商量。"

秦老太太松口气："那我和你妈妈明天就去找小杭父母商量。"心情一好，她不禁调侃秦墨岭："就冲你小时候哄骗了简杭的蒸饺吃，你也得多办几场。"

秦墨岭："……"

无言以对。

他望一眼楼梯，还好简杭没下楼。

"奶奶，简杭自己都不记得，您就别提了。"

"好好好。"秦老太太给孙子面子。

沈静云一共给简杭买了四条裙子，两条适合出席正式场合穿，还有两条平时上班都能穿。

每条裙子腰身都卡得正好。身材被完美衬托出来，玲珑有致。

吃过饭，秦老太太催他们回去。

秦墨岭拎着四个购物袋，放到后备厢。他以为母亲至少也会买十件，没想到才四件。

四件才够穿四次。

回别墅的路上，简杭接到庞林斌的电话。

庞林斌那边是上午，临时召开了董事会，刚刚散会。

他直奔主题："已经任命了新的分公司负责人，这两天你就能交接工作，万悦集团那边，我亲自去对接。"

简杭没想到这么快："任命了谁？"

庞林斌卖了一个关子："你认识。"

这话说了等于没说，业内有能力的人，她就算没打过交道，也都听过或是认识。

简杭猜了几个人，都没猜对。

以她对庞林斌的了解，他从来不会浪费时间在这种没意义的猜测上，既然让她猜，一定是她意想不到的人。

她想到了一个人，却又觉得不可能。

"谈沨？"简杭还是说出了这个不可能。

庞林斌笑了，感叹："嗯，挖到他，可不容易。谈沨的任命已经下来，你着手准备和他交接吧。”

“好，谢谢庞董。”

离职时间比预计的时间提前半年，本应该高兴的事，当正式下达通知后，简杭心里怅然若失。

通话结束，秦墨岭问她：“怎么了？”

“谈沨来尹林了。”说话间，简杭已经拨出谈沨的号码。

谈沨知道她为何找他：“庞林斌跟你说了？”

“嗯。”简杭还是不敢置信，“你去尹林接手我的工作，大材小用。人往高处走，哪有像你这样的？”他老东家在全球的实力远超过尹林资本。

谈沨：“你别妄自菲薄，单论能力，我比你强不了多少，只不过比你早踏入这个圈子几年，经验比你多点。”

尹林资本虽然比不上他的老东家，但在投资圈里也是头部机构。

简杭：“我怎么都没想到你会来尹林。”

谈沨自我打趣：“老庞给的钱到位，还有其他承诺。谁还会跟钱过不去。”回国后他照顾父母方便，有得有失。他来接手她的工作，她也能提前离开尹林，再熬下去，她身体撑不住。

简杭离职和谈沨任命的通知，通过内部邮件发送至分公司所有员工的邮箱。

分公司各个小群里小道消息满天飞。

林骁顾不上“水群”，找人帮忙买烟花，女魔头终于走了，他要放上三天三夜庆祝自己解脱，从此获得新生。

烟花搞定后，他挨个群发红包庆祝。反正钱不多，红包像雪花一样纷纷落下。

他林骁，从今天起，终于自由了！

回到家，简杭从冰箱里拿了一瓶冰柠檬水，是今年乐檬推出的新口味。

她马上就能离职，对接的人是谈沨，消息来得太突然，她需要好好消化。

简杭刚拧开柠檬水，饮料瓶被秦墨岭拿走。

“我拧开了。”她还以为秦墨岭要帮忙开瓶盖。

秦墨岭递给她一杯温水：“养胃期间，尽量少喝冰水，酸的也要少喝。”

简杭在这种事上不会任性，接过他给的温水。

秦墨岭心不在焉地转动着手里的饮料瓶，谈沨放弃老东家那么高的职位，去尹林接手简杭的工作，让人匪夷所思。

这就好比他放弃当乐檬的首席执行官，去另一家还不如乐檬的公司当个分公司的负责人。什么原因才值得谈溯做这么大牺牲？

当初简杭住院，谈溯是唯一一个去探望她的异性。谈溯和她父母之间，比他都熟悉。

简杭去苏城出差，谈溯不远千里跑过去。

秦墨岭喝了一口冰柠檬水，他不想再猜来猜去，直接问明白："谈溯喜欢你？"

简杭："……"

她摇头："他有喜欢的人，在感情上受过伤。"

至于经历了什么，谈溯自己没说，她也不好多问。

说到谈溯，秦墨岭试探道："你认识爸妈不少学生？"

简杭想了想："我爸的学生我认识十来个，我妈的学生就认识你和蒋盛和。主要是我妈只带低年级，那些孩子小，毕业后也不会跟一、二年级的班主任有联系。"

"你跟你们小学同学有联系吗？"她问。

秦墨岭："有，不多。"

两人第一次聊天不冷场，可能聊的是他小学时的事，他还主动附和。

简杭心情不错，打开话匣子："你们班那些事我还记得一点儿，我幼儿园放学后就在我妈办公室等着我妈一起回家。

"你们班不听话、扰乱班级纪律的小男生，我妈就单独让他们去办公室写作业。"

秦墨岭侧脸，定定地看她："你还记得他们是谁？"

简杭不记得："印象模糊，想不起来脸长什么样，也不知道他们叫什么。我问我妈，她说她也忘了。"

秦墨岭微微颔首，没吱声。

简杭突然看他："你小时候见没见过我？"

见过。当时他和蒋盛和还有另外几个不听话的同学被留在办公室写作业，他不想写，在那儿逗她玩，她在看英文绘本，他读了几段给她听，还信口开河说 Olive 比 Olivia 好听。

三年级换了班主任，他就没再见过她，也忘了那些事。

直到去年底，母亲说这次相亲对象是他小学班主任的女儿。

他突然就想看看她。

她现在隐约还有小时候的模样。

谁能想到她后来真的改叫 Olive。

秦墨岭道："不记得见没见过。"

简杭毫不怀疑，毕竟二十多年过去，记忆模糊。

不管是相亲时，还是领证后，两家大人都没说他们小时候的事，她和秦墨岭小时候应该没有过交集。

他是学霸，从世界顶尖学府毕业，小学和初中都跳级，小时候肯定不会被老师留在办公室写作业，他没见过她很正常。

关于小时候的事，秦墨岭觉得没必要再提。

一来，简杭不记得了。

二来，他做的那几件事对她来说，不是什么能给人留下好印象的事。尤其是英文名 Olive 没有她原来的 Olivia 好听。

秦墨岭看腕表，快十点半："上楼睡觉。"

简杭放下水杯："不选照片？"

"一个小时选不完，明天再选。"

她今晚因为离职一事，心绪不定，秦墨岭打算等她心情好了再挑照片。

他关灯，走在简杭身后。

简杭想到昨晚，他牵着她上楼。

现在他荷尔蒙正常，一切都是理智的。

十一点钟，简杭准时躺床上，但是不困。

唯一让她感到安慰的是，秦墨岭也睡了。她越来越觉得他稀缺。她最近开始养胃，不喝咖啡，他就陪着她不喝。

她需要早睡，他也不再刷手机。

只是一想到今天去周院长那儿，晕 3D 的毛病没法治，说不上来的失落。

项目丢了，还可以争取下一个来弥补，可游戏不能打了，她生活里唯一的一点儿乐趣，被彻底剥夺。

简杭又翻了一个身，背对着秦墨岭。

怕吵到他，她翻身时小心翼翼。

秦墨岭没睡，她辗转反侧了半小时，他一直都知道。

“简杭。”他低声喊她。

简杭慢慢转过来，今天睡得早，又在想游戏的事，她暂时没有困意：“吵到你了是不是？你睡吧，我不动了。”

秦墨岭猜到她心里不舒服，他伸手：“过来。”

简杭以为他要把欢爱再补上，今晚两人没做。

两人盖一床被子，到他那边也方便，她在被子下挪过去。

秦墨岭让她枕在他胳膊上，另一只手将她圈在怀里，并没有做其他的：“睡吧。”

简杭抬眸看他，只看到他的下巴，还有她曾经亲过的喉结。

在他怀里，她没了焦躁感。

人生第一次因为不能玩游戏而焦躁不安。

还好，知道的人只有秦墨岭。

“以前丢了项目时，也像这样睡不着？”秦墨岭下巴抵着她的发顶，找她说话。

简杭把手搭在他腰上，找舒适的姿势躺好了才回他：“那倒没有，那时太忙，累得没时间去想。”

“所以为了一个游戏，你失眠又难受？”

“……你不懂。”

“是不懂。你说说，怎么才能不失眠。”他尽量替她排遣心里的不快。

知道了他确实不喜欢游戏，也不想打游戏，她不会强人所难。

简杭感觉现在这样挺好，今晚他抱她，不是为了欲。她道：“没事，一会儿就睡着了。”

她在他怀里闭上眼。

什么时候睡着的，简杭不知道。

秦墨岭在她呼吸均匀后，拿手机看，凌晨一点半。

她为了一个游戏，失眠这么长时间。

秦墨岭想把她抱到她那侧枕头上，又怕弄醒她，便一直抱在怀里。只是她这个睡姿，看上去就累。

简杭一点儿也不累，第二天睡到自然醒。

自然醒对她来说，是很奢侈的一件事。

七点半，身边的人已经起床，她躺在他枕头上。

说好了早起打网球，也泡汤了。

秦墨岭一夜没睡好，在去公司的路上，他撑着额角，闭目养神了一阵。

昨晚突然怀里抱着个人睡觉，很不习惯。

他担心自己睡着后顾不上简杭，万一自己直接翻身，把她推到一边去，于是脑子里的那根弦一直紧绷，提醒自己，怀里还有人。

一夜睡过来，像睡着了，又感觉一直都没深睡。

今天的尹林资本分公司，所有人都无心干活。简杭离职，新来的老板是谈沨，哪一个话题都足够劲爆。

Olive 离职去哪儿，新老板好不好相处，成了他们最关心的问题。

简杭等电梯时，遇到林骁，他手里捧着一杯热美式。

整个团队里，只有林骁在夏天喝热美式。要问为什么，他感觉自己生活顺风顺水，有点腻味，需要苦味中和。

“老大，早。”

马上就能摆脱女魔头，他压制住兴奋，像往常那样问好。

简杭点点头：“早。”

林骁抿了一口咖啡：“老大，新老板人怎么样啊？好处吗？”事关他以后上班时的幸福感，他尤为关心。

简杭：“除了我，还有你处不来的人？”

“……哈哈。”林骁尴尬笑笑。

“老大，不是跟你处不来，是我自卑，什么都不会，到你跟前感觉自己跟个废物一样，哪还好意思跟你相处。”他损起自己，毫不留情。

简杭不知道林骁能不能跟谈沨处得来，反正林骁这样的，谈沨最瞧不上。

以为谈沨最快明天来公司，没想到中午，她就接到谈沨电话。谈沨刚下飞机，直接来公司。

下午，谈沨正式上任，她跟谈沨关系不一般，交接不再是流于表面。

简杭把之前经手的项目和注意事项，事无巨细地列给他。

“苏城那个项目，比我想象中复杂，接下来几周我细细跟你聊，到时能想到的都给你说。”

“好。这段时间辛苦你了。”

“你这么说可就见外了。”简杭合上笔记本电脑，“晚上给你准备了接风宴，我已经通知下去了。”

谈沨无所谓：“说了不用破费。”

“不叫破费，是他们想跟你增进感情。”

晚上给谈沨接风的饭店离公司不远，十五分钟车程。

让秘书订好饭店，简杭打开秦墨岭的对话框，思忖着要不要跟他报备一声，这几天，他都会报备他晚上的安排。

正在纠结，没想到秦墨岭发来了消息：几点到家？今晚我下厨。

她因为不能玩游戏，心情不好，他打算给她做几道菜。

简杭遗憾道：今晚要给谈沨接风。明天行吗？

秦墨岭还能说什么：可以。

简杭明白那种准备好了惊喜，却因对方有事而不得不取消时的失落。

她弥补他：明天晚上，我负责晚饭。

秦墨岭把手里列好的菜单对折，夹在记事本里。

他花了半个多小时列菜单，搭配食材，还让耿姨把菜买齐。

忙了那么久，结果她晚上要给谈沨接风。

不过心里的不快，被她那句明晚她负责做晚饭给熨平。

秦墨岭：少喝酒。

简杭：不喝，一滴不沾。

电梯间，简杭再次遇到林骁。

“老大。”简杭离职，他现在再看她，顺眼多了，连打招呼都轻松愉快。

简杭瞅他：“跟新老板好好相处，勤快点。”

“放心吧您。”电梯到了，林骁伸手挡着门，让简杭先进去。

说着要跟新老板相处，林骁到了饭店，挑了离老板最远的那张桌子。

简杭和谈沨一桌，谈沨让大家随意一点儿，他自己没喝酒，要了白开水。

其他人便放松下来，想喝酒的喝酒，不想喝酒的喝饮料。

这顿饭吃得很是愉快，他们发现谈沨跟印象中的不大一样，于是话也多起来。

谈沨今晚喝白开水，是因为简杭不能喝酒。他今晚好说话，是给简杭这个前老板面子。

凡在他团队里待过的人都知道，他是最不好说话的。

等过段时间他们就知道，今晚他给了他们错觉。

谈溯心细，瞧见简杭瞥了几眼腕表。

大家又说笑了一会儿，他提出结束这顿饭。

简杭回到家才九点半，秦墨岭在餐厅加班。

如今他们两人习惯把餐厅当成书房，不管谁回来得早，都在餐厅等对方。

秦墨岭看她一眼："没喝酒吧？"

"没。"

"嗯。"他又埋头看资料。

昨晚他抱着她睡觉，今天简杭直接在他旁边坐下来，从包里拿出手机，游戏不能打，她上线把东西收一下。

刚把手机屏横过来，秦墨岭伸手拿走她的手机，反扣在桌上："忘了前两天多难受？"

不晕的时候，确实记不起来。

简杭解释："不打游戏，上线……"收东西。

秦墨岭接过她的话："只是上去收收东西是吧？"

顿了下，他道："这话我听秦醒说烂了，他每次都说玩个十分钟，把系统送的东西收收，绝对不打。从来没见他一个小时能下线。"

简杭："……我跟秦醒不一样，我自控力比一般人强。"

她越说底气越不足。

毕竟他亲眼所见，她冒着头晕的风险，也要玩两把。

她决定不登录了："手机给我，我看视频。"

秦墨岭不是不信她的话："知道你跟秦醒不一样。如果现在你忙项目，肯定不会沾游戏。"问题就出在，她现在很闲。

当一个人闲的时候想要戒游戏，谈何容易。他喜欢玩车，知道瘾上来是什么感觉。

思及此，秦墨岭下了决心："身体调理好之前，先把游戏卸载。"

"不卸。"简杭不假思索拒绝他。卸载了还怎么收东西。

秦墨岭有对策："你卸载，我在我手机下载，游戏我不可能打，但每天可以帮你收东西。"

简杭："……"

他一个不玩游戏的人，为了她的健康，能做到这一步，已经特别不容易。她不好再反驳。

在手机里下载游戏，破了他自己的底线。

秦墨岭从不拖泥带水，说下载游戏，立刻下载。

下载完毕，他把手机递给简杭："你登录上去，再把怎么收东西的步骤写下来，以后晚上八点，我准时上线给你收东西。"

简杭："……"

他把每天打卡游戏当成例会对待。

她找来纸笔，把每个步骤都标清楚，还画上简图说明，把那张纸拍下来，发给他。

秦墨岭登录游戏，根据步骤提示，提前熟悉流程。

他神情专注，手肘抵在桌上，两手配合操作，不时看一下她写在纸上的步骤。

简杭从来都没想过，他能如此认真对待她的游戏。

她很难想象，要是秦墨岭喜欢一个女人，他得把对方惯成什么样，她跟他之间，他基于婚姻的责任，都事事纵容她，更别说是他放在心尖上的人。

那不得捧在手心里宠。

她也好奇，他动心时，是什么样。

以前她觉得，婚姻里没有爱也一样，反正秦墨岭有责任心，对她足够贴心，足够理解她。

但她现在又不满足，她想让秦墨岭爱她。

秦墨岭记性好，操作一遍后，有了印象。

退出游戏，他又添加了八点钟的闹铃，专程给闹铃取了一个名字。

设置过闹铃，秦墨岭锁屏，合上笔记本电脑，对简杭道："上楼换件衣服，我们出去转转。"

"去哪儿转？"

"随你。"

秦墨岭怕她因为卸载了游戏心里郁闷，便带她出去兜风。

他所有的限量款跑车，简杭一次也没坐过，今天正好有时间。

简杭和他一同回房间，她暂时还没想好去哪儿转，酒吧是不可能再去了，去了也不能喝酒。

除去拍婚纱照，这是他们第一次正儿八经的约会。

"我不知道去哪儿，你定吧。"

秦墨岭从衣柜里拿了休闲长裤和T恤出来，问她："你想去人多的地方，还是人少的地方？"

他又给出选择："想热闹，就去会所。"

但估计她不想去，她应酬时去得最多的就是这种场合。

"想安静，我载你轧马路，哪里不堵车就拐去哪条路。"

简杭："……"

还不如她有浪漫细胞。

她转头，本来要跟他说话，看到眼前一幕，她突然忘了要说什么。

秦墨岭脱了衬衫，正要穿T恤。

简杭只感受过他身上流畅的肌肉线条，在灯下，还没仔细看过。他锁骨下面有个紫红印，不大。

应该是她留下的。

她咬过他，忘记咬在了哪儿，现在终于看到了她留下的痕迹。

秦墨岭忽然看她，简杭反应还算快："你这件T恤颜色不错。"

是普鲁士蓝，并不少见，她只是顺口一夸。

秦墨岭没有犹豫，直接把那件T恤丢给她："给你穿。"

他打开衣柜，又拿了件黑的T恤套身上。

两件T恤是同一款式不同颜色。

简杭不是第一次穿他的衣服，他给她T恤，她就大方换上。

T恤穿她身上有点长，简杭在腰间打了一个结，找出低腰牛仔裤搭配这件T恤。

腰间雪白的皮肤若隐若现。

秦墨岭多看了她几眼，收回视线，拿着车钥匙下楼。

到了院子里，秦墨岭按车钥匙，中间那辆车解锁。

简杭坐上副驾驶座，扯出一段安全带，递到他手里，让他帮忙系。

秦墨岭看她几秒，接过安全带，没扣，又松开，把手递给她。

简杭迟钝几秒才懂，是让她坐他腿上。

一坐上去，秦墨岭握住她的腰，她后背抵在方向盘上，他手臂用力，托着她腰背，将她托高。

他低头，避开她在腰间打的T恤结，唇温柔落在她小腹上，亲了一下。

似乎有股电流从腹部蹿过。

秦墨岭松开她，简杭坐到副驾驶座上。

谁都没说话。似乎也不用说话。

跑车发动，驶离院子，驶进夜色。

跑车开上主路，路上车多，速度快不起来。

风从脸上拂过。

简杭突然想起来，他们两人的婚纱照还没选。那天去秦家老宅吃饭，婆婆叮嘱过她，不忙的时候选选照片。

“晚上回去把照片选了，摄影师那边等着修照片。”

秦墨岭：“现在就去选。”

“去哪儿选？”

“公寓。”

秦墨岭拐上左转道，往公寓方向开。

公寓里有间小会议室，电脑和投影设备齐全。

于是两人约会的地点，从轧马路改到公寓。

简杭第二次来公寓，依旧陌生，这里没有一丁点儿烟火气息。

秦墨岭不准她喝咖啡，给她烧了白开水，他自己也没煮咖啡，陪她喝白开水。

端着两杯水，他带简杭去小型会议室。

即便不住这里，公寓每天都有人定时来打扫，窗明几净。

秦墨岭打开电脑，下载母亲打包发到他邮箱的照片，同时开了投影设备。

简杭坐在会议桌的中段，离大屏远近合适。

会议室里有一大面落地窗，房间灯开着，玻璃反光，看不清外面的夜景。

秦墨岭点开第一张照片，设定自动播放，抬头对简杭说：“你全看一遍，不用选。”

简杭不理解。

秦墨岭道：“所有照片都放到相册里。”

简杭随意，反正她喜欢小镇的风景，不嫌照片多。

她跟秦墨岭所有的第一次都在那里，都在拍婚纱照时，即使照片很一般也会自带滤镜，觉得好看。

大屏上开始播放，秦墨岭关了会议室的灯。

他让简杭站到屏幕前看：“你坐在那儿，不像看工作汇报？过来看。”

简杭：“……”

她起身过去。

秦墨岭单手抄兜，边看边喝水。

简杭走到他旁边，靠在会议桌边。

大屏上的照片和实景比例是一比一，站在照片跟前，仿佛置身在伊亚小镇的步道。

这张照片里，两人牵手，她在看海，秦墨岭在看她。

简杭拿余光瞥旁边的人，秦墨岭正在专注看照片。

跟着照片，把拍照那天全程发生的事也回顾了一遍。

她喝了几口水，再一抬头，大屏上的照片变换成了小镇的落日。

照片里，她和秦墨岭在拥吻。

播放结束。

秦墨岭放下水杯，拿出手机打字。

他手速快，表情严肃。

简杭刚想问他，是不是公司有什么事，还不等问，她的手机振动。

秦墨岭给她发了消息，是一串数字：008，022，051，064，066，102，136。

简杭看不懂：“这是什么？”

秦墨岭：“存一下，到时发给摄影师。这几张照片没把你拍好，入册时去掉。”

简杭：“……”

一百多张照片，他看完后居然记得所有照片的序号。她知道他记性好，可除了记性好，还得用心看这些照片。

从昨天到今天，她沉迷在秦墨岭的认真与温柔里。他时而的强势，又在她接受的范围内。

如果他跟别的女人结婚了，他也会认真地选婚纱照，也会对他的妻子细致入微。

这么一想，她越想要他独一无二的爱，想要他对她的好，不仅仅因为她是他的老婆，还因为他爱她。

秦墨岭放下手机，拿水杯喝水。

简杭看他：“给我喝一口。”她杯子里明明有水。

秦墨岭拿着水杯过来，喂她一口，等她咽下去，他低头嘬她的唇。

简杭也亲他，轻咬他的下唇。

公寓里没有防护用品。

秦墨岭放开她：“我下去买。”

现在还不是要孩子的时候，她应该暂时也不想要。想到孩子，他想象不出来简杭怀孕的样子。

领证到现在，就在这一刻，他才意识到，他们两人会有个孩子，那孩子喊她妈妈，喊他爸爸。

在此之前，生孩子都是离他很遥远又陌生的一件事，他甚至从来没想过。

走到会议室门口，秦墨岭顿足转身：“要不要跟我一起下去？”

房子大，他担心她一个人害怕。

简杭这些年习惯了一个人住，没有害怕一说，回：“我看看夜景。”

秦墨岭开了灯，让她去小餐厅看夜景，那里看夜景位置最佳。

他离开，简杭去了浴室，简单冲个澡。

只有男士沐浴液，她用了一点儿，身上变得跟他一个味道。

从浴室出来，简杭去了小餐厅。

楼下路上，车流如织。

窗玻璃上映着她的影子，仔细看，似乎能看到她身上穿了什么衣服。

简杭正站在窗边擦头发，秦墨岭回来了。

“这么快。”简杭看过去。

秦墨岭的视线直直落在她冷白的长腿上。

简杭洗过澡赤着脚，只穿了他的那件 T 恤。

T 恤长度刚刚遮住腿根。

秦墨岭把买回的东西给她，弯腰，把她打横抱起。

简杭丢开手里擦头发的毛巾。

秦墨岭低头，亲她的眼，吻往下，密密麻麻，落在她平坦的小腹上，落在她纤柔的腰间。

大屏上，照片又开始从头播放。

美轮美奂。

简杭身体后倾，反手撑在会议桌上。

桌子被撞歪了。

简杭转头看大屏时，照片里，幽蓝的海水似乎要从大屏上流出来。下一秒，屏幕再次定格在他们亲吻的那张照片上。

“简杭。”

她没看他，秦墨岭提醒她。

简杭回头看他，他俯身，深吻她。

他又使力，似有层层海水翻滚袭来，把她跟秦墨岭吞没，喘不上气。

潮水退去，一切变平静。

简杭额头抵在秦墨岭的脖子里，他轻轻抚着她后背。

走出公寓，夜风很凉快。

简杭看一眼身侧的男人，不知道他好不好追。

次日中午。

秦墨岭刚准备午休，高秘书敲门：“秦总，秦董过来了。”

秦三叔无事不登三宝殿。

今天还算给他面子，让高秘书提前知会一声。

秦墨岭起身去迎人，秦三叔自己推开门。

“三婶没在家？”

“……在家。”

秦三叔在家里的地位，侄子一清二楚，也无须再遮遮掩掩：“秦醒开跑车带我出来兜风，你三婶不知道我过来。”

儿子还算信守承诺，没事就开车带他出去溜达。

出去转五次，其中一次来乐檬，妻子不会发现异常。

秦墨岭去茶水柜里拿杯子，给三叔倒水。

秦三叔直接道明来意：“简杭辞职了，你不会不知道吧？”他刚听说，还是听秦醒提了一嘴。

于是迫不及待让秦醒掉转车头，来乐檬一趟，有些事，必须得当面跟侄子聊，电话里说不清楚。

“早就知道。”秦墨岭把水杯放三叔跟前，“怎么了？”

秦三叔：“没想到她会辞职。”

三叔不会无缘无故提简杭，秦墨岭问：“是有投行通过您打听简杭的规划？”

“不是。”秦三叔盯着侄子。

秦墨岭顿悟：“您想让简杭来乐檬？”

“这么好一个机会，不请她来多可惜。乐檬战略投资部缺人，以简杭的能力，完全可以胜任。”和四部总裁郁鸣一起被迫离职的还有两人，一个是人事副总监，还有一个就是战略投资部的老总。

秦三叔想让简杭来乐檬，还有一个原因：“她毕竟是自家人，她什么品性，我们都清楚。”

用简杭，他放心。

“三叔……”

秦三叔打断侄子：“我知道你顾虑什么，乐檬战略投资部能给的年薪有限，跟风投机构没法比，你放心，既然是我想挖的人，保证她的收入不会低于在尹林时的收入。”

他不会因为简杭是自家人，就觉得简杭来乐檬帮忙是理所当然。

“三叔，不是钱的问题。”

“那你说说你什么想法。”秦三叔拿起水杯喝水。

秦墨岭沉默半刻，道：“我不想干涉简杭的职业规划，如果想让她来乐檬，在她应酬喝多了胃疼去输液时，我就让她辞职了。不会等到今天。”

他也没想到简杭会突然辞职，不管她辞职还是继续留在尹林，他尊重她的任何决定。

“三叔，谁都能挖她，我跟您不能。万一她不想来，您让她怎么拒绝？”

秦三叔喝水，将侄子的话细细琢磨。

“是我考虑不周。”

侄子都不愿意，他总不能勉强。

秦墨岭当初来乐檬，就很勉强，可因为乐檬是秦家的，秦墨岭有这个责任，不来也得来。

秦三叔做最后争取：“那你探探简杭的口风，看她有什么打算，万一她想来乐檬呢？”

在秦墨岭看来，简杭不可能放弃风投圈。

秦三叔喝了一杯水，没再多留，下楼去找秦醒。

秦醒在和林骁打电话，这个月底的周六，林骁要去郊外放烟花，庆祝自己获得永生，喊他一起去。

“简杭是我嫂子，我不跟你一起胡闹，你爱找谁找谁。”

“别呀！”林骁情真意切，“实话跟你说，她是我领导时，我的真心有限，你不可能对你领导掏心掏肺对不对？以后不一样了，老大离职后，我跟她不是上下级关系，那就什么冲突都没有，她以后就是我嫂子，我肯定比以前更维护她。”

林骁这句话还像个人话，秦醒也信他说的。

“你换个角度想，老大又不是被开除，我放烟花是欢送她，希望她未来像烟花一样绚烂。你必须得到场！”

秦醒最终动摇，答应过去。

林骁挂了电话，吹个口哨。

一天忙下来，秦墨岭没忘简杭昨天说的话，她说她准备今天的晚饭。

六点钟，他关电脑下班。

高秘书很不习惯老板这么早走，第一次希望老板留下来加班，老板这一走，意味着她又要推应酬，发愁这次找什么借口。

秦墨岭回到家，简杭还没回来。

今天需要加班处理的事情不多，他没急着开电脑，登录游戏，上去收东西。

林骁：小橄榄！终于逮到你了！

林骁：小橄榄，我想开了，你就算有小号，我接受，但你别忘记大号，我要求不高，你每天上线半小时，我们组一局。

林骁这几个月被磨得彻底没脾气，也不再天天叽叽歪歪，质问她为什么不上线。

林骁：小橄榄，你今天下班这么早?

秦墨岭看着“小橄榄”这几个字，想起他以前给简杭取名叫“Olive”时，她当时眨了眨眼，纠结了好一会儿才说：“可是……哥哥，Olive 是橄榄油。”

他随口道：“也可以是小橄榄，多好听。”

她认真地点点头，赞同他的说法。

林骁的消息一条接一条，狂轰滥炸。

秦墨岭回神，继续看对话框。

林骁：对了，告诉你一个好消息，我们女魔头辞职了！普天同庆，我买了烟花，最贵最好看的，能放半个多小时！

林骁：你不知道我盼女魔头走盼了多久，从我进公司，我无时无刻不盼着她离开！

林骁：我梦想成真了，你知道吗？！

林骁知道小橄榄不可能跟他面基，也放弃了这个念头。他把放烟花的地址告诉她：这个月底的周六晚上，你要是有空就跟朋友开车到附近看看。

秦墨岭："……"他看不下去林骁吐槽简杭。

他回复林骁：一个男人，话怎么那么多？

林骁蒙了下，今天小橄榄说话语气有点儿怪怪的，但也没多想。

林骁：今天不是情况特殊吗？[龇牙.jpg]

林骁：小橄榄，不是我说你，你除了打游戏好，现实里就是个傻白甜，不是所有人都跟你一样善良。

林骁：你不知道我这两年在她手里受的是什么罪。今天终于解脱了！烟花必须得放起来！

林骁：我马上抽几款跑车皮肤送你，你也跟着沾沾喜气。[龇牙.jpg][龇牙.jpg]

秦墨岭无语。他不再理会林骁，先去收东西，收完直接退出游戏。

把林骁气得直跳脚：小橄榄你怎么下线了！还没打呢！

秦墨岭放下手机，去楼上书房拿了直尺和铅笔下来，给简杭制作一份锻炼计划表。

她的体质一天不上去，一天玩不了游戏。

秦墨岭把每天锻炼的时间段和锻炼项目都写在上面，所有的运动项目，他把自己也加上去。

她没有锻炼的习惯，一个人的话，坚持下来很难。

锻炼计划表列好，所有工作处理完，秦墨岭扫一眼腕表，七点四十一分，简杭还没回来，也没发消息解释。

她应该忘了今晚要做饭给他吃，说不定她已经跟谈沨吃过，继续加班。

秦墨岭截屏对话框，发送给简杭。

简杭正核对数据，点开秦墨岭发来的截图，是她和他昨天的聊天记录。

她今天忙晕了，忘记要给他准备晚饭这事。

他应该在家等了她很久没等到，不然他不会催她。

这个时候，只跟他说声抱歉，没有分量。

她还打算把他追到手呢。就她今天的表现，直接减分。

简杭快速打字：老公，我这就回去。

别墅客厅里，秦墨岭面色沉静，双腿交叠，靠在沙发里看书，随意翻了一页。

手机搁在沙发扶手上，振动了一下，他也没点开看。

不用想，她肯定先解释为什么没回家，再不痛不痒地说声抱歉。

秦墨岭翻了几页书，没怎么认真看。

沙发扶手上的手机只振动了一下，再没有其他消息进来。

又过了几分钟。

秦墨岭拿起手机，不管她说什么，他总得应一声。

看到“老公”两个字，他愣了下。

简杭只在跟邢律师打电话时，称呼过他“老公”，从没有直接喊过他。

他拿不准简杭这声老公有几分真意在里面。

秦墨岭回她：不着急。

他又叮嘱一句：开车慢点。

简杭正在开车，手机在副驾驶座位上，没法及时回复。

离开公司，开车直奔爷爷奶奶的煎饼果子店。她刚才给爷爷打了电话，让爷爷准备一份凉皮，她去店里打包带回去。

秦墨岭什么山珍海味没吃过，她想不出还有什么东西对他来说是好吃的，唯一能想到他不常吃的就是凉皮。

今晚的饭，就带份凉皮给他。

爷爷听说是给秦墨岭吃，他多加了一点儿。

孙女和孙女婿的感情越来越好，他们看在眼里，喜上眉梢，也没多问，只叮嘱简杭注意身体，别经常熬夜。

简杭在爷爷店里待了十几分钟，她拎着打包好的凉皮往家赶。

回到别墅快九点钟，秦墨岭在客厅看书，落地灯灯光打在他侧脸上，映着他深邃的轮廓。

令人赏心悦目。

秦墨岭听到她回来的脚步声，但没抬头。

他等她的晚饭，等了两个半钟头。

“过来吃饭。”简杭喊他。

秦墨岭抬眸，看着她手里的打包盒，他还以为，她晚上回来做家常菜给他吃。

“打包了什么？”

“凉皮。”

“……”没见过像她这么糊弄人的。

秦墨岭不爱吃这些，上次吃凉皮还是十几年前，母亲吃的时候，他尝了一口，后来再也没吃过。

凉皮和调料包是分开来打包的，简杭拿出调料包冲他晃了下：“爷爷家的凉皮。我亲自调的料，过来尝尝。”

秦墨岭听说是她调的料，放下手里的书，站起来去洗手。

简杭到厨房找盘子，没让耿姨帮忙，她自己拌凉皮。

秦墨岭洗过手，挽起衣袖，把中岛台上的水果端到餐桌。

简杭给他拌凉皮，他给简杭拿水果，耿姨没打扰他们，悄悄回自己房间。今天秦墨岭那么早回来，之后一直沉着脸，也没让她做饭。

她还以为两人吵架了，现在看着又不太像。

简杭从厨房出来，秦墨岭已经坐到餐桌前，他旁边那把椅子拉了出来，对应的桌前还有一碟水果。

她把凉皮放他面前，递筷子给他。

今天他主动把自己身边的椅子替她摆好，她在他旁边坐下。

简杭跟秦墨岭并排坐，两人无声地各吃各的。

她叉了一小块蜜桃放嘴里，不时瞅秦墨岭。他慢条斯理吃凉皮，几乎听不到他嘴里的动静。他还是有点情绪，她看得出来。

“味道怎么样？”她问道。

“不错。”他偏头问她，“要不要尝尝？”

简杭不想再去拿盘子，把果盘往前推了推：“你挑几根给我。”

秦墨岭没挑，把盛凉皮的餐盘放她面前，让她先吃。

简杭只尝了一口，是她平时的厨艺水准。

秦墨岭的手抵在桌沿，修长有力。

有时她会想，如果她主动握他的手，会怎样。但也只是想想。

她追他，是等着他主动，在除了卧室以外的地方主动。

秦墨岭突然直起身，抄起电脑旁的一张纸。

“你看看。”他把纸给简杭。

“什么？”

“锻炼计划表。”

他说：“你离职后正式开始锻炼。”

简杭不近视，但还是把纸往眼前凑了凑，她盯着“长跑五公里”“打网球两小时”这样的字眼。

一次跑五公里，比不能打游戏还要命。

但为了游戏，别说五公里，十公里她都能咬牙跑下来。

秦墨岭没听到动静，侧脸看她，她差点儿把脸贴在计划表上，他伸手抽走：“你近视？”

“……不近视，仔细看看数字。”

秦墨岭把计划表搁桌上，以为她打退堂鼓。不怪她，任何一个不爱锻炼的女生，看到跑五公里，瞬间泄气。

“到时我陪你跑。”

怕她不愿意，他提前动员：“一开始累，坚持一周，后面就不累了。我堂叔家的妹妹，她以前跑八百米都困难，现在跑五公里不在话下。”

简杭认识他堂妹，他堂妹也在风投圈工作：“是你妹夫的功劳？”

“差不多。”秦墨岭说，“我妹夫天天拉着她出去跑步。”无论冬夏。

简杭又叉了一块水果吃，有秦墨岭陪她跑，挺不错。

秦墨岭见她出神，转移话题，问：“工作什么时候能交接完？”

“顶多两三周。还得再去苏城一趟，交接一下万悦集团那个项目，回来就差不多了。”

“哪天去苏城？”

“没定，看谈溉的行程。”

他从来不会追根究底，今天问题比平时多，简杭问：“是不是有什么事？”

她收起思绪，专注跟他说话：“婚礼时间定了？”

“还没。爸妈他们正商量。”秦墨岭道，“秦醒生日马上到了，下周六晚上提前办生日派对。”

简杭记得秦醒生日，往年过生日，她都是线上送游戏礼物给秦醒。

“肯定到。”就算到时去苏城出差，她也会赶回来。

秦墨岭好不容易把盘子里的凉皮吃完，他不爱吃这些，如果不是她调的料，他根本不可能多吃一口。

简杭见他把凉皮吃光，还想着，以后要经常带给他吃。

吃完饭，两人上楼。

进了卧室，简杭没打开灯。

秦墨岭长臂一伸，触到开关，灯亮了。

下一秒，灯又熄掉。

简杭将灯关了，主动圈住他的脖子。

秦墨岭呼吸微顿："不累？"

简杭没说话。

其实也累。但睡前黏他一遍，似乎才睡得踏实。

秦墨岭低头找她的唇，轻轻咬了下。

膝盖微屈，顶上房门。

门关上，走道的光被挡在门外，房里一片漆黑。

他单手抱简杭，腾出手解皮带。

洗过澡，快十二点钟。

简杭躺在自己的枕头上，只有去医院找周院长看病那晚，秦墨岭主动把她抱怀里。昨晚两人从公寓回来，还是分开睡。

秦墨岭擦干头发，关灯。

简杭的眼睛慢慢适应黑暗，她看到他手臂的轮廓，将手放在离他的手很近的地方。

秦墨岭抬手，覆在她手背上，手指收拢，轻握住她的手。

这一握，两人都有了感觉。

简杭支起手肘，直起身。

她刚往他那边挪了一点儿，他手上一用力，被拉过去。

秦墨岭平躺，他握着她的腰，把她抱上来。

简杭趴在他怀里，低头看他。

房间里黑，看不太真切。

她用手指描绘他的深邃轮廓。

简杭想亲他的眼，想亲他的鼻梁，也想亲他的下巴。

最终，她的吻落在他唇上。

等他们之间有了感情，她要好好亲他这副好看的皮囊。

秦墨岭一只手环着她的肩，另一只手勾住她的腰。

他一个翻身，两人位置互换。

秦墨岭低头，吻她。

房间里安静下来，已经是下半夜。

简杭筋疲力尽，身体累，但脑子清醒。最近工作不多，按理说她应该感到轻松才对，但她并不是很适应。像陀螺一样忙惯了，一旦闲下来，有种荒废人生的罪恶感。

她打算利用休长假的时间谈场恋爱。

这么想着，简杭爬起来。

卧室的灯已经关了，秦墨岭不知道她为何突然坐起来："怎么了？"

简杭没说话，被子一掀，往他这边靠，躺他怀里。

秦墨岭身体一顿，随后抱住她。

"秦墨岭。"

"嗯？"

"我打算追你。"

秦墨岭一时没反应过来："什么意思？"

简杭直白道："追你，跟你谈恋爱。"

"……"

中间安静了两秒。

简杭问："你以前被追上过吗？就是你也喜欢上了追你的人。"

"没。"

"那我追你试试，最差的结果，追不上你，我们继续做塑料夫妻。"

"……"原来在她眼里，他们只是塑料夫妻。

简杭道："等我不忙了，我就开始追。"

秦墨岭拍拍她："睡吧。"

"嗯，晚安。"

刚才折腾久了，简杭确实困了。

被他紧紧抱在怀里，她很安心，没两分钟就睡着了。

"简杭。"秦墨岭想问她，怎么突然就要追他。

怀里的人没有回应。

刚刚说要追他，立刻就能睡着，秦墨岭不知道该说她什么。

简杭沉沉睡过去，秦墨岭却失眠了。

他想不通简杭为什么要追他。

是因为喜欢他了？当初相亲放鸽子的是她，不想嫁给他的也是她。

她一个拥抱，他替她在周院长那里说病情。

今晚她只在微信里喊他一声“老公”，他便不计较她忘了跟他吃饭这事。

以他的脾气，她第一次相亲放他鸽子时，他就不可能再跟她有以后。

翌日早上，秦墨岭被闹铃吵醒。

他从来不用闹铃，生物钟使然，每天到点就醒来，今天这种情况是第一次。

昨晚快三点钟，他才睡着。

简杭睁眼就看到了身边的人，很稀奇。秦墨岭中午睡午觉，所以早上起得早，比她早起半小时左右。

一般她醒来，他早已不在卧室。

“早。”

“嗯。”秦墨岭瞅她一眼，昨晚想问她的那些话，到了今天早上，怎么都问不出。他又觉得，感情这种事没必要戳破，没必要说得太透彻。

简杭正在盥洗台前护肤，门外秦墨岭喊她：“简杭？”

“怎么了？”她应他一声。

她刚洗过澡，还没来得及穿衣服，身上只裹了一层浴巾。

秦墨岭一时分不清，到底是她皮肤白，还是浴巾白。

简杭淡定：“你先去吃饭，不用等我。我今天不用早去公司。”

她头发还没吹，吹干换衣服，再化妆，至少得半个小时。

秦墨岭正在戴手表，表扣还没扣，他又摘下来。

人进来，关上浴室的门。

他扯了一条毛巾丢台子上，把手表搁上面。

简杭从镜子里看他，黑色西裤白色衬衫，他应该是要下楼吃饭，现在却来抱起她。

秦墨岭将简杭转过身，抱她坐在盥洗台上。

“你时间赶得上？”简杭问。

前前后后没有一个小时，根本结束不了。

秦墨岭却道："不用很久。"

简杭仰头看他，她头发湿漉漉，从额头滚了一串儿水珠下来，滚到鼻尖，秦墨岭撑在她身侧，俯身，亲掉她鼻尖的水珠。

吻又落在她唇间。

简杭也去贴他的唇，她没细想他那句不用很久意味着什么。

当然，也想不到。

秦墨岭俯身，吻一直往下。

秦墨岭埋首，把这辈子不多的温柔都给了她，给在了这个晴朗的早晨。

她愿意追他，他是高兴的，但也舍不得她太主动。

在他唇间，简杭软成一摊水。

秦墨岭抬头，起身，把她揽怀里，让她缓了一阵。

他道："我一会儿还有视频会。"

"那你下楼去吃饭。"她从他怀里起来。

秦墨岭身上的衣服一丝不乱，只有一个纽扣刚才被她解开，他又单手扣上。

他拿上手表离开浴室，简杭再去冲澡。他对她的感情还没有到爱，但还是愿意取悦她。

秦墨岭在书房开了海外视频会，等他结束出来，在走廊上碰到简杭，她眼睛亮而深邃，带着点儿湿润。

"你还没走？不是要开会？"

"刚结束。"

两人一道下楼，之后谁都没说话。

因为昨晚，她跟他说了要追他的那番话，又因为今早在浴室，他放下身段亲了她，她跟秦墨岭之间，突然有点儿尴尬又有点儿暧昧。

无以言表的微妙，似乎又回到刚搬到一起住时。

比刚搬到一起时还要尴尬。

吃早饭时，两人面对面坐。

今天耿姨给简杭煮了茶叶蛋，碟子里放了两个。

秦墨岭拿湿毛巾擦擦手，拿了一个茶叶蛋剥壳，剥好放她跟前的餐盘里。

简杭的手机这时响了，是高域的电话。

才八点钟他就打来，应该是有什么重要的事。

高域现在特别难为情，一边是得罪不起的韩双，一边是他欠人情的简杭，不管怎么做都得罪人。

“怕你上班忙，赶早打给你。”

“什么事，高总您说。”

“这个周五晚有空吗？我做东，请几个朋友吃饭。”

简杭猜到是韩双，上次她没搭理韩双。

韩双不了解她，大客户给她的所有委屈，她都能受，但一个高高在上，摆出一副高姿态的老板，她瞧不上。

她直接回绝：“高总，不巧，我没时间，最近忙交接，还要出差。”

高域问：“那你哪天有空？”

简杭笑：“不好说，最近身体不好，每天遵医嘱调理，要不是身体出了问题，我也不会离职。等调理好了，我请客。”

都是聪明人，有些话不用说破，大家心照不宣是什么意思。她说那么多，说白了就是，哪天都没空。

高域又说了几句客套话，收线。

“韩双想让我去她手下干，我没这个打算，拒绝了。”她三言两语，跟秦墨岭说清楚。

“不管谁让你去，你不想去就直接拒绝。”秦墨岭想到昨天三叔跟他说的话，他决定问问她接下来有什么打算，“下家选好了？”

简杭道：“暂时还没考虑。”

秦墨岭不知道她要转行，不知道她在考虑转去哪行。

以他对她的了解，她不是没有明确规划、当一天和尚撞一天钟的人，不可能离职了还没考虑去哪儿。

秦墨岭只想到一个可能，她中意的新东家可能是华尔街某一家机构，一家综合实力碾压尹林资本的风投机构，她在犹豫要不要去国外。

他打消她的顾虑：“你想去哪儿就去哪儿，家里我去沟通。你没时间飞回来，我过去看你。”

顶多他辛苦一点儿，没什么。

简杭没想过要去国外工作，但他这么支持她，她心里某处暖意四涌。

“不去国外，”她说，“想转行。”

“转行？”

“嗯。再挑战一下自己。”

具体转到哪一行，她目前还真没考虑，先不急，看有哪些企业给她抛来橄榄枝，她慢慢选。

简杭半开玩笑道：“谁还没有个首席执行官的梦。”

秦墨岭闻言，缓缓颔首：“不着急，慢慢挑。”

他想到三叔的话，于是委婉打听：“想过转去哪行？”

“还没考虑。”当然，有几行她无法胜任，“互联网企业和生物医药企业，我是个外行，没有过硬的专业知识背景，不考虑。”

其他的，都行。

秦墨岭只道：“挑自己喜欢的。”其他的建议，他没给太多。

忽而，他脚背上一沉。她又赤脚踩在了他脚背上，两只脚都踩了上去。

秦墨岭抬眸，简杭在喝牛奶，好像什么事都没发生一样。

那样的事情他都心甘情愿为她做，其他就没有什么事是他不能惯着她的。

她昨晚说要追他，不知道是真心实意，还是一时心血来潮。她又要怎么追他。

昨晚就因为她这句话，他失眠了，现在，便不可避免地多想了一些。

简杭喝了半杯牛奶，放下杯子，夹了他面前的生蔬培根卷吃，以前她不爱吃，今天尝尝。

她两只脚踩在他同一只脚背上，总往下滑。

秦墨岭感觉到了，他又将另一只脚伸过来，轻轻碰了她一下。

简杭心领神会，两只脚各踩他的脚背，终于稳当。

两人在沉默中吃完早饭。

简杭忘记把电脑包带下来："我去楼上一趟。"

今天浴室那幕，让她心猿意马，忘记电脑包这么重要的东西。

秦墨岭也要上去一趟，他开过视频会，重要资料忘记拿下来。

那些资料，要带去公司。

"风投圈交接工作，时间都那么久？"上楼时，秦墨岭问她。

"那倒没有。换其他人来尹林，我简单交接，尽自己的心意就行。谈沨不一样。"因为她跟谈沨是朋友，谈沨又是父亲的学生。这次交接事无巨细，省了谈沨不少麻烦。

那句"谈沨不一样"，让秦墨岭多看了简杭两眼。

秦醒生日的前三天，简杭去苏城出差，同行的有秘书还有谈沨。

清早，秦墨岭安排司机送简杭去高铁站。

出门前，简杭拿起手表，刚要往手腕上戴，秦墨岭换好衣服从衣帽间出来，伸手："给我。"

简杭给他腕表，秦墨岭拉过她左手，将手表套上去，慢条斯理地扣好。

"有应酬就推掉。"他道。

简杭看着他修长的手指在给她扣表扣："应酬不用我去，有谈沨。"

秦墨岭"嗯"了声，没往下接话。

他的手表已经戴好，简杭还是问："用不用我帮你戴？"

秦墨岭不置可否，直接摘下手表。

她帮他戴好，抚平他衬衫袖口。

暧昧的气氛到了极点，谁都不再说话。

两人一道下楼。

司机将她的行李箱放到后备厢。

到了院子里，简杭站在车门旁，看秦墨岭一眼。他身姿挺拔，百看不厌。

司机去送简杭，秦墨岭今天自己开车，拿着车钥匙往自己座驾走。

感觉到身后有道目光在看他，他倏地转头，简杭的视线还没来得及收回。

秦墨岭脚下顿了一秒，转身走向她。

简杭已经拉开后车门，看他过来，她没急着坐上车。

秦墨岭不确定她是不是想要一个其他夫妻间有的分别仪式感，他单手环在她腰间，上半身微微前倾，轻轻抱了抱她。

简杭顺势抱住他的腰。

这个拥抱是因为喜欢，还是其他，根本分不清。

也不用分清楚，因为心里满足了。

两辆车一前一后开出院子，方向不同。

这几天，秦墨岭深思熟虑过，简杭来乐檬，是双赢的事。

他当即给三叔打电话，不是寻求同意，是告知一声。

"三叔，我问过简杭，她准备转行。简杭今天去苏城，等她出差回来，我跟她聊。"

秦三叔闻言，欣慰不已，那天的口舌总算没白费："她所有的要求尽量满足，乐檬战略投资部有了简杭……"

三叔话说一半，被秦墨岭打断："她既然转行，就不可能再去战略投资部。"

"那你准备把她安排到哪儿？"

"四部。"

"总裁"那两个字虽然没说，秦三叔已然知晓侄子的打算。

电话里有短暂的沉默。

"墨岭，你打算跟简杭离婚？"

秦墨岭听得云里雾里："三叔，我让简杭去四部，不是让她去离婚登记处。"

"……我知道。"秦三叔没有玩笑的心思，"你让简杭去四部，这不明摆着把她往火坑里推吗？"

"四部什么情况，外人不知道，你还不清楚？

"她一个外行，一点儿快消行业的经验都没有，你让她空降四部，四部那些人，谁服气？到时他们阳奉阴违，工作不配合，有简杭受的。

"四部在简杭手里，要是没有任何起色，再拖个半死不活，你这不是给外人机会看她笑话吗？"

本来金融圈对简杭的评价就褒贬不一。说她拿项目不是凭本事，说她完成的几个并购项目，都是团队的功劳，她坐享其成。

真要让她来负责四部，万一四部再运气不好，市场就是没起来，那些人更有借口指责简杭。

秦墨岭不为所动："三叔，四部是她的一个机会。"

从四部总裁，到集团首席执行官，距离还远着。

她既然有当首席执行官那个野心，就得承担失败的所有风险。

秦三叔劝他三思："等简杭去了四部，你们俩少不了吵架。婚都能吵散，不信你试试看。"

秦墨岭道："我跟简杭不会离婚。如果吵个架都能闹离婚，那这婚离就离了，没什么可惜的。"

秦三叔无话可说，他已经把最坏的结果告诉了侄子，秦墨岭如果不听，执意一意孤行，他也没办法。

"四部的总裁，之前你不是让内部竞聘了吗？"

秦墨岭："还没出结果。"也不会再有结果。

"这事就这么定了，简杭如果愿意来乐檬，就去四部任总裁。"

秦墨岭深入分析过，相对其他企业，简杭来乐檬的可能性比较大，虽然他是她上司，但不会插手四部的具体运营，四部她说了算，她的权限很大，施展的空间也大。

这方面的优势，是其他公司所没有的。

如果她转行，需要机会历练，而乐檬四部这个平台，正适合她。

如果几年后，四部在她手里起死回生，那时她行业经验有了，业绩有了，名声有了，不管是往上升，还是跳槽到其他集团当首席执行官，可选的路比现在多。

秦墨岭给简杭发消息：早点回来。

简杭正在去苏城的高铁上，还有两站才到苏城。

她怀疑秦墨岭是不是过糊涂了。

简杭：我还没到苏城。

秦墨岭：我知道。别忘了秦醒生日。

刚才三叔的话，他不得不提前防范。

秦墨岭：三叔和三婶又吵架了。以后我跟你约法三章。

简杭好奇什么约法三章，回：你说。

秦墨岭：尽量不吵架，如果吵了也不离婚。

简杭意识到，三叔跟三婶这次吵得可能比较凶，不然秦墨岭不会在上班时间跟她聊这个，还约法三章。

她关心道：三叔和三婶在闹离婚？

秦墨岭一时无语。

他们根本没吵架，他刚才那么说，是引出话题。

秦墨岭：已经和好了。

简杭：我一般不吵架。

如果有矛盾，她也会想办法让对方认错，吵架多伤神。

秦墨岭把所有的可能都想在前面：我处理矛盾的方式，你不一定喜欢。万一哪天吵架，怎么才能让你不生气，你现在提前告诉我，我心里有数。

真要有矛盾，他可以按照她喜欢的方式来解决。

简杭：道歉，拥抱。

秦墨岭没想到她的要求这么简单。

他能给她的，比这多。

现在，他不再担心简杭来了乐檬，两人发生矛盾吵架的事。

事业四部总裁内部竞聘一事，迟迟没有下文。

钟妍月最近无心关注竞聘这事，她刚知道，谈沨回国了，还去了尹林。分手回国后的每一天，她都在期盼，他会不会有一天突然回来。

现在，他终于回来了，却跟她没关系。

谈沨还在她的联系人里，她始终没舍得删。

分手两年半，她知道，他跟她不可能了。

今晚秦醒的生日，钟妍月有了喝酒的借口。

她向侍应生又要了一杯红酒，抿了一大口，手指在删除键上颤了又颤，还是下不了决心。

她又喝了一口，心一横，把谈沨删除。

她努力控制，还是没用，眼泪唰唰地往下掉。

钟妍月拿手背擦泪，她自己没料到会掉这么多眼泪，怎么也止不住，旁边都是人，她只好一边哭一边挤出笑：“谁这么缺德呀，往红酒里加芥末油。”

红酒已经被她喝光，加没加芥末油，谁知道。

反正秦醒的生日派对上，整人的招数稀奇古怪，她这么说，没人怀疑。

大家笑闹着，同情她，但没人安慰，因为一会儿说不定自己也被整。

于是在狂欢中，她一个人泪流满面，想着那个不可能的人。

只有秦醒知道，那杯酒没问题，因为杯子是干净的，酒是刚开的，侍应生倒的时候，他就在旁边，然后钟妍月就喊了侍应生过去。

中间没人碰那杯酒。

秦醒不清楚钟妍月为什么哭，可能是被家里逼着去相亲，跟父母闹翻了。

除此，他猜不到其他可能。

秦醒拿了一包抽纸："估计是林骁使坏，在杯子里放芥末油，等会儿我收拾他。"这个锅暂时让林骁背一下。

"没事。"钟妍月抽了几张纸，深深呼吸，拿出化妆镜小心擦眼泪。

补好妆，她平静不少："你忙，我找你哥去。"

秦墨岭正在牌桌前，钟妍月没看到简杭，便走过去。

"简总今晚加班？"她问了句。

"在高铁上，还没到。"

钟妍月在旁边的椅子上坐下，哭过了，联系方式也删除了，心里总算腾出一点儿空去想工作。

这几天在公司没碰到秦墨岭，一直想问他竞聘的事："四部的事，你还没决定好？"

秦墨岭把牌扣在桌上，偏头看她："到时空降一个人过去。"

钟妍月微怔，随后点了点头，老板的决定，她没傻到追问为什么。

秦墨岭提前透露一个消息给她："我准备把你们二部总裁调到海外事业部，他家女儿今年正好出国念书，他在那边，方便照顾女儿。"

钟妍月是二部副总，秦墨岭在这个时候跟她说调走总裁的事，意味着什么，不言而喻。

秦墨岭看出她哭过："到了总裁那个位子，情绪化，最不能要。"

钟妍月表决心："没有下次。"

丢了四部总裁的位子，总不能再把二部总裁的位子给弄丢。

秦墨岭的手机不停振动，八点钟，闹铃响了。

闹铃名称：给小橄榄收东西。

他起身，示意钟妍月帮忙打牌。

钟妍月以为他有重要电话要接，接了他的牌。

秦墨岭坐到休息区，登录游戏，最近天天登录，操作起来已经很熟悉。

秦醒去找秦墨岭，想问一下，简杭什么时候到，要不要去接。

堂哥在横屏玩手机，他突然来了好奇心，想看看堂哥横屏在玩什么。

他绕到秦墨岭的沙发后面。

一看不打紧，好奇害死猫。

秦醒愣在那儿，左看看，右看看，突然感觉周围失声了一样，他顿时什么都听不到了，几秒后一切才正常。

他薅了几把头发，感觉不到疼，继续薅。

他像木偶一样，木然地走开，忘了要找秦墨岭什么事。

“魂丢啦！”林骁敲他两下。

秦醒一把反抓住林骁的胳膊：“你跟我出去。”

“你干吗！”

两人到了包间外面，秦醒的魂终于回来：“你知道小橄榄是谁吗？”

“我怎么知道？”林骁一个激动，“小橄榄不会跟你面基了吧？”

“面个鬼！”

秦醒到现在都无法冷静：“小橄榄是我哥！我哥刚登录了游戏在收东西！我跟你都躺在他好友列表里！”

林骁“……”

等他反应过来，想到自己给小橄榄那些留言，直抓狂。

要不是远处还有侍应生，他真的想吼几嗓子，再朝墙上撞两下。

他对秦醒比画一个打住的手势：“你别说了，我先死一死。”

秦醒现在无法思考，根本想不起来，他在跟小橄榄组局时，秦墨岭就在他旁边看书，不可能是小橄榄。

“我也得死一死。”

“你死什么，你又没给小橄榄留言。”

秦醒：“我……留过两次。”

林骁这个性格，不可能任由社死蔓延。

他突然换了个角度安慰自己，也安慰秦醒：“你哥不容易，那么忙还抽空带我们打游戏。怕我们玩的时候放不开，他才不说自己是谁。”

这么一想，心里果然豁然开朗。

秦醒被这么清奇的想法安慰到，瞬间舒坦了。

细想，是这么回事。

堂哥隐瞒身份打游戏不可能是为了让他社死。四年了，每次他过生日，小橄榄都在线上送他礼物。

原来是堂哥送他的。

林骁想通了："既然知道小橄榄是谁，以后我们就能正大光明让你哥带我们玩游戏。"

秦醒缓缓点点头，出糗的事已经改变不了，只能往好的地方想。

"走，进去找我哥。今天我生日，他又抢过我手办，这会儿嫂子正好不在，让他带我们多玩几局。"

简杭还在高铁上，旁边坐的是谈沨。

原本谈沨打算明天早上返程，她因为秦醒的生日，今晚赶回来，他也顺便改签了车票，同她一起回来。

去苏城的第一天，钟妍菲也在。

见面时，钟妍菲对她谈不上热络，但言语间都是客客气气的，然而钟妍菲看见谈沨时，称得上冷漠，只抬了抬眼皮，招呼都没打。

简杭当时突然想到，谈沨在感情上受过伤，那个女人会不会就是钟妍菲。除了男女间的爱恨纠葛，不然钟妍菲不可能不分场合，当众冷脸。

钟妍菲和谈沨差不多年龄，有可能是已分手的情侣。

出差这几天，谈沨闭口不谈钟妍菲，更是佐证她的想法。

简杭从来不八卦，尤其还涉及别人的伤心事。

她就当不知道，跟谈沨在一起时他们只聊苏城的并购项目。

"明天你就不用去公司了。"谈沨转头对她道，又问她，"哪天有空？一起吃顿饭。"

简杭笑笑："散伙饭？"

谈沨收起资料："不算。道歉的饭。"

"道歉？"

"嗯。你当初被钟妍菲刁难，原因在我。"

既然他提了，简杭就没再避讳："她是你前女友？"

"不是。前女友的姐姐。我跟钟妍月在一起过，后来分了。"

“……”简杭确实没想到。

“那时我正好跟尹林有合作，那个项目的负责人是你，钟妍月以为……我解释了，她可能不信。”他侧过脸看简杭，“抱歉。”

简杭大方道：“没事。”这种事没必要道歉，也不是他能左右的。她也不是第一次被人误会插足大客户和合作方的感情。

如果她没结婚，嫁的人不是秦墨岭这种有背景的，类似的误会还会继续。

她问清楚：“你们就是因为这个误会分手了吗？”

“不是因为误会，分手在我跟你有合作之前，我提出来的。”谈沨从来没对任何人说过他分手的原因，包括他父母那里。

今天，他告诉了简杭：“她父母不同意我们在一起。我家里普普通通，确实高攀。我为钟妍月努力过。”中间有几秒的沉默。

简杭没插话，等他继续说。

“再怎么努力依旧不被她父亲认可，中间曲折不说了。是我先放弃的那段感情，我是一个把自尊看得很重的人。”

他能为感情低头，但不可能忍受她父母的羞辱。

“我清楚自己什么脾气，就算以后结婚，隔阂难除，早晚得离。我没和钟妍月说明是因为她家里才分手，既然决定不跟她在一起，没必要给她希望，更没必要再让她记恨自己的父母。”

“我以为分都分了，早就过去了，没想到两年后你会争取万悦的项目。”更没想到，钟妍菲如此记仇。

感情这种事，简杭一个外人没立场多言，她只把自己知道的客观事实告诉他：“钟妍月好像一直被家人唠叨去相亲，也没相成。”

谈沨：“我跟她不可能了。”

他看着简杭：“分手后，我对别人动过心。”

他把话都说到这个份儿上，看来是真没有给那段感情留退路。

简杭的关注点是：“男人好像很容易动心？”

谈沨：“……”

“别这么说，”他无奈地笑了，“在暗指我薄情？”

“没有，不是这个意思。”简杭刚才想到了秦墨岭。她在想，如果她追秦墨岭，他是不是也会容易动心。

谈沨坦诚：“当初我自己也担心，分手几个月就爱上了另一个人，那个人会不会也觉得我的动心比较廉价。我就一直没敢表白。”想再等一等，等安定了，等他的身家再多一点儿再向那个人表白，正好那个人也没有恋爱的计划。谁知就错过了。

一直遗憾到现在。

他笑笑：“都过去了。”

他说话时，简杭恍了神，在想追秦墨岭这事，没听清他说什么。

谈沨岔开话题：“你到时把所有资料，邮件发给我。”

他恢复了公事公办的口吻。

简杭习惯跟他这样的相处模式，回神：“好。”

“吃饭的时间，你定。”谈沨说，“必须得赔个不是，不然我过意不去。”

简杭也不是头一次跟他吃饭：“行啊。有空找你。”

明天开始，她有的是时间。

快到站时，简杭给秦墨岭发消息：我马上到站。

秦墨岭：司机已经在车站，到了打司机电话。

简杭：好。

秦墨岭刚退出聊天框，秦醒和林骁来找他。

“哥，那什么……就是……”秦醒准备好了腹稿，一时忘词。

秦墨岭不耐烦：“说话怎么吞吞吐吐的？”

秦醒朝林骁递眼色，让林骁说。

林骁装死，双手插兜四处乱看，就是不接秦醒的眼神。

秦醒暗暗呼口气，豁出去：“哥，今天反正你也没事，带我跟林骁多玩两把。”

秦墨岭猜到是玩游戏，只是秦醒怎么突然来找他玩游戏?

没弄清事情原委，他不会轻易开口。

秦醒忙解释：“我是不小心看到你游戏名称。原来大神就在身边。哥，你应该知道我跟林骁在游戏里多崇拜你。”

秦墨岭：“……”

他们误会他是小橄榄本人。他没吱声，一言不发地看着秦醒。

秦醒被看得心虚：“我知道你隐瞒身份不是拿我开涮。”要涮不至于涮四年，不至于每年都线上送礼物给他。

这四年，他跟林骁有现在这个战绩，都是堂哥的功劳。

堂哥的自律，他和林骁没法比。

知道了堂哥就是小橄榄，他不能装不知道，那样有点儿不厚道。

“对了，”秦醒现在脑子慢慢清醒过来，“你忙的时候，是不是让秘书或保镖替你打？”

因为有几次跟小橄榄玩游戏时，堂哥就在旁边，不过那几次小橄榄技术水平不咋的。

现在一切都解释通了，堂哥自己打的时候，才是小橄榄的真实水平，让人代打，高下立见。

自始至终，秦墨岭都沉默以对，不动声色。

在这种事上，越是沉默，对秦醒来说，那就是默认。

想到堂哥最近因为乐檬的事，没空打游戏，还让秘书帮忙打，就为了带他跟林骁玩，心里越发感动。

“哥，放心，我不会沉迷游戏，一天顶多玩一两个钟头。”

秦醒已经迫不及待：“要不，现在就打几把？”

秦墨岭只会收东西，游戏地图都看不懂。

他在谈判桌上都能波澜不惊，对付秦醒和林骁这样的傻白甜，不费吹灰之力。

秦墨岭没应秦醒的游戏邀请，而是扫了旁边的林骁一眼，淡淡道：“烟花准备得怎么样了？”

林骁：“……”

差点忘了，女魔头就是秦墨岭老婆。

那天他吐槽女魔头，难怪小橄榄说，他一个男人，哪来那么多话。

“哥，”他随着秦醒这么称呼，“那什么，我对老大没恶意。”

他保证：“烟花我不放了。”

秦墨岭：“买了还能退吗？”

“……肯定不好退。”是他定制的烟花，钱都付了。

秦墨岭微微颔首，道：“既然不好退，那送我。”

林骁：“……”这是明晃晃敲他竹杠！

可秦墨岭气势逼人，不容反驳，把他逼得没底气，他不得不答应：“行，到时送到你那里。”

秦墨岭：“不用那么麻烦，按你们原计划燃放，你跟秦醒负责放，我带简杭去看，你们再给简杭准备点儿零食和水果。”

林骁：“……”想骂人都不知道从何骂起，又该去骂谁。

那是他为获得新生准备的烟花，以为终于可以不用再看见女魔头。到头来，新生的现场，是女魔头见证。

事已至此，他捏着鼻子也得同意：“好。”

秦醒想笑，一直憋着没敢笑，差点儿憋出内伤。

秦墨岭忽而看向秦醒，目光沉静：“你好像有不少限量版游戏手办。”

秦醒：“……”

他突然笑不出来。

堂哥居然打起他手办的主意，那可是他的命。

秦墨岭直接又干脆：“给我三个。”

秦醒：“……”

本来是想勒索堂哥陪玩几局游戏，结果赔了夫人又折兵。

这回换成林骁幸灾乐祸。

“明天把三个手办送到我办公室。”语毕，秦墨岭转身往包间门口走。

“……欸，哥，你去哪儿？不带我们玩游戏？”

“没空。”

“……”

秦醒对着他背影，急切道：“那你什么时候有空？”

秦墨岭头也没回：“再说。”

离开包间，秦墨岭径直去了楼下。

他的车在停车场，司机开了另一辆车去接人。

打开后备厢，秦墨岭提出一个手提袋，里面是简杭今晚要穿的礼服，他带了过来。

把手提袋放汽车后座，他坐进车里，没再上楼。

你人呢？钟妍月给他发消息。

她替他打牌替到现在，桌上都是大佬，她略拘谨，不知道该输还是该赢。

秦墨岭只回了两个字：有事。

钟妍月只好继续下一局，不再打扰他。

秦墨岭支着下颌，不时看车外。

九点零五分，接简杭的车开进会所院子。

秦墨岭降下车窗："简杭。"

简杭刚下车，循声望去，没想到他在车里特意等她。

简杭从另一侧上来，车门关上，秦墨岭也把窗户升上去，车里瞬间针落可闻。

"给你带了一点儿小礼物。"简杭说着，打开包。

秦墨岭什么都不缺，却有点儿期待简杭给他的礼物。

简杭拿出一罐咖啡："一个小众品牌，是闺密以前推荐给我的，味道正宗，没想到苏城一家进口店里有卖，给你买了一罐。以后你不用再陪我喝白开水。"

秦墨岭接过来，没细看是什么咖啡，他低头，在她唇边顿了两秒。

简杭微微抬头，秦墨岭亲上去。

三天没见，想不想念，两人都刻意没去细究。

唇舌难舍难分。

楼上包间还有人等他们上去，秦墨岭及时结束这个吻。

"裙子给你带来了。"他把手提袋拎给她。

简杭当着他的面换衣服，半起身整理裙子时，秦墨岭反应快，扔下咖啡，手掌贴在车顶，以免她不小心碰到头。

秦墨岭把"小橄榄"掉错马甲的事简单说给她，让她心中有数。

简杭笑道："他们俩误以为小橄榄是你后，撞没撞墙？"

"不清楚。过了一阵才来找我。"

秦墨岭故作不经意问道："怎么叫 Olive？自己取的英文名？"

"不是我取的。"简杭也不知道那人叫什么名字，小孩不像大人，会习惯性地问对方叫什么，那时比自己大的直接喊哥哥姐姐，"小时候，一个哥哥取的。应该是你们班级不听话的小男生，也可能是你们隔壁班的。"

当时母亲教两个班数学。

秦墨岭评价自己以前不懂事瞎取的名字："Olive 不怎么好听。"

"有吗？"简杭说，"我觉得还行。"

秦墨岭欲言又止，她觉得好听那就好听。

换好衣服，两人上楼。

简杭先去和今晚的寿星喝上一杯，她不能喝酒，用饮料代替。

“谢谢嫂子捧场。”秦醒还在为失去三个手办痛心疾首，简杭又不爱玩游戏，他不能跟简杭告状。

不仅不能告状，还得替堂哥保密。

多少情侣和夫妻因为另一半打游戏而争吵，所以他不能多嘴告诉简杭，以免他们夫妻俩有矛盾。

三个限量版手办啊，堂哥的心黑透了。秦醒越想越郁闷。

和秦醒说了几句，简杭去找秦墨岭，他在打牌。

牌桌上的几人，她都认得，除了蒋盛和，其他两人是尹林资本的大客户，她跟他们在合作中有过几次接触。

寒暄过，她在秦墨岭身旁坐下。

他们一边打牌一边闲聊，简杭偶尔说上两句，他们聊的都是她能听懂又感兴趣的金融圈里的事，坐在旁边一点儿都不无聊。

“陈老师身体怎么样？”蒋盛和问道。

简杭笑说：“还不错，老样子。”

蒋盛和道：“改天去看看陈老师。”

简杭以为蒋盛和只是客气一句，她只当场面话，没当真：“随时欢迎。”

终于熬到十一点钟，秦墨岭扔了手里的牌：“你们玩。简杭最近在调理身体，周伯伯说不能晚睡。”

为了早回去，他将周院长搬出来。

简杭从尹林离职，已经不是秘密，他们都知晓一二。上次简杭在苏城出差，半夜去医院输液，这事秦醒说过。他们知道简杭因为高强度工作，身体差点儿累垮。

连秦醒都催他们：“哥，你带嫂子赶紧回去，健康重要。”

简杭心知肚明，秦墨岭为什么急着回去。

回去路上，秦墨岭问她：“明天还去不去公司？”

“不用去了。”简杭彻底放松，开启休假模式。

秦墨岭看着她：“简杭，愿不愿意来乐檬？”

简杭被问得猝不及防，在此之前，乐檬不在她的选择范围里。

不在选项内，所以从来没考虑过。

乐檬几个高管同时离职的事，她知道，其中就有战略投资部老总。

“让我去战略投资部？”

她没给秦墨岭也没给自己机会："我跟你说过，我考虑转行，任何企业的战略投资部，我没打算去。"战略投资部的工作没挑战性，也违背她转行的初衷。

"抱歉。"她拒绝得很利落。

秦墨岭的视线一直落在她脸上，车厢里的灯光晦暗不明，但不影响他看她。

"不是去战略投资部，"他道，"来乐檬事业四部。"

这又在简杭意料之外。

"让我……任四部总裁？"她不是很确定，也不敢信。

秦墨岭颔首："到四部，有风险有挑战，也是机遇。愿不愿意？"

这已经不是愿不愿意的问题，简杭有点儿受宠若惊："你放心把四部交给我？"

秦墨岭反问："有什么不放心？"他都把自己下半辈子交给她，又把私人财产交给她打理，还有什么是不能信任她的？

简杭现在给不了他答复，冷静道："给我时间考虑。"

需要考虑的事情太多，不是三五分钟就能思虑周全。

"不着急。"秦墨岭不催她，也做好了被拒的心理准备。有几句话他还是想说，算是他为了争取到她。

"我开会时话不多，这个你早就知道。四个事业部相对独立，我从不插手经营上的事。

"我跟你的上下级关系，应该就像你在尹林时跟庞林斌那样，只有在大事上，对他负责，向他汇报，其他的都是你自己做主。

"最近两年，我想给你调理身体，只有在乐檬，我才能保证，你不需要应酬。几年后，你在四部有了行业经验，你想留还是想跳槽，我尊重你。

"四部不过是给你的一个跳板。"

他是她老公，他有这个资源，她又有这个能力，自然要把好的都给她。

还有最后一句话，也最为关键，他道："在公司，我是你上司，到家，我会补偿你。"

简杭忽然抬头看他，不懂这个补偿是什么补偿。

至于他是上司，不是她顾虑的点，他本来能力就比她强，一方面他有天赋，另一方面，秦家给他的机会和资源，不是普通家庭能有的。她用不着因此自卑。

她想转行，可不就是想成为他跟韩双那样的人，然后再超越他们?

他和韩双有能力，但同时也是因为有更好的机会。现在就有一个机会摆在她面前，她不能浪费。

“等我考虑好去乐檬的条件，再跟你谈，谈妥我就去。”

秦墨岭：“条件方面，你不用担心。”

简杭笑了笑：“话别说得太早，公事公办。我要的，可能比你想的多。”

毕竟，是他向她抛来橄榄枝。

聊完工作，车里陷入一段时间的沉默。

他们不如刚才那么自然。

她出差前，那天早上浴室盥洗台上，他埋头亲她那一幕，始终微妙地横在两人中间，想忽略掉都难。

如果他们感情水到渠成，就没人在意那样的亲密。

偏偏不是。

回到家，秦墨岭提行李箱，简杭走在前面。

明天不用上班，她想玩一把游戏，自从秦墨岭负责上线给她收东西，她一个多星期没摸游戏。

简杭拿靠枕放在背后：“你手机能不能给我看一会儿？”

她只说看，没说要打游戏。

秦墨岭没多想：“你手机没电了？”他瞥一眼她床头柜，手机正在充电。

“有电。”她立刻意识到，手机是很私密的私人物品，即便是夫妻，也有隐私，“不方便算了，没事。”

短短几秒，秦墨岭已经猜到她借手机要干什么。

他把手机锁屏放在床头柜上，不给她用，该解释的他解释清楚：“我没其他女人，手机里也没有你不能看的隐私，你要是打游戏，那手机不方便给你。”

“喊我老公也没用。”他又补充道。

简杭：“……”

她没想过再重复使那招。

“我明天开始不用上班，现在也不困。”

秦墨岭只留了他那侧的壁灯，调到最暗。

他把她抱过来，放自己枕头上："在游戏上，你怎么就管不住自己？"

简杭看着他："我又不是圣人，什么都完美。"

"没让你完美，头晕的时候就别沾游戏。你好了伤疤忘了疼。"秦墨岭不想听她反驳，低头亲她。

简杭扭头，还想辩两句，刚要说话，嘴唇又被他封住。

壁灯开着，秦墨岭看着她漂亮的眉眼，问她："如果打算来乐檬，什么时候来找我？"只有她找他谈条件，她才有来的可能。

简杭："……"

此时此刻，两人贴在一块，秦墨岭看着她，他就那么零距离触碰着那天他在盥洗台上亲过的地方。

亲密相接，温柔缱绻，更让她悸动。

然而这个时候，他跟她谈公事。

大概他是真想不到要跟她聊什么，索性拿出乐檬来聊。

她给他确切时间："如果打算去，我周一找你。"

秦墨岭直直看着她："周一我在公司等你。"

他喉结微动，不时地亲她一下。

简杭也似有若无地碰他的唇角。

这也是他们之间，第一次有这种小情趣。

就这样温柔厮磨了两三分钟。

没有大幅度亲吻，两人清晰地感受彼此。

秦墨岭低头，亲了她的眼。

简杭抱他，亲他的唇。

天旋地转。

天昏地暗。

热烈又浓烈。

简杭之前还说不困，等结束她躺下，没用半分钟便睡着了。

秦墨岭还是比较体贴，没让她休假的第二天就起来锻炼，给她一天缓冲时间，锻炼从下周一开始。

次日，简杭睡到自然醒。

睁开眼已经快八点钟，很多年没有过的轻松。

虽然开启休假模式，还是有不少事要做。

明天就是周一，给秦墨岭答复的日子。

先洗漱吃了饭，简杭准备了解乐檬的一些规章制度，她给秦墨岭发消息：忙吗？

秦墨岭没回复。

简杭打电话给高秘书，让高秘书方便的话，发一份电子版到她邮箱。

高秘书汇报给秦墨岭，发不发，得老板同意后再决定。

秦醒在秦墨岭办公室，心不甘情不愿地过来送手办，秦墨岭在跟他说话，没顾得上看手机。

秦墨岭拿起其中一个手办："这个怎么这么小？"

秦醒："……你问游戏厂家，我哪知道。"

秦墨岭确认："都是限量版？"

"还有一个是绝版。"秦醒这次是割肉大吐血。忽然他感觉哪里不对，堂哥是殿堂级的玩家，竟然连限量版手办都不知道。

不合理。

"哥，你不知道限量版，还收藏干吗？"

秦墨岭轻描淡写："我对手办不感兴趣。麻烦过别人代打，送对方。"

秦醒信以为真，找人代打游戏，投其所好表示感谢是应该的。

高秘书敲门："秦总。"

简杭的事，她不敢耽误，知道秦醒在，她只能打扰了。

秦醒也没其他事："哥，你忙。"

临走，他不忘约一下游戏时间："哥，今晚别忘记上线。"

秦墨岭："……"

高秘书送走秦醒，关上门："秦总，刚才简总给我打电话，要我们乐檬的公司章程。"

秦墨岭看手表，没想到她起来这么早，他吩咐高秘书："把公司章程和四部的规章制度都发给她。"

高秘书一听跟事业四部有关，不禁惊讶。她想到一个可能，又不敢胡乱猜测。

秦墨岭手机响了，他拿起来一看，不由得蹙眉。

郁鸣自己也没想到，有一天，他还会打电话给秦墨岭。

当初辞去四部总裁，是迫不得已，走得灰头土脸。他承认，自己在四部总裁这个位子上，没抵得住诱惑，利欲熏心，胃口越来越大，手伸得过长。

当初四部成，也成在他手里，败，也败在他手里。

他一直以为有些事，自己做得天衣无缝，就算运气不好被发现，也有退路可走。没想到秦墨岭暗中花了两年时间查他，把他老底摸得一清二楚。

有天，秦墨岭突然打电话给他："过来聊聊。"

简单四个字，郁鸣像有感应一般，预感到是什么事。去之前，他已经想好对策，有人会给他背锅，他能将自己撇干净。

到了秦墨岭办公室，秦墨岭还让秘书泡了茶。

没想到秦墨岭连质问都没质问，一并将所有不利于他的证据都给了他，秦墨岭只说了一句："你在乐檬这么多年，有功劳有苦劳，既往不咎，好聚好散。"

那一刻，内心受到强烈冲击，他不知道怎么形容自己的感受。

无地自容。

他年长秦墨岭十几岁，是乐檬的元老，头一次在一个年轻人面前抬不起头。

在此之前，他一直没瞧得上秦墨岭来接手乐檬，觉得他太年轻，格局不够，不足以掌舵乐檬。那件事让他一改看法，秦墨岭比秦三叔有魄力有手段。

秦墨岭接通电话，手机放在耳边，没吱声。

郁鸣收回思绪，说出肺腑之言："听说四部总裁要内部竞聘，秦总，不是泼你冷水，内部没人合适。四部不是人不行，是内斗太厉害。"

事业四部是他一手组建的，那些通宵忙碌的日子还在眼前，即便最后他走了不归路，对四部的感情还是有的，他希望四部能变好。

"管理团队有一手的，我推荐个你放心的人，简杭。唯一不足的是，她没行业经验，不知道乐檬敢不敢冒险用她。"

安静了半刻，郁鸣挂电话。

秦墨岭放下手机，又交代高秘书："我下午不过来，有事发邮件。"

简杭在十分钟后收到高秘书发来的公司章程，花两个小时细细研究了她关心的内容，把她去乐檬的条件一条一条列出来。

忙完十一点钟，简杭换衣服出门。

耿姨见她要出去："小杭，不在家吃饭吗？"

她可是准备了一上午的食材。

"阿姨，我一会儿就回来，去趟书店。"

"哦哦，那你去。"

简杭开了秦墨岭送她的那辆轿跑，前往书店。

路上，接到闺密的电话。

"干吗呢？"

简杭笑："闲逛。可闲了。"

闺密知道她今天正式离职，这才跟她闲聊几句，平时她太忙，中午时间又用来打游戏，闺密很少骚扰她。

"我下月初回国。"

简杭惊喜，终于有人陪她逛街："待多久？"

闺密："再说。你婚礼到底定没定？"

"家里边还在商量，应该快了。"

既然快了，闺密就没再吐槽秦墨岭："我和璐璐就等着你结婚时，好好为难为难他。把他和他的伴郎团碾压到生无可恋！"

简杭笑说："这个可以。"

闺密道："璐璐可能跟我差不多时间回国，等回去找你嗨。我再看个案子，看完得赶紧睡，明天还得早起。"

有时差，闺密那边快深夜。

"晚安。"简杭挂了电话。

她和两个闺密，认识才五六年，但性格上特别合得来，后来无话不谈。

最开始，她们一个是尹林的合作伙伴，一个是尹林大客户的朋友。她跟她们不是一个圈子。

合作期间，她们经常聚，聊的也全是工作，偶尔聊点私人话题。

她们是一周七天，可以每天开不同跑车出去潇洒的那类美女，自身还特别努力。

家世和身份有别，虽然聊得投机，她也没想过因为一次合作，就能跟她们成为朋友。

因为工作关系，她经常能接触到权贵圈子的人，但合作结束，关系慢慢就淡了。

没有一个大客户会认真把乙方负责人当朋友，有的只是利益往来。

但跟她们两人，合作结束后，联系却没断。

时不时地，她们两人跑去她公寓蹭饭吃，她下厨做一桌家常菜。后来认识谈沨，她会叫上谈沨，几个人一起聚。

大多时间她们三人聚，喝点酒，不聊工作，不聊家里的事，只说说感情上的一些不得已。

她们俩还是游戏菜鸟，都是她的小迷妹。之所以跟她们能成为闺密，游戏是第一大功臣。

她带她们两人打游戏，比带秦醒和林骁还累。

还好，后来她回国，时差原因，她们俩也很少找她。

汽车停在书店门口的停车位上，简杭找了墨镜戴上，推门下去。

今天买的书有点特别，不想以真面目示人，于是戴墨镜遮掩一下。

结账时，工作人员扫码，又不由得多看了一眼面前的女人，虽然戴了眼镜看不见对方的眼，可是她的鼻子、脸型、皮肤，尤其是气质，哪样都是天花板。

工作人员实在纳闷：这样一个美女，还需要看恋爱技巧类的书？

回到车上，简杭把书往副驾驶一丢，开车回家。

她和秦墨岭已经是夫妻，该做的也都做过，这种情况下想让秦墨岭对她动心，难度很大，按套路追他肯定不行。

她打算看看书，只要里面有一点儿能给她启发，这书买得也值了。

到家，她先去楼上书房。

秦墨岭书房的书不多，大多都在公寓那边，当初搬过来住，只象征性拿了一点儿过来填充书架。

简杭找了两个书架，终于找到一本书有独立外封面，是一本专利权诉讼方面的书，书里讲了一些经典案例。

她拆下外封，套在自己买的那本恋爱小技巧上。

担心书和封面脱落，安全起见，她撕了一点点双面胶，把书和“借”来的高级封面粘在一起。

她不想让秦墨岭知道，她看这类书。

下午两点多，秦墨岭在公司忙完回来。

简杭正在客厅沙发上看书，茶几上有盘水果，她看得入迷，连水果都顾不上吃。

“回来啦？”简杭跟他打声招呼，继续看书。

幸亏有先见之明，给这本书换了一个高端外壳。

秦墨岭特意扫了一眼书皮，这本书他有印象，是一年前买的，他看过一遍，里面案例不错。

简杭以前做并购项目，经常牵扯到专利权，她看这本书，秦墨岭不觉得奇怪。

秦墨岭放下包，秦醒送的三个手办，他装包里带了回来。

现在是乐檬的销售旺季，事情多，他并没有多少休息时间，她这个时候却要追他，他只能挤时间给她，方便她安排约会。

倒了一杯水，他在简杭对面坐下。

只是一小时过去，两小时过去，简杭始终没从书里抬头。

秦墨岭没打断她看书，若有所思地看着她。

那晚她在床上说的要追他的那番话，她到底放没放在心上?

简杭看了一下午的书，将整本书从头到尾仔细看了一遍，几乎没有多少有用的经验可以用到她和秦墨岭身上。

追男人比做项目难。

简杭合上书，这才去看秦墨岭，他也在看书。

她问：“晚上没应酬？”

秦墨岭没抬头，淡淡道：“没有。”

说出来后，他又觉得不该用这种语气跟她说话。

他把手里的书放茶几上：“你看完了？”

“嗯，里面案例不错，以前做项目在专利技术上吃过亏。”她解释了为什么要看这本假书。

秦墨岭给予理解，但也只是理解，心里仍有不快。

简杭把那本只有壳子能看的书，塞进包里。

“你喝不喝咖啡？”她站起来，打算给他煮咖啡。

“不喝。”秦墨岭打开包，拿了一个手办出来，他什么也没说，递给她。

简杭欣喜，不能玩游戏，有手办也不错。

“谢谢。”她先走过去抱了抱他，再接过手办。

秦墨岭忽然惭愧，一次给她一个手办，少了。

他又从包里拿了一个出来，送到她面前。

简杭从不喜形于色，但在秦墨岭面前，有些例外，她的高兴写在脸上。

她知道收集这些限量版手办不容易："我都没有贵重礼物送你。"

"我送你是应该的，用不着礼尚往来。"秦墨岭拉上包的拉链，还有最后一个绝版手办，等她追他时，他再送她。

简杭捧着两个手办："我放到楼上。"

衣帽间有首饰台，秦墨岭上次送她的那个手办，她就与钻石首饰摆在一起。

秦墨岭独自在客厅坐了半分钟，起身上楼。

衣帽间里，简杭在摆放手办。

听到外面的脚步声，她放下手办，从衣帽间拿了一件衬衫："我洗澡。"

她研究了一下午恋爱技术相关的书，没有什么大收获，不过书上提到，女人一旦太主动，很容易破坏掉男人对感情的占有欲和新鲜感，他已经提前享受到女人对他的好，便很难再动心，很难再主动做什么。所以女人在主动这件事上，要把握好一个度。

她不确定书上说得对不对，但觉得还是有点儿道理的。

涂个护手霜，涂了四五分钟还没涂完。

秦墨岭早已将头发擦了半干，走到化妆台前，把她抱怀里。

简杭抬头，看着他的眼："秦墨岭，你追我一次。"

秦墨岭刚要亲她，动作一顿。

她每次都这么直接，让他措手不及。

简杭抬手，指尖落在他心脏那里："我想在你这儿。"她顿了下："以前我从来不在乎谁爱不爱我，谁对我好不好。现在不一样，你是我老公，我对你有占有欲，想你主动一点儿对我好。"

秦墨岭提醒她："你不是要追我？"

简杭回他："我宣布追你失败，做回塑料夫妻。"

秦墨岭："……"他沉默数秒。

"是不是太草率了？你还没追。"

简杭不看他，抱住他的腰。

秦墨岭垂眸："想让我追你？"

"嗯。"简杭拿自己当反面教材，"用心追，不要学我，草率放弃。"

秦墨岭：“……”

他没办法在很短的时间里，彻底放下姿态。

秦墨岭低头，唇落在她的鼻梁上、下巴上，最后贴在她唇间。

考虑之后，他没拒绝她：“给我点儿时间。”

秦墨岭抱起她，这一次，没把她放在浴室的盥洗台上，直接抱她坐在沙发上。

她用了樱花精油泡澡。

后来，秦墨岭的唇舌间，都是淡淡的樱花香，都是她身上的味道。

缠绵到六点钟，两人下楼。

秦墨岭的包里还有最后一个绝版手办，拿出来给她。

简杭惊喜：“你到底有多少？”

“最后一个。本来打算等你追我时给你。”放下包，秦墨岭从沙发上站起来。

简杭问：“你还要出去？”

“不出去。”秦墨岭往厨房走。

耿姨在洗菜，听到动静转身：“要什么，水果还是饮料？”

秦墨岭拿了一条围裙：“今晚的菜我做。”

他给简杭做了水晶虾仁，又做了一道生蔬培根卷。

秦墨岭的厨艺水平比她高，做的菜也更精致。

简杭吃了半盘虾仁，生蔬培根卷也吃了不少。

明早才开始休假期间的锻炼，秦墨岭打算提前到今晚，不过先征求她的意见：“晚上要不要跟我一起跑步？”

简杭点头，又问：“去哪儿跑？”周院长建议她多进行户外运动，他应该不会让她在家里的跑步机上跑。

秦墨岭：“去我妹妹和妹夫常去的操场跑。”

让简杭看看他妹妹体质那么差一个人，现在都能跑十几圈，给她点儿动力。

吃过饭，稍作休息，他们换上运动装，开车过去。

六月的天，在室外，坐在那儿不动都要热得出汗，简杭下了车，从停车场走到操场，额头上已经有了细细密密的汗。

秦墨岭给妹妹打电话，他们已经跑了一圈。

“哥，我看到你和嫂子了。”秦书切断通话。

秦墨岭转身，昏暗的灯光下，妹妹和妹夫的身影渐近。

简杭认识秦书和韩沛夫妻俩，韩沛以前是尹林的大客户，她跟他们公司合作过项目。

几人打招呼。

习惯性地，她称呼了一句：“韩总。”

秦墨岭接过话：“以后喊妹夫。”

韩沛：“……”

秦书下巴在韩沛胳膊上蹭了下，不由得笑出了声。

因为她年纪比他们都小，即便韩沛比秦墨岭大一岁，还是要喊秦墨岭“哥”，当然，韩沛从来不喊。但秦墨岭“热情”，向来都是妹夫长妹夫短的。

韩沛知道简杭不会喊他妹夫：“以后直接喊我名字。”

他勉强能忍受秦墨岭喊他妹夫，可秦醒只比秦书大几个月，也跟着喊他妹夫，这是他最不能忍的。

几人没跑，边走边聊。

简杭问秦书：“你最开始跑几圈？”

秦书也不记得：“两三圈？看你自己情况，受不了就少跑点，觉得还行就再加两圈，我用了一年多时间，才一圈一圈加上去。”现在跑十五圈基本没感觉。

当初刚跑的时候，累得掉眼泪。

另一边，韩沛跟秦墨岭在聊：“你婚礼定在九月份？”

“差不多，具体哪天还没定。”趁简杭休长假，把婚礼办了，秦墨岭道，“定了日期就跟你说。”

让韩沛提前把那几天空出来。韩沛作为他的家人又是从小就认识的朋友，到时和伴郎团一起去接亲。

聊了几分钟，绕着操场走了半圈，几人便分开跑步。

韩沛和秦书先跑，等他们跑出几十米，秦墨岭对简杭说：“你先慢跑。”他陪在她旁边。

简杭跑到第二圈，心脏发闷，心口有点儿岔气那种疼。

第三圈，汗流浃背，腿上像灌了铅，像绑了沙袋，感觉腿已经不是自己的。

秦书和韩沛两人，数次超过他们。有时秦书追着韩沛跑，不时还扯韩沛的衣服，让他拉着她跑，韩沛也会推着秦书的后背，推她一段路。

秦书笑声清脆，两人边跑边玩闹，不知不觉一圈就跑到头。

简杭感叹，秦书和韩沛那样才是年轻夫妻正常的相处模式，而她和秦墨岭，跑了三圈，他一句话没说，跟她保持不远不近的距离。

简杭本来想坚持跑四圈，可到了三圈半，缺氧的窒息感，她实在一步也跑不动了。

跑步不是做项目熬夜，咬咬牙就能坚持下来。

“我不行了。”这四个字，简杭换了一口气才说完整。

她站不直，只能弯腰，两手撑在腿上。

累到快要死掉，就是她现在的感觉。

秦墨岭知道她尽力了，她一次跑三圈半，完全超出他的预期。

他跑过去扶起她，让她靠在他怀里。

她身上的衣服湿透了，头发丝往外冒汗，脸色惨白，他下巴抵着她额头，来回轻抚她后背：“对不起。”

简杭两手攥紧他身侧的T恤，等缓过气来：“你道什么歉，是我自己愿意跑。”

秦墨岭：“明天就跑三圈。”刚才跑完三圈时，她自己不好意思停，他应该让她停下来歇歇，但没说。

简杭靠在他怀里又歇了一会儿，心跳才慢慢地恢复正常。

她微微仰头：“韩总和秦书回去了？”

秦墨岭纠正：“韩沛。”

简杭顺着他的情绪：“韩沛和秦书回去了？”

“嗯，刚走。”

“没想到他们感情这么好。”

秦墨岭：“嗯。”

简杭听婆婆说过，韩沛和秦书也是相亲认识，不过他们两家是联姻，不像她和秦墨岭，门不当户不对，相处时，有道看不见的隔阂。

等心口不疼了，简杭从他怀里站起来。

她接过秦墨岭拧开的水，一口气喝了半瓶：“走吧，我没事了。”

秦墨岭从她手里拿过苏打水瓶，拧上瓶盖。

担心她走不动，他特意放慢脚步。

他突然想，如果今晚的她是秦书，秦书会怎样做？秦书会对韩沛撒娇，让韩沛背她回去。

秦墨岭侧眸："累不累？"

"还行。走路没问题。"

"要是累，我把车开过来。"

"不用，"简杭指指停车场："顶多还有一百米。"

秦墨岭想说"要是累，我背你一段"，后来不知道怎么，说出来时变成了"要是累，我把车开过来"。

他低头去找她的手，伸手牵住。

简杭没朝他看，分开他的五指，与他十指相扣。

一百多米的这段路，言语显得多余。

回到家，简杭没了力气再干别的。

今晚跑了三圈半，透支了她所有的体力。

"我睡了。"她跟秦墨岭说一声，躺床上。

秦墨岭把她用过的浴巾拿到浴室，不过一分钟的工夫，走到床边再一看，她已经睡着了。

她周一要跟他谈去乐檬四部的条件，不知道她是上午去还是下午去。

他把落地灯关了，俯身，在她眼睛上亲了下。

简杭太困，睁不开眼，以为是梦里秦墨岭在亲她。

次日，简杭被闹铃吵醒。

她今天上午打算去乐檬，跟秦墨岭和乐檬其他高层，谈谈她的条件。

关了闹铃，她想坐起来，眉心一皱。

大腿疼得不敢动。

长时间缺乏锻炼，昨晚那三圈半，要了她半条命。

简杭只好给秦墨岭发消息：我下午三点钟过去。

上午在家，把腿活动一下，不然走路都困难。

简杭好不容易挪下床，每走一步比昨晚困难百倍。

到了中午，腿还是疼，但勉强能正常走路。

出门去乐檬前，她找了一条深蓝色高腰长裙，配了最简单的白衬衫，衬衫束腰收在裙子里。

腿实在不给力，无法驾驭高跟鞋，穿了平底鞋出门。

秦墨岭上午通知了其他几个董事，他准备挖简杭任四部总裁。

几个董事的反应，跟秦三叔一样，心道：秦墨岭这是打算跟简杭离婚呢。

有人不赞成："简杭一点儿经验没有，她一个外行管不了四部那些内行。"四部什么样，他们门儿清。

他不赞成，也不是为简杭考虑，主要还是担心四部，不希望四部乱上添乱。

秦墨岭："用简杭是我权衡之后的决定，简杭来四部，比四部用她的风险要大得多，她都不担心，你们也不用担心。"

如果换成其他三个事业部，他们肯定不会同意简杭空降，只是四部特殊，死马当活马医，或许能活过来呢。

对于简杭，他们了解得不多，但现在连秦三叔都同意聘用她，他们也不再多说什么。

两点五十分，简杭提前十分钟到了乐檬的会议室，秦墨岭和几个董事都在。这是另类面试。

简杭淡笑，微微点头打招呼。

秦墨岭示意她："坐。"

简杭挑了秦墨岭对面的椅子坐下，这是两人第一次在工作场合打交道，他坐在那里，不怒自威的强势辐射到了她这里。

场面话省去，秦墨岭单刀直入："说说你的条件。"

简杭拿出记事本翻开，有备而来。

她既然转行，前几年里，薪资待遇不是她考虑的重点，因为企业给的年薪就不可能高过风投机构。

"我来之前，简单了解了一下乐檬和事业四部，四部一直在亏损。我不知道乐檬还愿意对四部投入多少。我来了，如果无米，我也做不了饭。所以，合理范围内，给我融资权。这是我来乐檬的第一个条件。"

她话音一落，几个董事互看几眼。乐檬从来就没把融资权限给过哪个事业部总裁。

"第二个条件，我要对研发部有相对的话语权。"

简杭这话说完，几个董事不约而同地看秦墨岭，因为四个事业部的所有研发团队归集团管理，只听秦墨岭一个人的，只对秦墨岭负责。

“最后一个条件，”说着，简杭扫了一眼几个董事，然后跟秦墨岭对望，“如果让我来四部，我对四部要有绝对的人事任免权限。”

她强调：“是绝对。”

别到时，高层三天两头空降一个关系户给她。也别到时，她想调整哪个人的职务，上面推三阻四。

“我来四部，四部就是我的团队。我的团队，我说了算。”

秦墨岭看着她，她语气强势，不容商量。

三个条件里，秦墨岭最多只能满足她两个，另一个不可能。

他直言：“研发方面归集团管，你想要的研发话语权，给不了。”

简杭没说话，没立即表态。

又不是第一次上谈判桌，她不会因为秦墨岭当众拒绝了她的条件，就恼羞成怒。

条件，要慢慢谈。

秦墨岭在权衡另两个条件，至于融资权限，从来没有过放权给事业部总裁的先例。但也不是不能给她，她的老本行就是融投资，融来的钱该怎么用，她有度。

“融资和人事的权限，可以放给你。”

他还是那句话：“研发方面，不可能。”

简杭最想要的，其实就是这两个，绝对的人事任免权限和合理范围内的融资权限。至于研发方面的话语权，她就没指望能要到。

她深知谈判的技巧，想要轻松谈下自己想要的条件，就得加一些对方怎么都不会答应的条件。秦墨岭不会给她研发的话语权，所以会尽可能满足她其他两个条件。

这样的结果，她在谈之前，心里已经有了预判。

现在，她想要的都拿到了。

当然，不能表现出很满意。

简杭继续谈：“秦总想没想过，四部现在的销量起不来，与产品也有关系？我只是要相对的研发话语权，不是决定权。”

秦墨岭不给她任何希望：“这是底线，没的谈。”

如果把研发权限也给了各部门，那就乱了套。

给她合理范围内的融资权限，已经是他破例，为争取到她给的诚意。

什么能放权，什么不能放权，对他来说有条明确的线。

就算对面坐的是他老婆，也不例外。

简杭：“确定没的谈？”

秦墨岭：“确定。”

简杭已经实现了此次谈判的目标，不过还有个附带小条件，看趁机能不能一举拿下来。

她低头，在记事本上随意画了几笔，故意营造她不满意的气氛。

谈判是场心理战，讲究的就是在最短的时间内，牢牢拿捏对方。

论起谈判经验，秦墨岭比她丰富，心理上也比她强大。只是，他没想到自己的妻子会拿谈判桌上的那些弯弯绕绕来对付他。

后来，他才惊觉，她公私分明，她认真了。

所以输的是他。

“秦总那天问我，愿不愿来乐檬，我是犹豫的。”简杭再次打起感情牌，“但我还是来了，带着诚意来。要这些权限，不是为了享受特权。四部什么情况，我想秦总比我更清楚。不给我研发方面的话语权，我也理解，毕竟开了先例，后面不好收场。”

说着，她话锋急转：“研发的权限，我放弃。但能不能给我一个人事副总，专门负责四部的人事。”

她事先声明：“我不要原本人事部的人，他们在乐檬这么久，习惯了安稳，不可能配合我去得罪谁。

“秦总，如果说研发是你的底线，那这个也是我的底线，不可谈，不可商量。”

简杭合上记事本，表明此时的决心和态度。

几个董事有人翻看资料，有人端起茶杯喝茶，谁都不插话。

秦墨岭变得很被动，因为公私未分明的是他。

他问：“人事副总监，你自己带来是吗？”

“是。如果是人事专员的话，说话没分量，所以希望秦总给个人事副总监的权限，好办事。至于我的薪资，我就不多要了，按乐檬标准给就行。我既然多带了人过来，费用我自己承担。”

她不多要薪资，四部就能省一笔钱，用省下来的这笔钱给带来的人事副总监发工资，其他几个董事也不好反对。

秦墨岭最终答应了她的要求。

简杭如愿："答应我的条件，都要白纸黑字写进聘用合同里。"

秦墨岭："……"这么不信他。

"按你说的来。"

简杭做事不喜欢拖泥带水："今天把合同签了吧，我办过婚礼就来入职。签了合同，我可以看乐檬内部资料，趁我休假，把四部了解清楚。"

秦墨岭让高秘书拟合同，都是办事利落的人，合同过目后，没有异议，前后不到一个小时，合同签好了。

简杭还没去过秦墨岭的办公室，办完正事，她过去参观一下。

腿还疼，走路很慢。

到了他办公室，简杭不用再硬撑，扶着他胳膊往前走。

秦墨岭弯腰，刚要抱她，简杭推开他的手："不用抱，就得多走动走动，才能恢复得快。"

"你打算带谁来乐檬？"秦墨岭关心道。

简杭在沙发扶手上坐下来，坐稳才说话："等有结果再跟你说，我还不知道人家愿不愿意，毕竟是得罪人的工作。"

秦墨岭就没再多问："等你正式入职四部，工作上，我跟你遇到意见不合的情况，免不了语气严厉，你别往心里去。"

简杭理解他的立场："不会。"

秦墨岭给她倒了一杯温水端来："除了腿疼，还有哪里不舒服？"

简杭没接水杯，他将水杯递到她唇边，她压着杯沿喝了半杯，道："就腿疼，其他没感觉。"

秦墨岭收回杯子，放在自己嘴边，喝了几口。

喝了水，简杭站起来："我回去了。"

她刚才大致看了一圈办公室，也知道在几楼，以后再来，能找得到。

"你忙吧。"她告辞。

"下班一起回家，你在这儿找本书看，不影响我工作。"

"不影响你工作也不好。"简杭不喜欢上班时来找他，虽然他们什么也没干，当然，也不会在办公室做一些跟工作无关的事，但谁能保证秘书办的那些人怎么想。

以后她要管理四部，该有的威严得有。

秦墨岭尊重她的意思，放下水杯，送她去坐电梯。

两人还没走到电梯间，钟妍月迎面走来，她手里提着精致的巧克力盒子，专程过来找秦墨岭。

看到简杭在，她稍稍有点儿惊讶。

可能是放下了谈沨，有了新生活，她对简杭没了以前的敌意，她冲简杭微微点头，然后对秦墨岭说："过来给你送糖。"

说着，她特意晃晃左手的无名指。

简杭也看到了钟妍月无名指上的钻戒，跟她手上的钻石个头儿差不多。

钟妍月莞尔："我结婚了，今天上午翘班去领了证。新郎是你朋友。感谢你牵的姻缘，巧克力是我和他特意给你定制的。"

秦墨岭一头雾水："我什么时候牵的线？"

钟妍月有点不好意思："秦醒生日那晚，你让我替你打牌，牌桌上的某人，比我大两岁，就闪婚了。"

秦墨岭错愕，那天桌上除了他之外的三人，有蒋盛和还有韩沛，韩沛已婚，蒋盛和心有所属，也比钟妍月大不止两岁。

那只剩另一个，齐正琛。

钟妍月自己也感觉跟做了一场梦一样，所以来秦墨岭这里。因为秦墨岭也算闪婚，相亲不久后就领了证，她来找点儿踏实感。

家世上，她高攀齐正琛。

她跟齐正琛早就认识，不过不熟悉，周六晚上他给她喂牌，牌局结束，他问她要了联系方式，周末约会。

她对齐正琛坦诚，她有个喜欢很多年的人，在慢慢走出来。他说他也有，但过去了。他问："妍月，要不要嫁给我？"

今天周一，两人拿了户口本便去领证。

钟妍月把一大盒巧克力给秦墨岭："以后可能还需要向你和简总取取经。你们忙，我也回去忙了。"

她再次对简杭点头，转身离开。

简杭等钟妍月走远，她才跟秦墨岭说："谈沨是她前男友。"

秦墨岭倏地抬头："谈沨？"

"嗯。钟妍月总算走出来了。你那个朋友，还行吧？"

"比谈沨好。"

"……"小心眼。

秦墨岭把巧克力给高秘书，他陪简杭去电梯间。

见她每走一步就皱眉，他决定："今晚不去跑，休一天。"

"没事。"简杭说，"跑不动我就走几圈。"她不会半途而废。除了追他那件事，她从来没随随便便放弃过什么事。

秦墨岭："我今晚没应酬，陪你一起走。"

到了专用电梯前，秦墨岭输密码。

没人过来，简杭上前一步，他的衬衫衣领平整，她还是给他理了理。

她手指柔软，不时触到他脖子，秦墨岭垂眸看她，任由她整理。

电梯门开了，简杭进去："你去忙。晚上见。"

本来他是打算送她到电梯口，秦墨岭突然抬步，跨进电梯，送她去地下停车场。

简杭摁了楼层，手刚放下，秦墨岭伸手握住。

简杭微微用力，攥紧他的手。

两人没说话，不约而同看着电梯键上不断跳动的数字。

回到家，简杭拿出手机，下意识地就要跟秦墨岭说一声，她已经到家。

打了两个字，她又删去，想看看他会不会主动问她。

十分钟过去了，半小时过去了，没等到。

简杭放下手机，靠在沙发里迷迷糊糊睡着。等醒来，已经是两个小时后，院子里有汽车进来，秦墨岭下班回来了。

分开不到三个小时，秦墨岭进来却不由得多看了她几眼。

"刚醒？"他走过来。

简杭坐直："嗯，等消息等睡着了。"

秦墨岭松了两个衬衫纽扣，坐到她旁边："等谁消息？晚上和人约了？"

"等你的消息。"

"什么消息？"

"等你问我到没到家。"

"……"

是司机开车送她，又不是半夜她一人开车回来，他没那个习惯问。

秦墨岭检讨自己："以后记得。"

他问："两个小时都在等？"

简杭整理好头发：“没有。猜到你应该不会发。又想到，万一你决定追我，就发给我了呢，反正闲着没事，就等了一会儿。”

“等了多久？”

“不到半小时，也不算专程等，今天周一，突然不用上班，没想好要做什么，就在沙发上走了一会儿神。”

她看着他：“走神时在想，你什么时候回来。后来困了就睡着了。”

秦墨岭低头亲她。

只是耿姨在厨房，他们又不能肆意做什么。

他嘬着她的唇，征求道：“休假这段时间住公寓？”

简杭点头。

秦墨岭说：“现在就搬过去。”

他松开她，去找耿姨，让耿姨只做他们自己吃的饭，他和简杭去公寓：“在那儿先住一个月，中午您过去做顿饭，早饭晚饭我做。”

耿姨晚上又有时间去看谈莫行的电影，暑假有两部谈莫行的电影上映，一部主演，一部参演。

简杭收拾了一些衣服，带上随身物品，跟秦墨岭去了公寓。

路上，她提醒秦墨岭：“记得把四部的详细资料整理给我。”

秦墨岭：“不急，休息几天。”

“我一个人在家无聊。”

“让你去我办公室你又不去。”秦墨岭只好答应她，“明天让高秘书发给你。”

翌日中午，秦墨岭收到蒋盛和的消息：把陈老师号码给我，我给陈老师打个电话。

蒋盛和：周五下班后，我去看望陈老师，你跟简杭也回去吃饭吧。

秦墨岭把陈钰号码发过去：怎么突然提前去？之前说好了，教师节时过去。

蒋盛和：你婚礼说不定在教师节前，我提前去看看。

秦墨岭结婚，他是伴郎，到时要去接亲，明知道陈钰是他班主任，不提前过去看看，说不过去。

提前见过，到时去陈老师家里接亲，不会尴尬。

存了号码，蒋盛和直接拨过去，先报上大名：“陈老师，您还记得我吗？”

陈钰笑道：“那肯定记得。有次数学课，我在板书，你跟秦墨岭趁我看不见互扔粉笔头，你扔偏了，砸到我头上。”

蒋盛和：“……”

他笑了出来：“老师，我去悔过，顺便再告告秦墨岭的状。”

周五下午，简杭午睡醒来，找邢律师要了高太太的电话号码。

邢律师担心：“是不是廖咏玫又去找你碴儿？”

“没有，是我找她，工作上的事。谢谢邢律关心。”

简杭和邢律师寒暄几句，挂了电话，直接给廖咏玫打过去。

简杭当初没存廖咏玫的电话，但廖咏玫有她的号码。

廖咏玫看到屏幕上跳出从没出现过的人名，心头也跟着跳了一下，她平复几秒才接通电话：“简总，你好，是不是之前那件事，还有什么不妥？”

她以为简杭想让她在朋友圈公开道歉。

“那件事不是翻篇了？”简杭开门见山，“找你聊工作的事，我这边有份人事部门的工作，不知道你感不感兴趣。有空的话，见面聊。”

廖咏玫很爽快：“我随时有空。”

两人当即约好见面的地点。

结束通话，廖咏玫在沙发上发了几分钟的呆。

做了六年全职太太，她不愿承认，有时不敢去面对职场。也一次次想找份有挑战性的工作，又一次次被自己吓回来。

廖咏玫长长呼了一口气，去衣帽间找衣服。

她摘下身上所有贵重首饰，只留了一条项链，项链是母亲节时儿子送她的礼物。不算太贵，两千块钱，儿子用奖学金买的。

她看看无名指，钻戒是她刚离职那年，高域在结婚纪念日那天送她的礼物，感激她为家庭和儿子所做的牺牲。

即使前几个月跟他闹成那样，她也没舍得摘。

廖咏玫暗暗吸口气，摘下钻戒，扔到首饰盒里。

化了一个淡妆，将头发绾起，廖咏玫在镜子前看了又看，镜子里的人，陌生又熟悉。

到了约好的咖啡馆，廖咏玫从落地窗看到了里面的人。简杭今天穿一件白色长裙，正在看书。

她年轻时虽然没有简杭这样惊艳，但也是这么自信和强势，也像这样光彩照人。那时的她，怎么可能想得到，六年后自己会歇斯底里去撕“小三”。

廖咏玫收回思绪，推门进去。

简杭正在看那本专利权诉讼方面的书，之前借了这本书的壳，今天正儿八经看起里面的案例。借走的书壳又还了回来，那本谈论恋爱技巧的书也在包里，晚上回家吃饭，她打算带回家，放公寓不安全，万一被秦墨岭看到。

她收起书，招呼廖咏玫：“坐。喝点儿什么？”

廖咏玫没客气，点了一杯自己喜欢的饮品。

简杭有个习惯，谈事情不喜欢兜圈子：“我跳槽了。”

廖咏玫惊讶，随即说不出的愧疚：“因为我的事？”

“跟你没关系。”简杭笑笑，“你还没有那个魅力让我为你辞职。我身体不好，换一行。”

“下家是？”

“乐檬。”

“你要去你老公的公司？”

“嗯。乐檬四部。”

廖咏玫突然又没那么惊讶：“我知道四部。”

四部是个烂摊子，简杭一个外行敢接这个烂摊子，让她很是意外。

简杭不瞒她：“去四部，我要整顿团队，人员调整不可避免。乐檬事业部现任的人，不会配合我。你以前在上市公司待过，能力出色，我第一个就想到了你。”

廖咏玫感激：“谢谢。”

很久没人对她说过能力出色，她现在唯一的光环是高太太，很多人连她名字都记不太清。

廖咏玫心里不踏实，她找工作不想因为别人是看在高域的面上，或者是让高域欠人情，因为她不想欠高域的人情。现在高域不提离婚了，回到家也干家务，但基本不和她说话。

说他变好了吧，谈不上。可又挑不出他什么错，只是她过够了这种冷冰冰的日子，不想再什么都靠着他。

廖咏玫想确定一件事：“简总，不好意思，恕我愚钝，你找我去乐檬，是因为给高域面子吗？”

简杭：“我组建团队，连秦墨岭的面子都不会给，别说其他人。我找的是廖咏玫，不是高太太。你的号码，是我问邢律师要的。”

廖咏玫松口气：“谢谢。”

她担心：“我毕竟离开了职场六年，自己都没底气。”

简杭没废话连篇说大道理安慰她，只道：“有我，你怕什么？任何事，我给你兜底。”

廖咏玫现在终于明白，为什么风投圈盛传，跟简杭合作过的男人，没有不对她动心的。

跟她这样有魄力的人合作，很安心。

简杭又道：“四部是我转行的机会，也是你重返职场的机会。你考虑一下。”

咖啡送了上来，廖咏玫撕开糖和牛奶放进去，以前她喝咖啡不加糖，不知道从什么时候开始，她讨厌苦味。

简杭从包里拿出一张纸，附带了一张名片，从桌上推到廖咏玫面前：“推荐几本书给你。”

廖咏玫拿起书单，都是快消行业的书籍。

书单还附了一张名片，乐檬的高秘书。

简杭说：“你如果决定去，直接联系高秘书办理入职，职位是人事副总监，专门管理四部的人事。这是我接手四部的条件，所以连面试都省去了，直接入职。”

她翻开专利技术那本书，接着看案例。

一杯咖啡喝完，简杭买单。

她收起书放包里：“我还有事，失陪。”

见面也没聊几句，完全能在电话里说清楚，她跟廖咏玫见面，是出于重视，出于尊重，聊完了自然就撤。

廖咏玫讶然，这样就结束了？她转身目送简杭，直到看不见简杭的身影，才缓缓转回来。

她在来的路上做好了各种心理准备，她以为简杭会问，你最近跟高域怎么样了啊？打算离婚吗？男人靠不住，你不为自己多想想？你甘心做家庭主妇？

她一点都不想跟别人聊高域，那是她的伤疤，不想揭给外人看。

但如果简杭问，她即使心里不愿意，也会说上几句，毕竟简杭看得起她，有工作先想到了她。

来咖啡馆这一路，她想了不下几十个简杭可能会问的她跟高域的感情问题，也想了不下上百句简杭会劝她重返职场的大道理。

结果，简杭一个没问，一句没劝。

只把能给她的条件摆在她面前，一句废话都没有。

从咖啡馆出来，简杭回父母那里，今晚蒋盛和要到家里吃饭，她提前回家帮忙。

路过花店，给母亲买了一束鲜花。

家里，陈钰忙得不可开交。

蒋盛和想吃的虾仁蒸饺，做起来挺麻烦，尤其她第一次做。那天蒋盛和打电话给她，说周五来家里，留在家里吃饭。

她问蒋盛和想吃什么，提前准备。

蒋盛和没客气，说想吃虾仁蒸饺。

简杭到家门口自己开门："妈，我回来了。"

陈钰在厨房："不是让你等太阳下去再回的吗，不热啊？"

"还行，在家没事，过来给你打下手。"简杭把鲜花放在茶几上，去厨房。

陈钰列了菜单，需要的食材都收拾得差不多了："不用你忙，你吃水果。"她把提前洗净的水果端给女儿。

陈钰瞅女儿一眼："不错，看来锻炼有效果。"

这才第五天，女儿脸上有了血色。

陈钰闲聊："你现在每天坚持走路？"

"嗯，腿不疼了，下周继续跑步。"

陈钰知道女儿要去乐檬的事，她从不干涉女儿工作上的决定，但有些话该说还得说，让女儿心里有数："两口子在一个公司，少不了吵架，你想清楚。"

简杭让母亲放心："妈，秦墨岭会让着我。"

陈钰："男人的话，听听就罢了，结婚前你爸还说不跟我吵呢，你看他少吵一次了？"

简杭笑笑，她看得开："吵架正常，吵完主动道歉不就完事儿了嘛。"

陈钰不再多说："你觉得没问题就行。吵架了也没什么，你回来跟妈妈说说，别自己闷在心里。"

简杭忽然闻到一股特有的香气："妈，您蒸了肉包子？"

"不是，蒸饺。第一次蒸，先蒸一锅尝尝，看味道怎么样。"锅开了，热气腾腾，伴着肉香。

"怎么想起来做蒸饺？给秦墨岭吃？"

"蒋盛和要吃。"

"……"奇葩的两个小学同学，对蒸饺都情有独钟。

傍晚，秦墨岭和蒋盛和到来，简仲君跟他们一道上楼，他特意在楼下等着女婿和蒋盛和。

秦墨岭从鞋柜拿自己的拖鞋换上，又拿了一双新的给蒋盛和。

蒋盛和觑秦墨岭一眼，秦墨岭破天荒帮他拿拖鞋，是想显摆一下，自己是家里人，他是客人。

"来啦，外面热吧。"陈钰从厨房出来，蒋盛和隐约还有小时候的样子。二十多年没见，如果走在路上碰到，她肯定认不出。

蒋盛和带了一大束花来，笑说："陈老师，我来悔过。"

他把花给陈钰，又轻轻抱了一下陈钰："小时候没少惹您生气。"

陈钰笑："要是你们都听话，我不一定记得。"

蒋盛和半开玩笑："我其实很听话，是秦墨岭拉我下水。"

秦墨岭："……"

岳母还在旁边，他先忍了。

简仲君招呼他们到客厅坐，给他们煮咖啡。

秦墨岭来的次数多了，慢慢将这当成自己家，他径自拿杯子倒了一杯温水放在简杭面前。

简杭看他，没说话，嘴角微扬。

秦墨岭紧挨着她坐下。

陈钰端来两个盘子，里面是晶莹剔透的虾仁蒸饺，这是第二锅，又放了一点调料，比第一锅的味道好。

两个盘子里，一个盘子里放了四个，是给蒋盛和的。

陈钰不知道秦墨岭爱不爱吃，只放了两个。

"不能空腹喝酒，先吃点东西，刚出锅。

“杭杭，厨房里还有，你去端来。”

“好。”简杭起身去厨房。

秦墨岭对蒸饺一般，只不过小时候吃了简杭的蒸饺，想起来时，会觉得它跟其他吃的不一样。

蒋盛和只在自家和秦墨岭家随意，给外人的感觉清冷淡漠，不好相处，但他小时候什么样子，出过什么糗，陈钰都见过。

他也没再见外，拿起筷子吃起来。

小时候吃的蒸饺是什么味道，自然想不起来，但现在咬下去的蒸饺，皮薄多汁，味道鲜美。

“陈老师，这个蒸饺我记了很多年，当时我只吃了一个，那一小盒都被秦墨岭给哄去了。”

秦墨岭：“……”他没想到蒋盛和还记得这事。

陈钰终于知道为什么蒋盛和今天特意点了虾仁蒸饺。那时简杭上中班，她在去幼儿园接简杭的路上会顺带给简杭买点吃的，有时会买蒸饺，怕冷掉，她都是自带一个卡通保温盒，买了放进去。

接到简杭，她带回办公室。

像秦墨岭和蒋盛和这样调皮的孩子，影响自习课秩序，她都是单独让他们去办公室写作业。

可能就是趁她去班级的空当，他们哄了简杭的蒸饺吃。

因为是用自家的保温盒盛蒸饺，蒋盛和误以为蒸饺是她做的。

秦墨岭解释：“妈，不算是我哄，是简杭给我的。”

蒋盛和：“那怎么没给我？”

秦墨岭：“……”

被蒋盛和挤对得哑口无言。他总不能说，他当时不想做作业，一直在那逗简杭玩，还给她取了一个没有原来名字好听的英文名，简杭就把蒸饺给了他。

简仲君开玩笑：“原来杭杭那段时间是饿瘦的，瘦得眼睛都变大了。”

几人都笑了。

秦墨岭一转脸，简杭端了蒸饺过来，看他的眼神意味深长。

简杭把满盘蒸饺放在茶几上：“你们小时候竟然抢我蒸饺吃。”

蒋盛和笑笑：“我没抢，你老公抢的。”

简杭不记得小时候的秦墨岭，在他旁边坐下："你真哄过我蒸饺吃？"

"没。"秦墨岭坚持，"你送我的。"

简杭："……"

她小时候就觉得秦墨岭好看？

不应该。如果觉得他好看，那她怎么不记得他？

简杭站起来，拉着秦墨岭，跟蒋盛和说："蒋总，你慢慢吃，我跟秦墨岭清算小时候的账。"

蒋盛和笑笑，拆秦墨岭的台："该算的账好好算，别手下留情。"

陈钰笑说："你们俩打小就闹，现在还闹。"

他们在客厅接着说以前班级里的趣事，又聊到那些孩子如今都在什么行业。

简杭把秦墨岭拉到自己房间，反锁门，她不是真要算账，是想问问他小时候的事。

秦墨岭看着她："还想不起来我？"

简杭摇头，真的想不起来。

中班的事情，很模糊，能记得的只有一两件，却没有他。

"你一直都记得我小时候？"

秦墨岭点头。

"那之前聊起你们班，你怎么不说你认识我？"

"你不记得我，就没说。"他又道，"我跟蒋盛和就是你口中不听话的小男生，经常被叫到办公室写作业。"

"……"

简杭瞠目结舌，刚才母亲说他们小时候不听话，她没放心上，毕竟学霸也有不认真的时候，没想到他们是这么不认真。

"我当时不想做作业，""逗她玩"这几个字，秦墨岭实在说不出口，"看了你的英文绘本。"他今天才有机会说实话："简杭，Olivia 好听。"

"……你是……那个哥哥？"

不敢置信。

她只记得有个哥哥说，小橄榄好听。回家她就改了英文名。

简杭努力去想他小时候的样子，怎么也拼凑不起来。

秦墨岭去客厅拿来包，里面有皮夹。

他拿出那张二寸证件照："看看能不能想起来。"

简杭盯着他的证件照，小时候就好看，难怪她给他蒸饺吃，还非要把英文名改叫 Olive。

她隐约有点印象，但还是想不起来那天办公室的事。

英文绘本，蒸饺，她都不记得。

"这张证件照，送我了，行吗？"

"可以。"秦墨岭问她，"你有没有小时候的证件照？"

"有，从小到大的证件照，没用完的我都收着。"她指指房间里的一张学习桌，"在右边最下面那个抽屉，有个自封袋，里面都是证件照。"

简杭去客厅拿包。

他们两人先后出来拿包，客厅三人疑惑，他们这是干什么？

简杭再次反锁上门，拿出钱包，把包随手放在学习桌边沿，将秦墨岭的证件照放钱包里。

"找到没？"她看一眼秦墨岭。

"找到了。"秦墨岭说，"我拿一张。"

他不陌生她小时候的样子，跟他印象里一样。

秦墨岭把她的证件照也放进钱包，两人对看，谁都没说话，他低头，轻轻吮着她的唇。

简杭抱上他的腰，两人的吻刚刚加深，"砰"一声，简杭的包没放稳，失了重心，从学习桌上翻下来。

秦墨岭放开她，弯腰去捡包，一本书从包里摔出来，封面朝上。没有了借来的高级外壳，封面上的"恋爱小技巧"几个大字，映入眼帘。

简杭："……"

她回到家忘了把这本书拿出来。

秦墨岭捡起包，拾起那本书递给她。

简杭定了定神，急中生智："我不是让你追我吗，怕你不会追人，买来给你看，还没来得及给你。"说罢，她把书又塞给他。

秦墨岭："……"

书的封面上还粘了一小块双面胶，秦墨岭揭下来，不知道哪里多出来的胶。他没翻看，大概知道里面是什么内容。

只是这本书，他实在用不上。

“这个上面讲的，不实用。”他给出结论。

简杭抓住重点：“你看过？”

“没看过这本，接触过类似的书。”秦墨岭把书放在她的学习桌上，“我用不着。”

他解释：“不是不追你，也感谢你给我买书。”

简杭知道这上面没多少适用已婚夫妻，他不愿看这种书，在她意料之内。再说，本来就不是买给他看。她总算把尴尬给甩了出去。

“你不看没关系，等我有空自己看看。”她说。

刚才意乱情迷的吻被打断，气氛没了。

客厅里还有蒋盛和，他们没再继续。

秦墨岭把证件照的自封袋收起来，放回学习桌的抽屉里。

简杭看看那本书，反正书已经在他面前暴露，她再带回去。

秦墨岭转头就看到她把书放包里，她去苏城出差给他带过一罐咖啡，这本书是她送他的第二件礼物。

不管用不用得上，他应该收下，而不是直接拒绝。

“书你带回家，放我书房。”

简杭抬头，一脸疑惑。

秦墨岭歉意道：“你送的，我应该收下。”

搞得简杭心里过意不去：“没事。只是买给你看，不是送你的礼物。”

秦墨岭把她揽在身前，低头轻吻她：“追你得用心，不是用书。”

他刚要松开她，简杭又贴上他的唇亲回去。

身后就是她的床，秦墨岭理智还在：“他们还在外面等。”说完，他又抱起她深吻了回去，直到她心满意足才放下她。

简杭从包里拿出化妆镜和口红，补妆。

两人从房间出来，蒋盛和打趣：“账都算完了？”

简杭笑：“拿证件照比对过，有印象，账只算了一点儿，留在婚礼那天再慢慢算。”

原来他们两人出来拿包，是拿小时候的证件照。

说起婚礼，蒋盛和问道：“日子定下来了？”

简杭看向母亲，婚礼日期都是母亲和秦奶奶她们商量，她和秦墨岭从来不多问：“妈，定在九月几号？”

陈钰说：“今天上午还商量来着呢，我们觉得九号不错，你跟墨岭看看喜不喜欢，不喜欢再换。”

九月九号，挺好。

简杭没意见，她看秦墨岭。

秦墨岭道：“简杭说哪天就哪天。”

于是婚礼就定在了九月九号，教师节前一天。

吃过饭，待到晚上十点钟，聊到尽兴，几人才回去。

秦墨岭晚上喝了酒，由司机开车。

简杭开了汽车顶灯，拿出钱包，看秦墨岭小时候的照片。

她还没看清楚，秦墨岭抽走她手里的钱包，放回她包里：“没有印象的人，再想也想不起来。”

记忆很神奇，小时候能记住的人和事，即使过去很多年，还是能清楚回想起来那个人长什么样，就像他记住了当年陪她玩，给她读绘本，也记得她当时说话的神情，甚至还记得她说了什么话。

如果记忆模糊，就算把当年场景复述一遍，依旧没印象。

简杭属于后者。

他解释：“我比你大，所以记得住。”

简杭关了汽车顶灯：“认识我的人都说，我跟小时候很像，你觉得像吗？”

“像，又不像。”

他说法矛盾，简杭能明白他想要表达的意思。

“简杭。”说出口前，秦墨岭吩咐司机，把前后座挡板放下。

直到前后隔了音，他才说：“你想没想过，我们要是有个孩子，可能会长得像你小时候。”

简杭：“……”

孩子对她来说，有点遥远。她还想着当首席执行官，没考虑那么远。

但一想到，要跟他生个女儿，心里也是期待的。

“你想过什么时候要孩子吗？”这是两个人的事，她先问问他。

秦墨岭：“等四部在你的管理下走上正轨。”

她说过她有个当首席执行官的梦，他当真了。

简杭挪过去，靠近他坐，抱了抱他：“谢谢。”司机还在前面，她不会做离谱的事，很快松开他，坐回自己那边。

秦墨岭一直看她，和她待一起特别舒适，她有分寸感，而这种分寸感被她把握得恰到好处，有外人在，她从不黏糊，大方利落。

在卧室，她喜欢亲吻，喜欢他抱着她，她把自己最动人最性感的那面都给他。

即使只有他们两人，她也从来不会任性。

堂妹秦书说过，没有哪个女人不想任性，一个女人不任性，一方面是性格原因，最重要的一方面是，没人可随意让她任性。

“简杭，你问我一个你之前不会问的问题。”

简杭一时没琢磨透他这话的意思：“哪方面？”

秦墨岭：“我跟你之间。”

还真有不少。

不过她觉得没必要，有些问题问了，只会自寻烦恼，也不一定有答案，那何必要问。

在这段婚姻里，她能做的就是好好经营，他对她好，她也会对他认真。至于她想要他的爱，他如果给不了，那顶多是遗憾，不影响她继续婚姻。

秦墨岭说：“你问，没事。”

他补充道：“什么都可以问。”

简杭也不是会浪费机会的那种人，有了机会，那就抓住：“如果我跟你那次相亲没了下文，你后来娶了别人，是不是也一样这么做？”也会这么体贴。

秦墨岭没立即回答，她这么说，是对他有了占有欲。她以前说过，对他有占有欲，希望他主动对她好一点。

他道："不会有别人。"

回到公寓，小餐厅的夜景璀璨。

没开灯，秦墨岭牵着她过去，将她抱起来。

小餐厅的餐桌原本是南北向，后来被碰得说不上是什么方向。

"我本来打算今晚去跑步。"简杭说。

她边说边给他擦头发，秦墨岭单手揽着她，另一只手摆放旁边的餐椅，他道："刚才运动过了。一样。"

"……"

那怎么能一样！她最近几天每天走一个多小时，腿慢慢恢复了，应该能正常跑步。

简杭认真给他擦头发，她现在和他用同一个系列的沐浴露，身上的味道都差不多。

秦墨岭摆好所有被撞歪的椅子，有了空看她。方便看夜景，小餐厅依旧没开灯，他眼底如墨，静静看她。

简杭擦完头发，踮脚，在他鼻梁上落了一吻。

小餐厅突然很安静。

简杭感觉到他身体的不一样，把毛巾丢在椅背上，她之前看过他的人鱼线，看过那里流畅平滑的肌肉线条。

她俯身，亲了下，也只是一下。

秦墨岭在那一瞬，忽然看不清眼前的夜景，模糊一片。

兵败如山倒。

秦墨岭抱起简杭，亲她的唇。

眼前是无边的夜景。

他亲她，温柔的，强势的。

就像灯火与夜幕，灯火温柔，夜幕强势，相互交织。

简杭躬身，与他十指紧扣。

今晚，他们跟以前任何一次的情愫都不一样。

又说不上来哪里不一样。

翌日周六，是林骁和秦醒约好给女魔头放烟花的日子，今天天气不错，晴朗无云。

放烟花的地方离市区将近一百公里，得提前赶过去。

林骁还在公司，喝着热美式在等谈沨散会，晚上团队有聚餐，他只能请假不去。

自从简杭离职，他过上了神仙日子，手上工作不多，基本都是跑腿的活，谈沨也不再要求他写什么个人小结。

他睡午觉睡到自然醒，没人叫他，随便他睡到几点。傍晚六点钟就能下班走人，但同事都在加班，忙得人仰马翻，他不好意思，每天拖到七八点才回去。

回家没事干，找秦醒玩游戏。

自从“真实身份”被发现，小橄榄没再带他们玩过。

一杯咖啡喝了一半，同事们陆续回来。

散会了，林骁放下杯子，去找谈沨请假。

还是那间办公室，还是那扇门，还是喊老大，但感觉完全不一样了，以前去简杭办公室，他是以赴死的悲壮心理叩门，现在去找谈沨，是以复活的愉悦心理敲门。

“老大，是我。”

“进。”

谈沨在看资料，头也没抬。

林骁挠了挠鼻尖，他心虚时总会不由自主做这个动作：“老大，我家里人今晚过生日，团建我……能不能请个假？”

“没问题。”谈沨还是没抬头。他对团队的要求格外严厉，因林骁被他下意识排除在团队外，所以林骁去不去团建，对他没影响。

“谢谢老大。”林骁没急着走，“老大，听说我们又拿下一个项目。”以前有新项目，简杭都会把他算进项目团队里，所以开会时就知道是什么情况，现在谈沨没找他，他只能靠听说。

谈沨“嗯”了声，回应他。

他翻了一页手里的资料，边看边做记录。他对林骁这样的关系户，向来只有一个原则：供着。

不热络，也不会冷淡，客客气气维持场面上的和气。

他们自己不上进，他没有责任和义务督促他们，也没那个闲工夫。

林骁如今成天闲着，无所事事，不太好意思，客气道："老大，项目上有什么事，你尽管吩咐我。"

谈沨这才抬眸："不用。项目团队的人都签了保密协议。"

林骁讪讪一笑，怎么连这个都忘记了。

他不是团队里的人，没签保密协议，自然不会让他帮忙。

没再打扰谈沨，林骁关门离开。

办公室的同事忙得焦头烂额，不是在打电话沟通项目上的问题，就是在埋头做资料。就他闲人一个。

他一屁股坐下，拿起只剩半杯的热美式，心不在焉地嘬了几口。

咸鱼躺平的日子，可是他一直想要的啊，终于在女魔头走后实现，他该激动才对，不知道为什么，反倒过得没滋没味。

咖啡喝完，林骁打起精神，给秦醒发消息：你跟你哥说，晚上八点钟我们放烟花，水果饮料和甜品都按老大的喜好准备好了。

习惯性喊简杭老大，他又在"老大"前面加了一个"前"字。

十分钟后，秦墨岭接到秦醒的电话。

秦醒问他们什么时候出发："其他人都已经动身。"

秦墨岭："五点钟过去。"

从家里到烟花燃放地点，开车两个半小时。

简杭还不知道晚上的安排，她在看那本案例书。

秦墨岭走过来："收拾一下，带你去看烟花。"

简杭第一反应："是在追我？"

"不是。敲了林骁的竹杠。"

"……"

秦墨岭把那晚的事告诉她，又道："不少人过去。"就当提前给她办生日派对。别人生日时有的热闹，他也想给她。

简杭收起书："在哪儿放烟花？"

秦墨岭道："郊外的度假村，今晚住那边。"

简杭去换衣服，又拿出行李箱。

她打开衣柜，整理了她和秦墨岭的衣服和随身物品放进去，算是周末一日游。

秦墨岭去衣帽间收拾自己的衣服，到了门口，看简杭正在叠他的衬衫，他又退出去。

四点五十分，两人出发。

路上，秦墨岭和她说起乐檬的事。

“事业二部原总裁调去了海外事业部，董事会任命钟妍月为二部总裁。”

简杭点头，这是公司的决定，她并不关心。

提到钟妍月，就必然想起谈沨。

简杭想起来一事：“我过几天要跟谈沨吃顿饭。”她提前告诉他。

秦墨岭没吱声，一直开到路口等红灯时，他说：“嗯，到时你结账。”中间有停顿，他又道：“你最近调理胃，尽量少在外面吃，想吃什么我做。”

“行。”简杭应着他。她跟谈沨出去吃饭，他又有点小心眼了。

她打开包，找出化妆镜，问道：“你能不能看到我脸上的毛孔？”

“看不到。”秦墨岭单手扶方向盘，侧脸看他那边的窗外，根本没看她。

看不看都一样，他每天都亲，她皮肤细腻水润，像刚敷过面膜。

红灯在倒计时，还有五十多秒，时间足够。简杭把小镜子伸到秦墨岭身前。“照照你的心眼。”她顿了两秒，“没照到，比我毛孔还小。”

秦墨岭：“……”

简杭收起笑容：“你介意，我就不去。那顿饭不是非要吃，以后让他还其他人情。”

秦墨岭道：“那就让他还你其他人情。”

简杭再次把小镜子递他身前：“这次看到你心眼了，挺大。”

秦墨岭被气笑，红灯已经倒计时到第五秒，他握着她的手不让她再照：“别闹，我开车。”

这一瞬间，像情侣在玩闹。

只是他们两人都没意识到。

行至半路，秦墨岭的手机响了，高秘书打电话提醒他，十分钟后事业二部的视频会。

他靠边停车，对简杭说：“换你开。”

两人下车，互换位置。

秦墨岭从后座拿来笔记本电脑，通上电源，开机后插上耳机。

他没说要开什么会，简杭也没多问。

她现在是四部总裁，他作为老板，用不着跟下属汇报工作。

这是两人在工作上心照不宣达成的默契。

今天的会议由钟妍月主持，她刚刚接手二部。在二部待了两年半，奈何是副总，想做的事只能想想，上面还有上司，她心有余而力不足。现在终于有了话语权。

钟妍月认识秦墨岭那么久，了解他的工作风格，开会时最不喜欢长篇大论，也不喜欢听别人废话半天说不到点子上。

于是她简洁明了道："第一件事，有关明年新品的代言人，一部决定不再和谈莫行续约，我让人跟谈莫行经纪团队谈过，他们有意向代言我们二部的新品。如果董事会没问题，接下来我们将细谈代言费用。"

哪些产品是哪个事业部，消费者没有这个概念，都看成是乐檬的饮品。

所以谈莫行代言二部的新品，消费者和粉丝以为是产品升级推新。

"第二件事，下个季度开始，我打算跟四部的不畅销产品解绑。四部有几款饮料不畅销，应该找自身问题，而不是靠我们二部畅销产品博销量，经销商意见很大，再这样下去，不利于我们二部的市场。"

四部不畅销产品和二部畅销产品捆绑销售，是上任二部总裁和四部原总裁郁鸣的决定，她到了乐檬后，不止一次提出，这个销售模式得改，可她只是个副总，说的话没人当回事。

二部产品好卖，各经销商每进十件二部的产品，就要搭配进两件四部不畅销的产品，十搭二的模式。

"秦总，就算经销商进货必须畅销和不畅销的搭配进，那配的也应该是我们二部的产品，而不是搭配四部的产品。"

二部对四部没那个义务。而且二部十几款饮料，不是所有都畅销，也有相对不畅销的。

说到这儿，钟妍月暂停，她在给秦墨岭考虑的时间。

秦墨岭手肘抵在车窗上，支着下颌，他没看屏幕，左手拿手机在查资料。

他没出声，整个会议室陷入静默。

他是乐檬老板，每个事业部都是他的，四部的总裁就算现在换成简杭，在他这里，四部跟其他几个部也没任何区别，他考虑的是长远利益。

本来他就只打算给四部两年时间，两年后起不来，他就慢慢把四部给剥离出去。

二部是乐檬最赚钱的一个事业部，去年全年，二部总营收五十亿，实现利润近十二亿。

公司在费用投入上也一直倾斜二部。

秦墨岭在看四部上个月的销售报表，如果和二部产品解绑，对四部来说，无异于雪上加霜。

一些销售模式，在他来乐檬前已经定下。

他和钟妍月看法一致，饮鸩止渴的捆绑销售策略，走不长远。

他收起手机，对着耳机收音筒："按你说的来，我这里通过了。"

钟妍月在心里舒口气："好的，秦总。"

她接下来说第三件事："四部的周义和郑炎东一直不和，我这边正好缺人，想把周义要过来，也能解决他们俩的矛盾。"

秦墨岭抬眸，看了屏幕一眼。该倾斜给二部的资源，他会倾斜，但不是没原则。

他点了钟妍月一句："你是二部总裁。"

言外之意，别插手其他事业部的事。

会议室还有其他人，钟妍月被当众驳面子，但她习惯了，因为秦墨岭在公事上，向来不近人情，对谁都不例外。

钟妍月需要向秦墨岭汇报的就三件事，接下来是二部内部会议，秦墨岭退出会议。

身边的人合上电脑，扯下耳机，简杭才用余光看他一眼。

整个会议，他就说了两句话，她想起他们第一次在公寓的小餐厅吃夜宵，他说他开会时话不多，没想到是这么少，惜字如金。

他最后提到二部总裁，看来是跟钟妍月在开会。

她坐在他旁边，都感受到了他开会时的凌厉和强势，别说跟他连线开会的人。

他一旦进入工作状态，她在他身上便找不到一丝熟悉感。

"前面停车，我开。"秦墨岭收起笔记本电脑。

再一次，两人换了座位。

简杭坐上副驾驶座，没系安全带。

秦墨岭下意识侧目，看她扣没扣好安全带。

她闲散地坐在那儿，等着他给她系。

他倾身，左手扯过安全带，右手按着她后脑勺，唇压下来。

“咔嗒”，安全带扣上，深吻结束，他坐正。

秦墨岭没说话，发动车子。

简杭靠在座椅里，微微仰头，全景天窗外，天空成了彩色，橘红和灰蓝交相辉映。

秦醒和林骁六点半赶到了度假村，度假村坐落在山脚下，山风清凉，还有溪流和湖泊。

夕阳未落尽，西半边天渐渐被染成粉蓝色，深粉浅粉，深蓝浅蓝，层层叠叠。

一如动漫里的天空。

秦醒开着银灰色跑车，一路疾驰到度假村酒店门口。

林骁从副驾驶座下来，扫了一眼停车位，只有齐正琛到了。今晚秦墨岭包场度假村，没有外人。

“老齐受什么刺激了，一声不吭就跟钟妍月领了证。”

秦醒锁车：“谁知道。”齐正琛有喜欢的人，突然跟钟妍月领证，让人摸不着头脑。

他提醒林骁：“别喊他老齐，小心他揍你。”

齐正琛跟秦墨岭年纪相仿，比他们大六七岁，林骁经常喊他“老齐”。不过齐正琛最近心情不咋样，他还是尽量不招惹。

能跟钟妍月闪婚，估计是想不开。

钟妍月脑子也进水了，怎么好端端就看上了齐正琛？

两人前往生日派对现场。

秦墨岭给简杭准备了露天生日派对，场地在湖边的草地上，那边已经布置得差不多。

林骁努力回想了一下：“女魔头生日好像是八月，是不是你哥记错了？”

秦醒皱眉：“你喊我嫂子什么？”

“……一个代号而已，别上纲上线。”让他喊简杭嫂子，实在喊不出口。他现在又有了新老大谈飒，那只能喊简杭女魔头。

林骁强调：“喊她女魔头也没恶意。”

秦醒回答之前那个问题：“我哥知道我嫂子哪天生日，趁嫂子现在休假，提前庆祝。”

到了生日派对现场，看到正在充气球的人，林骁瞪大眼睛，小声跟秦醒说：“他真受刺激了。”

秦醒点了下头，受的刺激还不小。

齐正琛坐在一个矮凳上，长腿无处放，只能蜷着，嘴里咬着烟，烟燃了半截，眼瞅着要断掉。他两手在充气球，没顾得上拿烟。

“齐哥，要不要帮忙？”秦醒走过去。

手里的气球充好气，绑好，齐正琛拿下嘴里的烟，林骁动作快，立刻拿了烟灰缸去接快要断掉的烟灰。

齐正琛弹了下烟灰，道：“都弄差不多了。”

他指指旁边的气球：“还剩十来个，你们俩弄吧。”

秦醒问：“这些气球都是你充的气？”

“不然呢？”

“工作人员呢？”

“在酒店里忙。”

“齐哥，你喜欢玩气球？”

齐正琛笑笑：“你们觉得我有病是吧？”

可不是嘛。当然，秦醒只敢想想，不敢说。

齐正琛捻灭烟：“我听错了时间，三点钟就到了。”

秦醒：“……”

八点钟怎么也不能听成三点钟呀，这得多不走心。

齐正琛下午到了度假村，停车场空空荡荡，问过度假村经理才知道，生日派对八点钟才开始。

他闲得无聊，过来充气球消磨时间。

“妍月姐来不来？”秦醒问。

“她没空。”

齐正琛问过钟妍月，她说不来，忙二部交接。

就算不忙，钟妍月应该也不会来给简杭庆祝生日。

当初简杭争取万悦集团的项目，钟妍菲为难过简杭，秦墨岭为此还暂停了跟万悦的合作，给钟妍菲长记性。

钟妍菲和简杭有矛盾，她作为妹妹，不过来也情有可原。

“你们把气球布置好。”齐正琛起身，往酒店走。

今晚秦墨岭请了不少朋友过来，韩沛和秦书刚到，蒋盛和的车子随后也开进来。

几人在酒店大堂遇到。

他们把度假村最好的套房让给今晚的寿星，其他人随意要了房间。

七点二十分，秦墨岭的车子缓缓驶进度假村。

他们最后一个到，车子只能停到最角落的停车位。

简杭解开安全带："周末人这么多。"

秦墨岭："嗯。"

"空气不错。"

"你现在休假，可以经常过来住。"

"那你呢？"

秦墨岭顿了一下，道："我晚上下班过来。"

简杭想了想，还是算了。

他如果来度假村，路上就得花两个多小时。

秦墨岭打开后备厢，拎下行李箱。

两人去酒店办理入住。

"今晚在湖边有露天酒会。"他告诉简杭。

只说酒会，没提跟生日有关的字眼。

"人多不多？"

"不算多，二三十人。"

简杭决定过去，是为了陪秦墨岭。

刚走进大堂，秦书和韩沛从楼上下来，准备去湖边。

"哥，嫂子。"秦书见到人，远远喊他们。

简杭转身，笑着打招呼。

秦墨岭对秦书说："我和简杭回房间把行李放下，你跟妹夫先过去。"

韩沛："……"

他是见缝插针喊妹夫。

秦书笑笑，推着心梗的韩沛离开。

等他们走远，简杭拿胳膊肘蹭一下秦墨岭："你就不能不喊他妹夫啊？"

秦墨岭把身份证放回钱包里，看了眼钱包里简杭的证件照，漫不经心道："不喊妹夫喊什么？直呼大名不礼貌。"

简杭："……"

秦墨岭合上钱包："你上去换衣服。"

当初婆婆给她买了两条适合出席宴会的礼服，上次参加秦醒生日她穿了一条，另一条秦墨岭又带来了，今晚穿。

简杭换上礼服，重新化了合适的妆。

秦墨岭不时地看腕表："还有十五分钟。"他催她。

"好了。"简杭正在涂口红，微微抿唇。

今晚"酒会"上的人，简杭只认识大半，有几个人面生。秦醒生日派对上，他们没露脸。

秦墨岭一一介绍他们给她认识。

她跟他们聊不到一起，都是秦墨岭跟他们说话。

几分钟后，烟花腾空升起，绚烂绽放，照亮了夜空。

侍应生推着蛋糕过来，在简杭旁边停下。

直到这一刻，简杭还没意识到，秦墨岭在给自己庆祝生日。她以为蛋糕是专门为酒会准备的。

秦醒终于不用再憋着："嫂子，生日快乐。"

简杭愣了，看向秦墨岭，他应该记错了。

"没记错。"秦墨岭记得她生日，道，"提前庆祝。"

他事先交代过他们，别在生日派对上起哄，还有两个多月办婚礼，想要起哄的话，接亲的时候再给他们胡闹。

只有秦书笑着催："嫂子，快许愿。"

秦墨岭下巴微扬："先吹蜡烛。"

简杭这才仔细看蛋糕，一共三层，款式特别简单，白色奶油上点缀着娇艳欲滴的玫瑰花瓣，每层都用巧克力做了一个字母放上去。

三个字母连起来就是"CEO"。

他对她道："生日快乐，梦想成真。"

简简单单的祝福，简杭为之心动。

如果不是因为他在公共场合不喜欢有亲密接触，她肯定会拥抱他一下。

她许愿吹蜡烛。

又一组璀璨的烟花腾空，缤纷绚丽。

林骁仰头看烟花，五彩缤纷好像预示着女魔头的未来，他感觉自己像烟花绽放之后的烟灰。

风一吹，不知道被吹到哪个犄角旮旯。

生日派对一直持续到凌晨两点钟才散。

回到房间，简杭把晚上许愿前的那个拥抱补上。

她锁上房间门，轻轻抱他。

秦墨岭右手揽她，左手将衬衫从西裤里拽出来。

简杭被他身上淡淡的红酒味包围，吞没。

他开会时，他跟朋友在一起时，他打牌时，都是她不熟悉的另一面。只有这个时候，他才是她一个人的。

完全走进他的生活，还有很长的一段路要走。

他解锁自己的手机，递给简杭："你生日，可以破例打一局游戏。"

睡前的意外惊喜，简杭坐起来。

秦墨岭倒了温水放在床头，担心她头晕，他坐在她旁边，什么事也没做，看着她打游戏。

简杭沉浸在游戏里，没关注秦墨岭在干什么。今晚秦醒和林骁都喝多了，没逮到她游戏上线。她带着两个闺密玩了一局。

最近锻炼的关系，一局打下来，她居然没晕。

她不确定是不是彻底不晕 3D，每天玩上一两局应该没问题。只是以后每天要借用秦墨岭的手机，很不方便。

"我短时间里不晕 3D 了。"

简杭提出："我把你手机里的游戏卸载，我自己下载，以后收东西方便。"

秦墨岭一言不发，拿走他的手机，没给她卸载。

游戏到了她手机上，她管不住自己。

简杭道："不会沉迷，马上没时间玩了。"

秦墨岭锁屏，把手机放床头柜："婚礼不用你操心，你在家休息。"

"不是忙婚礼。"简杭看着他，"我在家闲了一个星期了，心里不踏实。下周一我去上班。"知道他肯定反对，她保证："朝九晚五，不加班，不应酬。先去适应，正好会会周义和郑炎東。"

秦墨岭思忖半晌，最终点头。

简杭顿了顿，道："上班这么多年，我中午有个习惯。"

"什么习惯？"

“打一局游戏。”

“……”

秦墨岭还以为她有午睡的习惯。如果想午睡可以到他办公室，他有专门的休息室。

谁知，她放不下的是游戏。

“打游戏不是不可以，你不用下载，到我办公室打。”

简杭：“去了乐檬，你是我上司。”

她不可能在公司当着老板的面打游戏，这是最基本的尊重。

秦墨岭道：“午休时间，我不是你老板。”

她是四部总裁，也是他老婆，中午休息的时间，她想干什么，随便她。想要什么，他都答应。

次日，周天。

昨晚生日派对散了后，还有一拨人约了打牌，通宵到六点钟。

今天上午睡到自然醒，十一点半，他们陆续到餐厅吃早饭。

简杭和秦墨岭跟他们差不多时间下楼，电梯间，遇到林骁。

“老大。”林骁脱口而出。

简杭点点头，问：“和新老板处得怎么样？”

林骁认真想了想这个问题，突然不好定义：“还行吧。”说出来又后悔了。他不是应该很嘚瑟地说，跟新老板处得很好的吗？

怎么还犹豫了呢？

连说“还行吧”这三个字时，也犹豫了一下。

简杭道：“不错。”

看来女魔头对他跟谈沨能处好没抱什么希望。

电梯门开了，几人进去。

林骁快一个星期没跟小橄榄打游戏，他没有秦墨岭的微信，今天正好遇到，他想问具体上线时间，不管怎么说，他昨晚贡献出庆祝新生的烟花给简杭，秦墨岭应该会给个面子。

“哥，我给你留言你看没看到？”游戏里给小橄榄的留言。

秦墨岭侧眸：“什么留言？”

旁边还站着简杭，林骁没提任何跟游戏相关的，只道：“登录就能看到。”他还特意跟简杭解释说：“我爸生意上的问题，我帮忙请教一下秦哥。”

简杭笑笑，没说话。

林骁给小橄榄的留言，她凌晨打游戏时看到了，林骁留言说：哥，告诉你一个我们老大的秘密，老大喜欢玫瑰花。什么时候有空，带我和秦醒玩两把。

可惜留言被她看到，秦墨岭不知道。

秦墨岭并不关心林骁的留言，除了催他上线打游戏，没正经事。

刚出电梯，他手机有电话进来。

“我接个电话，你先去取餐。”秦墨岭从自助餐厅门口走过去，找个安静的地方接电话。

高秘书打电话是告诉老板，简杭带来的那个人事副总监来乐檬了，过来找她问入职的手续事宜。

“叫廖咏玫。”

名字耳熟，秦墨岭一时想不起来在哪儿听过：“廖咏玫？”

“嗯。她丈夫姓高，高域，宜硕银行副行长。”高秘书跟高域只是同一个姓氏，并不熟悉。

提起高域，秦墨岭知道是谁了。

廖咏玫之前大闹办公室，还泼了简杭一脸水，连带着对高域，秦墨岭都没好感，但简杭不计前嫌用她，他不会从中干涉。

“带她去办入职。”他又道，“还有件事通知到四部，明天他们的总裁简杭就职。”

高秘书疑惑，这么快？

“好的。我马上通知。”

秦墨岭挂了电话，有母亲的未读消息。

他回母亲：公寓。

自助餐厅里，简杭和蒋盛和坐一张餐桌，秦墨岭的所有朋友里，她跟蒋盛和最熟悉。

秦书原本要和她一起坐，已经端了餐盘过来，又被韩沛拽到其他桌，他不想跟秦墨岭同坐，不想听秦墨岭不时喊他妹夫。

蒋盛和昨晚喝多了，早上没胃口，倒了杯果汁喝。

“陈老师的厨艺比我们家厨师都强。”他似笑非笑道。

简杭心道，那不可能，母亲的厨艺算不上精湛。蒋盛和这么说不是恭维，他不需要恭维谁。职场这么多年，她心思敏锐，意会到蒋盛和的意思。

简杭笑说："我妈昨天还念叨，说你和秦墨岭在一起吃饭热闹。你要有空，我和秦墨岭回家吃饭时叫上你。"

"行。"

吃饭的时间随时有。就算当晚有应酬，也能推了。

蒋盛和又道："到时带个人去蹭饭。"

能让他带过去的肯定不是一般人，至少在他心里不一样。没人会随便带个无关紧要的人去自己老师家吃饭。

简杭的分寸感不仅对秦墨岭，对任何人都这样，即便好奇，她也不会旁敲侧击打探别人的秘密："带多少人都没问题，喜欢吃什么提前跟我说，我让我妈准备。"

蒋盛和喝了几口果汁："到时发你。"

他们的聊天被隔壁桌的齐正琛打断，齐正琛的声音不小："秦醒，你胆儿肥了，赶紧删，你哥看到不得弄死你。"

嘴上虽然这么说，他还不忘给秦醒刚发的朋友圈点赞。

秦醒笑说："正合他意，弄死我干吗？"

餐厅里的人都有秦醒的微信，纷纷点开朋友圈，看秦醒到底发了什么奇葩照片。

这一看，餐厅里哄笑声一片。

简杭点开朋友圈，秦醒发了昨晚生日派对的照片。

昨晚她是主角，九宫格照片里有四张是她，她旁边的人是秦墨岭，但秦墨岭被打码，脸被一个装饰品挡住，装饰品上还加了几个大字：简杭老公。

简杭失笑，她想起第一次在秦家家庭群里发他们的结婚证，秦墨岭不高兴自己的照片被发到群里，她当时就暗自决定，以后再发合照就打码。

没想到秦醒跟她心有灵犀。

秦醒不是故意招惹秦墨岭，当初钟妍月生日，他发了朋友圈，其中有一张照片，秦墨岭入镜，还只是一个侧脸，他当时没在意，直接发了照片，结果秦墨岭打电话给他，语气不善，让他以后不要再随便发自己的照片。

今天长记性了，他不让堂哥露脸。

这时，秦墨岭接完电话进餐厅，所有人都朝他看，眼神戏谑。

不用猜，准没什么好事。

直到齐正琛让他看秦醒的朋友圈。

秦墨岭看过，缓缓抬眸，清冷的目光直逼秦醒：“你想干什么？”

秦醒：“我怕侵犯你肖像权。”

秦墨岭冷声道：“删了，重发。”

秦醒迟疑了一瞬，不应该是警告他删除，不许发？

于是几分钟后，秦墨岭在秦醒的朋友圈里，以真面目示人。照片里，漫天烟花下，简杭对着蛋糕许愿，秦墨岭在看她。

简杭把这张照片保存下来。

下午两点钟，他们返回市区，一排车浩浩荡荡。

回到公寓，简杭整理箱子。

她有强迫症，但凡不是忙到脚不沾地，她出差回家第一件事一定是整理箱子，把干净的衣服挂起来，需要清洗的衣服分类放在洗衣机里。

这次度假村一日游，她和秦墨岭共用一个箱子，整理衣服的时候，顺带将他的物品整理出来。

简杭把自己的裙子和他的衬衫扔进同一个洗衣机里，衣服裹挟着水，交缠在一起。

家，夫妻，婚后生活，她之前无法具体感知，到不了心底，今天她和他的衣服放一起洗，让她有了不一样的感受。

这几天她买了一些绿植和鲜花放进公寓。早晚饭是秦墨岭做。

家里只有他们俩，所有家务需要自己干，家里终于有了一点儿烟火气息。

“简杭？”秦墨岭在客厅喊她。

“在这儿。”

循着声音，他过去找她。

秦墨岭洗过澡，穿了深色浴袍：“明天搬到别墅，那边日常生活方便，周末来公寓。”

简杭：“行。”公寓太大，他不在家，就她一个人在家时，家里显得太空荡。公寓里过于安静，似乎连走路都有回声。

还是别墅热闹，家里有工人，有耿姨，还有安保，心里踏实。

现在是夏季，别墅的花园也很漂亮。

秦墨岭靠在盥洗台边，登录游戏，帮她把今天的东西收了。

公寓里一共十几个房间，简杭自从搬过来，还没有把所有房间参观一遍，不清楚其他房间是什么样。

她把头发绾起来："我去看看其他房间什么样子，熟悉一下。没什么不方便吧？"

秦墨岭抬头："这几天白天，你没在公寓？"

"在。我没四处看。"她潜意识里觉得这是他的私人公寓，是他私人空间，没经过他同意，她不应该随随便便乱看。

秦墨岭低头看游戏页面，道："也是你家，不用问我。"

简杭："那我去看看。"

她把房间看一遍，是想心里有个数，等以后说不定家里人或是朋友过来玩，玩得晚了在这借宿，她至少得知道房间里有什么，哪间适合谁住。

以前她想拥有大平层，现在发现这个平层太大，走完一圈累人。

简杭从左手边开始，一间间挨着看。

每个卧室都是套房，都有独立洗手间。她看了看洗手间里是不是备了用品，过没过期，又看了看衣柜，有没有东西需要处理。

中间简杭接到廖咏玫的电话，廖咏玫已经去了乐檬，入职办理得很顺利，下周就去培训。

聊起工作，两人有话说。这通电话打了半个多小时。

廖咏玫还是没有自信："我不知道还有没有以前那个魄力，别对我期望太高，我尽力。"

"你这么快去找高秘书，我没想到。"

这句话无形中给了廖咏玫一点儿信心。至少她做得比简杭期待中好。

"那你忙，我回家看一下明天要培训的内容。"

挂了电话，简杭接着去第三间卧室，她习惯性打开衣柜，目光一顿。

衣柜里，挂了一排仙女裙。她没细数，至少得十件。

简杭轻轻关上柜门，应该是时间久了，秦墨岭忘记拿走处理。

在衣柜前站了两分钟，她才抬步离开。

余下的房间，她没再看，也没心情看。

简杭去了小餐厅，关了餐厅的灯，坐在落地窗边看夜景。夜景时而模糊，时而清楚。

她又开了灯，去倒水喝。

一小口一小口，根本不渴，她却喝完一杯水。

放下水杯，她去找秦墨岭。

如果那些仙女裙是他之前忘记拿走，只要他解释清楚，她可以当没看到。她不能让这些裙子成为一根刺。

衣服洗好了，也烘干了，秦墨岭在熨烫。

简杭靠在衣帽间门口，看着眼前挺拔俊朗的男人，他左手拿熨斗，骨节分明，无名指戴着他们的婚戒。

他干什么都认真仔细，将裙摆上的每条细褶熨平整。

此刻在他身上，她看到男人的另类性感。

男人味十足，跟平常的他不一样。

“我刚开了次卧的衣柜。”她道。

秦墨岭忽然抬头，安静了两秒：“衣柜里的裙子你看到了？”

“嗯。”

“看看哪条不喜欢，让我妈再拿去换。”

“……”

秦墨岭以前在国外时，经常自己熨烫衬衫，现在给她熨烫裙子十分熟练。他在熨裙子，没看简杭，不知道她脸上什么表情。

次卧衣柜里的那些裙子是给她准备的生日礼物，打算等她生日那天送给她，她提前发现了，那就提前送。

母亲今天上午发消息给他，问他：裙子到了，送到别墅还是公寓?

他回：公寓。

中午才把裙子送到公寓，没想到傍晚就被她看到。

他一直记得简杭第一次约他吃饭，穿的那条米白色裙子，应该是她压箱底的衣服。衣柜里，她没多少高档礼服。

母亲只送了她四条裙子，不够穿，他又多买了几件。

简杭没去试裙子，走进衣帽间。选择问清楚是对的，不然在她生日之前，这些裙子就如一根刺，扎得她会多想。

秦墨岭瞅她：“怎么不去试裙子？”

简杭道：“等你忙完一起。”

她去化妆台拿了化妆镜，放在自己心口照照，秦墨岭问：“你照什么？”

“照照心眼，”她笑说，“比你的还小。”

秦墨岭不懂她在说什么，简杭也没打算让他懂。

秦墨岭熨烫好裙子，把自己衬衫挂上去，给她熨斗。

简杭迟疑一瞬，接过熨斗。他的衬衫，让她熨烫。

秦墨岭把熨烫好的衣服放进衣柜，站在旁边看她熨烫衬衫。

薄薄的水蒸气弥漫在他们中间。

简杭忽然关了熨斗，挂架子上。

她往他身前走了两步，刚抬头，秦墨岭像知道她在想什么一般，吻覆在她唇间，手臂用力，把她托起来贴在怀里。

她对他的占有欲，秦墨岭能感觉到。就像现在。

衣帽间有沙发，沙发上有他的黑色衬衫，还没熨烫。

他扯过来，给她垫着。

秦墨岭与她十指紧扣。

秦墨岭低头，简杭亲他的下颌。

他亲她的鼻尖，唇往下，堵在她唇上，把她所有声音吞咽下去。

那件用来垫着的黑色衬衫，皱成一团。

没法穿，还得重洗。

翌日，简杭又恢复了早起。

入职第一天，秦墨岭给她准备了丰盛的早餐。

他今天穿了黑色衬衫，昨晚垫在沙发上的那件。后来重新洗过，烘干，他自己熨烫，今天早上直接穿身上。

简杭没能直视那件衬衫，吃饭时微微垂眸。

秦墨岭和以前一样，食不言，却数次看向她。

临出门，秦墨岭戴上手表，刚才去卧室，把简杭的手表顺道拿了过来，给她戴在手腕上。

她和秦墨岭没一起走，自己驱车去乐檬。

这几天她对四部有了初步了解，市场总监周义和销售总监郑炎束不对付，两人很难搞，连曾经的四部总裁郁鸣，都拿他们俩没辙。

一个有背景，一个有能力，都是郁鸣不想得罪的人。

秦墨岭早上临走时跟她说，已经通知四部，下午两点钟开会，会议她主持，是他们四部内部会议，没高层参加。

此时，乐檬四部。

郑炎东在系统里审批费用，眼睛盯着电脑屏幕久了，又酸又涩。

助理敲门进来："郑总，下午两点有会。"

十分钟前，郑炎东跟她说，下午两点钟去拜访一个客户，可是下午要开会，时间上冲突了。作为助理，她有义务提醒自己的老板，今天下午的会议很特殊，是他们四部总裁第一天上任。

郑炎东拿下金丝边眼镜，揉了揉鼻梁，他没想到高层这么糊弄，派个完全不懂行的人来管理四部。

这是要彻底放弃四部。

他戴上眼镜："总裁开会，跟我去拜访客户，有什么关系吗？"

助理："……"

郑炎东道："行程不改。"

第十章

拥抱

简杭任职四部总裁的消息，迅速在乐檬内部传开来，随即掀起轩然大波。

“老板怎么把自己老婆丢去四部？”

“钱比感情重要呗。肯定是她想来乐檬，老板不傻，不会拿其他事业部开玩笑，她想来，那就让她去四部。”

这人又道：“我听小道消息，她其实没什么能力，靠什么上位的，你们还不懂啊。”

“老板又不傻，她要真是那样的人，老板会娶？”

“听说简杭长得漂亮，身材也好。我一个女的都爱看美女，别说老板。老板再聪明，也是男人呀！”

说着，几人笑笑，秒懂。

“四部本来靠着二部，日子勉勉强强，那个钟妍月，新官上任三把火，解绑了和四部搭配销售。”

“听我们部老大说，四部第三季度的市场费用，公司缩减了一半，马上揭不开锅，现在又跟二部解绑，四部下个月的日子不好过咯。”

“不聊了，回去干活。”

几人从茶水间出来。

此时乐檬四部，几家欢喜几家愁。

不想干活的人，盼着简杭来，反正简杭一个外行，好糊弄。

想干活、希望四部能扭亏为盈的人，听到是简杭当他们总裁，心凉了半截。

郑炎束心凉，跟他死不对盘的周义也心灰意冷。

“下午的会，我没空参加。”周义交代助理。

助理："……新老板第一次会议，不去不好吧？"

周义嗤了一声："有什么不好？"

助理做不了上司的主："我听说，郑总下午两点钟要去拜访大客户。"

周义："我一点五十分出去，去看市场。"

这是第一次，他跟郑炎東站在了同一条战线上。

公司安排简杭来接手四部，他事先一点风声没听到，空降一个外行，还那么年轻，不知道秦墨岭想干什么。

如果提前知道，他第一个反对。现在任命已经下来，他们只能以这种方式表达不满。开会有什么意思，不如踏踏实实去干点儿活。

要是听她一个外行的，四部基本没救。

助理在心里叹气："周总，下个季度，我们的费用只有原来预计的一半。"很多推广没法做，已经确定的广告方案也得推翻。

周义知道现在四部多困难，因为和二部产品解绑，销量肯定下来，公司都是按照营收投费用。

市场起不来，公司不会拿真金白银往里砸。

没有钱，很多工作都不好开展。

八点五十分，秦墨岭还没见到简杭，说好先来他办公室，他让高秘书带她去四部。

"简杭还没过来？"他问高秘书。

高秘书："没。"

她又看手机，确定没有简杭的消息。

秦墨岭自己发消息问：在哪儿?

简杭：在地库。

秦墨岭：刚到?

简杭：不是。和闺密聊了几分钟，有新手办上市，我没空，让她帮我抢一个。

秦墨岭："……"

他无语道：上来。

高秘书关门出去，他放下手机，倒了一杯温水放桌上。靠在办公桌上等了两分钟，她还没上来，秦墨岭坐到电脑前。

五分钟后，简杭姗姗来迟。

她一只手拿一只精致的手包，另一只手上是电脑包。身材本就高挑，穿了细高跟，气势上无形压人。

秦墨岭注意到她今天的口红与这段时间的都不同，应该是新买的色号。以前他从来不注意口红颜色。

只要进入工作状态，她身上似乎发着光。

秦墨岭示意她坐："你的办公室还在收拾，先在我办公室待两个小时，十一点高管会，你也参加。"

"好。"简杭在他对面坐下，提前感受汇报工作时的情形。

手边有一杯温水，她端起来放远。

秦墨岭正好拿起自己的水杯喝水，简杭无声地看他，他的唇已经触到杯沿，跟她目光交会，他顿了下，没喝，把杯子给她。

简杭接过来，轻抿几口，将杯子又还给他。

秦墨岭这才喝。

全程两人一句话没说。

简杭打开电脑，做会前准备。

十点二十五分，她跟秦墨岭去会议室。

二十二楼会议室，各事业部总裁、乐檬各部门负责人，无一缺席。

与会的还有几位董事。

钟妍月被任命为二部总裁，其他两个事业部老总纷纷恭喜。

"谢谢。"钟妍月心情不错，嘴角勾着笑。

会议室的门开了，所有人不约而同望过去。

简杭在前，秦墨岭在后，两人气场相当。

此刻谁也没把他们当成两口子，想象不到这么冷的两个人，在家该怎么相处，压根儿就不像过日子的人。

钟妍月没关注秦墨岭，视线落在简杭身上。简杭穿淡蓝色缎面衬衫，白色高腰裤，衬衫束进腰间。

这个颜色的衬衫，一般人驾驭不了，在她身上，锋芒正好，又不失女人味。

秦墨岭介绍她："简杭，四部总裁。"

简杭对着众人微微欠身："以后共事愉快。"

径直走到自己的座位上，拿出笔记本电脑打开。

别人还没反应过来，她就一句话？换其他人怎么也得谦虚几句，说两句以后多指教多海涵之类的场面话。

今天的会议是为迎接简杭特意召开的，以后她要跟公司各部门打交道，财务总监、人事总监等全部到场，介绍认识。

副总主持会议，秦墨岭靠在椅背上，意兴阑珊，在翻看资料。

简杭余光扫到他，不知道他到底听了还是没听。

趁着老板和董事都在，财务总监有件重要的事要确定下来："我这边接到通知，说四部有融资权限，但额度没明确。"

副总看秦墨岭，秦墨岭眼皮都没抬。

这一幕被简杭捕捉到，秦墨岭以前说过，好的事情他说，得罪人的事都由副总来说。

副总接过财务总监的话："最高额度不超过一个亿。"

简杭抬眸："一个亿不够干什么。"

几个董事，包括财务总监："……"

在风投圈待惯的人，连一个亿都已经看不上。

秦墨岭看了一眼简杭，继续低头看资料。

简杭想要的融资权限额度，不低于两个亿。想要达到自己的预期，就得翻倍要额度，双方进行砍价，砍到彼此都能接受的那个数额。

她看着副总说："四个亿。"

副总："……"

还真敢开口。他直接否决："不可能。"

副总姓吴，简杭适当打了点儿感情牌："吴总，我们不是甲乙方，谈条件时要几百万几百万往上加。我要融资权限的初衷是为了四部，我想，您跟我一样。"

副总："说实话，给四部融资权限，已经是我们破了例。为什么破例，因为我们信得过你。"

简杭浅浅一笑："谢谢吴总的信任。所以能给多少权限？"

吴副总："……这样吧，一点二亿。"

简杭没接话，而是道："我需要投个屏。"

"没问题。"吴副总不知道她要干什么，让人把投影设备打开。

钟妍月拿起咖啡，啜了几口，今天的会议，简杭成了焦点。

简杭把数据模型投放到大屏上：“这是去年的数据，只做个参考。”

太过专业的模型，他们都看不懂。

秦墨岭看得懂，他的注意力却不在这些数据上，纳闷她是什么时候拿到这些行业精准数据的。从他邀请她来乐檬，不过一周时间而已。

上次谈入职条件，她有备而来，今天谈融资额度，她依旧准备得很充分。

秦墨岭偏头看大屏，从简杭这个角度，看到他脖子上一个紫红色的吻痕。他的黑色衬衫敞开了两个扣子，他不偏头时，吻痕被衣领遮住，只要偏头，便很明显。

简杭摸过手机，发消息给他：秦总，把衬衫扣子再扣一个。

秦墨岭手机振动，是她的消息，他点开来。

看完，他抬手，动作幅度很小，手搁在领口，单手系上一个扣子。只是手抬起来时，手腕上那条抓痕也露了出来，他又把袖口往上扯扯。

一道是被她抓的，一个是被她咬的。

他余光瞥简杭，她一本正经在跟副总争取融资额度，还能一心二用地发消息给他。

简杭看电脑：“我每年都要做上百个行业的大数据分析，看哪些行业值得投，哪些必须得及时退出，不是只有你们传统饮料行业的数据。不过年初我对饮料行业确实关注更多一点。”

关注的原因，她不用细说，他们也懂。

因为她跟秦墨岭领证，自然对饮料行业更上心。

秦墨岭突然想起来，她以前说过，谈莫行适合代言四部的产品。

他当时以为，她只是信口一说，原来她一直在关注乐檬。

简杭拿鼠标点了点最上面那排数字：“这些数据，是投资的重要参考，如果我是风投机构，我不可能投乐檬，乐檬的管理团队不行，不值得投。”

几个董事：“……”

她是一点儿面子都不给。

简杭回到正题：“不是要四个亿就一定要融资那么多，说不定只要融资五千万就足够。用不用得着是一回事，额度得有。”

乐檬不是没钱，但不会再多给四部，会倾向其他几个事业部，把钱投到更赚钱的地方去。乐檬常规给四部的费用，根本不够用。

听说，刚刚又砍了四部第三季度的费用。

四部只能靠自己。

每次融资额度不能低于两个亿，再低，四部就运转不起来了。

董事被这个专业模型给唬住，因为看不懂，所以觉得高深。

要给多少额度，看秦墨岭，只要不是太离谱，他们不会反对。

秦墨岭现在知道简杭为什么要给他们看专业上的东西，就为了搞蒙几个董事，让他们同意。

谈判桌上向来如此，谁能把对方给忽悠住，从心理上强势压制住对方，谁就是赢家。

简杭关电脑："秦总，我也退一步，两个亿的融资额度。"

秦墨岭看看左右几个董事，他们都没反对，他终于开口："额度给你，融资流程由我最终审批。"

简杭考虑几秒："可以。"

把四部的米给解决了，不至于饿死。

会议又持续了半小时才散。

秦墨岭走得慢，在前面等她。

简杭几步追上去："还有事？"

秦墨岭看她："中午跟我一起吃？"

"不了，我约了人在第一食堂吃。"

来上班第一天就跟人约饭，秦墨岭没问是谁，应该是四部哪个部门的人。

简杭问："我几点去你办公室找你？"

乐檬中午有一个半小时的休息时间，十一点半到一点钟。

她找他是为了打游戏，秦墨岭淡淡道："十二点十分。"

简杭："我准时过去。"

现在已经十一点三十五分，廖咏玫给她发消息：你直接来吧，我打好饭了。

简杭提着笔记本电脑直奔第一食堂。

今天的第一食堂，所有人几乎都是同一个动作，不时朝左边看一眼，都在看简杭。

一边看，一边跟同伴小声讨论。

有人不知道是谁，还以为是哪个事业部新来的美女，都在悄悄打听。

这种级别的冷艳型美女少见。

小樊吃着吃着突然笑了出来。

她同伴感到莫名其妙："你笑什么？"

小樊笑说："我以后天天有美女老板看，不笑还哭呀！"

"我……"一个激动，差点没管住自己，蹦出脏话，"她就是老板娘？"后面那三个字压得很低。

小樊点头，她是事业四部总裁秘书，郁鸣离职后，她闲了一段时间，天天想着自己下任老板是谁，脾气咋样，越想越愁。

怎么都没想到，是乐檬老板娘，是不是老板娘无所谓，主要是好看，她就是个颜控。

简杭习惯被人围观，她不管到哪儿吃饭，总有人看她，习以为常。

廖咏玫小声说："四部比你想的还艰难。我听说跟二部产品解绑，费用也被砍了一半。"

简杭："没事。"

她吃了一口虾仁蒸蛋，没有秦墨岭做的好吃。

廖咏玫提醒："周义和郑炎東肯定要给你个下马威。他们俩不服管。"

简杭风轻云淡："治人，我有的是办法。"

连林骁都被她治得服服帖帖，管理其他人都成了简单模式。

廖咏玫心里有了底，连吃的肉都变香了。

吃过饭，简杭回自己办公室，办公室比在尹林时的大一倍，办公家具都是新添置的。

小樊收起脸上的雀跃："简总，有什么事您尽管吩咐。"

简杭点头，示意道："你休息吧。"

她要上楼去找秦墨岭。

十二点零八分，简杭敲响了秦墨岭办公室的门。

秦墨岭看眼时间，她是踩着时间来。

"进。"

简杭听到应允，推门进去，反锁上门。

她第一句话就是："我就打一局。"

秦墨岭："……"

如果不是为了游戏，她应该不会上楼看他。

他解锁手机给她："中午吃了什么？"

"蒸蛋。"她又道，"没你做的好吃。"

这话落在秦墨岭耳朵里，就是她在撒娇，他说："晚上回家给你做。"

"好。"

简杭拿到手机，往沙发上一坐，登录游戏。

秦墨岭在旁边看了她好几分钟，她愣是没察觉到。

他没去里面的休息间午睡，在简杭旁边坐下，抵着沙发扶手，撑着额头闭目养神。

简杭今天状态好，运气也好，耗时不太久，灭了全部对手。

赢了后她直接退出游戏。

还没到上班时间，简杭放下手机，不确定秦墨岭睡没睡着，她轻轻站起来。

"打完了？"秦墨岭睁眼。

"嗯。"简杭歉意道，"吵醒你了吧？"

"没。"他伸手，拉着她手腕，把她拽过去，"眯几分钟，下午不困。"

简杭靠在他怀里，没睡着，闻着他身上的气味，心里很平静。

还有十几分钟到一点钟，到了上班时间他就是她的上司，现在还不是。

"我回去了。"回去准备下午两点钟四部的会议。以她的经验，周义和郑炎东不可能痛痛快快参加会议。

小樊今天中午精神亢奋，没睡午觉，等着简杭吩咐她事情。

"简总。"看到简杭回来，她快步跟上去。

简杭问："四部管理层有群吧？"

小樊："有，我这就拉您进去。"

进群后，简杭打了声招呼：我是简杭。

随后发了一张图片。

小樊点开来，是简杭跟公司签的合同的一部分截图，截图上用红线标明，她对四部有绝对的人事任免权限。

据她所知，其他三个事业部老总没有这个权限，重要岗位上的人员任免，都得经高层同意。

简杭在群里说话：人事任免权限那条你们仔细看看。

她特别提醒：绝对的人事任免权限的意思是，我觉得谁不适合留在我的团队，有权辞退，公司会做好赔偿工作。

群里本来在欢迎新老板，突然安静下来。

简杭又发一条：会议提前到一点半。

她交代小樊：“把今天应该参加会议的人员名单给我。”

小樊：“好的简总。”

提前五分钟，简杭去了会议室。

加上她，四部核心管理团队一共八人。

现在会议室里坐了五人，还差市场总监周义以及营销总监郑炎束。

小樊屏息，担心那两人不过来。她不由得看向简杭，老板看上去跟没事人一样，往报表里填数字。

她再次瞄手机上的时间，一点半了，人还没到齐。

简杭转脸，示意小樊：“开会。”

小樊点点头，关门，第一次感觉这扇门如此沉。

门合上。

办公室里鸦雀无声，几人连呼吸都收着。

一点三十一分，会议室门外传来脚步声，门从外面被推开。

周义进来，看了眼简杭。

简杭正在将自己的电脑投屏，根本没空看他。

小樊稍微松口气，至少来了一个，老板的面子能保住一半，不至于下不来台。刚才周义进来时没关上门，她也就没再关，敞着门透透气。希望能盼来另一个。

一点三十三分，一道挺拔的身影出现。

小樊呼气，终于盼来了。她瞅了眼郑炎束，他来之前大概快气死了，用了冷水冲脸，额前碎发的发梢被打湿。

以前她欣赏郑炎束的颜值，除了大老板秦墨岭，郑炎束是他们乐檬最有男人味的男人，而且能力出色，今天她彻底无暇欣赏，心到现在都在慌。生怕这两位不给简杭面子。

简杭已经投好屏，点开其中一张报表：“我不喜欢别人迟到，今天第一次开会，破个例。没有下次。”

没再废话，她直切主题：“你们看一下这个月的销售报表。”

秦墨岭的电话进来，简杭按断，回他：开会中，勿扰。

秦墨岭第一次收到让他勿扰的消息，无论公私，没人这么回复过他。

发消息的这个人是简杭，不知怎的，他就可以接受。

他下意识看腕表，一点半刚过，她这是提前了会议。

钟妍月过来找他，他收回思绪。

“什么事？”秦墨岭放下手机，问道。

钟妍月把合同给他看：“二部代言人谈妥了，这是草拟合同，你过目。”如果秦墨岭没意见，就可以上会，然后线上走流程。

那天在二部的视频会上，秦墨岭通过了她的提议后，她以最快的速度跟谈莫行的经纪团队对接，中间找了熟人帮忙，洽谈很顺利。

她有诚意，谈莫行的经纪人爽快，于是合作一拍即合。

秦墨岭翻看合同的第二页，只看代言费以及对方的责任和义务这些重点条款。

简杭也看中谈莫行代言，他是以她老公的身份知道，那时她还没来乐檬。

以老板的身份，钟妍月先正式提出来，并快速和谈莫行团队谈妥。从利益角度出发，谈莫行给二部代言，比给四部代言，带来的利润更可观。

秦墨岭看完几条他关心的条款，没任何问题，把合同给钟妍月：“让法务那边出正式合同，你直接线上提交。到时提醒我审批。”

钟妍月：“好。谢谢秦总支持。”

二部今年的营收目标是突破六十亿大关，和四部产品解绑后，这个任务不难完成。

和四部产品解绑的后续事宜，钟妍月没再汇报，秦墨岭向来不操心具体运营，他只看结果。

钟妍月刚走，吴副总又来找他。

吴副总和钟妍月不同，钟妍月来秦墨岭办公室，还有几分拘谨，他随意多了，直接拖了秦墨岭办公桌上的烟灰缸到面前，点上烟，打火机搁烟盒上，一并推给秦墨岭。

他往椅背上一靠：“四部的费用，是不是砍得有点儿狠了？”

“你什么时候这么操心四部了？”秦墨岭在看四部的报表，抬头，“如果四部总裁不是简杭，你还会觉得费用砍得狠了？”

吴副总承认，是因为简杭，他才觉得砍得狠了。

“没费用，什么工作都开展不起来。”他不清楚秦墨岭和简杭的感情状况，对他们的婚姻认知还停留在秦墨岭不情不愿去领证那层面。

他直言不讳：“你这是给她下马威？”

秦墨岭：“你跟我三叔一样。”

“什么一样？”

“把我想得不堪。”

“你这话言重了。你们俩不是没感情吗？我跟你三叔这么想，无可厚非！”

“在家我什么都让着她，有必要在公司给她下马威？”秦墨岭收起报表，放一边，“四部总裁是不是她，这费用都要砍。跟她没关系。”

吴副总下巴对着烟一扬：“不来一支？”

“不抽。”秦墨岭把烟推给他。

吴副总掸掸烟灰，烟灰落了一点儿在烟灰缸外，他忙拿湿纸巾擦干净。秦墨岭有洁癖，看不得桌上有烟灰。

现在搞得他也有了强迫症。

“你给简杭融资权限，到时这钱，他们四部自己还？”

秦墨岭反问：“不然谁还？”

吴副总团了团纸巾。也对，如果公司还，那公司不如直接给他们费用，用不着再多此一举让他们去银行贷款。

可问题是：“那就得用他们的年终绩效去还。四部每个人的收入一下子就下来了。到时四部不得怨她？”

秦墨岭平淡道：“她是四部总裁，那是她该操心的事。”

他后知后觉：“三叔让你来当说客？”

吴副总瞒不过，如实道：“不是当说客。秦董的意思，你别对四部太苛刻，给简杭一点儿适应的时间，突然把费用砍一半，换谁谁能在没钱的情况下盘活市场？”

秦墨岭还是那句话：“如果现在的四部总裁不是简杭，你们还会说情？”

吴副总突然不吱声了。

秦墨岭道：“哪些例能为简杭破，哪些不能，我心里有条线。”他下逐客令：“你们也别再浪费口舌。”

吴副总回去了，秦墨岭再次看手表，不知道简杭的会议是否顺利。他知道四部那几个人难管，也知道她需要历练，可还是见不得她受委屈。

与此同时，四部的会议室中，会议还在继续。

简杭手里有四部的销售数据，她最擅长数据分析，连前老板庞林斌都说，她的各类分析表，数据对比一目了然，分析一针见血。

“销售情况比我预期的好，还不错。”她道。

所有人：“……”

不知道简杭是反讽呢，还是真不懂销售。这个销售量，被其他三部吊打。

简杭的话还没说完：“下个月销售量就难看了。”

“……”没人接话，接不住。因为和二部产品解绑，销量还不知道下滑成什么样。

郑炎東从进会议室就没翻开自己的会议记录本，过来开会也没带自己的电脑，只勉强把自己给送来。

周义跟他情况一样，不过他比周义好一点，没玩手机，周义直接看起手机，目空一切。

简杭无视他们，该怎么开会怎么开会。

当初收拾林骁，花了两年。他们俩不用那么久。

“以后周一一次例会，周五一次。下次例会，周总监把下半年的广告营销方案拿出来。”

周义虽然在玩手机，但也听了一点。

他不咸不淡道：“都推翻了，拿不出。”

简杭：“今天周一，还有四天时间，四天完不成一个企划案，整个市场部自我检讨。是给我企划案还是检讨书，随你们选。”

周义扯着唇笑了下，讽刺意味明显。

他只是笑了下，没再表态。

简杭不会在一个问题上重复啰唆，没那么多时间。已经通知下去，下次会议上她只看结果。

“四部一共有一千六百多家经销商，辛苦销售部这几天把所有经销商资料整理分类，跟二部重叠的经销商单列出来。也是下次例会把数据给我。”

“其他没事了，散会。郑总监和周总监留一下。”她关电脑。

其他人有点蒙，包括小樊都不适应。

才开了二十分钟，这么快就散会？

郑炎東双腿交叠，靠在椅子里，心不在焉地转着笔。简杭要重叠经销商的资料，不知道要干什么。

周义在看游戏直播，开了静音，其实根本没看进去，心里想的是被推翻的企划案，他花了心血做出来的，结果公司砍了四部的广告费。

其他人陆续走出会议室，小樊看向简杭。

简杭微微扬下巴，示意她去忙。

小樊领会，关上门离开。

刚才开会，简杭一直站着，她拉了椅子，坐下来。

郑炎束停止转笔，把钢笔别到会议记录本上。这是他入行以来，第一次带着情绪开会，什么都没记录。

“简总，请问一下，”他调整语气，尽量压制自己的火气，“要重叠经销商的资料做什么用？”

简杭没答，而是问：“跟二部重叠的经销商有多少家？”

“五百多家。”

“五百多少？”

“五百六十二。”

业务能力上，谁都挑不出郑炎束的毛病，所有数据都在他脑子里。

简杭吩咐：“你把这五百六十二家经销商按照区域，详细罗列给我，包括但不限于这些经销商的资金实力、规模，以及最近两年销售四部产品的情况。”

“简总，你还没回答我刚才那个问题。你要这些经销商资料做什么？”

简杭莞尔，不答反问：“四部是不是有什么我不知道的规定，比如，老板做事还必须得向下属汇报？”

郑炎束一噎。

他轻哂：“简总，我今天来参加会议，不是给你面子，也不是怕被辞退，知道我为什么来吗？”

他自问自答：“因为我……”

刚说几个字，话头被简杭接过去：“我知道。因为你不想放弃四部，所以我笃定你会来。”

郑炎束想说的话被简杭抢先说完，他无话可说。

“当然，”简杭话锋一转，“你不来的话，我换人。就像我离开尹林，尹林不会有任何损失，还挖来一个比我强的谈沨。”

这是告诉他，公司少了谁都能正常运转。

“知道你们俩对我有意见。”简杭合上笔记本电脑，“忍着。”

她起身，抄起笔记本电脑离开。

路过周义身后，简杭瞄到周义屏幕上的游戏页面。

周义刚才在看游戏直播视频，这会儿登录游戏玩，心情不怎样，打的时候不在状态。

回到办公室，简杭登录内部邮箱，暂时没有任何邮件。她现在一天的工作量，不如在尹林两个小时的工作量。

退出邮箱，她给秦墨岭发消息：方便接电话吗？

秦墨岭一看时间，两点零五分。

他没回消息，直接打电话给她：“散会了？”

“嗯，刚散。”她说，“提前到了一点半。”

秦墨岭没问她会议怎么样，人有没有到齐。万一有人没到，他要是问了，她心里肯定不舒服。

四部跟其他事业部一样，在他眼里没什么特殊。

但她对他来说，不一样。

“秦总，找我什么事？”简杭问。

“没外人，用不着喊秦总。”

“老公，找我什么事？”

“……”

秦墨岭明知道她在逗他，他还是将“老公”两个字当真。

简杭猜到他打电话的用意，是担心她应付不来四部，她主动汇报：“会议还算圆满，该与会的全部到齐。”

秦墨岭颇为意外，今天下午的会议，他预设过很多走向，唯独没去预设她说的这一种，不仅他，大概所有人都觉得不可能。“周义和郑炎束为难你没？”

“为难谈不上。他们真要是胡搅蛮缠的人，你不会留他们在四部。”他们两个对四部有份真心，这是秦墨岭不调走他们的原因。

秦墨岭转而问道：“你办公室有没有专门喝水的杯子？”

简杭看了一眼办公桌，小樊给她准备了两个杯子，一个喝水，一个用来喝咖啡。

她没说“有”，道：“你送我一个。”

秦墨岭：“一会儿让高秘书给你送过去。”

“和你的杯子一样？”

“差不多，没有一模一样的。”

“也行。”

电话里有十多秒的沉默。

以前两人打电话，没话讲时，特别尴尬。现在两个人不说话，能清楚感受彼此的存在、彼此的气息，说话反而多余。

还在上班时间，简杭没任由沉默继续下去：“你忙，我整理办公室。”

“嗯。”秦墨岭等她先挂电话。

办公室里所有东西小樊整理过，需要她重新收拾的是书架上的那些书，有高有矮，不整齐，看着难受。

还有盥洗台上的洗手消毒用品，虽然摆成一排，也是高矮交错，她得重新整理一番。

很快，高秘书送来杯子，一共两个。

秦墨岭还留了一张字条压在杯沿。

——玻璃杯和我的不一样，咖啡杯跟我用的那个是对杯。

简杭把玻璃杯收进茶水柜里，拆开那个咖啡杯去清洗。

朝九晚五，是她给秦墨岭的保证，到了时间点，简杭自觉离开办公室。

在公司地下停车场，简杭遇到出外勤回来的周义。

周义家里有钱，开的车也张扬，黑色越野。

简杭开的是秦墨岭送她的那辆轿跑，周义的车窗开着，简杭的车也是。

两车相会，一高一低。

简杭轻踩刹车，侧脸：“上班就好好上班，打游戏就用心打游戏，别到时候工作做不好，游戏也打得一塌糊涂。”

周义：“……”

被哽住，他觑简杭一眼。

简杭一脚油门，轿跑只留下一串尾气。

周义在那一刹那，气得想掉头追上她。

简杭没直接回家，去了花卉市场，她订了一些绿色盆栽和几盆玫瑰花放办公室。工作这么多年，她能忍受工作的枯燥，却忍受不了办公室的单调。

从花卉市场出来，简杭接到谈沨的电话。

谈沨这几天在忙新项目，没抽出时间约她："哪天有空？"那顿饭，他始终记在心上。

简杭答应了秦墨岭，会推了这顿饭，她笑说："怕是没空了。"

"你不是不着急上班？"

"今天正式上岗了。"

"那等你适应了四部再说。"

"你不用跟我客气，饭不用吃，以后找你帮忙的地方多着呢。"

谈沨安静片刻："行，那有需要我帮忙的地方，你尽管说。你现在去了乐檬，跟钟妍月抬头不见低头见，有些事我没法再跟她解释，越描越黑。她的态度，你不用在意。"

"四部这个烂摊子都够我收拾的，我哪有时间在意别的。"简杭问他，"你知道钟妍月闪婚了吗？"

"……没关注。"他道，"挺好。"

"她应该慢慢会走出来，有了新生活就不会斤斤计较以前的事。"

简杭走到了车前，谈沨听到电话那端简杭开关汽车门的声音："开车慢点，我忙了。"

简杭本来还想问问林骁怎么样："好，你忙。"

回到家，秦墨岭的车已经在停车位上。

没想到他回来这么早。

客厅没人。

简杭上楼，卧室的灯亮着。

"我回来了。"她进卧室，秦墨岭在弯腰放手表，衬衫衣袖挽上去，露出那道不深不浅的抓痕。

从老板到老公，简杭花了半分钟时间切换适应："今晚没应酬？"

"嗯。"

"耿姨没在家？"她又问。

厨房那边没动静，灯没亮。

秦墨岭道："耿姨今天休息。"

他把手递给她："过来。"

简杭刚握住他的手，就被他一把揽进怀里，他圈她在身前，用力抱着她。

没亲她，什么也没做，只是给了她一个拥抱。

简杭一直想要这样温暖踏实的拥抱，想了很久。感觉到秦墨岭抱她的手慢慢松了，欲要放开她，她抱住他的腰。

她还想他多抱一会儿，秦墨岭得到这样的信号，便又抱紧她。

秦墨岭低头看她：“明天中午，你有没有跟其他人约饭？”

简杭还没想好约哪个，四部每个部门的负责人，她要一个一个约。在办公室聊天，显得严肃，吃饭时闲谈，能聊出点东西，也能快速了解一个人的性格和习惯。

她道：“不是周义就是郑炎東。说不定叫上他们俩一起。”

秦墨岭扣紧她的腰，让她贴他身上：“你之前让我追你，夫妻之间没有追的必要。换一个方式。”

简杭不懂：“换什么方式？”

秦墨岭道：“除了夫妻，我们还是什么关系？”

简杭反应过来：“老板追下属？”

秦墨岭“嗯”了声，看着她的眼：“下午上班时间送你的那个咖啡杯，是乐檬老板送给四部总裁的。”

简杭本来就在老板和老公之间，切换得没那么得心应手，看到他时，总要在脑海里确认一遍，这个时候他是她老公，还是老板。

不一样的身份，她面对他时，感情不一样。

他是老公时，她可以索取，无所顾忌。可他是老板时，她就不能带情感要求他做这做那，因为他要从乐檬大局出发。

老公和老板的身份一旦分不清楚，被困扰的会是她。最后两人免不了吵架。

现在他居然要以老板的身份追她。

不管以什么身份，他主动提出了追她。他们的关系终于又往前迈了一步。

简杭把要求提在前面：“你要追我，我中午就不去你办公室打游戏了。”

秦墨岭点头：“可以。我卸载我手机上的游戏，你自己下载。”

之前让她每天去他办公室，也是借那半小时看看她，给她舒缓心情。现在要追她，主动的该是他。

秦墨岭放开她：“你先泡澡，我去做饭。”

简杭不着急洗澡。“我跟你一起做饭。”她让他等她两分钟，“我换件衣服。”她身上穿的是白色裤子，溅上油很麻烦。

换上家居服，她把头发高高绾起来，与他一同下楼。

出了卧室，秦墨岭牵住她。

简杭看着他修长有力的手指：“你在外人面前从来没牵过我。”

秦墨岭脚下一顿，偏头看她：“以后我注意。”他以为自己对这段婚姻做的足够多，还是忽视了很多她想要的东西。

“想要我干什么，下次直接说。”

简杭最想让他做的事是：“想要你喜欢我。”

这样的话，不好接。秦墨岭说：“已经在追你了。”他牵她下楼。

简杭侧眸看他，被一个上位者追的感觉很奇妙。他以老公的身份追她，反倒没有这种感觉。

秦墨岭问：“除了蒸蛋，还想吃什么？”

简杭想了想：“什锦豆腐羹。我来做，我厨艺没你好，不过刀工应该比你强，我跟爷爷专门练过。”

以前看爷爷把嫩豆腐切丝，她崇拜得不得了，练了一个暑假，那段时间家里天天吃豆腐羹，所有人都吃腻了。

好长时间不切，手可能会生疏，但底子稍微有点儿，只是跟爷爷切的豆腐丝没法比。

两人都会做饭，系上围裙，商量好做哪几道菜，秦墨岭从冰箱找食材，今天耿姨听说他要下厨，把所有能买的菜都买来了，满满一冰箱。

简杭跟他闲聊：“耿姨又去看电影啦？”

“嗯。去二刷。”秦墨岭把一盒嫩豆腐递给她。

简杭接过来，转身放在料理台上。

她背对着他，腰上的围裙没系好，他顺手给她系了一下。

简杭故意往后退了一步，贴着他。

秦墨岭没动，让她靠他身上，他又从冰箱拿出其他菜。

然后各忙各的。

择菜，洗菜，两人都挨在一起。

秦墨岭一直在给简杭调理胃，饮食清淡为主，今晚他做了四道菜，三素一荤，荤菜也是相对清淡的百叶卷肉。

简杭做了一道什锦豆腐羹。

一个多小时，晚饭做好，摆上餐桌。

简杭从不在朋友圈分享私下生活，今天难得有兴致，开吃之前，她找好角度拍了几张，设置了权限，乐檬的同事看不到。

很快，有人留言。

蒋盛和：跟陈老师说，下次我再过去吃饭，给我做道百叶卷肉。

他又问简杭：你和秦墨岭什么时候回家？

简杭没想到他这么着急：这周五。你要是有空，一起。

蒋盛和：有空。

秦墨岭看到了他们俩的留言聊天："蒋盛和什么意思？"

"说我妈的厨艺好，还想去家里吃饭。"

"他不是去吃饭，是告我的状，拆我的台。"

简杭笑："那你也拆他的台。"

秦墨岭不是没想过挤对蒋盛和，但他还得在岳父岳母跟前保持形象。

秦墨岭道："他是没有老婆的人，我跟他计较什么。"

简杭："……"

连续三天，简杭和四部各部门负责人中午一起吃饭。周义和郑炎東每天出外勤，简杭没碰到他们，于是先约了其他部门的总监。

转眼到周五,四部第二次例会。

会议时间是上午九点钟，小樊站在会议室门口，等着周义和郑炎東两尊大佛，担心他们故意迟到一两分钟，砸简杭的场子。

没想到，八点五十五分，两人先后进了会议室。

小樊隐隐不踏实，这两人这么配合？反常必有妖。

"周总监，把企划案投屏，大家一起讨论。"简杭拉了椅子坐下来。

所有人都看向周义，上次例会，他说企划案推翻了，没有。不知道今天是带来了企划案还是检讨书。

周义打开电脑，大家看到投屏上的PPT，心放回了肚子里。

简杭看完，没予置评，而是问郑炎東："郑总监的资料整理好了吧？"

周义关掉PPT，其他人的心忽然又悬起来，刚才简杭说要讨论企划案，现在看完又没了下文。

郑炎東示意周义退出投屏，他将自己的电脑投屏。那些资料原本就有现成的，他添加了一些内容，重新整理归档。

直到现在，他都不确定简杭要这些资料到底要干吗。

简杭伸手："把电脑给我。"

郑炎東就坐在简杭旁边，一只手臂的距离。

他犹豫了片刻，把笔记本电脑推给简杭。

"有备份吧？"简杭问。

郑炎東淡淡道："有。"

"那我在上面直接修改了。"

简杭滑动鼠标滚轮，所有人都看向大屏，包括郑炎東。

她觉得还算可以的经销商，先从"黑名单"里剔除，达不到她最低要求的，全部保留。

五百多家，最后上了"黑名单"的有四百二十一家。

简杭保存资料，用郑炎東的邮箱发了一份到自己的邮箱，然后将笔记本电脑推到郑炎東面前："这四百二十一家经销商，关户，重新再发展经销商。"

郑炎東愣了下："你说什么？"

简杭一字一顿："我说，全部关户，一家不留。重新发展经销商。"

"啪"一声，郑炎東合上笔记本。

"简杭，你到底想干什么！"他直呼其名，下颌紧绷。

会议室里其他人大气不敢喘，之前郑炎東和周义在会上吵起来，摔了电脑的场面还历历在目。

那次争吵还惊动了秦墨岭。

简杭："怎么，说两遍还没听清？"

郑炎東一言不发看着她，这四百多家经销商代理了乐檬全线产品，是最有实力的经销商，她现在要把所有有实力的经销商都关户，她知不知道自己在干什么？

"简总，你对我不满，直接找我个人的麻烦，我照单全收。请不要拿公司的市场开玩笑！"

他平复又平复，心脏才没炸开来："你要不懂快消，麻烦能不能跟二部钟总学学？看看人家是怎么为自己事业部争取资源、争取机会的。你呢？"

他沉声道："除了砸自己部门的市场，你还能干什么？！"

简杭没有气急败坏，从始至终淡定自若："二部是二部，四部是四部，她是她，我是我。"

"这四百多家经销商，实力再强，跟四部没关系。完成不了四部的任务，我没有理由再留他们。"简杭接着道，"他们不是代理了乐檬所有的产品吗？他们可以继续做一部、二部和三部的优质经销商，但四部，就别再想了。"

郑炎束摘下金丝边眼镜，被气得额角突突直跳，他用力按了按。

他忽而自嘲一笑。

刚才跟她说那么多干什么？无异于对牛弹琴。

"简总，"郑炎束并不想对一个女人发脾气，即使这个女人是他的上司，"同时和四百多家经销商解约，你知道后果吗？"

简杭看向他："我还知道，如果继续按这个模式走下去，四部不用两年就会被乐檬彻底放弃。所有后果，我承担。"

郑炎束跟她对视数秒，她眼神强势，他心里的怒火无处释放。

跟四百多家经销商解约，关了他们在乐檬开的户，各大区总监要是知道了，得暴跳如雷。

关户，她说得轻巧。她什么都按想象中来，以为开发经销商就是嘴上说说的事。

四百多家有实力的经销商都没把市场做起来，她以为换了经销商就可以？

秦墨岭应该是放弃了四部，不然不会让简杭来祸害四部。

销售部好坏本来不关市场部的事，可周义看简杭一个外行瞎搞，也开始心梗，再这么折腾下去，四部不用两年就能退出饮料市场。

郑炎束扔了手上的鼠标，"哐当"一下，砸在笔记本电脑上。

这是会议室里，唯一的响动。

"简总，你因为钟总解绑了和四部的产品，一气之下，要把所有跟二部重叠的经销商都关户。你这么做解不了气，反而显得心胸狭窄，极其幼稚。劝你三思。"

"就算钟总不解绑，我上任的第一件事，就是和二部产品解绑。四部想要存活下去，就不能依附于任何人。"简杭站了起来，把自己电脑投屏。

说得如此冠冕堂皇，郑炎柬连反驳的欲望都没了。

他起身，拎起笔记本电脑就走。

简杭根本没拦。

在提出这个方案前，她就预料到了这一幕。接下来她要面临的困境，比这个难。如今只是四部内部的分歧，以后她还要跟公司争取，到时要面对的人，是秦墨岭。

郑炎柬径直走出会议室，在外面连抽两支烟。

会议继续，简杭丝毫不受影响。

她冷静清冷的眼神，让会议室的其他人不由得挺直脊背。

小樊心里七上八下，心一直揪着。

简杭对着大屏微微扬下巴，示意他们："看一下我们的产品。"

大屏上是四部所有产品，有系列，有单品。

简杭等所有产品图片展示完，说："有没有觉得饮料瓶土？"

所有人："……"

没人说话。

让他们怎么说？这些都是公司高层的决定。

简杭道："这两天你们每人针对四部所有产品的瓶子，写一个体会，下周一我上班前，放我办公桌上，你们可以匿名写，给我打印版就行，不限字数。只有一点要求，心里怎么想的就怎么写。"

她关页面："散会。"

"周总监，你叫上郑总监一起，中午跟我吃饭。"说罢，不管周义什么反应，简杭边翻看着资料，边走出会议室。

小樊紧跟上去，惴惴不安。

她什么都帮不上，只能在心里叹气。今天郑炎柬那番话尖锐又讽刺，特别是将简杭跟钟妍月放一起比。

乐檬的人这几天私下都在议论，说在秦墨岭眼里，老婆不如朋友。

以前四部总裁内部竞聘过，钟妍月也参加了竞聘，现在秦墨岭把二部总裁的位置给她，却把四部给简杭。

换其他老板，肯定是把二部给自己老婆，把烂摊子给别人。

回到办公室，简杭让小樊把那四百多家经销商资料打印出来。

"好的。"小樊应下来，却没立刻离开，支吾了一下，"简总，那个……"

简杭抬头："什么事？"

"简总，郑总监说的话，你别放心上。他可能在气头上，一时口不择言。"小樊不是为郑炎束开脱，她是想安慰简杭。

不知道简杭能不能懂她的意思。

在工作上，她从来没有心。没人能让她把他放心上。简杭笑笑："我没事，不用担心，你去忙。"

出去前，小樊给简杭倒了一杯水。

今天中午，他们依旧是去了第一食堂。

郑炎束本不想去，但有些话，需要当面跟简杭谈。周义也是，关于企划案，不知道简杭什么意思。

一张四人餐桌，简杭在里面坐。

周义不想看见她，跟她并排坐。

郑炎束宁愿跟周义面对面，也不愿一抬头就看到简杭。

简杭吃饭前喝了点温水："我给你半年时间，年底前关了这些经销商的户。当然，他们有意向做，也不是不行。"

听到有转机，郑炎束这才转脸看她。

简杭："让他们把明年上半年的任务款，先打到账户上再说，开空头支票的，一律免谈。"

郑炎束冷笑了下，把上半年的所有进货款先打到账上，她得多异想天开。

简杭把丑话说在前头："我只给你半年时间，你要觉得有困难，我换人干。"

"威胁我？"

"是提醒。我不希望任何人影响我明年的市场。"

"那我也提醒简总一句，"郑炎束正好放下筷子，缓缓心情，"二部马上扩招，你这样一搞，四部被你弄得乌烟瘴气，到时人都跑到二部去了。"

简杭面不改色："人往高处走，正常。如果你们俩也想去二部，我随时放人。"

郑炎束："……"他端起汤碗，饭吃不下去，喝了一碗汤。

没人明白他对四部的感情，如果要走，他一定是四部最后一个走的人，那时四部应该被裁撤了，再也没有四部。

饭桌上沉默了大半分钟。

周义打破沉默：“简总，今天的企划案，不是说了要讨论，后来怎么又不讨论了？你要是看不懂，直接问我。”

字字带着刺。

简杭不气不恼，心平气和道：“第十二页，第十六页，第二十一页，上面所有的数字都不严谨。讨论浪费大家的时间，没必要。”

两人并排坐着，她也没特意转脸看他：“你做企划案时，是不是刚输了游戏，心情不好，胡乱填的？”

周义：“……”

被挤对得突然吃不下饭。

居然说他游戏打得不好！

突然间，略嘈杂的食堂安静下来，所有人噤了声，静到能听到脚步声。

数百道目光无声追着秦墨岭，如影随形。

小樊来乐檬五年，据她所知，这应该是老板第一次来第一食堂。

“你美女老板的日子不好过了，老板亲自找上门。”同伴小声跟小樊说。

刚才有人经过简杭那桌，就听简杭对郑炎東说：“我只给你半年时间，你要觉得有困难，我换人干。”

自从简杭到了四部，四部苦不堪言。

还有人说，今天开会时，郑炎東中途摔门离开，一点面子不给。

上次郑炎東和周义在会议上吵起来，老板知道了，亲自调解矛盾。现在老板过来，大概也是调解。

老板想留下郑炎東，那肯定就得给简杭施压。

被自己老公施压，什么好资源又都给了二部，这样的日子怎么可能好过。

搁在以前，要是秦墨岭出现，他们根本顾不上吃饭，今天他们的关注点却在简杭身上。

简杭没想到秦墨岭会在这个时间来找她：“秦总。”她客客气气打招呼，随即要站起来。

“你们坐。”秦墨岭在她对面坐下。

周义和郑炎東重新拿起筷子，再气也得吃，总不能当着老板的面跟简杭争执。

秦墨岭看看简杭餐盘里的几样菜：“有没有我做的好吃？”

简杭：“……没有。”

秦墨岭微微颔首，转而跟周义聊了几句。

简杭的左边是隔断，被隔断挡着，别人看不到桌下，她抬脚，内侧脚踝贴着他的内侧脚踝。

秦墨岭跟周义说着话，余光瞥她。

简杭低头，慢条斯理在吃饭，眉间带着淡淡的笑意。

秦墨岭伸腿，小腿贴着她的小腿。

简杭压住悸动的心跳，有种跟老板暗度陈仓的感觉。

一顿饭下来，秦墨岭都在跟周义和郑炎束聊。

秦墨岭坐在旁边看着他们吃，他们头皮发麻。

时间差不多，秦墨岭适时站起来："你们慢慢吃。"

他看了眼简杭，这才离开。

聊天的氛围没了，他们也吃完饭了，简杭没再留他们。

郑炎束和简杭发生矛盾，在乐檬已经不是秘密。

尤其今天例会上，郑炎束直接离席，被传得沸沸扬扬。

正逢二部招人，大家私下都在猜测，郑炎束会不会去二部。

简杭回到四部，她办公室的门敞着。

去吃饭时，她记得顺手带上了门。

办公室除了笔记本电脑，没其他任何机密文件。

简杭走到门口，惊讶："你怎么来了？"

秦墨岭坐在她电脑前，拿了一本书看。

他道："过来看看你。"

他提前离开食堂，原来是来她这里。

简杭握着门把，关门。

秦墨岭："不用关。"

简杭考虑片刻，又把门打开。

敞开门，其他人不会多想。

简杭走过去，靠在桌沿，盯着他看。

是老板还是老公，这个时候也不用分那么清楚，都是她的。

秦墨岭放下书："听说今天开会时，郑炎束摔门离开会议室？"

"没那么夸张，郑炎束被我气得中途离开，没摔门。"

在一起这么久，他都从来没让她久等过，从来没冷着脸走开过。所有的气都是别人给她受的。

秦墨岭握着她的手，攥住。

他看到了他送她的那个咖啡杯，桌上只有这个杯子："你现在开始喝咖啡了？"

"没喝。"

简杭也扫了一眼那个咖啡杯："用来喝水。"

两人对望，他坐着，她站着。

简杭两手搭在他肩膀，低头，两人的唇贴到了一起。

在她办公室，他们不可能做别的，秦墨岭及时打住这个吻。有件事，他想亲口跟她说："谈莫行的代言，签给了二部，合同流程今天走到了我这里，我批了。"

简杭还是有遗憾的，她淡笑，大方道："没关系。"

这一刻，他莫名想补偿她："简杭，想没想过，从我这个老板身上，为你们四部争取点什么？"

简杭看着他："我只想要你这个人。"

秦墨岭用力攥了攥她的手："以后中午，我有空就来陪你。"他拇指摩挲她的表盘边沿，她喜欢跟他用一样的物品，哪怕是一个咖啡杯。

如果跟他戴一样的手表，她应该会高兴。

"嗡——嗡——"手机振动。

简杭拿起手机，是小樊打她电话。

小樊知道秦墨岭在，怕打扰他们，不敢贸然来办公室，于是打来电话。

"什么事？"简杭接通。

小樊说："简总，有位林太太找你。"

她认识的林太太只有一位，林骁的妈妈。

1. 小时候

二年级下学期时，秦墨岭参加了少年组科技大赛，跟蒋盛和同时通过了选拔，也是他们班里唯二通过选拔的学生。

他们平时作业不想写，上课还喜欢打闹讲话，却对科技比赛特感兴趣。

周末那天，他们俩与其他年级的几个学生，代表学校去参加比赛。

陈钰作为班主任，陪同他们俩过去。

比赛结束后，两人家长都迟迟没来接。

秦墨岭很苦恼："我妈妈把我忘了，带我出去玩就会忘，让我写作业就不会忘。"

这周的作业写完了，所以妈妈也不着急接他回去。

蒋盛和不用回家，妈妈早上送他时允许他到秦墨岭家玩半天。

陈钰打电话给秦墨岭妈妈，沈静云记错了时间，现在赶去至少得一个钟头，来比赛地方的路上堵车严重。

于是约了到简杭奶奶家的凉皮店接人。

沈静云对陈钰说，麻烦她把蒋盛和一起带过去，到时一起接上他们俩，带他们出去玩。

路上，秦墨岭问陈钰："陈老师，妹妹也在吗？"

"谁？"陈钰没反应过来。

"简杭妹妹。"

"哦，在店里。"

从出租车下来，秦墨岭就看到了店门口的简杭，扎着公主头。

简杭在骑儿童自行车，两个轮子骑得不稳，后轮有两个小的辅助轮。

简杭看到秦墨岭，隐约还记得他，对着他看了又看，终于想起来，就是那个读英文绘本给她听的小哥哥。

他叫秦岭？

好像是。

是的，就是叫秦岭。

秦岭还给她取了一个英文名字，简杭停下自行车："哥哥，我叫Olive。"她想告诉他，她改名字了。

秦墨岭没当真，以为她闹着玩，谁会真的改自己的英文名。

简杭围着他骑车，绕着他转圈，秦墨岭快被转晕，简杭骑了几圈，再次停下来，哄他："哥哥，你推着我骑车，我给你吃凉皮。"

秦墨岭不喜欢吃凉皮，但还是推着她的背往前走。

简杭撑着车把，坐在车上优哉游哉。

她不时转头催他："推快一点儿。"

蒋盛和坐在小凳子上百无聊赖，看着更无聊的两个人一遍遍从他眼前经过。一个推着，一个坐在车上连脚都不动，全靠秦墨岭推着走。

2. 相亲

简杭终于同意了再见一面，这算是第二次跟秦墨岭相亲。

见面那天，秦墨岭提前了十五分钟去餐厅。即使第一次被简杭放了鸽子，但起码的风度他有。

和一个拒绝了自己的人再次相亲，估计就他独一份，再找不出第二人。他还是来了，想看看长大的她是什么样子。

喝了半杯水，简杭还没来。

秦墨岭看手表，离约好的时间只剩五分钟。

或许这一次，她还是放弃了。

还有三分钟时，秦墨岭再抬头，有一道倩影进入视野。

两人目光交会。

秦墨岭只看了一眼，以至于很多年后，他还记得她当时穿了什么样的裙子。

简杭也是，看到他的第一眼，便记住了他穿了什么颜色的衣服。还没看桌号，她就能确定那是秦墨岭，比母亲描述的更有气场。

简杭在他对面坐下，谁都没有刻意介绍自己，她先表示歉意：“上次很抱歉。”

秦墨岭道：“没事。”

两人在职场上都是八面玲珑、游刃有余的人，但此时突然不知道聊点什么，冷了场。

秦墨岭给她点了一杯咖啡，多余的话没说。

很奇怪的氛围，却不觉得压抑。

他们没聊跟相亲有关的任何话题，其实秦墨岭几次想问她，有什么打算。

想到她第一次放了他鸽子，话到嘴边他又咽下去，并不想表现得多主动。小时候的事，她大概都不记得了。

一杯咖啡喝完，两人都以回公司有事要忙为借口，匆匆结束了这次见面。

下楼的电梯里，简杭看了一眼秦墨岭，他在看电梯按键，不知道心里在想什么。

第一次毕竟是她放了他鸽子，但让她主动说点什么，发现很难开口。

回到办公室，简杭也没忙。

母亲问她，中午见面聊得怎么样。

她没急着回母亲，犹豫了很久，给秦墨岭发消息：我妈又催了，你呢，家里催没催?

秦墨岭：一样。那就在一起。

他又问她：抽个时间，我们把证领了?

如此简单又直接。

简杭没拒绝：嗯。

3. 秘密

婚后第四年，简杭连着加班四个月，第三季度几乎无休，终于在十一月份休了年假，秦墨岭陪她一起。

午睡醒来，简杭打算整理书房，她小心翼翼起身，秦墨岭也醒了，又把她搂在怀里："再睡会儿。"

简杭拿开他的手："睡多了晚上睡不着。"

秦墨岭低声道："有办法让你睡着。"

简杭笑了，推他："真的有事。"

简单洗漱后，简杭去了隔壁书房，秦墨岭也起来。

早就想整理书房，给孩子再多买点儿书，她把一些不常看的书放在书架最上层和最下层。

其中有本书里夹了几张纸，她顺手抽出来，是从笔记本上撕下来的几页纸，上面是秦墨岭的笔记。

看完，她笑了，这是秦墨岭列的电话提纲。

原来刚结婚那会儿，每周三晚上打电话，他都提前准备好了通话内容。

提纲列得很认真，第一页纸上没多少内容，页眉备注了日期，应该是他们第一次通话的内容。

第二页纸上零碎写了不少，都是她说的一些话。

有些在她看来无关紧要，他也记了下来。

正看得入神，秦墨岭冲过澡，过来找她，他脸上还有水。

"还没收拾完？"

紧跟着他又问："在看什么？"

简杭踩在椅子上，秦墨岭看不到她手里的纸上写了什么，突然觉得那几张纸眼熟，再看看她手里的书，当初他把电话提纲顺手夹在了这本不常看的书里。

秦墨岭把她从椅子上抱下来，但也没放下她，一直抱在怀里，把脸上的水蹭她鼻尖上："你什么习惯，偷窥别人秘密。"

"你又不是别人。"简杭把那几页纸又小心夹回书里，放在书架上，"怎么还要记我说了什么？"

秦墨岭："当时不熟悉，记下来想试着多了解你。"

简杭在他脸颊上吻了一下。

图书在版编目（CIP）数据

先婚后爱 / 梦筱二著 . -- 北京 : 国际文化出版公司 , 2024.2

ISBN 978-7-5125-1596-3

Ⅰ . ①先… Ⅱ . ①梦… Ⅲ . ①长篇小说－中国－当代 Ⅳ . ① I247.5

中国国家版本馆 CIP 数据核字 (2023) 第 225956 号

先婚后爱

作　　者	梦筱二
责任编辑	戴　婕
出版发行	国际文化出版公司
经　　销	全国新华书店
印　　刷	北京世纪恒宇印刷有限公司
开　　本	880 毫米 ×1230 毫米　　32 开 11.625 印张　　374 千字
版　　次	2024 年 2 月第 1 版 2024 年 2 月第 1 次印刷
书　　号	ISBN 978-7-5125-1596-3
定　　价	49.80 元

国际文化出版公司
北京市朝阳区东土城路乙 9 号　邮编：100013
总编室：（010）64270995　传真：（010）64270995
销售热线：（010）64271187
传真：（010）64271187-800
E-mail：icpc@95777.sina.net